Bela CHAMA

JAMIE McGUIRE

Bela CHAMA

Irmãos Maddox - Livro 4

Tradução
Cláudia Mello Belhassof

2ª edição

Rio de Janeiro-RJ / Campinas-SP, 2016

VERUS
EDITORA

Editora executiva: Raïssa Castro
Coordenação editorial: Ana Paula Gomes
Copidesque: Maria Lúcia A. Maier
Revisão: Raquel de Sena Rodrigues Tersi
Capa e projeto gráfico: André S. Tavares da Silva

Título original: *Beautiful Burn*

ISBN: 978-85-7686-552-0

Copyright © Jamie McGuire, 2016
Edição publicada originalmente pela autora.
Direitos de tradução acordados por Taryn Fagerness Agency e Sandra Bruna Agencia Literaria, SL.
Todos os direitos reservados.

Tradução © Verus Editora, 2016
Direitos reservados em língua portuguesa, no Brasil, por Verus Editora. Nenhuma parte desta obra pode ser reproduzida ou transmitida por qualquer forma e/ou quaisquer meios (eletrônico ou mecânico, incluindo fotocópia e gravação) ou arquivada em qualquer sistema ou banco de dados sem permissão escrita da editora.

Verus Editora Ltda.
Rua Benedicto Aristides Ribeiro, 41, jd. Santa Genebra II, Campinas/SP, 13084-753
Fone/Fax: (19) 3249-0001 | www.veruseditora.com.br

CIP-BRASIL. CATALOGAÇÃO NA FONTE
SINDICATO NACIONAL DOS EDITORES DE LIVROS, RJ

M429b
v.4

McGuire, Jamie
  Bela chama / Jamie McGuire ; tradução Cláudia Mello Belhassof. - 2. ed. - Campinas, SP : Verus, 2016.
    23 cm.   (Irmãos Maddox ; 4)

  Tradução de: Beautiful Burn
  ISBN 978-85-7686-552-0

  1. Romance americano. I. Belhassof, Cláudia Mello. II. Título. III. Série.

16-35882
CDD: 813
CDU: 821.111(73)-3

Revisado conforme o novo acordo ortográfico

Para Sweet Cheeks, Amber Cheeks e Sarah Sweet
Obrigada por sempre colocarem um sorriso no meu rosto

1

Quando eu era criança, ficava sentada pelo que parecia uma eternidade, encarando uma chama. Minha família achava que era um passatempo peculiar, mas, quase vinte anos depois, eu estava encarando a ponta do meu cigarro, as cinzas tão longas quanto meus dedos, queimando laranja enquanto o fogo consumia o papel.

A casa estava lotada, tão cheia de bêbados suados, depravados e quase caindo, que respirar fundo não adiantava; todo o oxigênio já havia sido sugado de lá. Meus ossos estavam saturados com o som do contrabaixo, das garotas tagarelando, a maioria jovem demais para comprar uma cerveja, quanto mais para estar à beira de vomitar a meia dúzia de garrafas de Smirnoff Ice que tinham acabado de consumir.

Eu me recostei na poltrona importada supermacia, a preferida da minha mãe, analisando o caos e me sentindo em casa.

Meu pai estava convencido de que eu era uma boa garota, então era fácil para mim testemunhar atitudes de mau comportamento sem nenhum tipo de culpa, apesar de às vezes eu agir da mesma forma.

Uma garota linda com penteado pompadour fixado com glitter e pintado de roxo me estendeu um baseado — uns dois centímetros de erva mágica envolvida em papel de seda —, e eu mirei seus olhos por menos de um segundo para confirmar se o cigarrinho estava apertado antes de aceitar. Expirei em direção ao teto, observando a fumaça flutuar acima e se unir à nuvem branca que já envolvia o amplo espaço que funcionava como a nossa galeria, projetada sob medida para depois das atividades de esqui, das rodadas de vinho e dos convidados sofisticados, e não para os trabalhadores de classe média e os bêbados da região, que se esfregavam nos quadros, derrubando vasos.

Relaxei imediatamente, apoiando a cabeça no encosto do sofá. Em termos de *cannabis* recreativa, o Colorado era um dos três estados que faziam parte dos meus lugares preferidos para passar um feriado. O fato de os meus pais terem uma casa de férias em Estes Park o fazia subir para a posição número um.

— Qual é o seu nome? — ela perguntou.

Eu me virei em direção a seu esplendor angelical, sem me surpreender por ela estar em uma festa lotada sem conhecer a anfitriã.

— Ellie — respondi, mal prestando atenção a seus olhos vermelhos e cansados.

— Ellie Edson? Você é irmã do Ellison?

Suspirei. Essa não era a conversa que eu queria ter.

— Eu sou a Ellison.

Suas sobrancelhas se uniram conforme a confusão anuviava seu rosto.

— Mas... o Ellison é homem, certo? O cara que é dono desta casa? — Ela deu uma risadinha e apoiou a bochecha no braço. — Vocês são tipo... gêmeos ou alguma coisa assim?

Eu me recostei, sorrindo enquanto ela passava espontaneamente os dedos pelos meus longos cabelos. Um de seus braços tinha sido tatuado com diversos tamanhos de crânios delineados em preto e rosas azuis brilhantes; o outro era uma tela em branco.

— Não, eu sou a Ellison, a mina que é dona desta casa.

Ela deu uma risada alta com a piada, depois se ajoelhou no chão em frente à minha poltrona.

— Sou a Paige.

— Há quanto tempo você mora aqui?

— O que te faz pensar que eu sou daqui? — ela perguntou.

Ela estava concentrada em cada palavra que eu dizia, e a atração unilateral estava me provocando uma estranha combinação de satisfação e tédio. Paige era mais do que apenas linda; ela demonstrava esperança no modo como contava suas histórias tristes — abertamente, para todos verem, vulnerável quando seu coração fora destruído demais para ser consertado.

Estendi a mão para o baseado.

— Seus olhos são vazios por causa de uma vida inteira de expectativas frustradas e da culpa por desperdiçar poucos recursos.

Ela deu uma risadinha.

— Não sei o que isso significa.

— Exatamente.

— São seus pais naquele quadro? — perguntou ela, apontando as unhas curtas e lascadas para o retrato no canto oposto do ambiente.

Suspirei.

— São eles... tentando comprar a imortalidade.

— Eles não parecem tão maus. Eles te deram tudo isso.

— Não, ainda é deles. Só estou pegando emprestado. Pessoas como nós aprendem desde cedo a desistir de abrir mão das coisas de graça.

— Pessoas como vocês? — ela pareceu se divertir. — Tipo, pessoas que têm uma casa com um zilhão de metros quadrados?

— Vários deles — comentei.

Suas sobrancelhas se ergueram e sua boca se curvou para cima, num sorriso doce.

Algumas pessoas poderiam entender meu comentário como ostentação, mas havia um desdém proposital na minha voz que eu sabia que Paige não reconheceria. Ela ainda estava sorrindo. Eu provavelmente poderia contar a ela que minha mãe tinha admitido, durante uma ingestão em excesso de Xanax, que amava mais minha irmã Finley, ou que destruí de propósito a Ferrari que meu pai me deu quando fiz dezesseis anos (principalmente como pedido de desculpas por ter esquecido a data), ou até mesmo aquela vez em que Kennedy, minha colega de quarto também herdeira, levou um saco plástico com seu feto abortado para uma marcha de direitos feministas em Berkeley, e Paige ainda me encararia como se eu estivesse professando meu amor por ela em vez de detalhar como sou fodida.

Soltei uma risada.

— Você definitivamente é daqui.

— Culpada. Tem namorado? — ela perguntou.

— Você vai direto ao ponto.

Ela deu de ombros, dando um trago e prendendo a respiração por cinco segundos antes de soltar uma baforada de fumaça.

— Isso é um "não"? — perguntou ela, ainda tossindo.

— É claro.

Paige tentou me passar o baseado outra vez, mas balancei a cabeça. Então ela fez um biquinho com o lábio inferior reluzente.

— Decepcionada? — Eu não tinha certeza se ela queria um *ménage à trois* ou uma companhia para as drogas.

— É só que você parece divertida.

— Você está errada. — Eu me levantei, já entediada com a conversa. Um vidro se quebrou do outro lado do cômodo, e um pequeno grupo se reuniu ao redor do show que se passava no meio.

As risadas se transformaram em gritos e cantorias. O quadro *Better World*, de Peter Max, tinha sido derrubado da parede, estilhaçando o vidro. A cerveja barata se espalhou sobre as pinceladas de cinquenta mil dólares. Abri caminho, vendo dois homens trocando socos e fazendo uma bagunça absurda com todas as obras de arte ao redor.

Todos os olhos se voltaram para mim, e os espectadores ficaram em silêncio, fazendo os dois no meio da roda pararem. Todos estavam esperando que eu interrompesse a luta, gritasse ou talvez chorasse pelos danos, mas meu olhar caiu no homem sem camisa, coberto de tatuagens. Ele também me observou, os olhos castanhos mapeando meus peitos e pernas, depois a sala. Seu adversário virara o boné de beisebol para trás, se movimentando enquanto rodeava o cara tatuado, socando o ar como se estivesse num desenho animado do Pernalonga.

— Maddox, você já provou o que queria. Vamos — disse alguém para o homem tatuado.

— Foda-se — respondeu ele, sem tirar os olhos de mim. — A gente vai resolver isso lá fora.

O Boné Vermelho tinha pelo menos vinte quilos a mais que Maddox. Tirei cinco notas do meu decote e as segurei acima da cabeça.

— Quinhentos no Maddox.

As pessoas socavam o ar, segurando notas, gritando apostas e vencedores. Maddox me olhou com uma luz nos olhos que eu tinha certeza que ninguém via havia algum tempo — nem ele mesmo. O cara mal tinha suado; o cabelo bagunçado e os olhos sombrios gritavam que ele era invencível. A maioria dos homens que eu encontrara eram só aparência, mas Maddox não precisava fingir. Ele vivia aquilo e tinha colhões para sustentá-lo. O triângulo entre as minhas coxas se contraiu, e minha calcinha de repente ficou ensopada. Dei mais um passo, abrindo caminho para chegar mais perto do meio. Eu nunca o vira, mas parecia que ele seria meu próximo erro.

Pelo jeito como se movimentava, eu percebia que ele estava estendendo a luta por muito mais tempo que o necessário. Soco após soco — nenhum deles do babaca enorme de boné vermelho ao contrário —, mais vidro quebrado, mais sangue e cerveja derramados no tapete italiano felpudo e personalizado da minha mãe.

Virou padrão Boné Vermelho desferir um soco e errar, e Maddox aproveitar a chance para revidar. Ele era incrivelmente rápido, preciso e implacável. Eu quase sentia suas mãos firmes no meu maxilar, fazendo meus dentes tremerem, vibrando pela minha coluna.

Rápido demais, a luta acabou. O campeão tatuado se colocou sobre o oponente ensanguentado como se ele não fosse nada. Alguém deu a Maddox uma camiseta, e ele a usou para limpar o sangue e o suor do rosto.

Alguém me deu dinheiro, mas não prestei atenção à quantia.

— Tyler... vamos dar o fora. Não quero ser demitido, cara. Tem um monte de menores de idade bêbados aqui.

Maddox manteve os olhos em mim.

— Por que a pressa?

— Não tô a fim de explicar para o chefe por que fomos presos. Você está?

Maddox vestiu a camiseta branca de algodão, correndo o tecido sobre as curvas definidas do peito e do abdome. Quando o V pouco acima do cós da calça desapareceu, meus ombros despencaram levemente em decepção. Eu queria ver mais. Queria ver tudo dele.

O amigo nervoso lhe passou um boné preto do White Sox, e ele o enterrou na cabeça.

Um amigo deu um tapinha no ombro de Tyler.

— Você me fez ganhar cinquenta pratas, Maddox. Parece que voltamos aos velhos tempos.

— De nada, babaca — disse ele, ainda sem tirar os olhos de mim.

A multidão passou dinheiro de mãos em mãos e, em seguida, num êxodo em massa, se dirigiu para a cozinha, onde os barris jorravam.

Tyler Maddox se aproximou de mim, a camisa molhada e manchada de sangue. Os olhos e o nariz estavam sombreados pelo boné. Ele começou a dizer alguma coisa, mas eu agarrei sua camiseta e o puxei, lhe dando um beijo violento na boca. Meus lábios se separaram, permitindo que sua língua deslizasse para dentro de mim. Ele reagiu como eu imaginava — eletricidade carnal entre nós —, enquanto agarrava a parte de trás do meu cabelo, inclinando minha cabeça para trás, minha boca na direção dele.

Eu o empurrei, ainda com o tecido de sua camiseta nas mãos. Ele esperou, sem saber o que fazer. Com um sorriso irônico, dei um passo para trás, acariciei seus braços, até encontrar suas mãos. Eram mãos calejadas, as unhas roídas até o toco. Eu mal podia esperar para sentir aquela aspereza em minhas partes macias.

Um lado da boca de Tyler se curvou num sorriso, e uma covinha profunda apareceu na bochecha esquerda. Ele tinha o tipo de beleza que não se podia comprar, os olhos castanho-dourados e o maxilar quadrado, desleixado — uma sinfonia de perfeição que apenas genes impecáveis poderiam gerar. Havia muita gente bonita no meu círculo social, com acesso aos melhores produtos, estilistas, spas e cirurgiões plásticos, mas Tyler não tinha nada de artificial — era bonito sem nenhum esforço, em seu estado natural.

Acelerei o passo, subindo de costas o primeiro degrau.

Tyler olhou para cima, na base da escada.

— Pra onde nós vamos? — Não respondi, e ele continuou me seguindo. Eu podia levar o cara para a morte que ele não tinha medo. — O que tem lá em cima? — perguntou ele, ainda caminhando.

— Eu — respondi simplesmente.

Ele começou a se movimentar com determinação, os olhos passando de entretidos a famintos. Virei a maçaneta do quarto principal e empurrei a porta, revelando a cama king-size dos meus pais e duas dezenas de travesseiros.

— Uau — disse Tyler, olhando ao redor. — Essa casa é surreal. Quem mora aqui deve ganhar uma fortuna. É de algum amigo seu?

— Esta casa é dos meus pais.

— Você mora aqui? — perguntou Tyler, apontando para o chão.

— Às vezes.

— Ah, merda. Você é a Ellison Edson? Da *Edson Tech*?

— Não, sou apenas a Ellie.

— Seu pai está na revista *Fortune 500*, não está?

— Eu não quero mesmo falar do meu pai agora — soltei entre um beijo e outro.

Ele me afastou.

— Me desculpa pelo quadro, pela mesa... e pelo vaso. Vou repor tudo.

Abaixei a mão, agarrando a rigidez por trás do seu jeans.

— Para de falar.

Tyler voltou a se concentrar, estendendo as mãos e as deslizando por entre as minhas pernas e a minha pele nua, os dedos cientes do local perfeito a explorar. Tirei as botas com um chute, gemendo enquanto seus dedos deslizavam com mais facilidade, umedecidos pelo meu desejo.

A beirada da cama tocou a parte traseira das minhas pernas, e eu me inclinei para trás, puxando Tyler para cima de mim. Eu já havia beijado dezenas de lábios antes, mas nenhum me dera a impressão de que estavam famintos por mim havia tanto tempo. Todas as partes da minha pele em que Tyler tocava pareciam decididas. Ele não estava nem um pouco nervoso, tão experiente quanto eu em abrir botões e puxar tecidos.

No instante em que meu sutiã e minha calcinha foram jogados ao chão, baixei sua boxer. Ele a chutou para longe da cama, e nós rolamos. Eu sentei sobre ele, ambos ofegando e sorrindo. Meu batom vermelho estava espalhado pela sua boca, e minhas entranhas se enrijeceram, implorando por ele.

— De onde é que você veio? — ele perguntou, maravilhado.

Ergui uma sobrancelha, depois dei uma olhada para sua calça jeans pendurada na cama. Estendi a mão, vasculhando o bolso e sorrindo ao encontrar um pacote metálico.

— Vai com calma, Maddox. Ainda não gozei.

Três rugas profundas se formaram em sua testa quando suas sobrancelhas se ergueram. Ele me encarou enquanto rasgava a embalagem de camisinha com os dentes, depois revirou os olhos quando usei a boca para colocá-la.

— Caralho — ele ofegou, erguendo os quadris quando coloquei seu membro todo na boca e na garganta. Seus dedos se enroscaram em meus cabelos e os puxaram, e eu gemi no látex. Ele arqueou as costas, enfiando a ponta ainda mais fundo.

Eu subi no seu colo e sentei, segurando sua circunferência e abaixando meu corpo devagar, observando o calor e a umidade das minhas entranhas o subjugarem. Com certeza, ele já tinha feito isso muitas vezes, mas não comigo. Tyler parecia o tipo que assumia o controle, o tipo de cara que dava prazer para as mulheres até que implorassem futilmente por mais. Mas ele não podia lhes dar mais, e era exatamente isso que eu gostava nele — além do fato de ser absurdamente lindo e saber como tocar minhas partes íntimas como se fosse o arquiteto que me projetara.

Seus dedos pressionaram meus quadris, e eu notei que ele estava tentando diminuir meu ritmo. Ele não ia admitir que queria que eu demorasse mais. Ele estava perto de gozar, e eu também, mas algum babaca bateu à porta, gritando o nome dele. Tyler não sairia antes de terminar o que eu tinha começado.

Eu estava ofegando muito, gemendo todas as vezes que minha bunda batia no colo dele, e, quando Tyler gozou, foi com força, agarrando minha bunda enquanto arqueava as costas. Ele estava tão fundo dentro de mim que doía, mas girei os quadris até cair para o lado. Enfiei os dedos em seu peito, sorrindo com a boca aberta, sem conseguir controlar os gritos que me escapavam da garganta.

Tyler abriu minhas coxas e tensionou a bunda, entrando ainda mais em mim. Então rosnou um monte de obscenidades, depois relaxou, expirando após recuperar o fôlego. Foi aí que ele olhou para mim, sonolento e satisfeito.

— Que inferno, mulher.

Eu me inclinei sobre ele, erguendo a perna, depois saí da cama engatinhando. Ele me observou enquanto eu me vestia, deitado de lado, ignorando a batida à porta.

— Eu, humm... trabalho muito. Faço parte da Equipe Alpina de Bombeiros de Elite e...

— E daí? — Fechei o sutiã nas costas, depois vesti a parte de baixo.

Tyler fez uma pausa, tentando decidir o que dizer em seguida.

— Então... isso aí é da Calvin Klein?

Olhei para baixo, para a cueca branca apertada que eu tinha vestido. Renda, fio-dental. não faziam minha cabeça.

— É.

Ele deu uma risadinha.

— Então, humm... não vou poder... você sabe...

— Ligar? Somos dois.

Tyler se levantou e começou a recolher as próprias roupas enquanto a batida que vinha do corredor recomeçava.

— Maddox! Você está aí dentro?

— Mas que porra, Zeke! Espera! — disse ele, vestindo a calça jeans.

Ele estava esperando que eu me vestisse antes de abrir a porta, mas eu mal tinha colocado a camiseta sobre a cabeça quando seus amigos a abriram.

Um dos caras, um pouco mais baixo e muito mais forte, apontou para mim e, depois, percebendo que eu estava quase nua, encarou o chão.

— Você está pronto?

— Sim, Zeke — disse Tyler, sorrindo para mim.

Zeke apontou para trás com o polegar.

— Eles estão destruindo o lugar. Quer que a gente te ajude a tirar todo mundo daqui?

Balancei a cabeça.

— Tenho uma ótima equipe de limpeza

— Acho que não vão conseguir limpar o sofá. Tem pena de ganso pra todo lado.

— Eu compro um novo.

Tyler franziu a testa.

— Vamos acabar com essa merda.

Zeke fez que sim com a cabeça.

— Depois vamos embora.

Tyler piscou para mim.

— Obrigado pela, humm... surpresa agradável.

— Eu diria "disponha", mas nenhum de nós vai ligar.

Tyler soltou uma risada, olhou para baixo, depois olhou de novo para mim.

— Acho que é isso. A gente se vê, Ellison.

— É Ellie. E provavelmente não.

Ele não pareceu se abalar.

— Boa noite. — Tyler deu um passo para trás e fechou a porta.

Sentei na bagunça de lençóis, cobertas e travesseiros que era a cama dos meus pais. A camisinha de Tyler estava pendurada na borda da lata de lixo da minha mãe, perto de sua penteadeira, ao lado da porta. Tyler tinha uma péssima pontaria.

Eu me encolhi em posição fetal, derramando lágrimas que ninguém veria. Chorei, não porque estava com vergonha, mas porque eu sabia que, por mais que a casa estivesse destruída ou eu tivesse desrespeitado o quarto dos meus pais, eles não ficariam com raiva. Eles me perdoariam e sentiriam pena de mim. Eu sempre seria a garotinha perfeita deles. Quanto mais alto eu gritava, mais eles colocavam as mãos sobre os ouvidos.

Alguém bateu à porta, e eu mandei entrar. Em pé na soleira estava Paige, parecendo sozinha e desesperada.

— Tem lugar pra mais uma? — gemeu ela.

Puxei o lençol e as cobertas. Ela sorriu e se apressou para deitar ao meu lado. Envolvi meus braços ao redor dela e relaxei quando ela beijou a parte interna do meu pulso.

— Você é linda — sussurrou ela. — Como é? Viver numa casa como essa? Ter essa vida?

Eu não sabia como responder, então falei a primeira coisa que me veio à mente.

— Fecha os olhos.

Paige estendeu a mão, pousando-a entre minhas coxas molhadas.

— Eu o vi descendo — disse ela.

— E aí você decidiu subir?

— Eu sabia que ele não ia ficar.

— Eu não precisava que ele ficasse.

— Eu preciso que as pessoas fiquem. Você pode fingir que eu sou ele... se quiser.

— Vou fingir que você é você — falei, beijando sua têmpora.

Paige relaxou nos meus braços, se aninhando enquanto o baixo fazia o chão tremer. Depois de alguns minutos, a música foi abruptamente desligada, e eu sabia que Tyler e seus amigos estavam terminando a festa e mandando todo mundo embora.

Pouco tempo depois, a respiração de Paige se acalmou. Fechei os olhos, puxei-a mais para perto de mim e mergulhei em um sono profundo.

2

Eu estava a caminho do Audi preto imaculado do meu pai quando a primeira van chegou. Homens e mulheres saíam enfileirados, as botas esmagando a neve enquanto carregavam baldes, aspiradores de pó e caixas de material de limpeza para dentro da casa. Felix, assistente do papai, já tinha despachado o sofá.

Meus pais só voltariam de Roma para Estes Park uma semana depois, o que dava tempo suficiente para a casa voltar ao normal. Não era a primeira vez que Felix tinha de contratar equipes de limpeza depois de uma festa, e ele era muito bom em garantir que nada ficasse fora do lugar. Desde que eu tinha sete anos, Felix era o pacificador e o protetor da família, e também trabalhava como guarda-costas do meu pai quando necessário. Às vezes, ele tinha de proteger meu pai de mim.

— Srta. Edson — disse ele, fazendo um sinal com a cabeça quando me aproximei da entrada de carros.

Ele se assomou sobre o Audi, com o paletó do terno apertado nos braços grossos. Os óculos com armação de metal eram escuros, protegendo os olhos do mesmo sol que se refletia na cabeça lisa. Segurava um celular na mão direita e uma prancheta contra o peito na esquerda. Sem dúvida havia uma lista com várias páginas de itens a serem verificados, reparos e pedidos a fazer, tudo num esforço para oferecer ao meu pai a vida que ele pagava a Felix para criar.

— Obrigada, Felix — falei.

Depois que passei, ele abriu a porta do motorista, me deixando entrar. O carro estava quente, já ligado, fazendo meu casaco de pele e minhas botas de cano alto parecerem mais um exagero que uma roupa adequada ao inverno.

— Tudo certo, senhorita? — ele perguntou. Fiz que sim com a cabeça, e ele fechou a porta.

Agarrei o volante e suspirei. Eu não dava partida num carro havia sete anos — desde minha prova de direção. Eu estava sentada num veículo que não era meu, diante de uma casa que não era minha... vestindo roupas que meus pais tinham comprado. Eles eram meus donos, e eu permitia que fosse assim porque era conveniente. Não que eu não tivesse tentado resistir ao sistema no ensino médio, mas discutir significava que eu não era agradecida, quer eu tivesse pedido ou não as coisas que tinha.

Rangi os dentes e engatei a marcha. Meu amargo monólogo interior era constante, porque eu não podia pronunciar em voz alta o que estava realmente pensando ou sentindo. Reclamar era ofensivo para o meu pai e para todo mundo. Eu não tinha motivos para isso. Eu era a garota que tinha tudo. Quanto mais dinheiro e coisas materiais meus pais me davam, maior esse vazio se tornava. Mas eu não podia dizer isso a eles; não podia dizer isso a ninguém. Ter tudo e não sentir nada era o pior tipo de egoísmo.

Conduzi o carro até o caminho principal, dirigindo lentamente por um quilômetro e meio até chegar à entrada do castelo dos meus pais. Pressionei um botão, e o portão de cobre obedeceu, abrindo devagar na minha direção. Meu celular zumbiu, e uma foto de Finley apareceu na tela, os lábios formando um bico de pato. Ela estava olhando para cima, para exibir os olhos turquesa e os grossos cílios postiços de vison autêntico.

Pressionei o botão no volante e segui pelo portão aberto.

— Oi, Fin.

A voz de Finley me cercou.

— Cansada, Elliebi?

— Um pouco.

— Ótimo. Espero que você esteja se sentindo uma merda, sua vaca mimada. Por que você não me falou que ia dar uma festa ontem à noite?

— Hum, porque você está no Rio?

— E daí?

19

— Não achei que você ia querer desperdiçar sua depilação numa festa universitária nas montanhas com moradores daqui.

— Está frio?

— Definitivamente não está clima pra biquíni.

— Nossa banheira aquecida pode comprovar que isso é mentira. Você pegou alguém? — Ela já se esquecera da leve ofensa e entrara no modo irmã.

Finley Edson era a filha mais velha da Edson Tech e se preparava para administrá-la com punhos de ferro, embora tivesse unhas perfeitamente bem cuidadas. Éramos herdeiras, mas, diferentemente de mim, Finley aceitava seu papel. Ela só tinha dois anos a mais do que eu, mas era minha melhor amiga, a única que restou da nossa infância que eu ainda conseguia aturar. As outras tinham se tornado clones sem graça das próprias mães.

— Não sou de fazer e falar — respondi, virando o veículo em direção ao centro da cidade.

— É, sim. Foi a moradora daí de quem você me falou?

— A Paige? Não. Ela é um amor, mas é fodida demais pra usar.

— Não sei se acredito que essa pessoa existe.

— Existe sim, e se chama Paige.

— Você está ficando emotiva depois de velha, Ellie. Se ainda estivéssemos em Berkeley, você ia se esforçar só pra partir o coração dela. Então, quem foi?

Eu me encolhi ao ouvir sua descrição, porque ela estava certa. Fui a fonte de sofrimento para a maioria das pessoas com quem mantive um relacionamento, principalmente porque eu não me importava, mas a verdade é que uma pequena parte de mim curtia a distração temporária do meu próprio desgosto.

— Você sempre tem que me lembrar do meu defeito?

— Sim. Não muda de assunto.

— É um cara da Equipe de Bombeiros de Elite.

— Bombeiro? Eca.

— Não tem nada de eca. Ele é da elite. Eles são como soldados na linha de frente.

— Isso meio que dá tesão — ela concordou.

— Foi revigorante... me deixou usá-lo e dispensá-lo num piscar de olhos. E ele era gostoso. Muito, *muito* gostoso. Talvez uma nota dez.

— Dez? Tipo dez total ou quase dez?

— Quase dez. Ele errou a lata de lixo quando jogou fora a camisinha, mas ele sabe lutar. Tipo lutar *de verdade*. Ele deu uma surra num cara que tinha o dobro do tamanho dele no meio da galeria ontem. O corpo parece o do David Beckham. Talvez um pouco mais largo. É coberto de tatuagens e tem cheiro de Malboro Red e cobre.

— Cobre?

— O sangue do outro cara estava respingado nas roupas dele.

— E você deixou que eles lutassem na galeria ontem à noite? Quebraram alguma coisa?

— Seria melhor perguntar o que não quebraram.

— Ellie. — Seu tom ficou sério. — A mamãe vai surtar.

— Não vem bancar meus pais aí do Brasil. Já tenho dois pais ausentes. Não preciso de você.

— Tudo bem, mas isso é pedir pra morrer. Ou, melhor dizendo, é o fim da sua parte na herança. Estou intrigada com esse garoto. Sou até capaz de entrar num avião agora e cobrir minha depilação e minha pedicure com legging e botas. Ah. — Ela fez uma pausa. — Marco? Preciso de blusas de flanela!

— Não traz o Marco — alertei.

— Ele vai comigo pra todos os lugares. Falando português, ele fez a viagem pra cá parecer uma brisa.

— Ele não pode vir pra cá. Você fica diferente quando ele está por perto.

— Como? Tipo indefesa? — Finley estava me provocando, mas nós duas sabíamos que ela ficava mais chata e carente quando seu acompanhante estava por perto. Marco fora contratado para ser mais do que um assistente. Ele não só carregava malas e acompanhava a agenda dela, mas também lhe comprava coisas, era seu estilista, barista, bartender, enfermeiro, garçom, designer e companhia constante de viagens.

— Eu odeio a Finley e o Marco juntos. Só gosto da Finley.

— Correção: você *ama* a Finley. Vou levar o Marco.

— Ele não pode ficar aqui.

Dava para ouvi-la fazendo biquinho pelos alto-falantes.

— Vou reservar um quarto de hotel pra ele. Se eu precisar de alguma coisa, posso chamá-lo.

— Finley, pelo amor de Deus. — Peguei um maço velho de cigarros no porta-luvas do papai e procurei um isqueiro. Abri a tampa prateada e pressionei, dando um trago de imediato.

— Aonde você está indo? — ela perguntou, frustrada.

— Só vou ficar fora do caminho enquanto a equipe de limpeza dá um jeito no Marco Zero.

— Está tão ruim assim? E você está me dando um sermão por causa do Marco? — perguntou ela.

— Espera. — Eu me concentrei para estacionar em paralelo, depois desliguei o carro, terminando o cigarro.

— Você ainda está aí? — perguntou Finley.

— Ãhã — respondi, soprando a fumaça. A nuvem branca deslizou pela parte de cima da janela que eu tinha aberto apenas o suficiente para dizer ao meu pai que tinha tentado.

— Você precisa parar com essa merda, Ellie. Todo mundo tem limite.

— É com isso que estou contando — falei, dando o último trago antes de jogar a guimba pela janela. Saí e apaguei a ponta acesa do cigarro com o salto da bota.

Eu me inclinei para pegá-lo e o joguei na lata de lixo mais próxima.

— Você tem sorte — disse uma voz atrás de mim.

Virei e vi Tyler apoiado na parede de tijolos de uma loja de peças automotivas, com os braços cruzados, e uma caminhonete do Serviço Florestal Americano estacionada ali perto.

— Como é? — perguntei.

— Se você não tivesse pegado essa guimba, eu poderia ter te prendido.

— Alguém devia te informar que você não é policial.

— Sou amigo de alguns.

— Bom pra você.

— Como está a casa?

— Destruída pra caralho. Bom te ver — falei, girando nos calcanhares. Ouvi seus passos me seguindo.

— Eu só estava... brincando — disse ele, finalmente ao meu lado. E estendeu um maço preto de Marlboro.

— Que diabos é isso? — perguntei.

— Um pedido de paz?

— Um convite pra ter câncer?

Ele deu uma risadinha e guardou o maço no bolso lateral do uniforme azul de trabalho.

— Pra onde você está indo?

Parei e virei para ele, suspirando.

— Você é um babaca.

Ele piscou uma vez, depois as lindas rugas na sua testa se formaram, e um sorriso se espalhou pelo seu rosto, revelando dentes perfeitamente brancos.

— O que isso quer dizer?

— Quer dizer que você devia me foder e me deixar em paz.

— O quê?

Ele me observou por um tempo com uma expressão de indignação. Suas botas eram surradas, mas brilhavam, a calça cargo azul estava passada, mas exibia alguns vincos pelo uso àquela altura do dia, a camisa era desbotada. Tyler era um trabalhador esforçado e se orgulhava do emprego. Provavelmente não havia faltado ao trabalho um único dia sequer, mas sua capacidade de compromisso terminava aí. Tyler Maddox sem dúvida tinha partido tantos corações quanto eu. Ele era exatamente o que eu merecia, apesar de eu não ter nenhuma intenção de me aproximar dele.

— Você está falando comigo. Você disse que não faria isso.

Tyler enfiou as mãos nos bolsos da calça e deu de ombros, sorrindo para mim como se nunca tivesse tido uma trepada de uma noite só. Esse tipo de charme não era uma coisa que se aprendia.

— Eu falei que não ia ligar.

Cruzei os braços e estreitei os olhos, encarando-o. Meu Deus, como ele era alto.

— Não estou interessada em você.

Sua covinha apareceu, fazendo minhas coxas ficarem tensas.

— Não foi o que pareceu na noite passada.

— Isso foi na noite passada. Agora estou sóbria.

Ele fez uma careta.

— Ai.

— Sai correndo — falei.

Ele empertigou os ombros.

— Eu pareço do tipo que foge?

— Só quando se trata de mulheres, e foi por isso que trepei com você.

Ele franziu a testa.

— Você, tipo... está sem seu remedinho ou alguma coisa assim?

— Sim. Isso mesmo. Trauma emocional, bagagem do passado, pode dar o nome que quiser. Continue falando comigo, e eu posso me tornar sua próxima namorada grudenta. Parece um bom momento para você?

— Tudo bem, Ellie — disse ele, erguendo as mãos. — Já entendi. Vou fingir que nunca aconteceu.

— Obrigada.

— Mas foi foda, e eu não me importaria de repetir.

— Podemos ter uma amizade colorida sem a parte da amizade?

Ele remoeu minhas palavras.

— Você é meio que uma vaca malvada. Isso é estranhamente atraente.

— Cai fora.

— Tô indo.

— Não volta.

— Nunca aconteceu — disse ele, abrindo a porta do passageiro da caminhonete. Ele estava o contrário de ofendido, e isso me ofendeu. A maioria das pessoas era mais sensível ao meu abuso.

Zeke saiu, se detendo quando me viu. Ele acenou, depois deu uma corridinha pela parte da frente do veículo, até o lado do motorista. Eles conversaram rapidamente, e Zeke deu partida no motor.

— Quem é?

Virei e vi Sterling parado atrás de mim. Ele parecia um banqueiro, tentando ao máximo imitar o pai, diretor-executivo da Aerostraus Corp.

Ele usava um casaco comprido de lã escura, cachecol, relógio de três mil dólares e, para destoar da aparência conservadora, uma camisa social azul sem gravata — com o botão de cima aberto. Ele fora capaz de caminhar pela calçada coberta de neve sem deixar uma gota de umidade nas botas italianas.

— Me beija — falei.

— Eca — ele disse, horrorizado. — Não.

— Me beija, seu babaca. Agora. E tem que ser um beijo daqueles. Você me deve uma.

Sterling segurou os dois lados do meu rosto e grudou a boca na minha, babando muito em mim, mas fazendo a cena que eu queria. A caminhonete passou por nós, e, quando parecia ter se afastado o suficiente, lhe dei um empurrão.

Ele limpou a boca, enojado.

— Por que eu tive que fazer isso?

— Pra me livrar de um cara.

— Um fã ou um vagabundo? — perguntou ele, alisando o cabelo para o lado.

— Nenhum dos dois. Só pra garantir.

— Ainda vamos tomar um brunch? — Ele limpou a boca outra vez e continuou parecendo meio enojado.

— Vamos — respondi, empurrando-o em direção ao Winona Café.

Escolhemos uma mesa perto da porta, e Sterling imediatamente verificou o cardápio. Ele passava os dedos sobre cada linha, prestando atenção a cada ingrediente. Ele não era alérgico nem nada; era esnobe.

Revirei os olhos.

— Por quê? A gente sempre come aqui.

— Não venho a este lugar há três meses. Eles podem ter alguma coisa nova no cardápio.

— Você sabe que nunca tem.

— Cala a boca. Estou lendo.

Sorri, verificando o celular enquanto ele vasculhava o cardápio de mais de uma década. A família de Sterling tinha uma casa perto da nossa, uma das muitas pelo país, que ficava vazia a maior parte do ano. Eu sabia que ele fazia parte do meu grupo quando o vi enchendo a cara, aos catorze anos e sozinho, perto de uma árvore, nos limites da nossa propriedade. Ele era apenas mais um filhinho de papai, lamentando como era difícil a vida com milhões à disposição, mas sem uma família atenciosa para ancorá-lo ao mundo real.

Sterling investira tudo na opinião do pai de que ele teria sucesso a qualquer momento, e isso lhe deixou um tanto melancólico. Seu pai, Jameson Wellington, mudava regularmente de ideia sobre a importância do filho, dependendo das meias, da atitude do conselho administrativo e de a esposa irritá-lo no dia.

— Como foi a festa? — perguntou Sterling sem erguer o olhar.

— Ah, eu queria ter te convidado. Foi meio que de improviso.

— Ouvi dizer que tinha um monte de moradores da região.

— Quem mais eu poderia convidar?

— Eu?

— A Finley não está em casa.

Sterling ergueu o olhar para mim durante apenas alguns segundos, depois voltou a olhar para o cardápio. Ele não estava mais lendo.

— Não conta pra ela sobre o beijo. Eu só fiz aquilo porque te devia uma.

— Não vou contar. Ela me odiaria, porque, quer ela admita ou não... ela te ama.

— Ama?

Eu me inclinei para a frente, irritada.

— Você sabe que sim.

Ele pareceu relaxar.

— Eu te convido para festas o tempo todo. Eu precisava... precisava de algo...

— Descomplicado?

Apontei para ele.

— Exatamente.

— Ellison?

— Eu?

— Você beija muito mal. Provavelmente fez um favor para o cara.

Olhei para ele com raiva.

— Pede sua porra de ovos Benedict e cala a boca. Meu beijo é excelente. Foi exatamente por isso que eu tive que afastar aquele cara com seu beijo babado

— Quem você quer enganar? Não foi só um beijo que você deu naquele cara.

A garçonete se aproximou, sorridente, usando um avental de listras verde-oliva e bege.

— Oi, Ellie.

— Chelsea, se você tivesse que adivinhar o que o Sterling ia pedir...

— Ovos Benedict — completou Chelsea, sem hesitar.

— Sério? — perguntou Sterling, genuinamente desolado. — Sou tão previsível assim?

— Desculpa — disse Chelsea, sem graça.

Eu me recostei no assento, entregando o cardápio a ela.

— Não estou te julgando. Esses ovos são bons pra caramba.

— Você quer a mesma coisa? — perguntou ela.

— Não, quero uma omelete recheada e um suco de laranja. Você tem vodca? Um drinque me parece uma ótima ideia.

Chelsea franziu o nariz.

— São dez e meia da manhã!

Eu a encarei, cheia de expectativa.

— Não — ela respondeu. — Não vendemos bebida alcoólica.

Sterling levantou dois dedos, pedindo um suco de laranja também.

Chelsea se afastou, e eu comprimi os lábios, tentando não parecer muito preocupada.

— Você parece cansado, Sterling.

— Foi uma semana longa.

Sorri.

— Mas você está aqui agora.

— A Finley não.

— Sterling — alertei. — Ela não vai mudar de ideia. Ela te ama mais do que a qualquer outra pessoa.

— Exceto você.

— Claro que exceto eu. Mas ela te ama. Ela só não pode ficar com você antes de assumir a empresa.

Seu rosto desabou, e seus olhos perderam o foco.

— Sinto muito — falei, estendendo a mão por sobre a mesa para tocar seu braço. — Devíamos ter escolhido um lugar que vendesse vodca.

Minha boca ficou seca de repente. Desejar uma bebida e perceber que ela não estava imediatamente disponível me gerou uma sutil pontada de pânico.

Sterling se afastou.

— Cuidado, Ellie. Você está começando a ficar parecida comigo.

A porta fez barulho, e uma família de quatro pessoas entrou, já discutindo onde sentar. Era alta temporada, e, apesar de Sterling e eu podermos ser considerados turistas, ambos tínhamos casa ali havia mais de oito anos. Tempo suficiente para ficarmos irritados com os turistas propriamente. Éramos o que os moradores chamavam de família temporária, e, a maior parte do tempo, se disséssemos o nome do nosso bairro, eles nem precisavam perguntar. Apenas um dos nossos vizinhos vivia ali em tempo integral, e isso porque eram do Arkansas e mudar para Estes Park era um sonho, não férias.

As duas garçonetes se apressavam por entre as mesas, que eram rapidamente ocupadas. Os tênis de Chelsea às vezes gemiam no piso frio laranja e branco enquanto ela anotava pedidos e corria até os fundos, passando pelas portas duplas da cozinha. Em seguida reaparecia com um sorriso, parando no caminho de volta para encher grandes copos de plástico no balcão de bebidas, enfileirado com bancos altos para os praticantes de snowboard que frequentavam o café.

O calor humano enchia o ambiente, e eu percebi que todos tiravam camadas de roupa. Chelsea trabalhava sem parar enquanto turistas andavam do outro lado das janelas, enrolados em casacos, cachecóis, gorros de tricô e luvas. De tempos em tempos, a porta se abria, trazendo um sopro de ar frio, e Chelsea soltava um doce suspiro quando passava por uma brisa fresca.

A neve começara a cair em flocos delicados pelo quarto dia seguido. A região turística estava animada, os negócios estavam prosperando, mas havia uma tempestade se aproximando, e minha preocupação se voltou para Finley, prestes a chegar.

— Como está a Fin? — perguntou Sterling, parecendo ler a minha mente.

— Ela está no Rio. Acho que vem pra cá.

— Ah, é? — Sterling secou o nariz com o nó dos dedos e fungou, um sinal revelador de que estava tentando parecer indiferente.

— Você está muito focado na zona de amizade, Sterling. Hora de desistir.

Ele pareceu abalado.

— Não tento voltar com ela há muito tempo.

— Se é que um mês pode ser considerado muito tempo.

Ele franziu a testa.

— Estou cansado demais para Ellie, a vaca. Você pode simplesmente tentar ser legal hoje?

Fiz biquinho.

— Ah, Sterling, você está menstruado?

Ele não gostou.

— Vou te deixar aqui sozinha nesta mesa.

— Não me ameaça com uma boa ideia — falei.

— E deixar espaço suficiente para o bombeiro se juntar a você.

— O quê? — perguntei, virando e vendo Tyler Maddox entrar com Zeke e mais alguns membros da equipe de bombeiros de elite. Eu me escondi na cadeira. — Merda — sibilei. E afundei ainda mais. Na minha família, situações desconfortáveis exigiam algo muito mais forte que suco de laranja, e a vontade de ir para casa e atacar o armário de bebidas se tornou irresistível.

Um lábio quente encostou na minha bochecha, e Tyler puxou uma cadeira para a mesa.

— Oi, baby. Sentiu saudade?

— Você é louco? Você ouve vozes? — perguntei, enfurecida.

— Só vim almoçar antes de voltar para o trabalho — disse Tyler, orientando a equipe a sentar.

Zeke sentou à minha frente, parecendo desconfortável.

— Podemos encontrar outra mesa.

— Não — disse Tyler. — Não podemos. Quem é seu amigo? — perguntou ele, apontando para Sterling.

— Porra — murmurei. Eu queria afastar Tyler. Em vez disso, ele ficou com ciúme e viu Sterling como um concorrente que poderia derrotar com facilidade.

Sterling estendeu a mão, mas eu dei um tapa nela.

— Que belo beijo vocês deram — comentou Tyler. — Me fez lembrar de quando ela me beijou daquele jeito. A noite passada parece ter sido há tanto tempo.

Meu rosto se contorceu em repulsa.

— Sério? Você vai falar nisso?

— É, já falei — retrucou Tyler, convencido.

— O Sterling não se importa de eu ter me aproveitado de você na cama dos meus pais na noite passada.

— Aquela era a cama dos seus pais? — perguntou Tyler. — Você já tinha usado a sua?

— Na verdade... — comecei.

Zeke se encolheu.

— Tyler, por favor, cara. Vamos encontrar outra mesa.

Determinado, Tyler olhou com raiva para Sterling.

— Eu gostei.

Sterling pigarreou, sem saber como processar a situação.

— Do que você gostou... exatamente?

Tyler não tirou os olhos dos meus.

— Da sua amiga.

Eu me aproximei.

— Se você não achar outro lugar para alimentar esse buraco que você tem na cara, vou levantar e gritar pra todo mundo que você tem um pinto minúsculo.

Ele não se abalou.

— Posso te mostrar e provar que você está errada.

— Vou começar a gritar com você por ter me passado clamídia. Você trabalha aqui. A cidade é pequena. Coisas como essa se espalham.

Ele deu de ombros.

— Você também mora aqui.

— Temporariamente. E não dou a mínima para o que as pessoas daqui pensam de mim.

Chelsea trouxe o prato de Sterling e o pousou diante dele, depois o meu, junto com as bebidas.

— Já podemos pedir — disse Tyler.

Coloquei a mão no rosto dele, minha expressão entristecendo e lágrimas enchendo meus olhos.

— Vai ficar tudo bem, Tyler. O corrimento vai parar depois de algumas rodadas de antibiótico, e a coceira vai desaparecer.

Chelsea fez uma careta, olhou para Tyler com nojo e gaguejou:

— Eu, humm... já... Eu já volto.

Tyler me encarou boquiaberto.

Zeke deu uma risadinha.

— Ela te avisou.

Sterling mexeu no prato, se desligando de nós.

Tyler olhou para Chelsea, que estava sussurrando com a outra garçonete e o cozinheiro. Eles estavam olhando para a nossa mesa, enojados.

— Uau. Você acabou de afundar o meu navio de batalha, Ellie.

Usei o garfo para cortar a omelete e comi um pedaço, bem satisfeita comigo mesma.

— Talvez eu só queira ser seu amigo — disse ele.

— Caras como você não conseguem ser só amigos de alguém que tenha vagina — falei.

Zeke assentiu com a cabeça.

— Ela tem razão.

Tyler se levantou, fazendo um sinal para a equipe fazer o mesmo. Eles obedeceram, e as cadeiras gemeram no piso.

— Nós te livramos de todos aqueles idiotas que estavam destruindo a sua casa ontem à noite, e é assim que você agradece?

Sorri para ele.

— Atrás dessa fachada de babaca, você é um cara legal. Eu estava bêbada ontem à noite, e meu radar não estava funcionando direito, mas

31

consigo te analisar a um quilômetro de distância. Não quero ser sua amiga. Não quero relembrar nossa trepada de uma noite só. Não tenho tempo para caras legais, Tyler, e não consigo imaginar um inferno mais terrível do que ser obrigada a passar um tempo com você sóbria.

Ele fez um sinal com a cabeça para Sterling.

— Ele parece um cara legal.

O pelo na minha nuca se arrepiou. Eu estava sendo o mais malvada de que era capaz, e Tyler agia como se estivéssemos trocando elogios.

— O Sterling é um merda.

— Ela está certa — disse Sterling de um jeito casual. — Sou mesmo.

A equipe de Tyler trocou olhares, e ele me observou por um tempo.

— Saboreie seus ovos.

— Vou fazer isso — falei, me assegurando de não olhar enquanto ele se afastava.

Sterling esperou um segundo ou dois antes de se aproximar.

— Você deve gostar dele. Nunca te vi tão agressiva.

Acenei para dispensá-lo.

— Ele pode ser um idiota autoconfiante, mas não é mau. Ele não devia se misturar com a gente.

— Verdade — comentou meu amigo, enfiando mais um pedaço na boca. Ele limpou os lábios com o guardanapo, depois olhou para mim, as sobrancelhas aparadas. — Desde quando você é responsável?

— Ah, querido... espero que seu dia seja tão agradável quanto você.

Ele deu uma risadinha e deu outra garfada na refeição.

3

Finley embolou o casaco de vison e jogou os óculos Chopard Grey sobre a mesa de mármore na entrada. Ela não era descuidada; só queria que todo mundo soubesse que os seiscentos dólares que gastara para proteger os olhos dos raios solares não a preocupavam — ela não dava a mínima se eles caíssem de um iate alugado no mar do sul da China, na viagem da próxima semana.

Finley girou o piercing de diamantes no nariz no sentido anti-horário, depois colocou uma pastilha de hortelã na boca.

— Vou ter que andar de avião fretado daqui para a frente. Até a primeira classe está nojenta. E os aeroportos... *eca!*

Vestindo uma camiseta cinza-chumbo como um modelo da Banana Republic, Marco colocou a bagagem dos dois no saguão e cumprimentou Maricela e José em português, quando ambos vieram apanhar as malas.

— Eles falam espanhol, Marco — comentei sem emoção.

Marco tirou os óculos, sorrindo para mim como se soubesse de uma história — ou cinco — que me contaria mais tarde, na frente de Finley, quando estivéssemos todos bêbados.

— É bem parecido.

Olhei furiosa para Finley.

— Você o trouxe — falei, acusadora.

— Ele vai ficar num hotel — minha irmã respondeu, mal percebendo que Marco estava tirando a blusa dela. Em seguida, ele se abaixou para desamarrar suas botas de neve felpudas.

Eu me encolhi.

— Para. Marco, para. Agora.

Marco tirou a segunda bota de Finley e colocou as duas perfeitamente alinhadas, se levantando e esperando com desejo no olhar — não o tipo de desejo que uma mulher da minha idade gostaria de receber de um homem lindo e exótico como Marco. Ele estava esperando para me fazer um favor, me agradar, atender a qualquer necessidade que eu tivesse, e não por mim, por Finley. Ele não apenas se orgulhava de agradar a sua empregadora e qualquer pessoa que a cercasse — era uma obsessão. Acalmar minha irmã e seu séquito era sua principal especialidade, e ele adorava exibir seus talentos.

— Posso apenas... — começou ele, estendendo a mão para as malas da minha irmã.

— Não, não pode — falei, dando um tapa em suas mãos. — Leve sua bagagem e vá procurar seu hotel. A Finley vai ser capaz de respirar sozinha esta semana.

Marco ficou inquieto, sem saber como atender ao meu pedido.

Finley sorriu para ele com uma paciência fingida.

— Tudo bem, Marco. Pode ir. Aproveite as suas férias.

Ele fez que sim com a cabeça algumas vezes, confiante e inseguro ao mesmo tempo, claramente incomodado por deixar Finley por conta própria durante mais do que alguns minutos.

Marco beijou a mão dela.

— Se precisar de alguma coisa, srta. Edson, chego aqui em dez minutos.

Ela se afastou devagar, acenando para ele ir embora, indiferente ao seu charme.

Marco pareceu quase arrasado enquanto pegava a própria bagagem e fechava a porta ao sair.

Suspirei.

— Essa merda está saindo do controle.

Ela deu um sorriso cínico, andando alguns passos para me abraçar com força.

— Você só está com ciúme.

Eu a apertei uma vez, depois me afastei.

— Ele limpa a sua bunda? Só assim eu teria ciúme.

Finley riu, tirando as luvas e andando pelo corredor até a sala do piano. Ela as jogou na chaise e sentou, relaxando e cruzando os pés, perfeitamente vestidos com meias. Seus cabelos dourados caíam em ondas delicadas que passavam um pouco dos ombros, brilhosos e perfeitos como deveriam estar, depois do dinheiro que ela gastava para mantê-los assim.

— Não que ele não tenha tentado, meu amor. Você está certa, ele provavelmente respiraria por mim, se pudesse.

— Isso não é irritante?

— Na verdade, não. Eu não me preocupo com nada, exceto com o que tenho que me preocupar.

— Quando é que você volta ao trabalho? O conselho do papai ainda está reclamando da sua promoção?

Ela suspirou.

— Logo, e sim. Como está a Terra do Inverno?

Olhei pela janela. Não estava nevando, mas o vento soprava pedaços gelados dos galhos das árvores.

— Acho que estou pronta para o mar.

Ela me observou enquanto os lábios vermelhos se contraíam para o lado.

— Você não me parece pronta.

Cutuquei o esmalte azul-marinho do polegar.

— Estou desanimada. Já pegamos sol em todas as praias e esquiamos em todos os resorts de Estes até os Alpes.

— Você está entediada? — perguntou Finley, surpresa.

— Deslocada.

Finley revirou os olhos, cheia de indignação.

— Não entra nessa, Ellison. O maldito clichê da riquinha entediada com a vida, cercada por todos e por ninguém, que se sente sozinha.

— Não me trate como se você fosse superior. Lembro muito bem que você também passou por uma fase.

— Fiz compras e passei um mês com você em Barbados. Não saí por aí trepando com todo mundo. Você sempre gostou de remédios, aliás, herdou isso da mamãe, mas, pelo amor de Deus, Ellie. Arrume um hobby. Um namorado... pode até ser uma namorada. Encontre uma causa. Encontre *Deus*. Não dou a mínima, mas não reclame de ser bilionária e de ter o mundo inteiro aos seus pés.

Eu não sabia que expressão estava em meu rosto, mas deve ter espelhado a de Finley. Cobri os olhos e sentei no sofá, me recostando.

— Merda, você está certa. Estou parecendo o Sterling.

— Você não é tão ruim, mas está quase lá... Você não está entediada, está se sentindo vazia. Pare de tentar se preencher com cocaína e haxixe. Você sabe que essas merdas não funcionam.

Estreitei os olhos para ela.

— Que porra é essa, Finley? Quando foi que você começou a ser adulta? Tem uma babá que mexe seu café e agora você está me ensinando sobre escolhas de vida?

Ela se levantou, deu alguns passos até o sofá e caiu ao meu lado, pendurando as pernas no meu colo. Em seguida entrelaçou os dedos nos meus.

— A Betsy morreu de overdose. Não quero que você seja a próxima.

Eu me ajeitei.

— A Betsy March?

Finley assentiu com a cabeça, esfregando a palma da minha mão com o polegar.

— Nove meses atrás, ela estava no mesmo estágio que você. Todos nós vimos isso.

— Eu não.

— Você está sumida, Ellie. Ninguém mais te vê. Exceto talvez o Sterling.

— Vamos para Sanya na próxima semana.

— Faz seis meses que eu não te vejo. A Betsy também estava supermal. Não quero que me digam que te encontraram na merda. Essa é uma conversa de irmãs. Você está fodendo tudo. Precisa ter coragem e lidar com isso.

— Lidar com isso? — perguntei, sorrindo.

Finley estava tentando manter a linha, mas secou rapidamente o olho. Estendi a mão para ela.

— Fin. Eu estou bem.

Ela assentiu.

— Eu sei. Todos estamos até não estarmos.

— Vamos lá. Você viajou o dia todo. Vamos preparar uma banheira quente, relaxar e pedir algo para comer.

Ela sorriu para mim.

— Não me surpreende você estar entediada. Isso me parece horrível.

— Tudo bem, toma uma ducha quente, depois vamos sair pra jantar e encontrar um bar com um monte de caras gostosos.

Ela sorriu.

— Assim é muito melhor.

O Grove estava cheio, mas não lotado. Estranho para a época de esqui, mas considerei que estávamos com sorte. Finley dividia seu tempo entre um kir royale e as mesas ao redor, curtindo a atenção curiosa que estava recebendo simplesmente por ser linda.

— Sempre gostei dos homens daqui. São de um tipo sexy diferente do que estamos acostumadas. Brutos. Estou adorando as barbas.

— A maioria não é daqui, na verdade.

Finley deu de ombros.

— Nem nós.

O celular dela zumbiu, e ela digitou uma rápida resposta, irritada com quem mandara a mensagem.

— É a mamãe?

Finley balançou a cabeça.

— O Marco. Só está querendo saber de mim.

Eu me inclinei para a frente, meus peitos quase expostos pressionando a mesa. Finley percebeu, mas só deixou que eles a distraíssem por um instante.

— Ele está apaixonado por você? — perguntei.

— Não sei. Provavelmente. Onde foi que você comprou essa blusa? Faz seus peitinhos minúsculos parecerem estranhamente atrevidos.

— Meus peitos não são minúsculos.

— Por favor — disse Finley enquanto o garçom entregava nosso edamame. — Você mal usa tamanho 40.

— Nem todo mundo quer ter aqueles peitos de silicone enormes, Fin.

Ela olhou para o garçom. Ele começou a falar, mas ela o interrompeu.

— Quero outro, sim. Não, não há nada que possa trazer pra nós agora. Sim, o edamame está uma delícia. Obrigada.

Ele fez que sim com a cabeça e foi para a cozinha.

— Ele vai cuspir na nossa comida — falei, observando-o desaparecer atrás de uma porta vaivém.

Ela soltou uma risada.

— Eu não fui grossa. Só deixei o atendimento dele mais eficiente. — Seus olhos se iluminaram, e ela se levantou, abraçando Sterling. — Olá, meu amor!

Sterling beijou seu rosto, depois sua boca. Ela não recuou.

Ele olhou nos olhos dela, balançando a cabeça e sorrindo.

— Fin. Você está linda.

Ela sorriu.

— Tem razão.

Sterling segurou a parte de trás da cadeira de Finley até ela se acomodar, depois ajudou a empurrá-la. Virei o rosto quando ele se abaixou, deixando-o beijar minha bochecha.

— Já vou avisando... eu beijei sua irmã — disse Sterling, sentando ao lado de Finley.

Ela olhou para ele, depois para mim.

— Do que ele está falando?

— Eu meio que o forcei a me beijar ontem — expliquei, já sentindo a ira silenciosa de Finley. Ela não estava interessada em Sterling, mas ele lhe pertencia. — Para me livrar do bombeiro.

As sobrancelhas de minha irmã se ergueram, e ela olhou para Sterling em busca de confirmação. Eles eram um casal estranho, usando roupas e acessórios que custavam mais do que uma casa comum, mas ambos falidos em termos emocionais e morais. Finley pode ter conseguido me tirar de um círculo vicioso, mas tinha um bolso cheio de pessoas e um armário cheio de coisas: todas dispensáveis. Sterling amava Finley, mas nunca imploraria por ela, e preferia se afundar na miséria infinita a admitir a derrota e tentar amar outra pessoa. Éramos amigos porque menos de um por cento da população mundial poderia se identificar com a tristeza de ter muito dinheiro e muitas oportunidades, e com o tédio de ser totalmente livre das limitações monetárias.

Podíamos confiar um no outro para nunca esperar nada além do tempo ou da expectativa de ser convidado para a próxima viagem. Nossas amizades nunca seriam mais relacionadas a conexões do que a piadas internas e conversas tarde da noite. Sabíamos que, se fôssemos reclamar do sofrimento causado pelo dinheiro, isso não aconteceria pela falta dele. Não tínhamos nada em comum, exceto o fato de que possuíamos *uma coisa a mais* do que todas as outras pessoas: dinheiro.

— Você realmente a beijou? — Finley perguntou a Sterling.

Ele assentiu, percebendo seu erro tarde demais. Ele estava esperando uma crise de ciúme. A raiva de Finley sempre cozinhou lentamente, e ela estava apenas começando a ferver.

— Fin — comecei.

— *Shhh*. Você não tem o direito de falar.

Eu me recostei no assento, esperando que a noite não ficasse mais constrangedora.

Comemos o robalo e a vitela, ricota de búfala e chicória. Bebemos kir royales demais, que, de alguma forma, se transformaram em rodadas de uísque escocês, e, depois de dar ao garçom a maior gorjeta que ele já vira, saímos para o frio para acender cigarros e soprar baforadas de fumaça branca no ar.

Finley parecia ter nos perdoado, rindo das minhas piadas no peito de Sterling, mas eu sabia que não era bem assim. Sterling a puxou mais para perto, aproveitando todas as chances de abraçá-la que ela lhe dava. Eu os guiei pelo beco até o Turk, um bar caído com entrada pelos fundos, difícil de achar mesmo querendo.

— Quero ver seu bombeiro de elite — disse Finley, bêbada e tonta.

— Ele provavelmente vai estar aqui. Eu já o vi aqui. A maioria dos moradores da região vai ao Turk.

Entramos, tiramos os casacos e as luvas, e Paige acenou para mim do bar. Deixei que ela me abraçasse e nos levasse a uma mesa no canto.

Tyler Maddox estava lá, conforme esperado, e tinha um jarro de cerveja só seu, com um cigarro pendurado atrás da orelha.

— Caralho — disse Finley no meu ouvido, mas não muito baixo.

Tyler fingiu não escutar quando se levantou, apertando a mão de Sterling e apontando para as cadeiras vazias, inclusive a dele. Zeke e outro homem se levantaram até nós sentarmos, depois esperaram Tyler encontrar uma cadeira adicional para levar à nossa mesa.

Paige se aproximou do meu ouvido.

— Ele estava falando de você agora mesmo.

— Aposto que sim — concordei.

Finley se apresentou primeiro para Tyler, depois para Zeke. O terceiro homem apertou a mão dela quando ela a estendeu.

— Daniel Ramos — disse ele.

— Também conhecido como Docinho — completou Tyler com um sorriso de leve.

Finley deu uma risadinha. Ela se apaixonou instantaneamente por Tyler, e Sterling percebeu. Ele passou com muita facilidade da risada e do afeto para sentar imóvel entre o amor da sua vida e Paige.

Paige apoiou o queixo na mão, sorrindo para Docinho.

— É tão previsível.

— O quê? — perguntou ele.

— Todas as transferências vêm da Califórnia.

— Não vim pra cá com a intenção de ficar seis temporadas — disse ele.

O cabelo roxo com penteado pompadour de Paige brilhava sob as luzes néon do bar.

— Por que veio, então?

— Por causa de uma garota.

Zeke deu um tapa no ombro dele.

— O Docinho não é um doce?

Docinho deu de ombros e se afastou dele.

— E onde ela está? — perguntou Paige, tentando dar seu melhor sorriso paquerador.

— Não está aqui — respondeu ele, inclinando-se na direção dela.

— Não tem garçonete hoje à noite? — perguntou Finley, irritada. Foi aí que eu vi a verdade por trás do brilho de raiva em seus olhos. Ela não tinha me perdoado e muito menos a Sterling. Ela ia paquerar o bombeiro de elite sobre o qual eu falara só para nos castigar.

Tyler se levantou e foi até o bar.

— Pode deixar.

Escutei Finley e Sterling conversarem, ao mesmo tempo em que não tentavam entreouvir Zeke e Docinho. Docinho estava reclamando de uma garota, e Zeke mencionou outro Maddox.

— O Tyler tem um irmão? — perguntei.

— Quatro — respondeu Zeke.

— Você consegue imaginar cinco Tylers andando por aí? — provoquei.

— Não preciso imaginar — disse ele. — Já vi na vida real, e é assustador pra caralho.

Balancei a cabeça.

— Coitada da mãe deles. Eu me mataria.

Zeke se mexeu na cadeira.

— Ela morreu quando eles eram pequenos.

Coloquei a cabeça nas mãos, olhando para baixo.

— *Merda*. Isso é terrível. Sinto muito — falei, feliz por Tyler não estar por perto para me ver enfiar a cara num buraco.

— Tudo bem — disse Zeke. — Você não sabia.

Tyler voltou com uma bandeja de doses e serviu a todos. Em seguida, ergueu o próprio copo.

— Aos bons amigos e às belas mulheres — disse Tyler. Levantamos nossos copos, quase apreciando o brinde adorável. Mas aí ele acrescentou: — Chupando o meu pau. — Seus amigos riram, e nós balançamos a cabeça, mas todo mundo virou o uísque.

Tyler se levantou para pegar mais uma rodada, e Paige se aproximou de Docinho.

— Que diabos foi isso? Por que ele está agindo como um babaca, de repente?

Docinho olhou para Finley.

— Irmãs são complicadas.

Tyler sentou de novo, baixando a bandeja com cuidado.

41

— O que é isso? — perguntou Finley, encostando no braço dele.

Docinho fez uma careta.

— Acho que não funcionou.

Paige virou para mim.

— Ele está sendo babaca para afastar sua irmã?

— Não tenho certeza — falei, percebendo que ele me observava.

Ele voltou a atenção para Finley e virou o pulso, deixando-a analisar a flecha pouco acima do cotovelo.

— Essa foi Taylor quem escolheu.

— Sua namorada? — perguntou Finley.

Tyler e Zeke riram.

— Não — respondeu Tyler. — O Taylor é meu irmão.

— Taylor e Tyler. Que adorável — disse Finley, mantendo os dedos no braço dele.

— Aparentemente, tem mais três — comentei.

Finley voltou a atenção para mim, analisando como eu sabia da vida de Tyler. Apontei para Zeke, e ela sorriu, continuando a alisar o braço do bombeiro.

— São cinco irmãos? — ela perguntou. — Foi assim que você aprendeu a lutar?

— Ah — disse Tyler, de repente parecendo desconfortável. — Você soube dessa história.

— Foi?

— Em grande parte.

— Vocês já brigaram por causa de uma garota? — perguntou ela.

Eu estava começando a sentir pena da minha irmã. Finley estava se esforçando tanto para provocar ciúme em Sterling e em mim que estava parecendo uma turista desesperada.

— Não — disse Tyler. — Nunca.

— Não acredito. É claro que, pelo menos uma vez, mais de um dos cinco se sentiu atraído pela mesma garota — provocou ela.

Tyler se remexeu no assento.

— Nenhum de nós trocou socos por causa de algo assim. Ajuda o fato de sermos atraídos por tipos completamente diferentes. A maioria de nós, pelo menos.

— Qual é o seu tipo? Loira? Rica? Ninfomaníaca? — perguntou Finley, se aproximando dele.

Eu me encolhi.

— Fin...

Sterling se levantou.

— Acho que vou encerrar a noite.

— Não — reclamou Finley, estendendo a mão para ele. — Não seja bobo. Acabamos de chegar.

Sterling jogou algumas notas altas sobre a mesa, que facilmente pagariam as bebidas de todos e muito mais, e foi em direção à porta. Finley franziu a testa, mas o seguiu.

Tyler me observou por alguns segundos, depois se aproximou com o cotovelo sobre a mesa.

— Você também já vai?

Levantei meu copo e tomei um gole, balançando a cabeça.

— Ela vai voltar. Ele não.

— Como você sabe? — perguntou ele.

— Somos amigos há muito tempo.

Zeke riu por trás da mão, tentando olhar para qualquer lugar, menos para mim.

Ergui uma sobrancelha.

— Alguma coisa engraçada?

Ele pigarreou, se empertigando um pouco.

— Nada. Vocês são um trio bizarro. Ele está com ela? Ela vai ficar com você? — Ele coçou a barba por fazer, esperando minha resposta.

— Ela é minha irmã. Vocês trabalham? — perguntei. — Só vejo vocês festejando, fodendo e passeando por aí no carro do trabalho.

Tyler pediu mais uma rodada para a mesa.

— É a caminhonete dos bombeiros. E, sim, trabalhamos pra caralho. Só que as coisas estão devagar. Trabalhamos para a cidade na baixa temporada.

Docinho ergueu o copo para Tyler.

— Grande verdade. Já salvamos a cidade mais de uma vez.

Levantei meu copo bem alto.

— Ao combate ao incêndio ou qualquer coisa assim!

— Combate ao incêndio ou *qualquer coisa assim?* — comentou Tyler, parecendo ofendido.

Dei uma risada.

— Ah, por favor. Você escolheu sua profissão. As pessoas não são obrigadas a te idolatrar por causa disso.

— Uau, bacana — disse Tyler, se levantando. Ele pegou as costas da cadeira, os músculos do antebraço tensionando sob a bainha da manga da camiseta. Em seguida ajeitou as pulseiras de couro trançado surradas no pulso direito, as unhas roídas e o nó dos dedos grossos de tanto estalar, como fizera duas vezes desde que Paige nos conduziu até a mesa deles. Eu queria aqueles dedos dentro de mim, o antebraço ficando tenso enquanto ele agarrava meus quadris. Eu queria algo que nunca me ocorreu: um repeteco.

— Calma, Maddox — disse Zeke. — Ela não está errada.

— Ah, ela está errada. Ela está totalmente errada.

Pisquei para Zeke.

— O que você vai fazer depois daqui?

Zeke olhou ao redor, depois apontou para o próprio peito.

— Eu?

— É. A camisa de flanela está me matando. Estou adorando esse estilo lumbersexual que você criou.

Zeke deu uma risadinha, depois levou o punho até a boca, engasgando com a própria saliva quando percebeu que eu estava falando sério.

A cadeira de Tyler caiu para a frente, se apoiando na mesa, quando ele a empurrou para longe antes de ir até o balcão. Ele se apoiou no bar com o cotovelo, conversando com a bartender, Annie. Ela deu uma risadinha e balançou a cabeça, piscando.

— Não sei o que está acontecendo entre vocês dois — disse Zeke. — Mas não me coloca no meio.

— Sábia decisão — comentou Docinho, dando um tapa no ombro de Zeke.

— Tá bom — falei, me virando para Paige. — O que você vai fazer mais tarde?

— Você? — disse ela com um sorriso malicioso. Ela não se importava de ser o plano B, nem mesmo o plano C.

Sorri.

— Boa resposta.

O queixo de Zeke se ergueu, olhando para alguém alto atrás de mim.

— Ei, Todd. Achei que você não podia mais entrar aqui — comentou Zeke.

Todd ajeitou o peso do corpo, exibindo uma mancha amarelada na bochecha.

— O Maddox já foi expulso mais vezes do que eu. E você está aqui com ele.

Zeke assentiu com a cabeça.

— Tem razão. Não sei por que eu fico fazendo isso comigo mesmo.

Docinho deu um tapinha nas costas do amigo.

— É melhor a gente ir.

Todd se abaixou, encostando a têmpora na minha. Fiquei mais curiosa do que ofendida, por isso esperei, sem me mexer.

Docinho se aproximou, esperando para reagir. Sua camisa social azul-marinho escondia o monstro por baixo. Ele era uma parede de tijolos, talvez ainda mais do que Tyler e tão alto quanto ele. Os dois tinham cabelo com corte militar, mas Docinho era menos um bulldog sem coleira e mais um soldado treinado.

— Talvez a gente se junte a vocês — disse Todd, virando para me olhar. Ele sorriu, perto demais do meu rosto, mas não me encolhi. Ele era imprudente, e eu precisava estar na primeira fila para testemunhar o que ia acontecer em seguida.

— Todd — alertou Docinho —, o Maddox andou bebendo.

— Eu também — disse Todd, sorrindo para mim. — Qual é o seu nome, belezinha?

— Isso aí — falei, espelhando sua expressão. — Esse é o meu nome.

— Belezinha? — perguntou ele, se divertindo.

— Mercer — disse Tyler, a voz ressoando por sobre a música. Ele estava parado atrás de Todd, bem perto, provocando-o com a falta de espaço que ele oferecia.

45

Docinho se levantou.

— Vamos embora, Maddox.

Um dos lados da boca de Tyler se curvou para cima, mas ele não tirou os olhos de Todd.

— Não com todas essas garotas bonitas que acabaram de chegar.

Paige encostou na minha mão, e eu a apertei, não porque estivesse com medo, mas porque o pico de testosterona estava fazendo minhas partes femininas gritarem com o melhor tipo de dor.

Zeke também se levantou, e os bartenders perceberam.

Todd e Tyler se encararam por vinte segundos, até Todd finalmente falar.

— Estou curioso.

— Tenho certeza que posso responder — disse Tyler.

— Se é que você vale alguma coisa sem seu irmão por perto.

Os olhos de Tyler brilharam de empolgação.

— Não aumenta minhas esperanças, Mercer. Dá logo esse soco ou cala essa maldita boca.

Sem pensar, fiquei em pé entre os dois, olhando para cima.

— Por que os caras fazem isso? Por que eles se chamam pelo sobrenome? Dizer o nome é babaquice? É íntimo demais?

Docinho estendeu a mão para mim.

— Vem cá, Ellie.

Meu rosto se contorceu.

— Eles não vão fazer nada.

— Não? — perguntou Todd, sem saber se deveria ficar ofendido ou aliviado.

Encostei nos ombros dele, ficando na ponta dos pés para dar um beijo de leve em seu rosto.

— Você vai me agradecer depois. — Ergui o joelho, afundando-o com força em sua virilha. Ele se dobrou, depois caiu em posição fetal enquanto todo mundo ficou parado em volta, em estado de choque.

— Ei! Sai daqui, porra! — gritou Annie.

Tyler segurou minha mão e saiu em disparada, empurrando a porta e correndo pelo beco, depois pela rua. Nossos sapatos esmagavam a neve conforme atravessávamos um pequeno tumulto. Tyler não parou até chegarmos à sua caminhonete Dodge branca de cabine dupla, com os amigos logo atrás.

Ele apertou o alarme da chave e olhou para mim com um sorriso surpreso, o hálito visível no frio ar noturno. Apontou com a cabeça para a caminhonete, enquanto as duas portas do lado do passageiro abriram e fecharam com força.

— Entra. Vou levar os dois para casa, e depois...

— Depois o quê?

Ele deu de ombros.

— Vou levar você.

Enfiei as mãos nos bolsos do casaco e balancei a cabeça.

— Não. Tenho que voltar e esperar a Fin.

— Ela está com o Sterling.

— A gente meio que deixou a Paige lá também.

— Por que você fez aquilo? — perguntou Tyler. — Nunca vi uma garota fazer aquilo... nunca. Bom, talvez no ensino fundamental, mas nunca com tanta alegria.

— O machucado no rosto dele. Foi você?

Ele assentiu.

— Duas semanas atrás. Briga de bar. Foi violenta.

— Mas você não se machucou.

Ele deu de ombros.

— Não gosto de levar porrada, então não levo.

— Ninguém gosta.

— Mas eu não levo.

— Como é isso? Você é treinado ou o quê?

— Mais ou menos. Tenho quatro irmãos.

— Achei que você tinha dito que vocês não brigavam.

— Não por causa de garotas.

— São todos como você? Seus irmãos?

Ele deu de ombros de novo.

— Quase.

— Isso explica muita coisa.

47

Ele deu um passo na minha direção com a mesma expressão de quando estava no primeiro degrau da minha escada.

— Você não precisava fazer aquilo. Estava tudo sob controle.

— Não fiz isso por você. Fiz por ele.

— Porque você sabia que eu ia matar o cara?

Soltei uma risada e umedeci os lábios quando o vi pegar um cigarro.

— Me dá um.

Tyler prendeu o cigarro entre os lábios enquanto acendia o meu, envolvendo o isqueiro conforme tragava o próprio cigarro. Soltamos a fumaça ao mesmo tempo, e eu senti meu corpo começar a tremer.

— Vem pra casa comigo — disse Tyler.

Balancei a cabeça.

— Vou levar a Paige pra casa. Ela estava a fim do Docinho. Agora ela está lá dentro, sozinha, se sentindo errada, quando na verdade ela é a coisa mais linda dessa espelunca.

— Não é a mais linda — murmurou ele, desviando o olhar. Quando não respondi, ele virou para encontrar meu olhar. — Quero te levar pra casa.

— Estou no clima de algo suave hoje à noite.

Ele se inclinou, beijando meus lábios uma vez.

— Eu sei ser suave.

Eu o inspirei, sentindo as coxas ficarem tensas.

— Não parece que a gente consiga.

Ele deslizou os dedos na minha nuca, me apoiando na porta, depois pressionou os lábios nos meus, me saboreando como na primeira noite, com um desejo que fez toda a razão se derreter com o que restava de mim.

Em seguida se afastou, passando o polegar no meu lábio inferior.

— Foda-se a Paige.

— É o que pretendo fazer — falei, recuando alguns passos antes de me virar.

Tyler bufou, e eu ouvi sua porta abrir e fechar, e o motor dar partida. Atravessei a rua e voltei para o Turk. Paige estava parada do lado de fora, fumando no beco coberto de neve, e pareceu aliviada ao me ver.

— Você voltou — disse ela.

Meu celular zumbiu, e a tela se acendeu. Reconheci a selfie de Finley, digna de revista, e franzi a testa.

> A caminho. O Marco vai levar a gente.

Rosnei, enfiando o celular no bolso traseiro.

— Más notícias? — perguntou Paige.

— É só que... a garota que estava comigo, minha irmã, Finley. Ela tem um assistente, e ela está com ele agora. Eles vêm buscar a gente.

— A gente?

Meu rosto se suavizou.

— É. Você tem planos para as próximas três horas? Ou até de manhã?

Paige engoliu em seco e sorriu, balançando a cabeça. Seu rosto era muito doce. A morte de sua inocência ainda era recente, e dava para perceber que Paige ainda gostava de fingir que ela existia.

Faróis iluminaram nossos olhos, e levantamos as mãos.

— Que porra é essa, Marco? Apaga o farol alto!

— Desculpa! — gritou ele do banco do motorista.

Os faróis diminuíram, e eu estendi a mão para Paige.

— Isso não é um felizes para sempre. É só hoje à noite.

Ela entrelaçou os dedos nos meus e fez que sim com a cabeça, seguindo-me até o carro alugado de Marco.

— Oi — disse Finley quando nos ajeitamos no banco traseiro. O batom e o rímel dela estavam manchados.

Eu me encolhi.

— Eca, o que aconteceu com você? Por favor, não me diga que você chupou o Marco por se sentir culpada.

O sorriso de Finley desapareceu, e ela virou para a frente.

— Leve a gente para casa.

— Sim, srta. Edson.

4

Finley entrou cambaleando no meu quarto, envolvida em um roupão branco de plush e segurando uma caixa embrulhada em papel branco e um laço de fita colorido. Ela acendeu a luz e se encolheu. O rímel borrado tinha sumido, e ela estava como seu eu maravilhoso de sempre, sem a maquiagem desnecessária.

Ela notou que Paige estava nua, deitada de bruços na minha cama, e se juntou a mim no assento perto do peitoril da janela.

Então me passou a caixa e se apoiou na parede.

— Abre.

Fiz o que ela pediu, puxando o laço bem atado, tirando o papel e finalmente chegando à tampa de papelão. Dentro, havia outra caixa de papelão. Levantei a tampa e vi a foto de uma câmera fotográfica.

— O que é isso?

— Não é a câmera mais cara para amadores que existe, mas é a melhor. Pelo menos foi o que o Google disse.

— Isso foi ideia sua?

Ela deu de ombros.

— Do Marco. Ele falou que você estava entediada em Maui até roubar a câmera dele. Ele ficou bem impressionado com algumas fotos que você tirou, e achou que seria um bom presente pra te dar.

— Eu mal me lembro de Maui.

— Então uma câmera definitivamente é uma boa coisa pra te dar — ela provocou.

Tirei a tampa da lente e apertei o botão ligar, mexi nas poucas configurações que reconheci e apontei a lente para Finley. Ela colocou as mãos na frente do rosto.

— Não ouse.

Virei para Paige, dei zoom em sua mão apoiada nos lençóis amassados e cliquei.

A imagem surgiu imediatamente na tela, e eu virei a câmera apenas o suficiente para Finley poder dar uma olhada.

— O Marco estava certo. Você tem talento.

— Obrigada pela câmera — falei. Parecia mesmo natural que ela estivesse nas minhas mãos, algo ao qual eu poderia me agarrar.

Finley apontou com a cabeça na direção de Paige.

— Ela é um doce. E, meu Deus... muito linda. Ela deve ter se queimado de um jeito muito feio para acordar na sua cama. Na verdade, mais com se tivesse sido coberta de piche e penas. Pobrezinha.

— Eu sei.

— Então provavelmente você não deveria...

— Eu sei. Já avisei a ela.

— Você sabe que isso não dá certo. Não temos finais felizes com pessoas como ela. Nós as destruímos.

Apaguei a brasa do cigarro e joguei a guimba pela janela para repousar com as centenas de outras no cemitério escondido de Marlboros lá embaixo.

— Não sei. Eu consideraria a noite passada como um final feliz.

— Estou falando sério, Ellie.

— Também sei disso.

— E, só pra constar, não faço boquetes por piedade. Esse é a porra do seu talento.

— Eu não devia ter dito aquilo. Eu estava meio confusa. O bombeiro me beijou. Eu estava tentando levar qualquer pessoa pra casa, menos ele.

— O bonitão? — Quando assenti, seus ombros desabaram. — Droga. Eu queria aquele cara.

— Não queria nada.

— Tentei ignorar.

— Ignorar o quê? — Olhei para Paige. Eu ainda sentia suas mãos macias no meu corpo, sua doçura salgada em meus lábios.

— Que ele está a fim de você. Todas as vezes em que eu abria a boca, era como se eu estivesse interrompendo a concentração dele. O cara queria tanto que você olhasse para ele, e você simplesmente encarando o muffin de mirtilo ali... — ela disse, apontando para Paige.

— Eu não era a primeira opção dela. Ela preferia acordar ao lado do Docinho.

— O Docinho estava falando com o Zeke sobre outra garota. Tenho a sensação de que ele está curtindo uma decepção amorosa. A Paige está melhor sem ele. — Finley analisou a garota como se ela fosse um gatinho à beira do precipício. — Talvez ela fique bem.

— Ela vai ficar bem — falei, me levantando. Atravessei o quarto, deitei ao lado da pintura nua na minha cama e me aninhei ao seu lado.

Sem abrir os olhos, Paige estendeu a mão para trás, apertando meus braços ao seu redor.

Finley acenou para mim, balbuciando: "Brunch em duas horas". E saiu.

Apoiei o rosto na pele sedosa das costas de Paige, inalando a mistura sedutora de fumaça velha e loção. Ela se mexeu, o cabelo azul se arrastando pelo travesseiro como uma pena de pavão. Não tive medo do adeus constrangedor que viria inevitavelmente em seguida, nem dos seus sentimentos. Minha curiosidade genuína pelo que ela faria com a própria vida depois de mim se instalou no espaço não existente entre nós. Entrelacei minha perna na dela, o membro macio e carnudo se destacando no lençol caro amassado que só cobria sua bunda de curvas perfeitas — a mesma que subiu e desceu sob o meu toque até o sol espalhar tons pastel pelo céu.

— Estou acordada — sussurrou ela. — Tenho medo de me mexer e tudo acabar.

Coloquei a câmera diante do seu rosto e cliquei no botão de exibir, mostrando a foto da sua mão. Tudo no braço estava borrado, mas o cabelo azul era inconfundível. Eu estava preparada para ela me pedir para apagar a foto, mas ela estendeu a mão e acariciou o meu rosto.

— É linda.
— Posso guardar?
— Pode. Acabou?
— Acabou — falei. — Vou pedir para o José levar você para casa.
— Quem é José? — ela perguntou, se levantando e se espreguiçando, nem um pouco chateada.
— Um funcionário.

Ela sorriu, e seus olhos, que pareciam piscinas idênticas, sonolentas e felizes, se anuviaram por trás dos cílios antes de ela conseguir focar.

— Vou me vestir.

Então saltou da cama, vestindo o jeans skinny e o suéter, depois as botas.

— O café da manhã é no andar de baixo. A Maricela vai servir o que você quiser.

Paige assentiu, segurando a bolsa contra o peito. Ela não ia me pedir para me juntar a ela. Ela não ia me pedir nada.

— Talvez a gente se veja por aí — ela disse.

Apoiei a cabeça na mão.

— Não terei tanta sorte duas vezes.

Ela não tentou disfarçar que se sentiu lisonjeada. Seu rosto ficou vermelho, e ela levou o casaco porta afora, desaparecendo no corredor. Seus passos mal eram ouvidos enquanto ela descia a escada, mas a voz do meu pai subiu quando ele a cumprimentou.

Eu me apoiei na cabeceira da cama, esperando pacientemente e sem medo da inquisição. Ele ficaria com raiva por causa da conta da limpeza, mas ainda mais pelo quadro de Peter Max destruído do que pelo dinheiro. Ele me amava mais do que qualquer outra coisa, e isso era bom, porque minhas oscilações de humor e minha impulsividade haviam lhe custado milhões. A Ferrari, o incêndio na vila italiana do seu sócio e as contas dos advogados — também conhecidas como suborno — para me manter longe da cadeia.

Ele parou de repente na soleira da porta, como se fosse um vampiro que tivesse que esperar para ser convidado a entrar.

— Oi, pai. Como foi a viagem?

— Ellison — começou ele, a voz grossa de decepção contida. — Voltamos cedo pra casa pra conversar com você. Não é que a gente não te ame, coelhinha...

— Eu sei que vocês me amam — falei. Mantive o rosto calmo, mas fiquei me perguntando aonde ele queria chegar com aquela conversa. Normalmente, ele começava com o discurso de *Estamos muito decepcionados com você e esperamos que você melhore,* mas esse parecia diferente.

Ele suspirou, já exausto de me dar lições. Dois saltos clicaram no piso do corredor. Eu me sentei mais ereta quando minha mãe entrou no quarto, seguida de Sally, sua coach pessoal.

— Philip — ela começou —, eu pedi pra você esperar. — Ela falava bem baixinho, sorrindo para mim como sempre fazia, como se seu sorriso natural fizesse suas palavras serem magicamente imperceptíveis.

— Eu só...

— Sr. Edson — disse Sally. — É importante mantermos uma frente unida, lembra?

— O que é isso? — perguntei, me divertindo. — Uma intervenção?

— Nós te amamos — disse meu pai.

Minha mãe estava com a mão no peito do marido e deu um passo à frente, entrelaçando os dedos na cintura.

— Ellison, quando seu pai e eu soubemos da festa e dos estragos, já estávamos no nosso limite. Alertamos você inúmeras vezes. Você agora é adulta. Realmente não tem desculpa.

— Por que a Sally está aqui? — perguntei.

Minha mãe continuou:

— Estamos preocupados com a sua segurança e a segurança de outras pessoas Qual era a idade da moça que acabou de sair?

— Ela tem idade suficiente — falei, me recostando no travesseiro.

Espreguicei para disfarçar como estava me sentindo desconfortável. Esse tipo de confronto era inédito para eles. Meus pais normalmente tinham uma discussão acalorada, na minha presença, sobre como lidar comigo, depois meu pai me mandava para uma luxuosa viagem de férias — como a que eu estava prestes a fazer com Finley.

Minha mãe aliviou as rugas de arrependimento que atravessavam sua testa.

— Seu pai e eu decidimos... — ela pigarreou. Apesar da irritação, ela estava insegura.

— Meredith... continue — disse Sally.

— Você está de castigo — minha mãe se obrigou a dizer.

— Eu estou... o quê? — Dei uma risadinha na última palavra, totalmente descrente. Eu nunca tinha ficado de castigo na vida, nem mesmo quando era nova para realmente ficar de castigo.

Minha mãe balançou a cabeça, depois recuou até meu pai. Ele a abraçou como se os dois estivessem identificando meu cadáver.

Sally assumiu.

— Sua viagem para o mar do sul da China com a Finley foi cancelada, assim como seus cartões de crédito e o acesso às casas e aos funcionários da família. Você pode ficar aqui por mais noventa dias. Deve procurar um emprego e, depois que reembolsar seus pais pelos estragos que provocou a esta casa, alguns de seus privilégios voltarão.

Cerrei os dentes.

— Vai se foder, Sally.

Sally não se abalou.

— Ellison, é sério — disse minha mãe. — A Maricela e o José receberam ordens para manter comida na despensa e limpar os aposentos principais. Tirando isso, é tudo por sua conta.

— Me deixa entender. Vocês vão me deixar sem um centavo, sozinha... já que a Fin vai viajar sem mim... sem carro, mas querem que eu arrume um emprego e trabalhe até ganhar dezenas de milhares de dólares ao mesmo tempo em que pago pelas necessidades básicas e pelo aluguel? Gasolina, táxi, papel higiênico, comida? Como vou conseguir fazer as duas coisas? Vocês têm ideia do valor do aluguel nesta cidade? O que vocês estão propondo é uma bobagem.

— Não estamos propondo — salientou Sally. — A partir de agora, a sua vida vai ser assim.

Cruzei os braços.

— Tenho certeza que as minhas maluquices fizeram o seu salário diminuir, Sally.

— Coelhinha — meu pai começou.

Sally levantou a mão.

— Já conversamos sobre isso, sr. Edson. Ellison, não se trata de mim. A questão aqui é você.

— O que você ganha com isso? — perguntei, fervendo de raiva.

— Nada. O meu trabalho é zelar pelo bem-estar da família.

— Não por muito tempo — alertei. — Não esqueça que quem paga as contas não é a minha mãe, e o meu pai não concorda com as suas merdas. — Apontei para ele. — Pai, você não pode deixar que ela faça isso.

— É melhor assim — disse ele, sem convicção.

— Melhor pra quem? Vocês me criaram pra ser assim. Agora vão me punir por causa disso? Eu não era assim. Tentei ser boazinha para chamar a atenção de vocês, mas *nada* funciona!

— Culpa — disse Sally.

— Nós estamos em uma cidade *turística!* Nenhum emprego aqui vai me pagar o suficiente para pagar o que eu devo, o aluguel *e* as contas! Vou levar literalmente anos!

— Argumentação — disse Sally.

Como meu pai não deu nenhum sinal de desistir, fiz beicinho e sentei de pernas cruzadas para parecer uma criança.

— Eu sei que eu errei. Vou melhorar, pai. Eu juro.

— Barganha — disse Sally.

Uma lágrima escorreu pelo meu rosto.

— Vou odiar vocês depois de tudo. Isso não vai nos aproximar. Eu nunca mais vou falar com vocês.

Sally pigarreou.

— Manipulação. Essas lágrimas são instrumentos, Philip.

— Vai se foder, sua filha da puta desgraçada! — Agarrei os lençóis e quiquei no colchão conforme gritava.

Os olhos dos meus pais se arregalaram. Sally pareceu aliviada.

— Pronto. Essa é a Ellison de verdade. Você não está desamparada. Ainda pode usar a casa. A Maricela vai garantir que o básico seja fornecido. O resto, como a Meredith disse, é por sua conta.

Meu pai me observou com sofrimento nos olhos. Eu sabia que isso o estava matando por dentro.

— Nós te amamos de verdade. Você está certa, coelhinha, nós erramos com você. Esse é o único jeito que temos de consertar tudo.

— Eu sei — concordei, entredentes. — Deixar alguém encarregada do meu destino sempre foi o seu jeito de agir.

Ele se encolheu, e minha mãe o conduziu para fora, pelo corredor. Sally ficou para trás, com um sorriso convencido no rosto.

— Você pode ir — falei, olhando pela janela do outro lado do quarto onde, apenas meia hora atrás, Finley e eu admirávamos a beleza de Paige e conversávamos sobre eu não destruir o coração da garota.

— Você pode ligar para os seus pais, Ellison. Mas não pra torturar, não pra implorar, não pra tentar mudar a opinião deles. Vou estar com os dois pelos próximos três meses. Sua conta de telefone foi transferida pro seu nome, e é sua responsabilidade. Você tem um pacote básico até poder pagar por um melhor, então use com moderação.

Virei para ela, esperando matá-la com o olhar.

— Por que você ainda está aqui?

— É importante você usar esse tempo pra melhorar. Isso vai mudar sua vida, Ellie. Aproveite. O que os seus pais estão fazendo é a coisa mais difícil que eles já fizeram, e eles estão fazendo isso porque te amam.

— Ai, meu Deus, Sally. Você tem razão. Estou curada.

Sally soltou uma risada.

— Estou feliz por você ter mantido seu senso de humor.

— Isso não foi humor, sua imbecil; foi sarcasmo. Pode ir embora com os meus pais ingênuos, sua cobra gananciosa e calculista.

— Tudo de bom, querida. Espero falar com você em breve.

— Espero que você mande uma mensagem de texto para os meus pais, pedindo dinheiro, e que dois segundos depois um caminhão bem grande te atropele.

Sally não pareceu chocada, mas triste, e virou em direção à porta sem dar mais uma palavra. Ela cochichou com os meus pais, Maricela e José, antes de a porta da frente se fechar e o carro deles sair pelo portão.

Soquei o colchão, gritando o mais alto que pude. As palavras que saíam da minha boca não faziam nenhum sentido, mas foi a única coisa que me ocorreu fazer naquele momento.

Segui rapidamente pelo corredor em direção ao quarto de Finley. Sua cama estava feita, o quarto estava vazio e a bagagem tinha desaparecido.

— Que porra é essa? — falei, correndo de volta para o meu quarto em busca do celular. Disquei o número da Finley.

Ela atendeu de imediato.

— Ellie? Ai, meu Deus, querida, estou no carro com o Marco. Eles mal me deram tempo de me vestir. A Maricela estava com as minhas coisas arrumadas e perto da porta quando voltei para o meu quarto.

— Eles também te expulsaram?

— Não. Eles querem que eu vá para Sanya. Disseram que você precisa de um tempo sozinha.

— Ah, puta merda. Vou ficar longe de todo mundo?

Finley ficou calada.

— O que você vai fazer? A mamãe disse que cortou tudo.

— Eu... eu não sei. Não pensei ainda. Acho... acho que eu... — Se eu pedisse dinheiro à Finley, seria tão patética quanto todas as vacas interesseiras das quais reclamávamos desde a adolescência.

— Eles me proibiram de te ajudar — minha irmã comentou, parecendo derrotada. — Mas deixei todo o dinheiro que eu tinha na minha mesinha de cabeceira. Acho que tem uns oitocentos ou novecentos dólares. Ela pegou seu passaporte e cortou todas as suas contas. Eu sinto muito.

— Você sabia que isso ia acontecer? Foi por isso que voltou pra casa?

— Claro que não. Você é minha irmã, Ellie...

— Vou ficar bem. Obrigada pela grana. Quando a raiva passar, eles vão se sentir mal e mudar de ideia.

— Não — Finley sussurrou. — Eles passaram o controle para a Sally.

— Isso é ridículo. Nem é possível.

— Eles assinaram um termo. A Sally precisa assinar pra liberar todo o dinheiro e todos os serviços destinados a você. Foi isso que a mamãe me falou. Não sei o que eles vão fazer se você não achar um apartamento. A Sally estava falando sobre abrigos em Estes Park. — Eu nunca tinha visto a Finley com medo.

— Isso é simplesmente... absurdo. Depois que o papai abandonar essa merda de intervenção, ele vai mandar a Sally pastar. Ele me ama mais do que a própria consciência, mais do que a mamãe... e definitivamente mais do que um maldito contrato com uma falsa terapeuta.

— Exatamente. Ele te ama mais do que tudo, Ellie. Mais do que a culpa ou o orgulho dele, ou a raiva que você está sentindo. Até mais do que a mim.

— Isso não é verdade, Finley. Você é a filha boa.

— E você é a filha que exige mais atenção.

Meu peito doeu. Era verdade, e isso deixava tudo mais doloroso. Eu não sabia que Finley pensava em mim desse jeito, e sua opinião era a única que me importava.

Ela continuou como se não tivesse acabado de arrancar meu coração.

— É cedo demais pra ligar, mas eu não contaria com a ajuda deles tão logo. Eles estão falando sério desta vez. Você foi longe demais.

— Você precisa conversar com eles.

— Já tentei. E tentei conversar com você também, se é que você se lembra.

— Fin. Você é minha irmã. Me ajuda.

Ela fez uma pausa de vários segundos, depois suspirou.

— Já estou fazendo isso.

Apesar de Finley não poder me ver, fiz que sim com a cabeça, depois levei os dedos à boca. Ela estava certa, mas isso não era justo. Havia maneiras menos dramáticas de meus pais provarem que estavam certos.

— Boa viagem — desejei.

— Sinto muito, Ellie.

— Ãhã — falei, apertando o botão para desligar. O celular despencou da minha mão para a cama. Olhei pela janela, para a neve que caía nas árvores.

Arrumar um emprego? Sou formada em cerâmica. Onde diabos vou arrumar um emprego em Estes Park?

5

— *Eu disse não* — *falei, cutucando a madeira da mesa monstruosa da sala de jantar de Sterling.*

— É perfeito pra você — argumentou Sterling, já na terceira taça de vinho tinto. Ele ainda estava se recuperando das feridas da noite com Finley. Ao contrário do que dissera quando me convidou para ir à sua casa, Sterling não estava nem um pouco interessado em me dar ideias para encontrar um emprego em Estes Park.

— Bartender? — indaguei. — As pessoas da cidade sabem quem eu sou... principalmente os bartenders. Eles vão rir da minha cara e me expulsar se eu aparecer procurando emprego. Não vão acreditar que eu preciso de um.

— Eles não podem te discriminar, Ellie. Se você for mais qualificada que os outros candidatos, eles vão ter que te dar o emprego.

— Não é assim que funciona. Eles contratam parentes nesta cidade. E não. Não quero ser bartender. Acabei de ser expulsa do Turk. Eles vão ficar com medo de eu beber o estoque todo. Ainda mais agora que o José recebeu ordens de tirar todas as bebidas alcoólicas de casa.

— Sério?

— Sério — resmunguei.

— Que diabos você fez, Ellie? Não pode ser pior do que aquela vez em que você...

— E não foi. Estragaram um quadro, alguns vasos e uma mesa. Um pouco de vômito no chão... nada que o pessoal da limpeza não conseguisse resolver.

— Então não é por causa do dinheiro.

— O que você quer dizer?

— Você está fodida. Eles não estão tentando te ensinar a ter responsabilidade ou a ser grata, Ellison. Estão tentando salvar você de si mesma. Os pais da Betsy March fizeram a mesma coisa com ela. Você não tem saída. É melhor ceder ou acabar com tudo agora mesmo.

Fiquei boquiaberta.

— Você é um tremendo babaca.

Ele tomou mais um gole de vinho.

— As pessoas dizem isso o tempo todo. Estou começando a acreditar.

Olhei para ele, meu rosto já queimando de humilhação.

— Você não está precisando de... humm... uma assistente ou algo assim, né?

— Eu? É claro que não. Já tenho quatro. Ah. Você quer dizer... te contratar?

Meus olhos foram para o chão.

— Só se precisar de alguém. Não quero caridade.

— Nunca ia dar certo, Ellie.

— Por quê?

— Porque somos amigos, e eu quero que continue assim.

— Você acabou de dizer pra eu me matar.

Ele deu uma risadinha.

— Não era sério.

— Tá bom.

Ele apontou para mim.

— Esse é o motivo.

Franzi a testa.

— Do que você está falando agora?

— Você nem se esforçou. Eu disse "não", e você aceitou. Não quero uma fraquinha trabalhando pra mim. Fui criado com mais babás do que as assistentes que tenho hoje. Uma para limpar minha bunda, uma para lavar as minhas mãos, uma para me dar comida, uma para brincar durante o dia e outra para ficar acordada comigo à noite. E outras mais. Não lembro o nome delas. Minha preferida? Beatrice. Ela era mais malvada que um gato com um morteiro enfiado na bunda, e eu adorava. Ninguém mais falava comigo daquele jeito. Preciso de pessoas que não tenham medo de me dizer a verdade. Você pode, mas não consegue, e mesmo assim continuamos amigos.

Suspirei e fiz que sim com a cabeça, já entediada com o discurso. Ele realmente adorava ouvir a própria voz.

Sterling jogou o jornal para mim, se inclinou por sobre a mesa e abriu na parte dos classificados. Já havia círculos vermelhos na seção de *Ofertas de emprego*.

— Separadora de correspondência — falei, lendo suas sugestões. — McDonald's. — Olhei para Sterling, e ele levantou as mãos. — Caixa de banco. Estou falida, e você acha que é uma boa ideia uma viciada em maconha, completamente dura, trabalhar num banco?

Ele deu de ombros, se levantou e foi em direção ao bar.

— Estou tentando. Você precisa de uma bebida.

— Recepcionista de hotel. Trabalhar à noite. Fazer *check-in* e *check-out* de hóspedes, limpar algumas coisas e servir café da manhã. — Olhei para Sterling. — Eles pagam quinze dólares a hora para as pessoas fazerem isso?

— É uma cidade turística. Eles não conseguem gente pra trabalhar pelo salário mínimo, nem mesmo em empregos de salário mínimo. O custo de vida é muito alto.

— Não tem mais nada?

— Assistente na revista local. — Sterling deu uma risadinha. — *Opinião das Montanhas* — zombou ele. — Adivinha quem é o dono?

— Philip Edson? — bufei.

— Não, essa não é do seu pai. É o novo empreendimento de J.W. Chadwick, proprietário do Turk. Ele não vai te contratar. Também tem um emprego de garçonete no resort, mas você vai lidar com babacas como nós o dia todo.

Cobri o rosto, deixando o jornal cair na mesa.

— É isso que eu ganho por me formar em algo que eu sabia que era inútil. Eles me foderam. Meus pais me foderam.

— Você se fodeu. Não age como se não soubesse o que estava fazendo.

Peguei uma nota de cem dólares amassada no bolso e a joguei sobre a mesa.

— Isso é tudo que me resta.

— Eles te deixaram com cem dólares?

— Não, eles não me deixaram com nada. A Fin me deixou oitocentos e quarenta dólares. Eu bebi tudo.

— Você não é só uma bêbada; é uma bêbada irresponsável. Você merece isso.

— Eu te odeio.

Sterling piscou.

— Nah. Você me ama. Posso te dizer a verdade mais terrível, ainda assim continuamos amigos. É por isso que eu te amo. — E colocou um grande copo de gim na minha frente. — Bebe. Temos um longo dia pela frente.

— Não posso procurar emprego bêbada.

Ele levantou uma pequena pílula branca e a colocou sobre a mesa, empurrando-a em minha direção.

— Não vamos procurar emprego hoje. Vamos nos despedir da vaca rica Ellison Edson e dar "oi" para a Ellie trabalhadora da classe média.

— Vai pastar, Sterling.

Ele colocou a pílula na boca e a engoliu com vinho. Olhei para a mesa, girando o comprimido oval branco com a ponta dos dedos. Ele estava certo. Eu não ia procurar emprego hoje.

Joguei a pílula no fundo da garganta, sem me preocupar com o que era, apenas desejando que o efeito viesse rápido. Engoli o gim até a garganta queimar, depois olhei para Sterling, secando a boca.

— Isso vai dar merda.

— Sempre dá quando estamos juntos — disse ele, bebendo mais.

Acordei no chão, nua e mal coberta com uma toalha de mesa. Sterling era meu travesseiro, a coxa nua na minha bochecha. Eu me sentei, limpando a boca, sentindo gosto de sal e com ânsia de vômito.

— Ai, meu Deus — sussurrei, olhando para seu corpo nu, esparramado no chão.

Aquele não parecia o Sterling, com o maxilar barbeado com o qual eu estava acostumada. Seu rosto tinha começado a escurecer com o bigode, e seu cabelo normalmente alisado tinha se libertado do gel que deveria manter cada fio no lugar. Ele não era diferente de ninguém que eu havia deixado pelo caminho, desarrumado e destruído, mas a visão era a manifestação física do fundo do poço — o homem que minha irmã amava estava deitado nu no chão, e uma mistura do nosso suor ainda brilhava em sua pele.

A bile me subiu pela garganta, e o enjoo me derrubou. Eu não vomitava depois de uma bebedeira desde o primeiro ano. A sensação me pegou desprevenida.

Engatinhei pelo chão até alcançar as minhas roupas, levando cada peça de tecido ao peito. Soltei um gritinho baixo e senti lágrimas queimando meus olhos. *Finley.*

Ela nunca me perdoaria — ela nunca nos perdoaria. Tentei me lembrar do que acontecera. O sol já estava atrás das montanhas, o céu ficando escuro a cada segundo. Sterling e eu estávamos trepando há horas, mas eu não me lembrava de nada.

Tonta e humilhada, juntei minhas roupas, vestindo o sutiã, a camiseta, a calcinha molhada — mais enjoo — e a calça, sentindo a frieza do algodão na pele. Tive mais uma ânsia de vômito e disparei pelo corredor em direção ao banheiro. Meu estômago empurrou, e o vinho e a bebida alcoólica se espalharam pela porta. Pressionei os lábios e deixei minhas bochechas se encherem, segurando o resto apenas por tempo suficiente para levantar a tampa do vaso. A sensação era de que litros e mais litros de álcool queimavam meu nariz e minha garganta enquanto subiam e jorravam para o vaso sanitário. A água do vaso respingou no meu rosto, e eu fechei os olhos, soluçando.

Quando tudo acabou, eu me levantei, lavei as mãos e o rosto, enxaguei a boca e limpei os cabelos. Olhei no espelho. A garota que me olhava estava irreconhecível. Abatida, com olheiras profundas sob os olhos vermelhos. Uma viciada. Finley estava certa. Viver desse jeito acabaria me matando.

Segui pelo corredor na ponta dos pés, pegando meu dinheiro amassado e minhas botas de neve no caminho.

Sterling se mexeu, e eu corri para a porta, pulando numa perna só para calçar uma bota, depois a outra.

— Ellie? — ele chamou, a voz falha.

— Não aconteceu nada — falei.

Ele cobriu o rosto e virou de costas para mim.

— Merda. *Merda*. Não, não, não... a gente não pode ter feito isso. Nós não fizemos. Me diz que nós não fizemos.

— Nós não fizemos. Não aconteceu nada. Porque, se acontecesse, a Fin nunca mais falaria com nenhum de nós — falei, fechando a porta ao sair.

6

O despertador tocou perto do meu ouvido e eu estendi a mão, batendo nele até desligar. O sol da manhã entrava pelas persianas abertas — eu as deixara desse jeito de propósito, para me obrigar a sair da cama Minha entrevista na *Opinião das Montanhas* aconteceria em noventa minutos. Infelizmente, J. W. Chadwick era dono do bar do qual eu havia sido expulsa mais de uma vez, o que tornava a entrevista um pouco mais complicada.

Abri o armário, tentando pensar no que as pessoas usavam em entrevistas. Quando digitei no Google "O que vestir em uma entrevista de emprego em uma revista", a busca resultou em milhares de roupas que eu jamais usaria, incluindo um vestido de festa com um decote absurdo e uma saia transparente que eu tinha certeza de que ninguém usaria, exceto em um desfile de moda.

Apoiei as costas na parede e deslizei até o chão, colocando os cotovelos sobre os joelhos e apoiando a testa nos punhos. Eu era conhecida por coisas muito piores nesta cidade do que ser filha do bilionário local. Ninguém me contrataria, e, quando Finley descobrisse o que eu fiz, nunca me perdoaria. Eu tinha perdido tudo, e meu futuro parecia sombrio.

Lágrimas escorreram, se acumulando na ponta do meu nariz e pingando no carpete. Em breve, eu não conseguiria controlar os soluços que faziam meu corpo estremecer, e eu só conseguia pensar em como era injusto meus pais terem jogado essa bomba em cima de mim e tirado toda bebida alcoólica de casa. Minha mãe não conseguia nem fazer as malas sem ingerir duas garrafas de vinho para se acalmar.

— Srta. Ellisson! — disse Maricela, se agachando na minha frente. — O que aconteceu? Você está machucada?

Quando olhei para cima, ela usou o avental para secar as minhas lágrimas.

— Ninguém vai me contratar, Maricela. Sou a bêbada da cidade.

— Não nos últimos dois dias.

— Não posso fazer isso — chorei. — Não tenho a menor ideia de como fazer isso. Eles estão simplesmente me jogando para os lobos.

Maricela acariciou meus braços.

— Foi assim que eu aprendi a nadar, *muñequita*. Às vezes precisamos ser simplesmente jogados, ou nunca conseguiremos por conta própria.

— Eu fiz merda — falei, secando o nariz com o dorso da mão. — Eu magoei a Finley. — Ergui o olhar, o lábio inferior tremendo. — Ela nem sabe ainda. Só consigo pensar em ficar chapada para esquecer de tudo.

Maricela tocou meu rosto.

— Você não vai conseguir esquecer os problemas se não encarar tudo de frente. Admita seus erros e tente consertá-los.

A pouca determinação que eu tinha desapareceu.

— Ela não vai me perdoar. Não desta vez.

— Srta. Ellison, o problema tem a ver com o lugar pra onde o José te levou? A clínica de exames? O que eles disseram? O que fizeram?

Funguei. O teste de gravidez tinha dado negativo, e mais de duas semanas tinham se passado desde que eu fizera os exames de DSTs. Até aquele momento, eles não tinham me ligado com os resultados e, no caso da clínica de exames, não ter notícias é uma boa notícia.

— A Finley é sua irmã. Ela te ama mais do que tudo. E quer o melhor para você.

Comecei a soluçar de novo.

— Eu realmente fiz merda desta vez. Não consigo acreditar que eu seja essa pessoa. Alguém que... — Balancei a cabeça de novo, desesperada. — Desde que tudo aconteceu, já pensei tantas vezes que seria mais fácil se... eu não consigo fazer isso. — Olhei nos olhos de Maricela, solene.

— Não entendo — falou ela, preocupada.

— Eu só quero que tudo acabe. — As palavras não pareceram sinceras: uma declaração tão poderosa com tão pouca emoção. Fiquei pensando se era assim que a Betsy se sentia em relação ao próprio fim: tão destruída para sentir algo, além de entorpecimento.

Maricela pegou meu queixo entre os dedos.

— *Niña*, pare com isso. Com essa Ellison destrutiva e cheia de raiva... Ela pode te matar. Mas *você* pode sobreviver.

Tentei desviar o olhar, mas ela não deixou.

— Se quiser provar que não é essa pessoa, você precisa parar de ser essa pessoa. Deixe-a ir embora. Olha só pra você. Ela não está te fazendo feliz.

Pisquei, depois assenti lentamente. Maricela sempre sabia o que dizer quando eu estava chateada, mas nunca gritara comigo. Ela estava lutando por mim, e eu não podia deixá-la lutar sozinha.

— Você está certa. Ela tem que ir embora.

Maricela me ajudou a levantar.

Olhei de novo para o meu armário. Estava cheio de camisas de flanela xadrez, casacos de moletom, calças jeans rasgadas, blusas ousadas e camisetas de shows.

— A entrevista é daqui a uma hora. Vou aparecer lá dando a impressão de que acabei de falar com um traficante.

Maricela ficou parada atrás de mim, tocou meus ombros e sussurrou no meu ouvido:

— Essa Ellison morreu. Está na hora de encontrar uma nova Ellison.

— E se eu não souber por onde começar?

— Você já começou. — Ela beijou o meu rosto e saiu do quarto.

Encarei as roupas por mais um tempo, depois bati as portas e disparei pelo corredor até o quarto de Finley, abrindo seu armário na esperança de que ela não tivesse levado todas as suas roupas incríveis para o apartamento dela em Manhattan. Mexendo nos cabides, encontrei um par de calças skinny de couro preto e um suéter vinho. Com um par de botas de salto, uma maquiagem leve e depois de passar uma escova no cabelo ondulado, resmunguei para minha aparência no espelho. Vasculhei os produtos da minha irmã, passei um spray de controle de frizz nos cabelos e os escovei. Olhei de novo para o meu reflexo e suspirei. Eu estava tão acostumada a me vestir como se não me importasse que qualquer coisa que exigisse um pouco mais de empenho parecia um esforço excessivo.

— Você está bonita, srta. Ellison — disse Maricela sob o batente. — Devo recolher sua roupa suja?

— Obrigada. Mas acho que você não pode fazer isso. Não quero que você se complique.

A expressão de Maricela desabou, e ela assentiu, sabendo que eu estava certa.

— Vou te ensinar quando você estiver pronta. — Ela acenou uma vez antes de ir para o corredor. — O José tem certeza que o sr. Edson se esqueceu de falar que ele pode te levar de carro a todas as entrevistas de emprego.

Um sorriso largo se espalhou pelo meu rosto.

— Sério?

— Boa sorte, senhorita.

— Maricela?

Ela virou.

— Não sei se eles te pediram para contar o que estou fazendo, mas prefiro que você não comente com eles sobre a entrevista.

Maricela estava com a nossa família desde que eu era uma garotinha, e ela me olhou com amor maternal.

— Só quero que você fique bem, srta. Ellie.

— Eu sei. Estou tentando.

Ela fechou a porta, e eu virei para me olhar no espelho, decidindo prender o cabelo num coque alto. O sr. Wick me contrataria, mesmo que ainda não soubesse disso.

José olhou pelo retrovisor do Audi.

— Você está bonita, srta. Ellison.

— Obrigada — respondi, virando para olhar os prédios que passavam pela janela.

Nossa casa ficava meio escondida, na parte mais ao sul da Highway 66, e a revista ficava quase na parte norte. José levou mais de dez minutos para chegar à rodovia e virou para o sul, pegando o lado oposto dos que estavam a caminho do trabalho, e dos turistas que se dirigiam para a base da montanha. Os caminhões de areia trabalhavam a todo vapor, abrindo caminho até Estes Park. Passamos por resorts e hotéis, um rio e um cemitério... tantas coisas às quais eu nunca havia prestado atenção porque não eram bares nem restaurantes sem código de vestimenta.

José virou na Mills Drive, e meu coração começou a acelerar. Eu não sabia o que esperar, mas tinha a sensação de que estava prestes a me humilhar. Passamos por vários prédios, todos marrons e cheios de veículos parecidos. Bem distante do resto, havia um edifício pequeno com duas garagens e vários veículos de emergência estacionados ao longo de uma entrada de carros circular. Eu me ajeitei no banco quando vi a placa.

CENTRAL INTERAGÊNCIAS
PARQUE NACIONAL DAS MONTANHAS ROCHOSAS

Toquei o vidro com a ponta dos dedos. Eu não sabia se a equipe deles ficava ali o ano todo, mas, se eu ia trabalhar do outro lado da rua durante quarenta horas por semana, era melhor que não ficassem.

Ao lado da estação dos bombeiros havia um estacionamento de trailers, e quatrocentos metros desses veículos salpicavam a paisagem. Do outro lado da estação e do estacionamento havia um prédio novo de aço. Uma entrada de veículos fazia a curva na frente da portaria, continuando até outra construção menor de aço que poderia funcionar como garagem, depósito ou as duas coisas. O escritório da revista *Opinião das Montanhas* era pequeno, uma estrutura de aço comum, recém-construída, na periferia da cidade.

Acenei para José enquanto ele se afastava com o carro. Ele prometera voltar uma hora depois. Fiquei parada na calçada, vestida de maneira inadequada para a temperatura que despencava. As nuvens estavam baixas sobre os picos, e a neve já tinha salpicado meu cabelo como penas, desaparecendo ao contato.

Uma caminhonete com cabine dupla e um trailer rebocado seguiam pela rua em direção ao estacionamento, com os pneus espirrando água do asfalto molhado. Dei um passo rápido para trás antes de uma onda de água e gelo me encharcarem do coque até o salto das botas. Então segui em direção ao prédio principal, passando pela placa onde se lia REVISTA OPINIÃO DAS MONTANHAS. Meus tornozelos balançavam a cada passo, e eu me sentia menos confiante e mais ridícula quanto mais eu me aproximava da porta da frente. Minha mão hesitou em se estender até a maçaneta, mas eu a abri, suspirando de alívio quando o calor aqueceu meu rosto.

O sino da porta tocou quando a atravessei, e o tapete imaculado ficou molhado por causa das minhas botas. As paredes eram pintadas de branco; as molduras enfileiradas entre as janelas continham capas de revistas. Além da mesa da recepção, das seis poltronas acolchoadas encostadas na parede da frente e de uma planta artificial, o saguão era cheio de espaços vazios.

De início, só consegui ver o topo da cabeça da menina atrás do balcão da recepção. Ela se levantou e me cumprimentou com um aceno da cabeça. Parecia que mal tinha saído do ensino médio e usava os cabelos loiros em duas tranças por baixo de um gorro de tricô. Na placa sobre a mesa se lia JOJO.

Ela segurava um receptor de telefone preto com luvas pink, e o rosto jovem exibia uma maquiagem exagerada. Apesar de eu ter certeza de que ela só queria levantar um dedo, sua luva toda estava erguida, me pedindo silenciosamente, com uma piscada e um sorriso, para esperar até ela terminar a ligação.

— Não, Mike. Porque o Wick está ocupado, e eu também. Ele não quer suas fotos do desfile. Porque estão péssimas. Tem uma pessoa aqui na recepção. Vou desligar agora. Vou, sim.

Ela bateu o telefone e olhou para mim com olhos grandes e cílios postiços. Sua pele laranja fora cozida numa câmara de bronzeamento artificial bem antes de a temporada de esqui começar. Ela mascava o chiclete e sorria para mim com um centímetro de gloss nos lábios carnudos.

— Posso ajudar? — Seu tom mudou, como se ela fosse uma pessoa diferente. Não era mais a recepcionista mal-humorada filtrando perguntas para Wick. Jojo era agradável, os olhos claros esperando para me fazer feliz.

— Estou aqui para a entrevista das nove. Meu nome é Ellison Edson.

A expressão de Jojo desabou de imediato.

— Ah. Você é a assistente do Wick.

— Não, eu... só estou me candidatando ao emprego.

Ela se levantou, me fazendo sinal para segui-la pelo corredor.

— Confie em mim: ninguém mais quer o emprego. Você é a primeira a se candidatar. O anúncio está sendo publicado há um ano.

Passamos por uma porta bem larga e entramos numa sala vazia com uma mesa e uma área de descanso, parando na frente de uma porta levemente tingida, com J.W. Chadwick esculpido na madeira.

— Tem algum motivo para ninguém se candidatar? — perguntei.

— Tem — respondeu ela, abrindo a porta. — Porque ele é um babaca.

O sr. Chadwick baixou o papel que estava lendo.

— Eu ouvi isso.

— De todo mundo — disse Jojo, fechando a porta ao sair. — Te amo, papai.

O sr. Chadwick se empertigou na cadeira, entrelaçando as mãos sobre a mesa.

— Te amo, baby. — Ele olhou para mim. — Quando você pode começar?

— Me desculpe, sr. Chadwick, não ouvi direito. Quando posso...?

— Começar. E é só Wick. Todo mundo me chama de Wick, exceto a Jojo.

— Talvez devêssemos discutir o que significa exatamente ser sua assistente — falei. — Horário de trabalho, benefícios e salário. — Eu não sabia muito bem como essas coisas funcionavam, mas eu não era burra.

— Você precisa de um emprego?

— Sim.

— Então, o que importa? — perguntou ele, mastigando um palito.

— Importa.

Ele suspirou, se recostando na cadeira surrada.

— Por quê?

— Por que o quê?

— Você é filha de Philip Edson, não é? E também foi expulsa do meu bar duas vezes, só este ano. Por que precisa de um emprego? Não sou do tipo que contrata pessoas preguiçosas que não precisam trabalhar.

— Parece que você não contratou ninguém.

Wick me olhou furioso, depois os cantos de sua boca se curvaram.

— Preciso que você cuide do arquivo, da minha agenda, resolva umas coisas na rua, ajude a Jojo de vez em quando, agende propagandas e bloqueie todas as ligações que eu receber. A Jojo está cansada de falar com todos os jornalistas do estado e com todas as pessoas que têm uma câmera fotográfica e acham que são fotógrafas. Preciso de alguém firme. Preciso de alguém organizado. Você é assim?

— Posso ser firme se preciso, mas não posso prometer que sou organizada.

Wick apontou para mim.

— Mas você é sincera.

— Acho que sim.

— Trinta e seis horas por semana, uma semana de férias... sem salário, sem benefícios, porque não somos uma instituição de caridade.

Dei de ombros.

— Não preciso, de qualquer maneira. Meus pais pagam meu plano de saúde. Ou pagavam. Preciso perguntar a eles.

— Você não me disse por que está aqui. Todo mundo sabe que sua irmã trabalha para o seu pai. Por que você não trabalha para ele? Aconteceu uma revolução familiar, ou você é uma espiã do jornal?

Não consegui conter uma risadinha.

— Espiã? Não. Se você prestar atenção — falei, apontando para o papel sobre a mesa dele —, isso não está no meu currículo. E também não é da sua conta.

Wick deu um sorriso cínico, e seus dentes amarelos e tortos me deixaram sem a menor vontade de voltar a fumar um cigarro.

— Você fuma? — perguntou ele.

— Sim — respondi, ficando mais reta na cadeira e me sentindo um pouco assustada por ele ter mencionado algo em que eu estava pensando.

— Está contratada. Novecentos por semana. Você começa amanhã. Vamos fumar lá nos fundos.

— Ah. Humm... está bem, então.

Segui Wick para fora do escritório, andando por um corredor enfileirado de caixas e saindo por uma porta dos fundos. Minhas botas esmagaram a neve, e eu olhei para cima, deixando os flocos caírem e se derreterem no meu rosto.

    Wick tirou um cigarro de um maço no bolso da camisa e um isqueiro do bolso traseiro da calça jeans e se arqueou. Em seguida envolveu a mão ao redor da chama e inspirou, depois me deu o isqueiro para fazer o mesmo. Eu me inclinei, dei um trago e levei um susto quando dois homens dobraram a esquina.

    — Wick! — disse Tyler, parando no meio do passo no instante em que me reconheceu.

    — Tyler! Zeke! Vocês estão atrasados! Onde diabos está o outro?

    — Colorado Springs. De novo — respondeu Zeke. Ele pegou dois cigarros do maço e deu um para Tyler. Eu me encolhi. Cigarro mentolado era nojento. Deve ser o preferido de Zeke. Tyler fumava cigarros de um maço preto.

    — Oi, Ellie — disse Zeke.

    — Você a conhece? — perguntou Wick, agradavelmente surpreso.

    — Ãhã — respondeu ele, com um sorriso forçado. — Nos conhecemos numa festa.

    — Ela é minha nova assistente — comentou Wick.

    — Assistente? — perguntou Tyler. — O que isso significa?

    — Ainda não tenho certeza — respondi. — Acho que vamos descobrir no caminho.

    Wick assentiu, parecendo orgulhoso, mas, em seguida, uma ruga profunda se formou entre suas sobrancelhas.

    — Vê se não coloca a garota em nenhuma confusão, Maddox.

Tyler falou com o cigarro entre os lábios, estreitando os olhos contra a fumaça.

    — Você entendeu ao contrário, Wick.

Wick apontou para ele.

    — Se você for expulso do meu bar de novo, não vou te deixar entrar dessa vez. É sério.

    — Você sempre diz isso.

    — E também não vou deixar você ser amigo da minha assistente.

Tyler franziu a testa.

— Isso é jogo sujo.

— Estou bem aqui — falei. — E posso sair com quem eu bem entender. — Enfiei o cigarro na areia da lata de guimbas e dei um tapinha nas costas de Wick. — Obrigada pelo emprego. Te vejo de manhã. Às nove? — perguntei, esperançosa.

— Claro. Não se atrase. Sou um canalha idiota de manhã.

— Ele é mesmo — frisou Zeke, acenando um "tchau".

Contornei o prédio menor em direção à parte da frente, aliviada ao ver que José tinha chegado cedo. Entrei no banco traseiro e deixei a cabeça pender no encosto.

— Conseguiu o emprego, srta. Ellison?

— Consegui.

— Parabéns — disse José, sorrindo para mim pelo retrovisor.

— Não me dê parabéns ainda.

7

— Este — disse Jojo, colocando a mão sobre um armário de metal com um metro e meio de altura — é nosso banco de dados de *backup*. As cópias físicas, quando tivermos, ficam aqui. Na mesa dos fundos, perto da parede, ficam o scanner e a impressora... eu te ensino a mexer neles mais tarde... e no canto fica a parte mais importante do seu trabalho, a cafeteira.

Repleta de pacotes de adoçante vazios e cápsulas de café usadas, a mesa estava manchada de água e balançava quando alguém encostava nela. No entanto, a lata de lixo ao lado estava vazia. Balancei a cabeça.

— Não — disse Jojo. — Ele não sabe jogar nada no lixo. A Dawn faz a limpeza à noite, mas meu pai bebe umas seis xícaras por dia, então tenta facilitar o trabalho dela. Ela é boa, mas não faz mágica. E, como aqui é o primeiro lugar que qualquer pessoa que vem para falar com o Wick vai ver, seria uma boa ideia não parecer um depósito de lixo.

— Anotado — falei, jogando algumas cápsulas e pacotes na lata de lixo.

Jojo apontou para a porta do escritório de Wick.

— Fica fechada quando ele está de bom humor, e aberta quando não está.

Ergui uma sobrancelha para a porta fechada.

Jojo ergueu a mão, colocando os dedos perto da boca. E sussurrou:

— É pra todo mundo escutar melhor quando ele gritar.

— Anotado também.

Ela puxou a cadeira, e automaticamente eu me sentei. Jojo não sabia que era uma reação instintiva da minha parte sentar numa cadeira que fosse puxada para mim, e senti o sangue subir pelo rosto quando me dei conta do que eu tinha feito.

Ela apertou a barra de espaço no teclado.

— Crie seu login e senha aqui, mas anote em algum lugar, para o caso de eu precisar acessar o computador e você não estar aqui. — Ela esperou enquanto eu digitava meu login de sempre, EQuadrado, e a senha DuploE5150!. Apesar dos avisos constantes do meu pai, esse login fora criado quando eu estava no ensino médio, e, desde então, eu o usava para tudo. Se Jojo tivesse prestado atenção, poderia ter entrado nas minhas redes sociais ou até no meu banco online, se quisesse.

Ela me explicou o programa que eu usaria para a agenda de Wick e os lembretes. Parecia bem simples. No fim da primeira hora, eu já sabia verificar meus e-mails e os de Wick, e tinha acesso aos seus contatos e ao que dizer quando seus amigos e falsos amigos ligassem.

Wick abriu a porta, e eu esperei pacientemente que ele gritasse, mas, em vez disso, ele enfiou a mão no bolso da frente para pegar o maço de cigarros e inclinou a cabeça na direção da porta dos fundos.

— Seu cérebro já está cheio, Ellie? — ele perguntou.

— Não.

— Que bom. Vamos fumar.

— Pai... — disse Jojo, nada contente. — Ela é paga por hora. Não a contratamos para ser sua nova companheira de fumaça.

— Ele já tem dois — falei.

Jojo deu um sorriso forçado.

— Ah. Você conheceu o Tyler e o Zeke?

— Você os conhece? — perguntei.

— O Zeke é um grande ursinho de pelúcia. Ele parece mau, mas é do tipo de cara que abre a porta e dá flores. O Tyler é um canalha.

Wick pareceu ofendido.

— Jojo, pare de falar isso para as pessoas. Ele não é mau.

Jojo estreitou os olhos para ele, depois seu olhar voltou para mim.

— Ele fica do lado do Tyler todas as vezes. É um assunto delicado entre nós. — Ela olhou de novo para o pai. — Sendo assim, não vou dar o prazer de responder a sua opinião ignorante sobre o Maddox, mas ele *é* um canalha. Se você conhece o cara, é porque já dormiu com ele, então tenho certeza que não preciso te falar isso.

Wick e Jojo ficaram me observando, esperando uma resposta.

— Então? — perguntou Jojo, colocando as duas mãos sobre a minha mesa. — Você fez isso?

— Dormir com o Tyler? — perguntei, engolindo em seco. Cruzei os braços, inquieta, e limpei a garganta enquanto tentava achar um jeito de mudar de assunto. Normalmente, eu não me importaria de encontrar uma resposta dura e verdadeira demais para uma pergunta tão inadequada, mas manter a sobriedade ainda era uma coisa confusa para mim. — *Você* já dormiu com ele?

Wick virou para a filha e colocou um cigarro na boca, segurando-o entre os lábios rachados.

Agora era Jojo quem parecia inquieta e se remexia de um jeito desconfortável. Ela se empertigou.

— Acho que esse não é um assunto adequado para o ambiente de trabalho.

— Que merda, Jojo! Agora eu vou ter que dar um tiro no meu companheiro de cigarro preferido, porque todos nós sabemos que eu não consigo dar uma surra nele!

Jojo revirou os olhos e girou nos calcanhares, dobrando o corredor em direção à sua mesa.

Wick me esperou vestir o casaco e me conduziu para o beco dos fundos. Uma pequena construção de aço que servia de depósito atrás do prédio principal da revista criava um cubículo entre nós e a entrada de carros. Um espaço cimentado oferecia vagas para Wick e Jojo, e um gramado coberto de neve e pedras aparecia aqui e ali, diante de uma paisagem repleta de abetos azuis e choupos.

— Aquela estação do corpo de bombeiros do outro lado da rua... é a dos bombeiros de elite?

— E a segunda da cidade. Mas alguns dos caras que trabalham lá são temporários... como o Tyler e o Zeke. Durante a temporada de incêndios, eles moram no alojamento Alpino.

— O que faz um bombeiro de elite temporário?

— Durante a temporada de incêndios, eles comem, dormem e viajam pelo país combatendo incêndios. Isso dura de três a seis meses por ano.

— Ah — falei, me perguntando se Tyler já havia partido.

Wick acendeu o cigarro e deu um trago, depois me passou o isqueiro para eu fazer a mesma coisa com uma das sobras velhas do meu pai. O maço tinha três cigarros bem amassados, e eu tinha apenas trinta e quatro dólares do dinheiro que Finley me deixara. Eu não costumava me atentar ao preço das coisas, mas tinha certeza de que não poderia comprar cigarros antes de receber o primeiro salário.

— Novecentos por semana significa que você me paga toda semana ou você só estava falando sobre o valor do salário? — perguntei, passando a mão na cabeça. Eu podia sentir uma dor se aproximando.

— Toda semana. Do mesmo jeito que pago aos funcionários do bar.

— Então... sexta-feira?

— Sexta-feira.

Segundos depois de Wick responder, ouvi botas esmagando a neve. Zeke e Tyler dobraram a esquina, fumando e conversando. Os dois pareciam felizes, mas não surpresos ao me ver, e se revezaram para apertar a mão de Wick.

— Taylor! — disse meu chefe, notando as roupas comuns ao mesmo tempo que eu. — Você deve estar de folga hoje.

Franzi a testa, me perguntando se Wick estava tentando ser engraçadinho ou tinha entendido errado o nome de Tyler.

— Ouvi dizer que você finalmente arrumou alguém pra aguentar as suas merdas, Wick — Tyler comentou.

No dia anterior, Wick contara a Zeke e Tyler que eu havia sido contratada. Agora ele agia como se tivesse descoberto por meio de outra pessoa.

Zeke deu um trago no cigarro, depois puxou a manga do meu casaco acolchoado azul-marinho.

— Confusa?

Arqueei uma sobrancelha, sem saber se era uma pergunta ardilosa.

A risada deles foi interrompida pelo som do pager de Zeke. Ele tirou o clip do cinto e o ergueu, estreitando os olhos.

— É comigo.

Então deu um tapinha nas costas de Tyler conforme fazia um sinal com a cabeça para Wick.

— Talvez eu me encontre com vocês hoje à tarde. É só uma reunião.

Acenei para ele, depois cruzei os braços. O ar entre nós rapidamente se tornou desconfortável. Tyler e Wick trocaram sorrisos convencidos, claramente compartilhando uma piada à minha custa. Olhei furiosa para os dois, aliviada quando Jojo colocou a cabeça para fora, pela porta dos fundos.

— A Annie está no telefone.

— Estou no intervalo — rosnou Wick.

— Você devia atender. É a geladeira de novo.

— Droga, droga, droga! — exclamou Wick, jogando o cigarro e errando a lata de lixo.

A porta dos fundos bateu com força depois que ele entrou, e eu peguei a guimba ainda acesa e a enterrei na areia.

— Ainda bem que você pegou isso — disse Tyler.

— Já ouvi essa — falei, dando um trago.

Tyler puxou o boné sobre os olhos e enfiou as mãos nos bolsos. Antes que eu pudesse perguntar como ele conseguia tirar uma folga, ele sorriu

— Como é? Trabalhar para o Wick? — perguntou ele.

— Não é tão ruim quanto eu imaginava.

— Isso é uma surpresa.

Dei outro trago, observando-o apagar um cigarro e acender outro.

— Você vem aqui todo dia?

— Durante a temporada de incêndios, sim. Fora da temporada, só se eu estiver por aqui.

— E quando é que você não está por aqui?

— Quando estou viajando.

— Ah.

— Ah? — perguntou ele. Dava para perceber o desejo familiar em seus olhos, mesmo por trás da sombra do boné. A covinha da bochecha esquerda se aprofundou, e ele se inclinou um pouquinho na minha direção.

Essa simples reação simbólica me fez desejar uma garrafa de uísque e um quarto escuro. Engoli em seco. A velha Ellie estava há apenas dois dias de distância, e não estava enterrada o suficiente para suportar o modo como Tyler a olhava. Minha vontade era me esconder embaixo do corpo dele e trocar a dor pelos seus dedos se enterrando nos meus quadris, observando-o tenso enquanto ele se enfiava em mim, me fazendo esquecer de tudo, exceto de suas mãos calejadas na minha pele nua, deixando a doce fuga da intoxicação me levar.

— Pare de me olhar desse jeito — soltei.

— De que jeito?

— Como se tivesse me visto nua.

— Eu vi?

Revirei os olhos, me abaixando para apagar o cigarro.

— Ei — disse ele, estendendo a mão. Então analisou meu rosto, como se tentasse se lembrar. — Desculpa. Eu não quis te ofender.

Dei de ombros.

— É melhor eu voltar lá pra dentro. Eu meio que preciso desse emprego agora.

— Hum... O Zeke sente alguma coisa por você?

— O *Zeke?* — falei, minha voz subindo uma oitava. — Não. Quer dizer, acho que não. Não, definitivamente não.

— Você sente alguma coisa por ele?

Minha expressão se contorceu.

— Por que diabos você está me perguntando isso?

— Você conheceu o meu irmão?

Fiquei parada, totalmente confusa.

— Você está parecendo completamente maluco agora.

— Só estou me certificando antes de dar em cima de você.

— *Dar em cima* de mim? Por acaso ainda estamos na escola?

Suas sobrancelhas se aproximaram. Ele estava realmente se concentrando, e parecia tão confuso quanto eu.

— Eu gostava da escola.

— Acho que ainda não saiu de lá.

Ele soltou uma risada.

— O que vai fazer mais tarde?

— Nada com você.

Ele engasgou com o trago que tinha acabado de dar, e a fumaça saiu da sua boca junto com uma gargalhada.

— Calma, amorzinho. Assim você me magoa.

— Escuta, estou com dificuldade para voltar ao trabalho, o que significa uma coisa: você precisa ir embora e ficar longe de mim. Estou tentando ser uma boa pessoa, e você... não. Não é bom... pra mim... de jeito nenhum.

Ele tocou no próprio peito.

— Eu sou bom — disse ele, fingindo se sentir ofendido.

Sua confiança fez minhas coxas formigarem.

— Não. Você é mau. E eu sou má. E você precisa voltar para a estação ou para o quartel ou sei lá como se chama, para eu poder manter meu emprego.

— Vou ao Turk mais tarde. Você devia me encontrar lá.

Balancei a cabeça, recuando.

— Não. Definitivamente não.

Ele deu um passo à frente, se divertindo com meu recuo. Ele sabia o efeito que tinha sobre mim e estava gostando disso.

— Estou te deixando nervosa?

Minhas costas encontraram a porta. Suspirei, olhando para o céu nublado.

— Vou ser demitida. — Eu me estiquei até seu rosto e dei um beijo violento em sua boca.

Tyler não hesitou, agarrando meu casaco e me puxando para si. Seus lábios eram vagamente familiares, exigentes e determinados. Ele enfiou a língua lá dentro, e eu gemi, fechando os olhos e o deixando me conduzir para outro lugar — qualquer lugar — que não fosse o cenário surreal e caótico em que eu estava.

Eu o empurrei, sem fôlego.

— Sua caminhonete está por perto?

— Minha caminhonete?

— É, aquela que tem banco traseiro. — Estendi a mão até a rocha por trás do seu zíper.

— Está... na estação. — Ele gemeu, segurando minha bunda com as duas mãos. Depois me levantou, me pressionando contra si.

Fiquei feliz de estar vestindo uma calça jeans e uma blusa de flanela. Se eu estivesse com a calça de couro e o suéter leve do dia anterior, nem a trepada me esquentaria.

— O Wick deixa aquele depósito trancado durante o dia? — perguntei.

Tyler recuou, me olhando, a respiração difícil. Em seguida sorriu.

— Você está falando sério?

— Dá uma olhada na porra da porta, Tyler.

Ele encolheu o queixo e piscou.

— *Tyler?*

— Que porra é essa? — disse outra voz atrás dele.

A cópia idêntica de Tyler agarrou a parte de trás do seu casaco e o puxou, jogando-o no chão.

Zeke ficou parado atrás dele com os olhos arregalados, antes de levantar as mãos.

— Calma, calma, calma! Eles não sabiam! Eu não falei pra ele. Nem pra *ela!*

Limpei a boca e ajeitei minhas roupas.

— Que diabos está acontecendo aqui?

O Tyler que estava no chão não sabia muito bem o que pensar, enquanto o que estava em pé parecia claramente preparado para a guerra.

Zeke apontou para o Tyler que eu tinha acabado de agarrar.

— Ellie, esse é o Taylor, irmão gêmeo do Tyler.

— Ai, caralho — falei. Eles não eram apenas gêmeos, eram reflexos um do outro. Não dava para notar nenhuma diferença. — O quê... *Por que* você não me falou? — gritei.

— Merda. *Essa* é a Ellie? — perguntou Taylor, levantando as mãos, com as palmas para a frente. — Você não me disse que ela trabalhava aqui!

Tyler apontou para o irmão.

— Você nem perguntou a porra do nome da garota antes de enfiar sua maldita língua na garganta dela?

— Você está de sacanagem comigo? — indagou Taylor, sentando devagar. — Não finge que não fez isso umas mil vezes, seu babaca.

— Você sabe muito bem, Taylor! A gente sempre pergunta antes. Que diabos há de errado com você?

— Ela... — disse ele, olhando para mim. — Eu perguntei sobre o Zeke! Perguntei sobre você! Ela não agiu como se... Ela não falou nada!

— Você disse a porra do meu nome ou simplesmente perguntou sobre seu irmão? Não é a primeira vez que alguém se confunde.

Taylor deu de ombros, sem graça, e Tyler foi na direção dele.

Levantei as mãos.

— *Eu* beijei *ele!* — soltei.

Tyler congelou.

— *Eu* beijei *ele!* — repeti, levando uma das mãos ao peito e deixando a outra estendida na direção de Tyler. — Não foi culpa dele!

Taylor se levantou e limpou a neve e a lama do casaco e da calça, com o rosto vermelho e os dentes trincados.

Tyler olhou furioso para o irmão.

— Te devo uma, babaca.

— Tá bom, você me deve uma. — E olhou para mim. — Prazer em te conhecer, Ellie.

— É só isso? — rosnou Tyler.

O maxilar de Taylor se contraiu.

— Desculpa pelo mal-entendido.

Meus ombros desabaram.

— Me desculpa também.

Taylor desapareceu por trás do depósito, e Zeke o seguiu. Tyler girou os ombros para trás e olhou para mim com decepção nos olhos.

— Não — falei, apontando para ele. — Você não tem direito de sentir ciúme. Você mal me conhece.

— Não estou com ciúme. Ele é meu irmão, Ellie.

— Caramba — desprezei. — Como se isso nunca tivesse acontecido... Com base nos quarenta e cinco minutos que passei com vocês dois no total, tenho quase certeza de que vocês compartilharam uma dezena de mulheres ou mais, em algum momento. Talvez até sem saber.

— Não — disse Tyler, quase fazendo biquinho. — Temos um esquema. Normalmente funciona.

— Tenho que voltar para o trabalho.

— Ellie?

— Sim — respondi, irritada.

— Você estava falando a verdade ou estava só tentando evitar uma briga?

— O quê?

— Você disse que o beijou... achando que era eu.

— E daí?

— Achei que você tinha falado que não repetia os caras.

Suspirei.

— Vou ser direta com você, Tyler. Eu fiz merda. Meus pais cortaram minha grana. Estou falida e preciso desse emprego. Fiz uma coisa horrível com a minha irmã e estou tentando mudar as coisas para que, se e quando ela descobrir, ela saiba que não sou mais essa pessoa.

Um dos lados da boca de Tyler se curvou, e a mesma covinha na bochecha esquerda apareceu.

Comprimi os lábios, formando uma linha fina.

— Foi só um momento de fraqueza. Não repito os caras. Ainda mais, agora.

Tyler processou minhas palavras, assentindo.

— Faz sentido.

Soltei uma risada.

— Está bem, então. Aproveite Colorado Springs.

— Colorado Springs? — Tyler perguntou, confuso. O reconhecimento iluminou seus olhos, e ele pareceu envergonhado por mim. — Ah. Esse é o Taylor.

Meu rosto queimou.

— Estou feliz por ficar longe de você. Essa coisa de gêmeos é demais para mim, quando estou sóbria.

Tyler riu e estendeu a mão, dando um aceno rápido enquanto se afastava.

— Adeus, Ellie Edson. Foi divertido.

— A Ellie divertida morreu. Só sobrou a Ellie falida-e-sozinha — provoquei.

Tyler parou.

— Ela não morreu. Só está em fase de transição. Como uma borboleta.

— Isso é profundo, Maddox.

— Já estive mais fundo — disse ele com um sorriso cínico, puxando o boné para baixo, do mesmo jeito que o irmão fizera menos de dez minutos antes, e se afastou.

Revirei os olhos e balancei a cabeça, puxando a porta dos fundos. Wick e Jojo quase caíram para a frente, depois fingiram, muito mal, que estavam fazendo alguma coisa diferente do que ouvir atrás da porta.

— Estou demitida? — perguntei.

— Demitida? — indagou Jojo. — Claro que não! Nunca me diverti tanto no trabalho desde que o meu pai construiu este lugar!

Wick segurava um cigarro e passou se espremendo, e eu segui Jojo para dentro. Ela voltou para a própria mesa, e eu fui para a minha, encarando o computador por um minuto antes de conseguir me concentrar.

— Ellie? — chamou Jojo pelo alto-falante.

Apertei o botão.

— Sim?

— Você parou na marra?

— Hum... sim?

— Meu pai está sóbrio há nove anos. Estamos impressionados.

— Obrigada.

— De nada. Chega de intervalos por hoje.

— Entendido. — Soltei o botão e cobri os ouvidos. A tinta da nova Ellie ainda nem estava seca, e eu já tinha conseguido amassar a primeira porta que se abrira. Esfreguei as têmporas, sentindo outra onda de dor de cabeça. Eu queria um drinque; minha boca parecia seca, e minha mente brincou com a ideia de pedir para José parar na loja de bebidas no caminho para casa.

— Ellie? — chamou Jojo da porta, me dando um susto.

Tirei a mão do rosto.

— Sim?

— Você está indo na direção certa. Ninguém faz nada com perfeição na primeira vez. Vai dar tudo certo.

Ninguém poderia ter falado nada melhor para mim naquele instante. Essas três frases simples acalmaram minha alma.

— Obrigada — foi tudo o que consegui dizer.

Jojo piscou para mim e voltou para sua mesa.

Cliquei algumas vezes para navegar até as configurações do computador e selecionei "Mudar Login/Senha".

Login: `Ellie2Ponto0`
Senha: `direcaocerta001`

8

Um tipo de música country tocava nos alto-falantes de teto espalhados por todo o prédio da revista *Opinião das Montanhas*. Eu encarava uma pilha de fotos da mais recente meia maratona, balançando a cabeça.

— Você não gosta da música. Logo imaginei que você era uma garota do rock — disse Wick, entrando na minha sala.

— Eu me desligo da música — falei, colocando as fotos espalhadas sobre a mesa. — São as fotos. Estão péssimas, Wick. Quem tirou?

— Ela está certa — comentou Jojo, sentada na poltrona à minha frente. Ela cruzou as pernas, as botas ainda molhadas da caminhada na neve. — Eu já vi. São uma droga. Você tem que parar de deixar o Mike entregar essas porcarias. Para de trabalhar com ele. Ponto-final.

Wick franziu a testa.

— Não tem mais ninguém.

Apontei com a cabeça para Jojo.

— A cobertura dela da caminhada artística foi sensacional. Por que não usa a Jojo?

Jojo sorriu e se levantou.

— Porque a Jojo tem um escritório para administrar.

— Quem tirou essas? — perguntou Wick, apontando para os porta--retratos sobre a minha mesa.

— Ah — falei, virando-os devagar. — Fui eu. É só uma coisinha para me lembrar do que estou tentando fazer.

Jojo contornou minha mesa, pegando um porta-retratos com uma foto que eu tinha tirado na casa dos meus pais, no fim de semana anterior.

Eu tinha fotografado metade das fotos em preto e branco da Finley que estavam penduradas no corredor principal da casa dos meus pais, tiradas quando ela tinha apenas catorze anos. Mesmo naquela época, ela era linda.

— Quem tirou essa? Quem é ela? — perguntou Jojo.

— Minha irmã — falei, com a voz baixa. Eu não falava com a Finley desde a vez em que eu acordara ao lado do Sterling. Ela me deixou algumas mensagens de texto, mas possivelmente suspeitava de que eu não havia lhe retornado porque eu não queria falar sobre suas férias na praia enquanto eu estava presa num globo de neve.

— São muito boas, na verdade — disse Jojo. Ela olhou para Wick, e ele concordou. Depois pegou outro porta-retratos e o colocou de volta sobre a mesa. — Que câmera você está usando?

Dei de ombros.

— Uma automática que minha irmã comprou pra mim. Nikon, eu acho. Está ali. — Apontei para uma bolsa no canto.

Jojo foi até lá e vasculhou minhas coisas, pegando a câmera e a levantando.

— Eu comecei com uma dessas. Posso te ensinar o básico durante o almoço. Você tira umas fotos hoje à noite e me mostra amanhã.

— Por quê? — perguntei.

— Porque a sua função aqui na empresa pode se ampliar.

— Eu adoraria almoçar, mas estou com o orçamento apertado. Trouxe um sanduíche de casa.

— É o seu quarto salário. Você ainda não consegue comprar o almoço? — ela debochou. Como não respondi, ela continuou: — É por minha conta. Nem tenta discutir. Vou ganhar.

Wick assentiu.

— Ela está certa.

— Está bem. Tenho só umas coisas pra fechar antes.

Jojo seguiu para a própria mesa, e Wick desapareceu em sua sala, fechando a porta. Fiquei feliz por ele estar de bom humor. Pensamentos sobre Sterling e as muitas reações que Finley poderia ter em relação ao nosso momento de loucura temporária corriam soltos em meu cérebro, e eu estava dormindo umas três horas por noite.

Terminei de responder aos e-mails de Wick, depois afastei minha cadeira da mesa. O telefone tocou.

— Ellie, linha um — disse Jojo pelo alto-falante.

— Pra mim?

— Ãhã.

Peguei o telefone e apertei o botão da linha um, me perguntando se era um bartender reclamando de alguma coisa que não estava funcionando no Turk ou o Mike esperando uma boa notícia em relação a suas fotos horrorosas.

— Aqui é a Ellie — falei, esperando vários segundos até a voz do outro lado começar a falar.

— Eu... desculpa por te ligar no trabalho. Parabéns pelo emprego, falando nisso.

Eu me encolhi, como se isso ajudasse a abafar a conversa.

— Você não pode ligar pra cá, Sterling.

— Eu sei. Desculpa. Mas a Finley não está retornando minhas ligações.

Revirei os olhos.

— Ela nunca retorna suas ligações. Deixa de ser paranoico e para de me ligar. Não pense que eu não me lembro de você me dar aquela pílula que eu nem sei o que era. O que você fez? Me deu um boa-noite cinderela?

— Eu... não foi culpa minha.

— De quem é a culpa, então? — sibilei. — Eu nem lembro o que aconteceu.

— Nem eu! — soltou ele. — Você estava chateada. Era pra gente relaxar. Era uma coisa nova que eu peguei com o Preston.

— Com o Preston? — sussurrei. — Você me deu uma coisa que pegou com o Preston? Você poderia ter nos matado!

— Você não precisava ter tomado. Você não pode botar a culpa toda em mim.

— Eu confiei em você — falei, apertando o telefone e tentando gritar com ele no tom mais baixo possível. — Mas você está certo. Aceito minha parte no que aconteceu. Você pode amar a Fin, mas ela é minha irmã. Estou tentando mudar tudo pra poder provar pra ela que eu mudei. Se ela descobrir toda essa história...

— Você não pode contar pra ela — disse Sterling, parecendo desesperado.

— Eu não vou contar. Mas você sabe muito bem, Sterling. A Finley sempre descobre. Ela soube que fui eu que cortei o cabelo da Barbie dela, e ela nem estava em casa. Poderia ter sido qualquer pessoa, mas ela sabia que tinha sido eu.

Sterling deu uma risada.

— Eu me lembro dessa história. — Ele ficou calado por meio segundo. — Você está certa. Estamos fodidos.

Fechei os olhos. Meus lábios roçaram no bocal enquanto eu falava.

— Não se trata de *nós*. Não quero mais falar com você, Sterling. Você está sozinho.

— Ellie...

Desliguei o telefone e suspirei, me afastando da mesa e pegando minhas coisas para almoçar com Jojo.

Ela estava parada perto da porta, me esperando, quando dobrei o corredor. Eu a segui até seu carro e me abaixei para entrar, me abraçando para me aquecer. Jojo parecia ignorar o frio, virando a ignição como se não estivesse usando sacos de dormir enormes como luvas.

— Você trouxe a câmera, né? — perguntou ela.

Levantei a bolsa.

— Pensei em comermos no Camp's Café. A comida não é orgânica nem nada assim, por isso não tem turistas, e é um dos lugares mais tranquilos por aqui. Assim vou poder te mostrar alguns truques na sua Nikon. Estou empolgada para ver o que você pode fazer. Parece que você tem um talento natural.

Dei uma risada.

— Que foi? — perguntou Jojo, entrando na estrada e apertando os botões do aquecedor com as luvas.

— Foi isso que a Finley disse. A minha irmã.

— Bem, ela estava certa. Talvez a gente possa começar cobrindo coisas diferentes do mercado rural e da vida selvagem.

Jojo estacionou no beco, numa vaga destinada a casas que se espalhavam pelo quarteirão todo. Ela não parecia preocupada: saltou e bateu a porta do carro. Andamos juntas, e eu a segui passando por caçambas de lixo e barris de óleo e atravessando uma porta de tela suja para entrar na cozinha dos fundos.

— Jojo! — gritou um dos cozinheiros.

Jojo acenou, depois fez sinal para eu segui-la pela área da despensa, passando pela grelha e pelo caixa.

— O de sempre! — gritou Jojo. — Em dobro!

A mulher atrás do balcão assentiu e gritou para os funcionários:

— Dois Jojos!

Tiramos o casaco, o cachecol, as luvas e o chapéu e os colocamos ao nosso lado, numa cabine perto da janela.

— Você tem seu próprio sanduíche? Isso é legal.

— Na verdade, não. Só que eu peço a mesma coisa todas as vezes, e você também vai adorar. Uma massa frita com abacate, um ovo frito no ponto médio por cima e o molho especial da casa. É coreano ou coisa assim, o que é estranho pra uma lanchonete com estilo *country*, mas é f... é bom. Confie em mim.

Franzi a testa. Aquilo não me parecia nem um pouco apetitoso, mas era uma refeição grátis e melhor do que peito de peru no pão integral, então eu não ia reclamar.

Dei minha câmera a Jojo, e ela me falou tudo sobre exposição, abertura, velocidade do obturador etc. Ela me fez brincar com os diferentes modos criativos da câmera, me mostrou como eram usados e me explicou por que eles eram superiores aos modos que apareciam com ícones.

Quando terminei de engolir a massa esquisita, mas deliciosa, de Jojo, eu já estava ajustando a câmera e tirando algumas fotos do café e do exterior.

Jojo viu as fotos e balançou a cabeça. Roí as unhas, esperando o julgamento.

— Ridículo — disse ela. E me devolveu a câmera. — Você realmente tem um olho bom. O Wick vai surtar, porque ele está prestes a perder a assistente.

— Não — falei, acenando como se não acreditasse. — Sério?

Jojo sorriu, colocando os cotovelos sobre a mesa e se aproximando.

92

— Sério. Você vai continuar ajudando no escritório e limpando a mesa do café, tenho certeza, mas você vai ser ótima. Dá pra ver isso.

— Não sou jornalista. Não sei escrever. Eu pagava pra alguém fazer meus trabalhos na faculdade.

Jojo fez uma careta.

— Você teve que redigir trabalhos pra se formar em cerâmica?

Fechei os olhos, envergonhada.

— Tive.

Jojo caiu na gargalhada, e eu ri com ela; ri *de verdade*, pela primeira vez em muito tempo.

— Obrigada — falei, tentando recuperar o fôlego. — Eu não sabia que conseguia rir desse jeito estando sóbria.

Jojo apoiou o queixo na mão.

— Sei que você é um tipo de faz-merda da família, mas você não é tão ruim. Não consigo acreditar que você tenha mudado tanto em um mês.

— É incrível o que a desintoxicação e a responsabilidade podem fazer por uma garota — comentei, meio que provocando.

— Você está se saindo muito bem. Nem uma vacilada.

— É difícil beber ou comprar erva quando se está falida. E, mesmo que eu tivesse feito isso, não ia contar para a minha chefe.

— Não sou sua chefe, e você não é mentirosa. Não é só por causa do dinheiro, Ellie, e isso é meio triste, porque eu tenho visto você trabalhar tanto que ainda parece estar esperando errar.

— Isso não é verdade — discordei, balançando a cabeça e mexendo no copo de água.

Jojo soltou uma risadinha, depois começou a pegar suas coisas.

— Vamos. Você tem trabalho a fazer.

Jojo me deixou a um quarteirão da revista, e eu me inclinei, olhando furiosa para ela pela janela aberta do lado do passageiro. O escapamento estava soltando fumaça na parte traseira do carro, e minha respiração não estava muito diferente.

— Sério? Isso aqui é o programa *No limite* de fotografia? Está fazendo menos doze graus!

Jojo acenou para mim.

— Tem umas coisas interessantes no caminho. Quero ver como você as vê.

— Ótimo.

— Te vejo daqui a pouco — disse ela, com um sorriso convencido.

Minha câmera estava gelada na pele, e eu me esforcei para mudar as configurações com os dedos duros enquanto Jojo se afastava, indo em direção ao estacionamento atrás do nosso prédio.

Virei para o outro lado, avistei uma casa velha, e me inclinei para trás para ver a antena. Tirei uma foto de teste e verifiquei, mexi nas configurações de novo e tirei outra. Quando o mostrador exibiu a foto, sorri. Jojo estava certa. O modo automático era uma bosta. Era um mundo de diferença saber como os ajustes afetariam a foto.

Caminhei pela estrada, me afastando da revista, me perdendo nas fotos e observando como a qualidade mudava de acordo com as diferentes variações de ISO, a velocidade do obturador e o tempo de exposição. Tirei close-ups de folhas com neve, telhados com neve, carros quebrados cobertos de neve, vidros de janelas com neve... Havia muita neve nas minhas fotos, mas eu fiz funcionar.

— Você foi demitida? — perguntou Tyler, ou Taylor, do outro lado da rua. — O Zeke e eu fizemos uma aposta de quanto tempo você ia durar. — Ele estreitou um dos olhos contra o sol do fim de tarde, e eu me virei, percebendo que o dia estava chegando ao fim. Puxei a manga do casaco para ver o relógio. Eu estava do lado de fora, numa temperatura congelante, havia duas horas e meia, e mal tinha percebido.

— Qual dos dois é você? — perguntei, guardando a câmera.

Ele deu uma risadinha.

— Tyler. Você é auditora de seguros ou alguma coisa assim? — perguntou ele com um sorriso.

— Não. Estou tirando fotos pra revista, agora.

— Eles devem estar desesperados — provocou ele.

— Vai se foder — xinguei, virando para andar os três quarteirões de volta até o meu prédio. Tyler estava em pé diante da sua estação. Também não percebi que eu tinha ido tão longe.

— Ei — gritou ele. Ouvi suas botas espirrando água na rua molhada e esmagando o sal grosso antes de ele me alcançar. — Eu estava brincando.

— Eu também — falei, continuando pela calçada.

— Então... hum... — Ele enfiou as mãos nos bolsos da calça cargo. — Você e a Paige...

— Não existe eu e a Paige.

— Não? Por quê? Alguém disse que você e ela poderiam ser... Você gosta de homens, certo? Quer dizer... tem que gostar, depois da noite que tivemos. Mas não consigo te entender.

— O que tem pra entender?

Um sorriso atravessou lentamente seu rosto.

— Você, Ellie. Estou tentando te entender.

— Você está falando comigo de novo.

— Achei que desta vez não tinha problema.

— Por quê?

Suas sobrancelhas se juntaram. Ele estava ficando frustrado.

— Você, hum... ainda pensa naquela noite?

— Na verdade, não.

Ele suspirou.

— Já faz um mês, Ellie.

— Tô sabendo.

— Eu ainda penso naquilo tudo.

Inspirei, esperando poder expirar o modo como ele me fazia sentir.

— Já falamos sobre isso — insisti, continuando a caminhada até o prédio da revista.

— Ellie — disse ele, rindo de nervoso. — Você pode parar e falar comigo só por um segundo?

Parei, levantando o queixo para encontrar seu olhar.

— Afinal, você está interessado em mim porque eu não desapareci como suas outras garotas de uma noite só, por causa do meu pai ou porque eu posso ou não estar interessada em homens?

— Nenhuma das alternativas. Por que você está sendo tão difícil?

— Foi uma noite, Tyler. Eu era uma pessoa diferente. Não quero mais me sentir atraída pelo lutador suado, disposto a levar uma garota bêbada para a cama.

Ele enfiou as mãos nos bolsos e estreitou um dos olhos; e aquela maldita covinha em sua bochecha apareceu outra vez.

— Você não quer, mas está.

Ele era tão excessivamente confiante que meus insultos não o desanimavam. E arrogante demais para acreditar em mim.

Continuei andando.

— *Você* está dificultando as coisas. Estou tentando ser clara. Só porque eu não estou no meu momento mais forte, isso não significa que estou tentando emitir sinais confusos.

— Eu já te levei pra cama. Eu ia perguntar se você queria sair.

Parei para analisar seu rosto, decidindo se ele estava falando a verdade ou não. Havia esperança em seus olhos, talvez um pouco de medo. Tyler era alto e musculoso e lutava contra incêndios ambientais para ganhar a vida, mas ele tinha medo de mim, e com bons motivos. Por trás de tantos músculos e tanta agressividade, Tyler era bom, e isso significava que eu era ruim para ele — mesmo que agora eu estivesse tentando ser uma pessoa melhor do que antes.

— Não posso sair com você.

Ele continuou como se não tivesse me escutado:

— Eu saio às dez da noite.

— Às dez já estou na cama.

— Que tal um café da manhã? Você só precisa chegar ao trabalho às nove, certo?

— Porque eu gosto de dormir até tarde, gênio.

— Você é uma garota do tipo bacon com ovos? Ou do tipo panquecas?

Franzi a testa. As duas coisas pareciam incríveis. Um café da manhã grátis era tão bom quanto um jantar grátis, e Sally tinha decidido que não ia deixar Maricela comprar comida até eu falar com meus pais por telefone — algo que eu não planejava fazer... jamais. Eu não estava virando a vida do avesso por eles; eu estava fazendo isso pela Finley, e isso significava que em breve eu passaria a viver de Miojo, a menos que Maricela tivesse pena de mim e fizesse um pouco dos seus famosos tamales.

Café da manhã gratuito parecia perfeito, mas usar alguém para obter comida, sabendo que esse alguém estava interessado em mim, não era ser a pessoa boa que eu estava tentando ser.

— Não.

— *Não?* — perguntou ele, surpreso.

— Estou meio ocupada comigo mesma. Tenho certeza que você consegue encontrar outra garota pra sair com você.

Meus pés finalmente decidiram reclamar dos três passos gelados até a sede da revista. O sino da porta tocou quando a empurrei, parando enquanto eu batia as botas no tapete.

— Eu estava começando a me perguntar se você ia voltar — disse Jojo. Seu sorriso amplo desapareceu. — Você sabia que o Maddox está lá fora?

Virei e vi Tyler parado do lado de fora, com as mãos nos bolsos do casaco, esperando.

Apontei para as janelas, exigindo que ele voltasse para o lugar de onde tinha vindo. Ele balançou a cabeça.

— O que você está fazendo? — perguntou Jojo.

— Como é que a gente se livra desses caras? Ele parece chiclete grudado na sola do meu sapato.

— Não sei dizer. Mas tenho quase certeza que o Maddox nunca esperou no frio por garota nenhuma. Você devia fazê-lo esperar até ficar azul. Você sabe... por todas as outras garotas. — Ela estendeu a mão. — Deixa eu ver o que você trouxe.

Tirei o cartão da câmera e lhe entreguei. A empolgação iluminou seu rosto quando ela inseriu o cartão na lateral do monitor e sentou, as rodinhas da cadeira gemendo quando puxou a cadeira para perto.

Meus dedos estavam vermelhos e congelados, e eu me perguntei como eles conseguiam trabalhar tanto tempo lá fora, em temperaturas abaixo de congelantes. Obter os ajustes certos e a foto adequada rapidamente se tornou uma obsessão, e isso me fez perder completamente a noção de tempo. Mesmo parada ao lado de Jojo enquanto ela clicava nas centenas de fotos, eu queria voltar lá para fora e fazer tudo de novo.

Jojo balançou a cabeça e apoiou o cotovelo na mesa, segurando o queixo com a mão. Ela cobriu a boca com os dedos, e o clique do mouse ficou mais rápido.

— Eu nem sei o que dizer.

— A verdade. Ainda tenho o emprego de assistente se as fotos forem ruins, né?

— Não são ruins.
— Não?
— São incríveis!
Respirei fundo.
— São?
— Pai! — gritou Jojo, parecendo mais uma pré-adolescente impaciente do que uma jovem capaz de administrar uma empresa inteira.

Wick saiu apressado do escritório, cambaleando, mas motivado.
— São boas?
— Veja você mesmo — disse Jojo, ainda clicando o mouse.

Cruzei os braços, sentindo a pele queimar enquanto se aquecia lentamente, e mudei o peso do corpo de um pé para o outro, sem saber como lidar com a reação dos dois. Wick colocou uma das mãos no ombro da filha, se inclinando para ver melhor o monitor.
— Ellison — disse Wick, encarando a tela. — Não são ruins, menina.
— É? — perguntei, fungando.

Ele se empertigou e me deu um tapinha no ombro.
— Ela precisa de uma tarefa, Jojo. Nada dessas merdas entediantes. Alguma coisa que tanto os turistas quanto os moradores queiram conhecer melhor. Uma coisa empolgante! Sensual!

Jojo franziu a testa.
— Eca. Não fala isso, pai.

Tyler finalmente empurrou a porta para entrar.
— Não vou embora.

Revirei os olhos.
— Você não tem trabalho pra fazer?

Wick estalou os dedos.
— Sim! É isso!
— O quê? — perguntou Jojo.
— A primeira tarefa da Ellie! — Ele apontou para Tyler. — Ela pode acompanhar a equipe de bombeiros de elite. Sabemos o básico, mas o que eles *realmente* fazem? Qual é o nível de perigo do trabalho deles? E de dificuldade física? O que é necessário pra ser um bombeiro de elite? Quem são eles? O que fazem no tempo livre?

— Não — falei, mais apelando do que respondendo.

— Ai, meu Deus, pai, isso é brilhante!

— Jojo — implorei. — Eu não sou jornalista.

— Eu te ajudo — disse Jojo. — Posso reescrever ou escrever a coisa toda, se precisar. Você só faz as anotações e tira as fotos.

Wick sorriu, com todos os dentes amarelos à mostra. Estufou o peito, orgulhoso da filha.

— Vai ser um artigo especial. Edson e Wick. Pode ser escolhido pela Associated Press.

— Não vamos nos adiantar. Ao menos sabemos se isso é possível? — perguntei. — Tenho certeza que existem problemas de segurança.

Wick apontou para Tyler.

— Dá um jeito nisso, Maddox. Estou cobrando um favor.

— Não precisa cobrar um favor — falei.

Tyler deu um passo em direção à mesa de Jojo.

— Tenho certeza que posso ajeitar as coisas com o superintendente. Tenho folga amanhã. Posso te levar pra conversar com ele.

Suspirei e passei os dedos no cabelo, implorando para Wick e Jojo com os olhos.

— Parem. Vamos pensar nisso por dois segundos. Vocês querem que a minha primeira tarefa como fotógrafa amadora seja um artigo especial sobre acompanhar bombeiros de elite nos incêndios? Sério?

Jojo desligou o computador, vestiu o casaco e piscou para mim.

— Me traz algo maravilhoso.

— É meu segundo dia tirando fotos e você quer algo maravilhoso?

— Eu confio em você — disse Jojo. — Agora vai. Por hoje acabou. O José já está lá fora.

Eu me arrastei até o escritório para pegar minhas coisas. Quando voltei ao saguão, Tyler estava parado no escuro, conversando com Jojo sobre a minha tarefa. Jojo já tinha apagado as luzes e estava me esperando para ir embora, com as chaves na mão para trancar a porta depois que eu saísse.

Tyler andou comigo até o meio-fio, onde o Audi estava estacionado, soprando nuvens brancas pelo escapamento. Sally não tinha autorizado o uso do carro, mas José tinha certeza de que meus pais não iam querer que eu andasse quilômetros na neve.

Eu não tinha essa certeza.

— Então... café da manhã amanhã, antes de irmos pra lá? Por minha conta.

— Isso não é uma piada para mim — expliquei. — Preciso do emprego. Se eu fizer merda...

— Você não vai fazer merda. Vou garantir que você tenha muita coisa para fotografar. Me deixa pagar seu café da manhã antes de irmos para a estação. A gente conversa sobre como apresentar a ideia para o meu chefe, e eu terei uma impressão melhor do que você quer.

— Eu não sei o que eu quero.

— Está bem — disse ele, e a covinha na bochecha apareceu. — De qualquer maneira, depois do café da manhã, você vai ter uma ideia melhor do que quer.

A porta traseira do Audi gemeu quando eu a abri.

— Ellie...

— Só lembra o seguinte — falei. — Não foi culpa minha. Tentei te poupar do problema.

— Sou bombeiro, Ellie. Sou eu que faço a parte do salvamento nesse relacionamento.

Deslizei pelo banco traseiro e fechei a porta. Tyler deu um tapinha na janela, e eu a abri.

— Isso não é um relacionamento.

— Já te falei. Estou aberto para uma amizade colorida — disse ele, com um sorriso largo.

— Você está passando vergonha.

— Eu? — disse Tyler, tocando o próprio peito. — Que nada!

Fechei a janela enquanto Maddox se afastava. O banco de couro estava quentinho, e eu esfreguei os dedos sem luva.

José virou à esquerda na estrada, em direção à minha casa, me olhando pelo retrovisor.

— Você parece feliz, senhorita.

Olhei pela janela, encarando os faróis que quebravam a escuridão.

— Acho que o que você está vendo é irritação.
— Você tem visita hoje à noite.
— Visita? — perguntei. — Por favor, me diz que não é o Sterling. Nem os meus pais. Merda, não são os meus pais, né?

José deu uma risadinha.

— Nenhum deles. É a garota de cabelo azul.
— A *Paige?*

Ele assentiu.

— Há quanto tempo ela está lá?
— Quase uma hora. Ela levou biscoitos. São bons.
— Você comeu os meus biscoitos?
— Não, srta. Ellie. Ela levou quatro dúzias.
— Ela deve saber que a Sally está tentando me matar de fome.

José diminuiu a velocidade no portão, depois o atravessou, dirigindo devagar pela entrada de carros e parando em frente à casa, perto de um Hyundai hatch, modelo 1980. A tinta azul estava lascada, e um longo arranhão com mossa se estendia desde o para-choque até o banco traseiro. O carro era fofo, mas surrado — perfeito para Paige.

Ela me cumprimentou no vestíbulo, jogando os braços ao meu redor. Estava enrolada numa coberta com cheiro da Finley, deixando à mostra apenas a cabeça, as mãos e o All Star vermelho surrado.

— Espero que não tenha problema eu ter vindo.
— Não. Claro que não.

Ela me puxou para a cozinha.

— Eu trouxe biscoitos — disse ela, tirando a tampa de um pote plástico que parecia mais velho que ela.

Pegou um biscoito doce redondo, com cobertura branca na forma de um floco de neve.

Dei uma mordida.

— Uau — falei, ainda mastigando. O biscoito derreteu na minha boca, e a cobertura era imoral. — Você mesma fez isso?

Ela fez que sim com a cabeça.

— Receita da minha avó.

Maricela abriu a geladeira e apontou para um prato coberto antes de fechar o casaco e pegar suas coisas para ir embora. A lanterna traseira de José também refletiu pelo vidro jateado, tornando a visita surpresa de Paige um alívio ainda maior.

— Como estão as coisas? Você meio que desapareceu — disse Paige, escolhendo outro biscoito.

— Foi um mês difícil.

— O Tyler disse que seus pais cortaram sua grana. É verdade?

— Tyler Maddox? Você o tem visto? — Uma pontada esquisita de ciúme queimou meu estômago.

Ela deu de ombros.

— No Turk. Ele disse que você deu um pé na bunda dele.

— Eu não dei um pé na bunda dele. Eu teria que estar com ele pra isso acontecer.

Paige deu uma risadinha, e seu riso infantil me fez estender a mão para ela. Em seguida, ela entrelaçou os dedos compridos nos meus.

— Senti falta de ter você por perto.

— Ainda estou por perto.

— É verdade? Sobre os seus pais? É por isso que você está tão diferente?

— Diferente no bom sentido, espero — falei, fazendo uma pilha com as migalhas dos biscoitos. Paige não respondeu. — É verdade, sim.

— Bom, eu vim te salvar. — Ela se abaixou e, quando levantou, tirou uma garrafa de um saco de papel marrom. Vasculhou os armários até achar dois copos e os colocou sobre o balcão. Minha boca se encheu de água ao ouvir o som da tampa se abrindo e o respingo inicial do líquido âmbar no fundo do copo. Paige encheu os dois copos até a borda.

— Calma — falei. — Não bebo uma gota há mais de um mês.

Ela me deu um copo e levantou o dela.

— À sobriedade.

— Eu... — Minha garganta ardeu, ansiando pela bebida. Tudo bem. Só um copo. Eu ia beber só um copo.

9

— *Você está horrível* — *disse Tyler, segurando minha cadeira.*
Sentei, mantendo os óculos de sol no rosto.
— Obrigada.
— Dormiu tarde? Achei que você não ia mais beber.
— Não ia — falei, me encolhendo ao som da sua voz, da luz do sol que entrava pelas janelas e da merdinha pré-jardim de infância no canto, que gritava e pulava como se tivesse fumado crack.
— O que aconteceu? — perguntou Tyler.
— Uma amiga apareceu ontem com uma garrafa de uísque.
Ele fez cara feia.
— Depois do quê? Cinco semanas limpa? Não me parece uma amiga muito boa.
— Não estou tentando ficar limpa. Esse termo é usado pra alcoólatras.
Tyler chamou Chelsea, levantando o dedo.
— Oi. Você pode trazer água, por favor? — Ela assentiu, e ele voltou a atenção para mim. — Você consegue comer?
— Talvez.
Ele balançou a cabeça.
— Pelo menos se divertiu?
— Ãhã. Conversamos até meia-noite e caímos no sono. Ela fez biscoitos, conversamos sobre os meus pais, a Finley e... — Deixei a voz desaparecer, me lembrando das lágrimas e do choro sobre Sterling antes de desmaiar. Eu tinha contado para Paige. Ela sabia o que eu e Sterling tínhamos feito. Cobri os olhos. — Ah, não. Ah, meu Deus. *Que merda.*

— Então... não se divertiu?

— Não quero falar sobre isso. Mingau de aveia. Sem frutas. Com canela. — Eu estava determinada a comer, pois não sabia quando teria outra refeição que não fosse macarrão instantâneo. — Por favor.

— Pode deixar — disse Tyler, fazendo o pedido assim que Chelsea voltou com a água. Ele não falou muito, e eu não reclamei. Já havia um excesso de movimento, luz, som e respiração. Barulho de pratos, conversas, umas crianças malditas rindo, portas de carro batendo com força — todo mundo devia morrer.

— Você parece estar com raiva de tudo — comentou Tyler.

— Mais ou menos isso. — Puxei o capuz sobre a cabeça, apoiando o rosto nas mãos.

— Essa é uma daquelas coisas da qual vamos rir depois?

Afundei no assento. Os óculos de sol não estavam ajudando. Parecia que o sol estava perfurando o meu cérebro.

— Provavelmente não. Sinto muito.

Chelsea deslizou a tigela de mingau de aveia diante de mim, o cheiro de canela subindo até o nariz. O cheiro parecia realmente apetitoso, até eu sentir o aroma da pilha de panquecas com mirtilos, chocolate, chantili e xarope de bordo de Tyler.

— Meu Deus — soltei, me encolhendo. — Alguém já disse que você come como uma criança pequena?

— Muitas, muitas vezes — respondeu ele, atacando a pilha com o garfo e enfiando-o na boca.

— Como você consegue ter essa aparência — soltei, apontando para ele — comendo desse jeito? — Apontei para o prato.

— Temos muito tempo livre na estação, ao contrário do dormitório durante a temporada de incêndios. Não gosto de ficar parado, por isso faço muito exercício.

Claro. Ele era um mamute.

Peguei a colher e mergulhei na tigela, pegando uma pequena porção, só para testar o estômago. Até agora, tudo bem. Torrada simples, canela, mingau de aveia leve. Eu ainda sabia festejar como uma estrela do rock, mas aparentemente não sabia me recuperar como uma.

Terminei de beber a água com dois comprimidos de analgésico que tinha trazido de casa e olhei para o relógio.

— Está com pressa? — perguntou Tyler.

— Só quero ter certeza de que vamos chegar ao escritório a tempo, se seu superintendente não deixar você o convencer desse plano absurdo.

Tyler já tinha derrubado metade das panquecas. Eu nem vi.

— Fotógrafos nos seguem o tempo todo. Mas não sei como você vai conseguir nos acompanhar no seu estado, se formos chamados. As trilhas são bem violentas.

— Cala a boca.

— Ladeira acima.

— Por que você está me torturando?

— ... na neve.

— Você se preocupa com o seu trabalho, e eu me preocupo com o meu.

Tyler deu risada.

— Como foi que a filha de um bilionário acabou tirando fotos de ação pra uma revista? Isso é meio nada a ver, não?

— Já te falei dos meus pais, e eu sei que você lembra. Você contou pra Paige enquanto bebia ou sei lá o quê.

— Isso te incomoda? — perguntou Tyler, se divertindo.

— Você falar da minha vida? Ou você estar com a Paige?

— Os dois.

— Era pessoal. Não era exatamente uma conversa de bar.

— Você está certa. Desculpa. Achei que ela era sua amiga... e eu estava preocupado com você. Achei que ela sabia mais do que eu.

— A Paige é uma garota doce. Ela não é minha amiga.

— Amizade colorida?

Olhei furiosa para ele, que levantou as mãos, rindo.

— Já terminou de encher a cara de comida? Está me dando enjoo — falei.

Ele se levantou, colocou algumas notas sobre a mesa e me ajudou a levantar. Em seguida me segurou, apoiando meu peso com facilidade e parecendo um pouco solidário.

— Você está bem?

Soprei uma parte da franja comprida solta sobre meu rosto, ainda mais puta comigo mesma do que já estava, e, para ser sincera, puta com a Paige também. Mas ela não sabia o duro que eu estava dando no trabalho. Ela não era responsável pelo rumo diferente que eu estava dando em minha vida; isso era responsabilidade só minha.

Tyler me guiou até sua caminhonete e me ajudou a entrar. Tentei olhar para a frente e manter os olhos na estrada, porque andar no banco traseiro do Audi no caminho até o Winona uma hora atrás tinha sido um desastre.

Menos de quinze minutos depois, viramos na Mills Drive. A caminhonete quicou no asfalto irregular e no gelo quando ele estacionou ao sul da estação.

— Sinto muito — disse ele. — Mas temos que fazer uma pequena caminhada.

Um exaustor soprava uma névoa branca pela lateral do prédio marrom, e eu desci e olhei para o outro lado da rua, estreitando os olhos para ver se as luzes já estavam acesas na revista.

— Se você precisar vomitar, a hora é agora — comentou Tyler, contornando a frente do veículo e parando ao meu lado. Seu braço largo envolveu meus ombros, mas eu o afastei com uma sacudida.

— Eu estou bem. Não me trata como se eu fosse um bebezinho. Fui eu que fiz isso comigo.

— É. Fez mesmo. — Tyler caminhou pelo tapete de neve que cobria o longo espaço entre a caminhonete e a estação. Chegamos à porta dos fundos e, com uma virada rápida da maçaneta, ela se abriu. Tyler apontou na direção do corredor à frente. — Você primeiro.

Cruzei os braços para afastar o frio enquanto entrava. Por algum motivo, era muito mais difícil me manter aquecida quando eu estava de ressaca — outro motivo para eu estar puta.

Tyler bateu as botas num grande tapete industrial, e eu fiz a mesma coisa. Ele fez sinal para eu segui-lo por um corredor enfileirado, com porta-retratos baratos com fotos de antigos superintendentes e alguns bombeiros mortos. A última foto era dos anos 1990, e o cara não devia ter mais de vinte e cinco anos. Parei, encarando suas sardas e seu sorriso doce.

Passamos por um portal aberto que levava a uma garagem muito bem iluminada, cheia de caminhões pipa, carros de bombeiro e equipamentos. Mochilas e capacetes estavam pendurados em ganchos nas paredes, e mangueiras extras estavam enroladas em grandes prateleiras.

— Deixo você tirar umas fotos daqui depois que o superintendente liberar — disse Tyler. — O chefe do meu esquadrão disse que está aqui hoje, analisando currículos.

Depois de algumas portas fechadas, atravessamos outro portal. Tyler apontou para trás de nós.

— Ali é o escritório do chefe do esquadrão. O superintendente está lá dentro agora, xingando o computador. O nome dele é Chefe.

— Ele é chefe ou superintendente?

— O nome dele é Chefe. O cargo é de superintendente. É ele que vai permitir que você fique no dormitório.

— Entendi. Espera. Vou ficar no dormitório? Onde é isso?

— Entrando no Parque Nacional das Montanhas Rochosas. Se você tiver permissão para nos acompanhar, não podemos vir até a cidade pra te pegar toda vez que recebermos uma chamada.

— Que merda. Então eu vou ter que, tipo... fazer uma mala?

— Ãhã. Aqui — disse ele, apontando para a frente com a cabeça — são os nossos aposentos. Sala de televisão — explicou ele, apontando para a esquerda. Dois sofás e quatro poltronas reclináveis estavam posicionados diante de uma grande televisão. Era de tela plana, mas parecia ser a última daquele modelo, mais velha do que a maioria dos caras que estavam vendo TV. Tyler acenou, e eles acenaram em resposta, mas não o suficiente para saírem das poltronas. — Outro escritório — disse ele, apontando para um cômodo mais à esquerda. — Fazemos nossos relatórios naquele computador. E aqui — apontou para a direita — é a cozinha.

Passei pelo batente e vi uma mesa retangular com oito lugares de cada lado e uma área de cozinha modesta, rodeada de armários, uma geladeira e um fogão. Perto da pia havia uma torradeira e um micro-ondas. Eles pareciam ter tudo de que precisavam, apesar de o lugar ser do tamanho de um closet para mais ou menos oito homens.

Tyler seguiu em frente e passou por um segundo batente.

— Aqui são os quartos de dormir.

— Sério? — O cômodo parecia uma enfermaria, com camas quase lado a lado, separadas apenas por peças individuais quadradas, parecidas com armários. — O que é aquilo?

— É pra guardar nossos pertences... roupas extras, casacos, coisas assim. Tem dois de cada lado, como armários.

— Você dorme assim? Num cômodo enorme com um monte de caras?

— Às vezes. Sim, alguns deles roncam.

Fiz uma careta, e Tyler riu.

— Vem comigo. Vamos ver o superintendente.

Atravessamos de novo a cozinha, passando pelos caras na sala de TV. Eles estavam começando a se mexer, se levantar e espreguiçar.

— Eles vão a algum lugar? — perguntei.

— Eles tomam café da manhã e veem as notícias. Depois descem e fazem algumas tarefas, a menos que a gente receba uma chamada. Fora da temporada, nossa semana é típica, com quarenta horas, das cinco da manhã às quatro da tarde, ou das quatro da tarde às dez da noite.

— Não tem bombeiro à noite?

— Tem, os caras dos carros de bombeiro, que trabalham em tempo integral.

— Tarefas?

— É. Lavar os veículos, varrer e passar pano no chão, lavar pratos... qualquer coisa. Não temos empregadas.

Rosnei para ele, sabendo que era uma provocação comigo.

— O tempo ocioso, se tivermos, é bem diferente na estação de serviço dos bombeiros de elite. Cavamos novas trilhas e consertamos cercas e sinais, fazemos treino de corrida...

— Então, não é tempo ocioso de verdade — concluí.

Tyler bateu à porta em frente aos quartos, e uma voz profunda rosnou do outro lado:

— Entra, droga!

Tyler piscou para mim e abriu a porta. O superintendente estava sentado atrás da mesa, parcialmente escondido por várias pastas de arquivo e um computador antigo semelhante a uma caixa, parecendo frustrado.

— Oi, Chefe. Tenho uma jornalista aqui que...

— Você sabe alguma coisa sobre Twitter? — perguntou o Chefe, os olhos pretos voltados para mim.

— Como? — perguntei.

— Twitter. Você sabe alguma coisa sobre isso? Alguém com muito mais tempo e que ganha muito mais dinheiro do que eu decidiu que precisamos ter uma conta no Twitter, e eu não tenho a menor porra de ideia de... como se diz?

— Tuitar — disse Tyler, tentando não rir.

Ele socou a mesa.

— Maldição! Tuitar!

— Sim. Acho que posso ajudar — falei —, mas estou aqui com uma tarefa, senhor...

Ele me olhou por um instante antes de balançar a cabeça e voltar a atenção para o computador.

— É só Chefe. Que tarefa?

— Sou... fotógrafa da revista *Opinião das Montanhas*. — Mesmo que fosse verdade, eu me sentia mentindo. — Recebi a tarefa de cobrir a Equipe Alpina de Bombeiros de Elite. O sr. Wick gostaria de compartilhar com a comunidade o que vocês fazem.

— Nós tuitamos — resmungou ele.

Tyler soltou uma gargalhada.

— Chefe, por favor. A srta. Edson gostaria de...

— Edson? — disse o Chefe, finalmente decidindo que eu merecia mais atenção que o Twitter.

Merda.

Chefe estreitou os olhos para mim.

— Da Edson Tech?

— Hum... — comecei, sem saber muito bem qual era a resposta certa. Meu pai tinha tanto amigos como inimigos. Talvez até mais inimigos.

— É apenas uma fotógrafa — explicou Tyler. — Para de encher o saco dela e diz sim ou não. Estou aqui no meu dia de folga.

— É, e por quê? — perguntou o Chefe.

— Devo um favor a ela — respondeu Tyler.

— É mesmo?

— É. Ela pode acompanhar a equipe e tirar fotos, ou não?

— Ela recebeu cartão vermelho?

— Chefe. —Tyler, pareceu irritado.

— Se ela puder me mostrar como mandar um tuíte, sim.

Tirei o casaco e o passei a Tyler, contornando a mesa e me ajoelhando ao lado do superintendente.

— Tuitar, Chefe. Você tuíta no Twitter. E precisa ter uma conta pra isso. Preencha esses dados aqui.

Ele digitou no teclado, seguindo os passos para criar uma conta.

— Clique naquele botão — falei, apontando. — Aqui, você pode carregar uma foto. Aposto que você tem seu logo na pasta de imagens. — Cliquei algumas vezes e, como eu pensava, o logo da Equipe Alpina de Bombeiros de Elite estava em uma das pastas de arquivos. Uma das fotos de campo virou uma bela imagem de cabeçalho, e eu me levantei. — Tudo pronto.

— Tudo pronto pra quê? — perguntou o Chefe.

— Clique naquele ícone e digite o que quiser.

— Não o que quiser, Chefe — especificou Tyler. — Digita alguma coisa associada aos bombeiros de elite, mas nada de palavrões. E tem que ter menos de cento e quarenta caracteres.

Ele franziu o nariz.

— Cento e quarenta o quê?

— Escreva sobre aquela limpeza que ajudamos a fazer outro dia. Ou sobre a distribuição de alimentos que vamos fazer no fim de semana. Fala que estamos prontos pra temporada de incêndios que se aproxima e publica a foto do grupo. Curto e adorável.

— Limpeza e distribuição de alimentos? Vocês fazem essas coisas? — perguntei.

— Sim. O tempo todo. — Tyler disse isso como se eu tivesse obrigação de saber.

Depois de uma batida à porta, uma voz conhecida soou:

— Quem é a sainha?

Virei e vi Taylor parado na porta. Era muito perturbador como os dois irmãos eram idênticos.

Olhei furiosa para ele.

— Não estou de sainha nem sou uma saia. E você sabe perfeitamente bem quem eu sou.

Taylor piscou e sorriu.

— Pode contar para todas as feministas da sua rede social que você se ofendeu primeiro — ele disse, antes de virar em direção à sala de TV.

O maxilar de Tyler pulsava sob a pele; ele soltou a respiração devagar. Os olhos do superintendente dançaram entre mim e os irmãos Maddox.

— Que diabos foi isso?

— Nada, Chefe. Já tuitou?

Chefe clicou o mouse e se recostou na cadeira, apoiando os cotovelos no apoio de braços.

— Está tuitando!

— A Ellie está liberada?

— Sim. Deixe-a sempre na zona negra ou na maldita zona de segurança, e saia do meu escritório. Tenho trabalho a fazer.

— Sim, Chefe — concordou Tyler, me enxotando para o corredor.

— Zona negra? — sussurrei.

— A área que já foi queimada e virou carvão — explicou Tyler, me imitando.

Soltei um suspiro de alívio.

— Foi mais difícil do que eu imaginava.

— Ele é um cara legal. Ele faz as coisas, garante que todo mundo tenha os equipamentos necessários, até mesmo quando o metal acha que a gente não precisa.

— Metal?

— Os figurões do governo. É um lance de orçamento. Uma luta constante. Não é pra isso que você está aqui. Vamos conhecer alguns dos caras.

Tyler me conduziu até a baia dos caminhões, onde o resto da equipe trabalhava arduamente. Dois deles colocavam capa num dos caminhões, dois varriam e passavam pano no piso de concreto e outros estavam no canto com os equipamentos.

— O que é aquilo? — perguntei, apontando para híbridos de machado e martelo pendurados na parede.

111

— Ah, aquilo são *pulaskis*. Aqueles ali — disse ele, apontando para uma ferramenta parecida com uma pá — são rinocerontes. Fazemos aqui.

— *Vocês* fazem aquilo?

— É, com um aparelho de solda, uma serra, uma lixa e outras ferramentas. Tudo que a gente puder encontrar, na verdade. Às vezes precisamos ser criativos.

Peguei a câmera, tirei algumas fotos das ferramentas e mirei os membros da equipe trabalhando. Tyler se aproximou dos homens sob o capô de um veículo que parecia uma ambulância enorme.

— Isso é um ônibus de equipe — disse Tyler.

— Quando funciona — comentou um dos homens.

— O cartaz lá fora diz Interagências, e vocês têm equipamentos Interagências aqui, mas também carros de bombeiro, e aqui é o departamento de incêndios da cidade? — perguntei, confusa.

Tyler deu de ombros.

— Acúmulo de funções. Facilita as coisas, ainda mais porque muitos de nós cuidamos de incêndios urbanos e ambientais. Também é mais perto da cidade, fora da temporada.

Fiz que sim com a cabeça, pegando o bloco de anotações e a caneta.

— Esse — disse Tyler, apontando para um homem mais alto do que ele, mas não tão musculoso — é o Smitty. — O bombeiro usava óculos e tinha um tipo sofisticado de beleza, com pele cor de oliva e uma mancha de graxa no rosto.

Os dois limparam as mãos na calça e me cumprimentaram.

— Lyle Smith — disse Smitty, apertando minha mão.

Tyler apontou para o outro.

— Esse é o Taco.

— Taco? — perguntei. O cabelo vermelho e a pele sardenta não me davam nenhuma pista do motivo do apelido.

— Clinton Tucker. Meu filho tem dois anos. Quando ele fala nosso sobrenome, parece que está falando taco. Infelizmente pegou, mas não é o pior apelido por aqui.

— Todo mundo tem um apelido? — perguntei.

Tyler deu de ombros.

— Basicamente.

— Qual é o seu?

Smitty deu uma risada.

— Ele tem um apelido, mas ninguém tem coragem de falar na cara dele.

— Você vai ter que me contar — falei com um sorriso cínico.

— Não — disse Tyler. — Ele não vai contar.

Anotei o nome deles.

— É difícil pra você, Taco? Ficar longe do seu filho durante dias ou até semanas?

— Acho que sim. Não temos opção. É o meu trabalho — explicou Taco, limpando as mãos com uma estopa. — Durante a temporada de incêndios, às vezes são meses.

— Há quanto tempo você é bombeiro de elite?

— Esta é minha quarta temporada no Colorado.

Eu assenti e deixei os caras voltarem ao que estavam fazendo, depois parei no canto para tirar algumas fotos deles trabalhando.

— Ali está o Watts... Randon Watson — disse Tyler, parando quando Watts acenou com uma das mãos, segurando um pano na outra. — E esse é o líder do nosso esquadrão, Jubal Hill. Não deixa o cabelo grisalho te enganar. Ele é um animal.

— Jubal? — perguntei. — Qual o nome dele de verdade?

Jubal soltou a vassoura e se aproximou, o cabelo claro destacando a pele bronzeada e os olhos azul-claros. Estendeu a mão.

— Jubal Lee Hill. Prazer em conhecê-la.

— Jubilee — repeti.

Ele olhou para mim e soltou uma risada.

— Só Jubal. Não preciso de apelido.

— Prazer em conhecê-lo — falei. Quando ele se afastou, eu o documentei como uma paparazzo. Ele deveria estar num calendário ou trabalhando para a *Vogue* em Nova York, usando terno e óculos de marca, não empurrando uma vassoura numa garagem.

— Tudo bem — disse Tyler. — Todas as mulheres que passam por aqui têm uma queda pelo Jubal.

— Ele não parece convencido — falei.
— É porque ele não sabe.
— Entendi.
— Sério. Ele ama a mesma mulher desde sempre. Desde, sei lá, o quinto ano ou alguma coisa assim. Eles se casaram logo depois do ensino médio, e... você devia ver os dois. São nojentos.
— Nojentos?
— Como recém-casados. E estão casados há trinta anos.
— Isso é nojento?
— Não — respondeu Tyler. — Só que a gente gosta de pegar no pé deles. Aposto que os meus pais ainda seriam assim também. É bem legal de ver. O resto da equipe está fora.
— Quantos são na sua equipe? E o que você quer dizer com "fora"? Eles estão feridos, de férias ou doentes?

Tyler deu uma risadinha.
— As equipes costumam ter uns vinte homens e mulheres.
— Mulheres?
— Não muitas, mas os bombeiros de elite mais obstinados que conheço são mulheres.

Sorri, deixando a câmera pendurada no cordão ao redor do pescoço.
— E onde está o resto?

Tyler me levou até uma foto do grupo emoldurada.
— Como eu disse, fora da temporada, quando não estamos combatendo incêndios, às vezes recebemos outras tarefas, como busca, resgate, ou assistência em casos de desastre. Também trabalhamos para cumprir metas de escape nas nossas unidades originais. Alguns caras têm outros empregos de meio expediente, ou ficam desempregados, esquiam, viajam, ou passam um tempo com a família. — Ele apontou para os rostos que eu não reconheci. — Peixe, o assistente do superintendente. Sálvia, Bucky e Esperto são líderes de esquadrão, como o Jubal. Docinho. Gato. Patinete. Bolseiro. Judeu. Sancho. Anão. Pudim. Cachorrinho.

Arqueei uma sobrancelha.
— Te dou uma lista completa dos nomes depois.
— Nomes de verdade, por favor. O que são metas de escape?

— Ginástica, implementação de recomendações dos bombeiros, melhoria de casas, projetos de construção de trilhas... coisas assim. Às vezes, vamos às escolas e fazemos... você sabe... coisas do mascote dos bombeiros, Smokey Bear.

— Quem veste a fantasia? — perguntei.

Tyler fez uma careta.

— Eu.

Abafei o riso.

— Obrigada por isso — falei, escrevendo no bloco. — Quando der, quero tirar uma foto sua fantasiado. — Ele franziu a testa, e eu o cutuquei. — Você é um pesseguinho por me mostrar o local e um anjo por me levar pra ver o superintendente.

— Um pesseguinho?

— Então, quantas horas em média você trabalha?

Tyler cruzou os braços.

— Vamos fazer isso agora?

Tirei o olhar do meu bloco de anotações.

— Sim.

— Depende se é temporada de incêndios ou tempo ocioso. Se estivermos combatendo um incêndio, só dormimos, comemos e trabalhamos. Podemos trabalhar até dezoito horas por dia, mas não é raro trabalhar trinta e duas horas seguidas. E até catorze dias seguidos.

— Caralho — sussurrei.

— Costumavam ser vinte e um. Depois recebemos nossos dias de folga obrigatórios, quarenta e oito horas de descanso e recuperação, e voltamos à ativa. Viajamos pra todo lado... onde precisarem de nós. Até para o Alasca, Canadá e México.

— Há quanto tempo você faz isso?

— Sou um *pesseguinho*? Sério? — perguntou ele, se divertindo.

— Cala a boca e responde.

— Não posso calar a boca *e* responder... — Ele deixou a frase morrer, se encolhendo com meu olhar furioso. — Estamos na terceira temporada. Antes disso, nós éramos da equipe de terra.

— Nós? — indaguei, levantando o olhar para ele de novo.

115

— O Taylor e eu.

— Vocês são um pacote?

— Mais ou menos — ele respondeu casualmente, e o imaginei fazendo a mesma coisa em entrevistas também.

Rabisquei algumas frases, depois encostei a caneta no lábio.

— Não vejo muitos caras mais velhos na sua equipe. Por quê?

— E não vai ver muitos, de modo geral. O combate a incêndios ambientais é terrível. Se você fizer isso por mais do que cinco ou seis temporadas, começa a ter problemas físicos permanentes. O superintendente vai aos locais, mas fica basicamente restrito a uma mesa de trabalho porque já fez cirurgias nas costas, no joelho e no ombro.

— Meu Deus — murmurei.

— O quê?

— Nada. Você falou alguma coisa sobre a comunidade. O que mais vocês fazem?

— Você quer dizer doação pra comunidade? Durante o tempo ocioso temos treinamento físico de manhã e à tarde marcado na agenda, patrulhamento, treinos, trabalho com serra, construção de cercas, sinalização...

Anotei suas respostas enquanto ele falava, esperando que Jojo conseguisse dar um jeito de formular uma história a partir dos meus rabiscos.

— Você tem folga? — perguntei.

— Não durante a temporada de incêndios. Tirei o dia hoje pra fazer umas coisas.

— Você precisa... — falei, apontando para a porta.

— O quê? Não, não, tudo bem.

— Você não quer me deixar sozinha com esses caras, não é isso?

— Não quero mesmo.

— O que você vai fazer quando sair daqui até a hora de voltar? O que um bombeiro de elite faz em seu dia de folga?

As sobrancelhas de Tyler se uniram, e ele me encarou, confuso.

— O que você quer dizer?

— Você vai sair, não vai? Você não mora aqui, né?

— Não, não vou sair.

— Então você mora aqui?

— Não, tenho um apartamento com o meu irmão, aqui em Estes Park. Normalmente só ficamos na estação quando estamos de serviço, mas, sim... você está aqui, por isso eu também estou aqui. Fui eu que liberei você com o superintendente, então você é minha responsabilidade.

Franzi o nariz ao pensar nisso.

— Se os caras forem chamados, seu plano é ir junto, certo?

— Bom... sim.

— Então eu fico. Eles vão estar ocupados. E não vão ter tempo pra cuidar de você.

— Estudei no jardim de infância. Sei cumprir ordens.

— Não vou discutir com você. É assim que vai ser.

— E quando você estiver de serviço?

— Mesma coisa.

— Ah, quer dizer que eles não vão ter tempo de cuidar de mim, mas você vai?

— A Jojo queria que você nos seguisse, certo? É assim que funciona quando temos jornalistas nos acompanhando. Alguém tem que garantir que eles não se machuquem.

— Você não pode estar falando sério. Estou presa a você, e você está preso a mim? Eu estava começando a me sentir bem.

— Não vou te deixar sozinha. É perigoso, Ellie.

— Você está exagerando.

Tyler franziu a testa.

— Estou repensando essa ideia.

De repente, eu me senti pesada e entrei em pânico quando a bile amarga subiu pela minha garganta.

— Eu só estava brincando. Está tudo bem? Você parece meio verde — disse Tyler.

— De repente, fiquei enjoada.

— O banheiro é seguindo pelo corredor, segunda porta à direita.

Meu estômago se contraiu, eu tive ânsia e cobri a boca. Não esperei acontecer de novo e corri até o banheiro. Assim que me dobrei sobre o vaso, pensei na minha câmera mergulhando na água e coberta de vômito, mas ela estava flutuando acima da minha orelha direita, na mão do bombeiro de elite que eu amava odiar.

— Por que eu sou tão burra? — gemi, e minha voz ecoou na porcelana.

Tyler estava segurando minha câmera com uma das mãos e meu cabelo com a outra.

— Ela está bem? — perguntou um dos caras no corredor.

— Ela está ótima, Smitty. Só pegou aquela virose que anda dando por aí — disse Tyler.

— Que droga — disse Smitty. — Fiquei de cama durante dois dias por causa dessa merda.

Vomitei de novo. Os dois homens fizeram o mesmo barulho, igualmente surpresos e enojados.

— Estou superempolgada de ter público para isso no meu primeiro dia — comentei.

— Desculpa — disse Smitty. — Melhoras, Ellie.

— Nada humilhante — falei, vomitando de novo.

10

— Uau — *falei, dando um passo para trás.* Eu já tinha estado em diversos incêndios em residências e carros, até mesmo em gramados na primeira semana, mas Tyler estava certo. Incêndios florestais eram diferentes.

Tyler mantinha os olhos em tudo ao redor enquanto me guiava para uma área mais segura. Eu estava embrulhada numa camada básica de pulôver térmico de microfibra, com uma camada superior de casaco e calça antichamas enormes, tornando ainda mais difícil para ele segurar o meu braço. Ele vestia camisa resistente ao fogo e calça cargo bege, possivelmente com algumas camadas térmicas por baixo, além de óculos de proteção, mochila de equipamentos e capacete.

Uma fileira de bombeiros de elite da equipe Alpina — a maioria eu tinha conhecido dois dias antes, no alojamento de incêndio, e Tyler os adorava, incluindo seu irmão —, usando casacos amarelos e capacetes azuis, cavava uma linha, na base da colina. Uma sinfonia de pulaskis e rinocerontes fazia barulho ao atingir raízes e galhos, e atravessava o ruído constante da comunicação por rádio.

Tyler havia me levado bem perto das chamas, e tentava ajudar a equipe enquanto ficava de olho em mim. Acampamos durante duas noites e, exceto por uma ou outra brasa que atravessara a linha, a previsão era de que faríamos as malas ao anoitecer. Ninguém ficou mais surpreso do que eu pelo fato de eu não estar ansiosa para ir embora.

Não havia carros de bombeiro com mangueiras nem caminhões-pipa cheios d'água. Os bombeiros de elite combatiam incêndios com maçaricos, pás e motosserras, cavando trincheiras para tirar do chão tudo que pudesse alimentar o fogo.

Eu não tinha medo de altura, mas uma estranha combinação de pavor e euforia me invadiu quando olhei para o vale lá embaixo. O vento soprava mechas do meu cabelo no rosto, e eu percebi que o fogo também soprava na direção da equipe. O tempo parou enquanto eu encarava Tyler. Ficamos presos num momento em que eu nunca estivera: não esquiando numa montanha, não numa onda nas praias da Tailândia, não escalando Machu Picchu. Estávamos no topo do mundo, a única força entre o fogo e as casas que eu conseguia ver das montanhas onde estávamos. Segurando a câmera, congelando e à distância de um quilômetro das chamas que poderiam me queimar viva, finalmente encontrei o que eu nem sabia que estava procurando.

— Para trás, queridinha — disse Tyler, estendendo a mão atravessada no meu peito, como minha mãe costumava fazer quando freava o carro rápido demais.

Eu estava quase pendurada no braço dele, me inclinando para a frente, ansiosa para chegar mais perto, tirando foto atrás de foto, devorando a adrenalina na velocidade que meu corpo conseguia produzi-la. Era melhor do que qualquer viagem de droga que eu já experimentara.

As chamas faziam um barulho de rugido baixo enquanto se espalhavam pelos arbustos secos e pelas árvores nuas, feito uma linha de soldados destemida, seguindo em frente. A caminhada até o local do incêndio foi difícil. Dirigimos quase duas horas até o alojamento, depois andamos por quase uma hora pelo gelo e pela neve, subindo ladeiras íngremes e atravessando os aspens. Meus pés e meu rosto ficaram dormentes antes mesmo de eu sentir o cheiro da fumaça, mas eu me esquecera do frio horas atrás, olhando através das lentes da câmera.

Taco subiu a colina correndo, sem fôlego e ensopado de suor e sujeira, parando na frente de Jubal para fazer um relatório.

— Interrupção de combustível completa na ponta leste.

Smitty estava atrás dele, ofegando e segurando um maçarico numa das mãos e o pulaski na outra. Watts segurava uma motosserra, os ombros afundados. Ambos pareciam igualmente exaustos e satisfeitos, todos em seu elemento e prontos para a próxima ordem.

Jubal deu um tapinha no ombro dele.

— Bom trabalho.

Tyler deveria ter o dia livre, mas isso não o impediu de ajudar a equipe a cavar uma linha anti-incêndio de sessenta centímetros de largura. Eu o observei cortar o chão com o pulaski como se não fosse nada, orientando os homens ao redor como se um incêndio ambiental não estivesse queimando o mundo a menos de um quilômetro e meio de distância.

Clicando nas fotos anteriores, percebi que havia muitas de Tyler, mas não me furtei a fazer um zoom com a lente e tirar outro close de seu perfil suado e coberto de fuligem contra o pôr do sol. Ele era bonito — de todos os ângulos —, e era difícil deixá-lo de fora das fotos. Os pinheiros verdes esperavam para ser salvos e, com o cinza frio da fumaça e o laranja quente do incêndio no horizonte, a tragédia fazia um belo pano de fundo.

— O helicóptero está chegando! — gritou Jubal, segurando o rádio no ouvido. — O vento virou!

Olhei para Tyler, confusa.

— Não tem vento.

— Aqui em cima não. O incêndio faz seu próprio clima. Mais longe, pode não ter vento nenhum, mas, onde o fogo está queimando, ele suga o oxigênio e pode gerar ventos de cinquenta a sessenta quilômetros por hora.

Mais bombeiros de elite que eu ainda não conhecia haviam sido chamados. Com motosserras na mão, um pequeno grupo chamado de serradores cortava galhos de árvores para criar espaços na cobertura verde acima, impedindo o fogo de pular de uma árvore a outra. Cada serrador tinha um parceiro chamado de carregador que coletava os galhos cortados e os arbustos e os jogava do outro lado da barreira contra incêndio.

O resto da equipe — os escavadores — trabalhava em filas, cavando o chão da floresta e criando uma trincheira de noventa centímetros — uma barragem corta-fogo no meio da ala de serradores. A equipe Alpina tinha sido dividida em dois grupos de dez — serradores, carregadores e escavadores, alguns vigias, um responsável por verificar o clima e os outros pelo caminho, criando um incêndio controlado. Mesmo separados, eles trabalhavam juntos com perfeição, metade do tempo sem dizer uma palavra. Jubal se comunicava com o superintendente e gritava as ordens para os bombeiros enquanto ele mesmo mergulhava em sujeira. Todos trabalharam durante horas para criar o que chamavam de "interrupção de combustível", cortando e queimando qualquer vegetação, ao longo de quilômetros, cavando e serrando, a fim de aniquilar as labaredas famintas.

Um *tu-tu-tu* distante se aproximou, e, em pouco tempo, um helicóptero surgiu no alto. Logo após se formar uma coluna de fumaça, ele soltou sua carga, e uma chuva de pó vermelho-arroxeado caiu.

— Aquilo é um pó químico que retarda as chamas — explicou Tyler.

— Ele acaba com elas?

— Diminui o ritmo. Dá mais tempo para cavarmos.

Engoli em seco, e Tyler encostou a mão enluvada no meu rosto.

— Está tudo bem.

Assenti rapidamente, apavorada e empolgada ao mesmo tempo.

Os bombeiros de elite mal pararam para notar o pó químico sendo despejado, e então continuaram a cavar. Observei admirada, exausta só pela caminhada até o local do incêndio e pelo frio.

Tyler soltou uma risada leve, e eu virei e o vi observando como eu olhava para o fogo. Ele não desviou o olhar; em vez disso, um dos lados da sua boca se curvou. Mesmo por trás do suor e da fuligem, a covinha apareceu. Naquele momento, Tyler Maddox e seus incêndios preencheram um buraco na minha alma que eu nem sabia que existia.

Eles trabalharam até depois de escurecer, e o incêndio foi reduzido a uma galáxia de brasas alaranjadas ao longo da colina.

— Tudo bem — disse o Chefe a Jubal pelo rádio. — Hora de chamar a equipe de solo.

— O que isso significa? — perguntei a Tyler.

Ele sorriu.

— A equipe de solo vai fazer a limpeza depois de nós. Eles vão formar pilhas na zona negra e queimá-las até o fogo estar frio. Terminamos aqui, a menos que as brasas ultrapassem a barreira contra incêndio.

Os bombeiros de elite já arrumavam suas coisas, fazendo a longa caminhada de volta até os veículos. Segui com a câmera na mão, facilitando a documentação da volta de homens exaustos e cobertos de fuligem se arrastando pela floresta sem absolutamente ninguém para lhes agradecer por terem salvado inúmeros quilômetros de árvores e casas. O mundo nunca saberia o que acontecera aqui ou como os bombeiros de elite haviam trabalhado para garantir que ninguém soubesse. A única evidência era a terra queimada que havíamos deixado para trás.

Um pequeno floco branco tocou a ponta do meu nariz, e eu olhei para cima, vendo milhares deles caindo no chão. A neve parece ter dado fôlego à equipe, e eles começaram a conversar sobre o dia e o que fariam no resto do fim de semana.

— Você está bem aquecida? — perguntou Tyler.

— O máximo que alguém pode estar num clima de menos seis graus — respondi.

— Você tirou alguma foto boa de mim, Ellie? — perguntou Watts, fingindo jogar para trás o cabelo comprido que não tinha.

— Acho que tirei pelo menos umas trezentas de todo mundo — falei, levantando a câmera para olhar as fotos de novo. Fiquei impressionada comigo mesma. Todas as vezes que eu mexia no obturador, o resultado era cada vez melhor. Meu tempo de ajuste também estava mais rápido.

Os bombeiros de elite andaram em fila única até as caminhonetes, as luzes nos capacetes perfurando a escuridão. O cheiro de fumaça estava ao nosso redor — no ar, nas roupas, saturando nossos poros —, e eu não sabia se um dia voltaria a sentir outro cheiro.

Um animal passou correndo pelos galhos cortados cobertos de neve a poucos passos de nós, e eu me assustei.

— Acho que é um urso, Ellie — provocou Taylor. — Você não tem medo de animais gigantes com dentes que podem arrancar a carne dos seus ossos, tem?

— Para com isso — disse Tyler atrás de mim.

Ajeitei as alças da mochila, sem conseguir parar de sorrir, e aliviada por Tyler não poder ver. Minha nova paixão pelo que o Chefe chamava de *fotografia de aventura* não era a única coisa que me dava a sensação de estar no caminho certo. Os incêndios e as fotografias eram uma forte emoção — surpreendentemente, a presença de Tyler tinha um efeito calmante. Juntos, eles substituíam os riscos e as drogas com os quais eu vinha me destruindo desde os catorze anos.

Franzi a testa, triste com a revelação. Será que eu tinha que trocar velhos vícios por novos? Eu estava cavando um buraco para preencher outro. Isso também não me parecia certo.

— Quer que eu carregue isso? — perguntou Tyler.

Apertei a mochila com mais força.

— Pode deixar.

— Ainda faltam alguns quilômetros. Se precisar...

— Pode deixar, Tyler. Não precisa me mimar.

Smitty olhou para mim por sobre o ombro e piscou, mas a expressão mudou quando seu olhar foi até Tyler, atrás de mim. Eu não sabia o que os dois tinham conversado com o olhar, mas Smitty virou rapidamente para a frente.

Os bombeiros de elite na longa fila adiante já tinham dado partida nas caminhonetes e aquecido os motores quando chegamos ao alojamento de incêndio. As tendas tinham sido desarmadas, e os equipamentos e geradores tinham sido colocados nas caminhonetes. Tyler abriu a porta para mim, e eu subi, sentando perto de Taco para deixar espaço suficiente para Tyler.

O motor rugiu, e a cabine tremeu antes de seguirmos em frente, em direção à estrada secundária da montanha que tínhamos usado para chegar até ali. Tyler se remexia, mal conseguindo ficar parado no assento, como se cada segundo sentado ao meu lado fosse uma tortura.

Cliquei para ver as diferentes fotos, apagando as porcarias e guardando minhas preferidas. Depois de alguns quilômetros, Tyler finalmente me deu um tapinha no joelho e se aproximou para sussurrar no meu ouvido:

— O que foi que eu fiz?

Olhei para seus olhos castanho-dourados. Ele estava confuso e talvez um pouco magoado, mas eu não podia explicar uma coisa que eu mesma não entendia.

— Nada — respondi.

Comecei a mexer na câmera de novo, mas ele tocou delicadamente o meu queixo, virando minha cabeça para olhar para ele.

— Ellie. Me fala. Foi quando eu te puxei para trás? Você sabe que eu só estou tentando te manter em segurança, certo? Se eu fui bruto, me desculpa.

— Não, eu sei. Tudo bem — falei, esquivando-me do seu toque. — Não estou com raiva; só estou cansada. Desculpa por ter te tratado mal.

Ele analisou o meu rosto, tentando perceber se eu estava falando a verdade. Ele sabia que eu estava mentindo, mas fez que sim com a cabeça, preferindo deixar o assunto de lado enquanto estávamos numa caminhonete com sua equipe. Os bombeiros de elite estavam sendo ninados para dormir pelo ronco do motor e pela vibração dos pneus no terreno irregular.

Tyler olhou pela janela, chateado e frustrado. Encostei no braço dele, mas ele não se mexeu. Depois de mais dez minutos, seu corpo relaxou. Sua cabeça estava apoiada no vidro, balançando com o movimento da caminhonete. Voltei minha atenção para a câmera, analisando as imagens restantes e esperando que Jojo ficasse feliz pelo menos com algumas.

Taco roncava no banco da frente, a cabeça inclinada para trás e a boca aberta. O motor estava tão alto que quase abafava o som, e os outros não pareceram notar.

Dei um tapinha no ombro de Jubal.

— Você vai dirigir o caminho todo?

— Gosto de dirigir na volta. Alivia a cabeça.

— Foi uma bela jornada — elogiei.

— Todo dia sem ferimentos e sem fatalidades é um bom dia.

Jubal estava sorrindo, e eu me recostei no assento, impressionada. Os bombeiros de elite saíam para cada chamada cheios de esperança de que todos retornassem, mas sem terem certeza total disso. Eu não conseguia imaginar uma unidade familiar mais triste do que aquela, e finalmente entendi por que um grupo de homens de todos os cantos do país — alguns desconhecidos — eram tão próximos.

— Que tipo de ferimento? — perguntei. — Além de queimaduras.

— Já vi muitos caras se machucarem com as árvores que ainda estão de pé na zona negra. Elas caem de um jeito tão silencioso que a gente nunca escuta. Muitos caras se machucam assim. Trabalhamos com muitos equipamentos afiados, as serras, os pulaskis, sem falar nos maçaricos e nos sinalizadores. Quase tudo que fazemos pode machucar alguém, e trabalhamos com pouco tempo de sono e no limite da exaustão.

— Por que fazer isso? — perguntei. — Amar a vida ao ar livre e exercícios físicos são exigências pra pelo menos pensar nesse emprego. Mas, quando você está exausto e cercado pelo fogo no meio do nada, o que te faz pensar se isso vale a pena?

— Meus garotos. Fazer algo tão difícil durante meses sem parar cria uma equipe muito próxima. Somos uma família. Alguns dias eu acho que estou ficando velho, mas aí eu lembro que não existe nenhum lugar onde se possa encontrar o que nós temos aqui. Os soldados, talvez. Só consigo pensar nisso.

Anotei no meu bloco, me esforçando para enxergar sob o brilho da luz do painel. Jubal me contou histórias sobre as diferentes equipes em que esteve, como a Alpina era sua preferida, e como ele decidiu que o combate a incêndios ambientais era sua vocação. Depois ele se lembrou do dia em que os irmãos Maddox entraram na estação.

— O nível de proximidade e confiança de uma equipe é fundamental, mas esses garotos... eles chegaram e foram o fator de unificação. Não sei o que vamos fazer se eles voltarem pra casa.

— Onde é a casa deles? — perguntei, me sentindo afundar.

— Illinois.

— Por que eles voltariam pra casa?

— O pai deles está ficando velho. Ele é viúvo, você sabe.

— O Tyler me falou.

Jubal refletiu por um instante.

— Eles têm dois irmãos mais novos lá. E já falaram em voltar para ajudar.

— Isso é fofo, mas não consigo imaginar nenhum dos dois fazendo outra coisa.

— Nem eu, mas eles parecem uma família unida, os Maddox. Só ouvi o Taylor e o Tyler conversando... nunca conheci os outros. O resto da família não sabe que eles combatem incêndios.

— Como é? — perguntei, assustada.

— É isso mesmo. Eles não querem chatear o pai. Esses garotos são brigões, mas são molengas por dentro. Acho que prefeririam pôr fogo em si mesmos a deixarem alguém que amam ser magoado.

Olhei para Tyler, que dormia profundamente, o rosto em paz. Eu me inclinei, mal encostando o rosto em seu braço. Sem hesitar, ele estendeu a mão sobre os meus ombros e me abraçou de lado. No início, fiquei tensa, mas depois relaxei, sentindo o calor do seu corpo derreter meus ossos congelados.

Encontrei o olhar de Jubal pelo espelho retrovisor. Seu sorriso chegou até os olhos, e ele olhou para a frente.

— Ellie? — disse ele, e fui atingida pelo reflexo de suas íris azul-gelo. — Você sabe o que está por vir?

— Um adeus? — respondi, meio que brincando.

Jubal sorriu, concentrando-se outra vez na estrada.

— Talvez não.

11

A selfie de bico de pato de Finley surgiu na tela do meu celular, mas apertei a tecla FIM e deixei a secretária eletrônica falar com ela.

— Sua irmã de novo? — perguntou Tyler, limpando o rosto com uma toalha de mão velha e desfiada. O resto dele ainda estava sujo, assim como o resto de nós.

Eu tinha me esquecido de como era o cheiro do meu cabelo quando não estava fedendo a fumaça e de qual era a sensação dos meus lençóis na minha pele. Tirei a câmera do pescoço e me joguei no sofá surrado da estação de serviço Alpina, escondida na Floresta Nacional das Montanhas Rochosas. A temporada de incêndios tinha começado cedo, e eu estava acampando com a equipe havia catorze dias quando eles combateram um incêndio tão extenso que bombeiros florestais de todo o país foram convocados. De acordo com a equipe, era o maior incêndio das duas últimas temporadas.

O pessoal foi para a cozinha, e eu fiquei sentada, observando-os passar. Todos os músculos do meu corpo doíam, todas as juntas, até mesmo minhas entranhas. Eu tinha ficado menstruada no segundo dia no alojamento de incêndio, mas o fluxo foi bem pequeno antes de desaparecer, provavelmente por causa do aumento súbito de atividade e da diminuição na ingestão de calorias. Minha calça estava larga. Eu não tinha certeza se queria me olhar no espelho.

Smitty cumprimentou Taco antes de abrir a geladeira e se abaixar para ver as opções, o rosto coberto de fuligem.

— As coisas ficaram tensas por lá — disse Tyler.

— Obrigada por cuidar de mim... de novo. E por me ajudar com a tenda. Não acredito que os caras dormiram no local do incêndio durante três noites. Alguns nem tinham casaco.

— São caras maiores. Chama-se "peso de voo", meio que um limite de peso. Às vezes, os helicópteros levam a gente até os locais mais remotos para não termos que andar tanto a pé. Contando com equipamentos, combustível e a equipe, os helicópteros têm um limite de peso. Às vezes, o Anão leva uma daquelas folhas de alumínio que os escaladores de montanhas usam para acampar, porque ele é magrelo e tem sobra de peso de voo.

— Quer dizer que vocês dormem todos juntos?

— Sim. Dividimos as cobertas, dormimos de conchinha... é frio pra caralho lá em cima. Fazemos tudo que der certo — brincou ele.

— Então por que vocês fazem isso?

— Dormir na barreira contra incêndio significa receber adicional de insalubridade. Alguns caras preferem isso a dormir no alojamento.

— Os geradores são muito barulhentos — observei.

— Você devia ter me falado. Podíamos ter subido numa caminhonete e ido um pouco mais longe, distante do barulho.

— Tudo bem. Eu estava bem.

— Para uma garota rica, você não reclama, né?

— Eu adorei estar lá. De verdade.

Tyler se inclinou e cheirou meu ombro.

— Você está com um cheiro maravilhoso.

— Cala a boca.

— Estou falando sério. Fumaça de reservas naturais é meu cheiro preferido. Numa garota? Deixa ela estranhamente atraente.

— Já fui chamada de coisas piores.

Tyler franziu a testa.

— Não na minha frente.

Consegui dar um sorriso cansado.

— Meu herói.

Os bombeiros de elite já tinham tirado o uniforme e deixado as mochilas na parte de trás da caminhonete, mas todos nós fedíamos a queijo velho defumado numa fogueira gigantesca. Tyler se ajoelhou, segurando o cadarço da minha bota e desfazendo os nós. Ele as tirou, uma de cada vez, e eu me recostei, mexendo os dedos do pé algumas vezes para comemorar a liberdade. Depois tirou minhas meias devagar, fazendo cara feia para as bolhas novas, as que soltavam água e as curadas.

— Meu Deus, Ellie. Já conversamos sobre isso.

— Não me importo. Dá a sensação de que estou conquistando alguma coisa.

— Gangrena não é um prêmio. — Ele disparou até o kit de primeiros socorros e começou a cuidar dos machucados sobre os quais eu estava andando havia dez dias.

Tentei piscar, mas meus olhos levaram um tempo para abrir de novo. Parecia que pesavam cem quilos. Eu poderia ter cochilado ali mesmo.

Tyler passou pomada antibiótica e colocou gaze nas minhas feridas, depois pegou uma coberta nas costas de uma poltrona reclinável e a desdobrou, colocando-a sobre mim. Quiquei quando ele se jogou no sofá ao meu lado, usando calça jeans e uma camisa térmica de manga comprida, com os três botões de cima abertos. Eu o preferia usando as roupas desengonçadas à prova de chamas e o capacete azul, mas ele nunca me deixaria em paz se soubesse disso.

— Você nunca reclama. Sem treinamento, você simplesmente apareceu aqui, andou quilômetros e acampou na terra e na neve em temperaturas congelantes — disse ele, relaxando ao meu lado. — Estou impressionado. Todo mundo está.

— Não me importo — falei, apoiando o queixo no ombro dele. Eu estava congelada e exausta, sem saber como meus dedos continuavam a funcionar conforme os dias passavam. Cumprindo sua palavra, Tyler me mantivera por perto. Era uma trilha linda, mas difícil, subindo ladeiras e passando por aspens. Em alguns lugares, a neve ainda cobria os tornozelos, e caminhamos quase uma hora até o local do incêndio, atravessando a vegetação baixa e a neve derretida. Meus pés e meu rosto ficaram dormentes antes de chegarmos onde ardiam as chamas, mas eu me distraí do desconforto quando olhei através das lentes da câmera.

Eu mal conseguia me mexer, e o resto da equipe conversava e fazia sanduíches. Depois de catorze dias nas montanhas, eles tinham direito a quarenta e oito horas de descanso e recuperação obrigatórios. Apesar de todos estarem esgotados, a versão deles de um fim de semana havia chegado, e eles estavam agitados.

— Como eles podem estar tão... animados? — perguntei, as palavras saindo lentas e a voz rouca.

— Adrenalina — respondeu Tyler, pegando minha câmera e olhando as diversas fotos.

— Como eles ainda conseguem estar na euforia da adrenalina? A volta pra casa demorou uma eternidade. Achei que nunca íamos voltar.

— Todas as vezes que saímos pra combater um incêndio, existe uma chance de um ou todos nos machucarmos, ou coisa pior. Voltar como uma unidade completa significa muito. — Ele me devolveu a câmera. — Belas fotos.

— Obrigada.

Então apoiou o queixo no meu cabelo.

— A Jojo vai ficar feliz.

— Obrigada. Ela me mandou uma mensagem hoje. Quer ver o que eu consegui.

— Você vai mostrar as fotos para ela agora? — Suas sobrancelhas se aproximaram. — Isso significa que já terminou?

— Acho que vamos descobrir.

Tyler observava os amigos brigando e fazendo piada na cozinha, mas parecia triste.

— Ellie?

Ouvi quando ele chamou meu nome, mas eu estava no fundo de um barril cheio d'água, aquecida e sem querer me mexer. O barulho dos caras na cozinha sumiu, e tudo que eu escutava era o som do meu próprio coração e o ritmo constante da respiração de Tyler. Afundei mais em mim, confortável sob a coberta e apoiada no braço de Tyler.

— Cala a porra da boca! — sibilou Tyler. Ele se sacodiu, e eu pisquei, vendo um Watts borrado pular por causa de alguma coisa que Tyler jogara nele.

Sentei e esfreguei os olhos.

— Uau. Por quanto tempo eu apaguei?

— Três horas — respondeu Jubal com um sorriso. — O Tyler não mexeu um músculo o tempo todo, para não te acordar.

— Você jantou? — perguntei, olhando para ele.

— Eu trouxe um sanduíche para ele — disse Watts, jogando a pequena almofada quadrada de volta para Tyler. — Ele vai sobreviver.

Tyler a pegou e a segurou contra o peito, fazendo biquinho.

— O que houve com você? — perguntei.

Watts fez biquinho.

— Ele está puto porque a gente te acordou.

— Para com isso — disse Jubal, me dando um copo de água com gelo.

— Obrigada — falei.

Smitty ligou a televisão, e Taco procurou o celular, que estava tocando, e se levantou para atender no escritório.

Tyler ficou de pé.

— A gente devia levar essas fotos para a Jojo e te levar pra casa, né?

— É. Melhor eu chamar o José.

— Eu te levo — disse ele imediatamente.

Jubal nos observou se divertindo, apesar de eu não saber muito bem por quê. O resto da equipe de Tyler parecia cuidar das próprias coisas, ao mesmo tempo em que mantinha o ouvido atento para o que eu poderia dizer.

— Hum, claro — falei. — Obrigada.

Todos os dezenove bombeiros de elite, de Peixe a Cachorrinho, me deram um abraço de urso antes de eu partir, me pedindo para voltar logo. Chefe fez uma rara aparição fora do escritório para se despedir, e Tyler me conduziu até a caminhonete, paciente, mantendo o passo conforme minha velocidade de bicho-preguiça.

— Merda — ele sussurrou. — Eu devia ter dado partida na caminhonete pra esquentar o motor.

— Tudo bem. Sério, não tem problema. Acho que já provei que não sou fresca.

— É verdade. — Ele abriu a porta, mas parou quando percebeu que eu o encarava. — O que foi?

— O que você está fazendo?
Ele deu de ombros.
— Abrindo a porta pra você.
— Por quê? — perguntei. Seu gesto me deixou desconfortável.
— Entra logo.

Subi na caminhonete, me abraçando para me manter aquecida enquanto Tyler batia a porta do passageiro e corria até o outro lado. Ele estava ressentido, triste com alguma coisa.

Ele foi até a revista, para eu deixar o cartão de memória com Jojo. Ela me recebeu com um sorriso, ansiosa para carregar as fotos no computador.

— O papai vai adorar isso — disse ela.
— É? Isso significa que eu acabei? — perguntei.
— Talvez. Vou precisar que você escreva o que descobriu até agora, e depois eu dou uma ajeitada pra você. Pode ser que a gente precise de um pouco de gordura.
— Hum... gordura?

Seu dedo clicou no mouse do computador.

— Você sabe... material que podemos usar depois. — Ela me olhou de cima a baixo. — Vai pra casa descansar, Ellison. Você está péssima.
— Estou indo — falei, pegando o cartão de memória e indo em direção à porta.

A caminhonete de Tyler ainda estava ligada, a fumaça do escapamento subindo até o céu noturno. No instante em que me viu andando em direção a ele, Tyler se inclinou por sobre o console e abriu minha porta. Entrei de novo, e ele alisou minha perna rapidamente.

— Preciso te levar pra casa. Você está exausta.
— Você trabalhou muito mais do que eu.
— Mas eu já estou acostumado. A Jojo devia te dar uns dias de folga. Você vai ficar doente.
— Na verdade, há muito tempo eu não me sentia tão bem.

Tyler engatou a marcha e se afastou do meio-fio, indo em direção à minha casa. Acendeu um cigarro e me deu sem que eu pedisse, depois acendeu outro para ele. Não falamos muito, e deixei Tyler com aparentemente milhões de pensamentos.

Ele levou a caminhonete até a entrada de carros da minha casa e parou no portão. Eu me inclinei por cima dele para digitar o código, e o portão gemeu, começando sua lenta jornada para abrir. Tyler foi em frente e dirigiu um quilômetro e meio até a minha casa.

Estava escuro, e imaginei que Maricela e José já tinham ido embora.

— Obrigada pela carona — falei, juntando minhas coisas. Contornei a frente da caminhonete, dei mais alguns passos e então congelei. — O que você está fazendo aqui?

— Ellison, ela já sabe — disse Sterling. Ele saiu das sombras, parecendo mais magro, a barba por fazer. Depois desceu os degraus, com a gravata frouxa e a camisa manchada.

A porta de Tyler abriu e fechou, e seus passos esmagaram a neve e os pedregulhos até ele parar atrás de mim.

— Oi, Sterling — disse Tyler. — Bom te ver.

Os olhos de Sterling estavam úmidos. Dava para sentir o cheiro de uísque a três metros de distância.

— Ela sabe, porra. Ela não atende as minhas ligações.

— Já te falei: ela nunca atende suas ligações quando está de férias.

— Ela sabe, porra! — cuspiu ele.

— Ei — disse Tyler, se colocando entre nós dois. — Não sei o que está acontecendo aqui, mas aposto que vai fazer mais sentido de manhã. Deixa eu te levar pra casa, Sterling. Parece que você teve um dia difícil.

— Vai se foder — xingou Sterling, ainda me encarando. — E você também.

— Me foder? — perguntei. — Quem foi que me deu aquela pílula misteriosa?

— Ela nunca mais vai falar comigo. O que eu vou fazer agora?

— Você está exagerando, Sterling — soltei. — Está sendo paranoico. E o que você tomou não está ajudando.

— Eu sei que é tudo culpa sua! — esbravejou ele, a voz se estendendo pelas árvores entre a casa dele e a minha. — Você não é só a piranha da cidade; você é a maior piranha do mundo. Todo mundo sabe para quem ligar pra dar uma trepada quando a Ellie está na cidade.

— Espera um minuto, caralho — disse Tyler, dando um passo. Agarrei seu casaco, puxando-o para trás.

Sterling riu.

— O que você vai fazer, tenente bravão? Me obrigar a mudar de ideia?

— Continua falando — rosnou Tyler. — Você vai descobrir.

Sterling levantou as mãos, fingindo estar com medo.

— Coloca esse colarinho azul pra trabalhar.

Tyler deu mais um passo, mas eu coloquei a mão no peito dele. Virei para encará-lo, mas olhei para o chão, envergonhada.

— Ele está bêbado. Está chateado. Ele mora na casa ao lado. Deixa ele ir pra casa.

Os músculos do maxilar de Tyler se remexeram, mas ele deixou Sterling passar, mesmo depois que este o cutucou com o ombro.

Subi os degraus com dificuldade e destranquei a porta. Tudo estava silencioso, e cada movimento que fazíamos ecoava pelos corredores.

Tyler fechou a porta quando entramos, depois me seguiu até a cozinha.

— Sua casa parece bem diferente desta vez.

— Quase vazia? — perguntei.

Maricela havia deixado um prato coberto na geladeira, com uma bandeira de palito dizendo quantos minutos levaria no micro-ondas.

— Quer dividir? — perguntei. — Acho que está aí há um ou dois dias, mas pelo menos não é uma quentinha.

— Não. Vai fundo.

Tirei o papel laminado e apertei o número três. A luz se acendeu, e o prato começou a girar, devagar. Fiquei feliz de ter mais alguém em casa além de mim, mas eu não queria encarar Tyler, com medo da expressão em seu rosto.

— O que aconteceu entre você e o Sterling? — ele perguntou. — Vocês não eram amigos algumas semanas atrás? Por que ele estava dizendo aquelas coisas de você?

— Porque é tudo verdade — respondi simplesmente.

— Mentira. Não acredito nem por um segundo.

— Por que não? — perguntei, me virando. — Você mesmo viveu isso.

— Eu só me considero um cara sortudo por estar aqui no momento certo. Nós nos divertimos, e com segurança. Qualquer coisa além disso não é da conta de ninguém.

Dei uma risada, surpresa com a resposta.

— O que quer que eu diga? — ele perguntou. — Se você é galinha, eu também sou.

— Você é galinha, Maddox.

— Ultimamente, não.

Lutei contra um sorriso quando o micro-ondas apitou de novo. Tyler se levantou, pegou meu prato e o colocou na ilha de mármore preto e branco.

— E você está tentando consertar algumas coisas na sua vida. É errado pra caralho ele jogar seu passado na sua cara.

— E por acaso dois meses atrás pode ser considerado meu passado? — perguntei, pegando um garfo na gaveta. Sentei, girando as pontas prateadas na batata assada.

— Hoje de manhã já é passado — disse Tyler. — Podemos ser pessoas totalmente diferentes hoje, se quisermos. Foda-se o Sterling, se ele está chateado por você ter mudado. Pessoas assim normalmente estão lidando com suas próprias merdas, e o motivo de estarem putas da vida não tem nada a ver com os outros.

Senti uma lágrima quente escorrendo pelo meu rosto e a sequei imediatamente.

— Ei — disse Tyler, estendendo a mão por cima do balcão. — Pode desabafar comigo.

— Minha irmã? A Finley? Ela ama o Sterling. O primeiro amor a gente nunca esquece.

Tyler apontou para trás com o polegar.

— Aquele babaca? Por quê?

— Não importa. Ele é meio que maluco de carteirinha, mas ela ama o cara. Ela quer ficar com ele, mas está resistindo. Ela vai assumir a empresa do meu pai e não tem tempo pra um relacionamento. Eles querem ficar juntos. Ela está lutando contra, e ele está arrasado.

— E como isso é culpa sua? — Tyler perguntou, confuso.

Limpei o nariz com o guardanapo.

— Ele tinha uma... eu não sei... eu estava lá, conversando sobre como arranjar um emprego. Já estávamos bebendo, e ele tinha umas pílulas.

Nós tomamos... eu não lembro de muita coisa depois disso, mas nós..
— Fiz que sim com a cabeça.

Tyler também anuiu, me avisando que eu não precisava continuar. Seu rosto ficou vermelho, os dentes trincaram.

— Ele te drogou, te fodeu e agora está te culpando por isso.

Fechei os olhos, e mais lágrimas escorreram pelo meu rosto. Gastei tantas horas do dia tentando não pensar no que eu fiz que ouvir Tyler descrever tudo com tanta aspereza fez meu peito doer.

— Eu não devia ter tomado aquela pílula. Eu nem perguntei o que era. Simplesmente joguei na boca e... — Minha respiração falhou. — O Sterling ama a Fin. Se ele soubesse que isso ia acontecer, também não teria tomado. Ele está com tanto medo quanto eu de que ela nunca mais fale com a gente.

— É por isso que você está... — Ele apontou para mim.

— Sim, é por isso que estou tentando melhorar. Espero que, se um dia ela descobrir, ela me perdoe porque... — Engasguei. — Não sou mais aquela pessoa.

— Não é, e eu nem sei se algum dia você foi — disse Tyler, colocando a mão sobre a minha. — Come. Você não comeu o dia todo.

Coloquei uma garfada na boca, mastigando enquanto chorava — na verdade, isso era surpreendentemente difícil.

Tyler vasculhou os armários até encontrar umas cápsulas de chá. Ele me observou comendo, e pigarreou quando finalmente teve coragem de perguntar:

— Você... você sabe... você foi ao médico? Imagino que nenhum de vocês pensou em usar proteção.

Fiz que sim com a cabeça, desejando me enterrar em um buraco e morrer.

— Fui. Tenho DIU desde os quinze anos. Já verifiquei.

— Ótimo. Poderia ser muito pior. Esse cara é um merda — resmungou ele.

— Seria mais fácil culpá-lo, mas não é só culpa dele. — As lágrimas começaram a escorrer de novo. Tyler colocou uma caneca fumegante na minha frente, depois preparou outra para si. Bebemos o chá até eu parar de chorar, sentados num silêncio confortável. Mal tínhamos falado alguma coisa desde nossa conversa inicial uma hora antes, mas eu me sentia melhor só por saber que ele estava ali.

Olheiras começaram a se formar sob seus olhos vermelhos, e ele deu um tapinha nas suas chaves.

— Ellie...

— Fica — soltei de repente.

— Aqui? — perguntou Tyler, apontando para o balcão.

— Você pode?

— Quer dizer... acho que sim. De qualquer maneira, é minha folga. O Chefe me deve uma.

— Não precisa ser como da última vez.

Ele fez uma careta.

— Eu sei. Não sou um babaca completo.

— Então você vai ficar? — Eu me sentia muito fraca e vulnerável, mas isso era melhor do que ficar sozinha.

— Vou. Quer dizer, posso ficar se quiser. Mas com uma condição.

Eu o analisei, sem saber o que ele ia exigir.

— E se tentássemos outro café da manhã? — perguntou ele. — Amanhã cedo.

Soltei um suspiro de alívio.

— Só isso?

— Só isso.

— Suponho que você não quer que eu apareça de ressaca, dessa vez. Ele deu uma risadinha, mas pareceu preocupado.

— Não sei. Eu meio que gostei de segurar seu cabelo.

— Aposto que sim — provoquei. Olhei para ele, sem nenhum traço de humor na expressão. — Sinceridade total... Tenho quase certeza que isso é uma péssima ideia.

— É — disse Tyler, olhando para baixo. — Você já falou isso. Sei que você está tentando resolver suas merdas, e provavelmente eu sou um amigo perigoso para esse período de transição... mas, sei lá, Ellie. Eu simplesmente gosto de ficar perto de você.

— Por quê? Sou má com você.

Ele deu um sorrisinho.

— Exatamente.

Balancei a cabeça.

— Você é esquisito.

— Você fica bonita com terra no rosto.

Usei o resto da energia que eu tinha para soltar uma risada.

— Isso é um elogio, mas vou tomar banho do mesmo jeito.

— Eu tomo depois — disse ele.

Coloquei meu prato sujo na pia, depois levei Tyler até o andar de cima, desta vez para o meu quarto. Ele ficou sentado na beirada da cama enquanto eu tirava a roupa e girava a torneira do chuveiro.

— Eu estava pensando — gritou ele do quarto. — Estou ficando de saco cheio do clima de bar. Tem tantas outras coisas pra fazer aqui... Mas o problema é que todos os meus amigos bebem.

— Acredita em mim, isso dificulta as coisas.

— Talvez a gente devesse formar um clube.

Entrei embaixo do chuveiro, gemendo enquanto a água me lavava. Banhos quentes no meio de um parque nacional com vinte e tantas pessoas eram raros. Só porque eu não reclamava, não quer dizer que não sentia falta.

— Duas pessoas não formam um clube, Tyler.

— E daí? — disse ele, colocando a cabeça na porta. Ele olhava para a parede, mas falava alto para eu poder ouvir. — Podemos fazer o que quisermos.

— Um clube sem álcool? Isso me parece a coisa mais idiota do mundo.

— Qualquer clube em que eu esteja é foda.

— Se você está dizendo...

— Então... café da manhã? — perguntou ele, com um novo brilho de esperança nos olhos.

Suspirei.

— Eu seria muito, muito ruim pra você.

— Que nada — disse ele, me dispensando com um aceno. — De qualquer maneira, sou adulto. Eu aguento.

— Não preciso que você me salve. Eu cuido disso.

— Alguma outra desculpa?

Minhas sobrancelhas se aproximaram.

— Você é meio babaca quando não está na floresta.

— Se enxágua aí. É minha vez.

Torci o cabelo e peguei a toalha na prateleira, saindo e pisando no tapete. Pelo canto do olho, vi Tyler tirando a camisa. Ele tirou o cinto, e a fivela bateu no azulejo antes de o jeans atingir o chão. Depois atravessou o cômodo e abriu o chuveiro, entrando na água.

— Meu Deus, como isso é bom! — exclamou.

Sorri, escovando o cabelo molhado. Observei seu reflexo no espelho passando sabonete no corpo e senti um formigamento familiar entre as coxas.

— E se as coisas ficarem ruins? — perguntei. — E se você me odiar quando tudo acabar?

— Não vai acontecer.

— Fiz isso com o Sterling.

— Não vou fazer você tomar bolinhas e depois transar com você.

— Então... amigos? — perguntei.

A água parou de correr, e Tyler saiu do chuveiro, enrolando uma toalha na cintura. Seu pomo de Adão desceu quando ele engoliu em seco, depois ele pigarreou como se estivesse prestes a fazer uma promessa que não queria cumprir.

— Amigos.

— Você vai ficar mesmo assim? — perguntei.

Tyler deu um sorrisinho, os pensamentos girando por trás dos olhos e enevoando as íris.

— Eu não ia tentar dormir com você de qualquer jeito, Ellie.

— Não?

— Não. É diferente, agora.

Eu me levantei, surpresa, sem conseguir pensar numa resposta. Eu tinha certeza de que a dor no meu peito era bem parecida com a de um coração partido.

— Vamos lá — disse ele, se levantando. — Vamos pra cama. Estou arrasado.

Ele me seguiu até a cama, mas havia uma diferença no ar entre nós. Tyler parecia mais relaxado, como se o problema tivesse desaparecido e a pressão tivesse sido eliminada. Com a toalha ainda enrolada na cintura, ele subiu na minha cama e deitou de lado.

Abri a gaveta da cômoda e vesti uma Calvin Klein por baixo da toalha, depois fui até a porta do banheiro e peguei sua camiseta no chão.

— Deixa aí, Ellie. Vou usar pra voltar pra casa de manhã.

Ele me observou, confuso e depois surpreso, quando eu a vesti e fui para a cama, deitando ao lado dele. Tyler envolveu os dois braços ao meu redor, enterrando o nariz no meu cabelo, e suspirou.

— Você está quase nua e vestindo minha camiseta. Isso não é justo.

Estendi a mão para a mesa de cabeceira, depois virei para ele, encarando-o enquanto abria o pequeno pacote.

— Ainda podemos ser amigos — falei, deslizando a mão entre a toalha e a pele dele. Tyler ficou imediatamente duro.

— Não sei como fazer isso — ele sussurrou, se aproximando para roçar os lábios nos meus enquanto eu colocava o látex sobre sua pele. — Essa coisa intermediária, Ellie. Acho que eu não consigo. Ou você é minha ou não é.

— Não sou de mais ninguém.

Ele colou a boca na minha, me beijando com energia e profundidade.

— Não precisamos nos colocar numa redoma de vidro — falei. Ele se afastou, procurando mais respostas em meus olhos. — Isso é o que é. Não podemos simplesmente fazer assim?

Tyler subiu em mim devagar, analisando meu rosto durante um minuto antes de se abaixar para me reivindicar com a boca.

Puxei sua toalha até ela cair em algum lugar perto da cama.

— Você está certa — sussurrou ele. — Essa é uma péssima ideia. — Ele afastou o tecido da minha calcinha, apenas o suficiente para deslizar para dentro de mim.

Respirei fundo e suspirei. Tyler era bom demais... seguro demais. Dava para ver nos seus olhos que ele estava disposto a me experimentar como um veneno; mesmo depois do primeiro gole, já estávamos pensando em como o fim seria doloroso.

12

Tyler *parecia estranhamente animado, mastigando as panquecas e sorrindo para todo mundo que passava pela nossa mesa no Winona, sempre acenando com o garfo.*

Eu acordara nos braços dele, com seu nariz pressionando meu pescoço. Quando ele começou a se mexer, eu meio que esperava que nossa noite juntos terminasse num clima constrangedor, e não em beijinhos doces e abraços enquanto ele me ensinava a lavar roupa na máquina. Ele adorou tirar a própria camiseta do meu corpo e jogá-la para lavar. E levou muito mais tempo para fazer isso do que para colocar as próprias roupas ali também.

Mal tínhamos concluído o primeiro ciclo de lavagem quando ele me colocou em cima da máquina e se aninhou entre as minhas pernas, me fazendo lembrar por que eu tinha acordado tão maravilhosamente ardida.

Usando roupas bem limpas, ele segurou minha mão até chegarmos à caminhonete e abriu a porta para mim no Winona. Agora ele estava olhando para seu prato quase vazio, sorrindo feito bobo.

— Qual é a graça? — perguntei.

Ele olhou para mim, tentando disfarçar o sorrisinho, mas fracassando.

— Eu não estava rindo.

— Você está sorrindo. Tipo, muito.

— Isso é ruim?

— Não. Eu só estava me perguntando o que você estava pens...

— Em você — respondeu ele de imediato. — A mesma coisa que estou pensando desde a noite em que nos conhecemos.

Pressionei os lábios, tentando impedi-los de se curvarem. Seu bom humor era contagiante, e isso facilitava esquecer o que Sterling dissera nos degraus da frente da minha casa na noite anterior e a preocupação de ele estar certo.

Finley não tinha ligado nem mandado mensagem havia vinte e quatro horas. Talvez Sterling estivesse certo. Talvez ela soubesse.

O celular de Tyler apitou, e ele o levou ao ouvido.

— Oi, babaca — disse ele.

Sua expressão mudou enquanto escutava, primeiro se concentrando no que estava sendo dito. Depois, suas sobrancelhas deram um salto. Ele olhou para mim durante meio segundo, depois olhou para baixo, pensativo.

— Mas ele está bem — disse Tyler, ouvindo de novo. — Ele... ele o quê? Não, eles não fizeram isso. Você está falando *sério*, porra? Uau... É, não. Não vou. Quem pode vir até aqui? Que tipo de pergunta? Sobre o Trav? O que você quer dizer? Ah. Ah, caralho. Você acha que vai funcionar? Tá bom. Ãhã. Tá, eu falo com o Taylor. Já disse que falo. Entendi. A gente vai dar um jeito. Também te amo, Trent.

Ele colocou o celular sobre a mesa e balançou a cabeça.

— Você disse Trav?

— Travis — respondeu ele, desanimado. — Meu irmão mais novo.

— Está tudo bem? — perguntei.

— Hum... sim. Acho que sim — disse ele, perdido em pensamentos. — Ele acabou de se casar.

— Sério? Isso é ótimo, não?

— É... A Abby é... é maravilhosa. Ele é muito apaixonado por ela. Só estou surpreso. Eles tinham se separado.

— Ah. Isso é... hum... meio esquisito.

— Eles são assim. Acho que houve um incêndio na faculdade onde eu me formei. Na minha cidade natal.

— Alguém se machucou?

— Foi bem horrível. Começou no porão, e muita gente ficou presa.

— No porão?

— Humm... a faculdade é meio conhecida por abrigar ringues de luta clandestina.

— Ringues?

— É tipo um ringue de apostas. Dois caras combinam de lutar. Ninguém sabe onde, até uma hora antes. A pessoa que organiza liga pros lutadores, os caras deles ligam para dez pessoas, que ligam para mais cinco pessoas, e assim vai.

— E aí?

Ele deu de ombros.

— Aí eles lutam. As pessoas apostam. É uma tonelada de dinheiro.

— Como você sabe tanto sobre isso?

— Fui eu que comecei. O Taylor e eu, junto com o organizador, o Adam.

A expressão nos olhos de Tyler quando eu apostei nele na minha casa na noite em que nos conhecemos agora fez sentido.

— E era o Travis que estava lá?

A expressão de Tyler desabou, e ele olhou para mim durante vários segundos antes de responder.

— Ele fugiu pra se casar em Vegas.

— Isso é bom.

— É — concordou Tyler, esfregando a nuca. — Mais suco de laranja?

— Não, estou bem. A gente devia ir.

Tyler pagou a conta, depois pegou minha mão e foi comigo até a caminhonete como se aquilo fosse a coisa mais natural do mundo. Quando ele me deixou na revista, o clima entre nós parecia pesado e esquisito. Foi aquele momento do tipo "devemos ou não devemos nos beijar e o que significa se nos beijarmos"?

Estendi a mão para a maçaneta.

— Espera um segundo — disse Tyler, estendendo a mão para mim. Ele entrelaçou os dedos nos meus, depois levou minha mão até os lábios.

— Obrigada por ficar comigo ontem à noite — falei.

— Fiquei feliz de estar lá pra afastar sua visita indesejada.

— Eu também.

Ele pegou meu celular, digitou alguns números e depois algumas letras.

— Se ele te incomodar de novo — disse Tyler, e a ruga entre suas sobrancelhas se aprofundou —, me liga. Mas só... você sabe... me liga de qualquer maneira.

Saí da caminhonete e acenei enquanto Tyler se afastava. Ele aumentou o volume do rádio, e eu ouvi o baixo ressoando até ele entrar na rodovia em direção ao dormitório dos bombeiros de elite.

O sino da porta socou quando entrei no escritório.

— Bom dia — cumprimentei, acenando para Jojo a caminho da minha mesa.

Não só a porta de Wick estava fechada, mas um lindo buquê de rosas amarelas e lilás saía de um vaso de vidro. Contornei minha mesa, cruzei um braço na cintura e levei os dedos aos lábios, tentando não sorrir. Flores, romance e atitudes teatrais eram o último item da lista de coisas que eu queria de Tyler, mas sentei, curtindo como aquilo me deixava absolutamente tonta.

Jojo colocou a cabeça na porta.

— De quem são?

Eu me inclinei mais uma vez para confirmar e levantei as mãos, deixando-as cair ao longo do corpo.

— Não encontrei o cartão.

— Sem cartão? Tem alguma pista? — perguntou ela, entrando na sala e apoiando a lateral na poltrona. — Talvez o cara que acabou de te deixar aqui?

Estendi a mão para ligar o computador, levando alguns segundos para tirar a expressão ridícula do rosto antes de me aprumar.

— Talvez.

Jojo cruzou os braços, parecendo convencida.

— Achei que isso poderia acontecer, com vocês passando tanto tempo juntos na estação. Só não achei que aconteceria tão rápido.

— Não está acontecendo nada. Somos apenas amigos.

— Claro — disse Jojo com um sorriso cínico. — Você parece ter perdido peso. Eles te alimentaram?

— Um pouco.

Ela se levantou.

— Comprei *donuts* pra comemorar seu primeiro dia de volta ao trabalho. Estão na sala de descanso.

— Você é uma santa, mas já tomei café. Eu como no almoço.

— Tenho muita coisa pra fazer hoje. Você vai escrever aquele artigo pra mim?

— Vou fazer o meu melhor. Lembra que não sou boa com as palavras. Vou escrever o que eu sei, e você transforma num artigo.

— É... já ouvi isso — disse ela, desaparecendo na esquina.

Abri um novo documento e encarei a página em branco durante um tempo antes de meu olhar seguir até o buquê. Eu já tinha recebido flores, principalmente do meu pai, mas esse buquê foi feito com carinho. As cores eram as mesmas do meu quarto, e as rosas significavam mais do que apenas "obrigado pela noite passada". Talvez eu estivesse exagerando, mas Tyler não era uma pessoa que agia de forma calculista.

Afastei o pensamento, me concentrando no pedido de Jojo. Recontei meu primeiro dia, o nome das ferramentas, como elas eram e os apelidos engraçados da equipe. Todos eles se respeitavam, mas, na minha opinião, admiravam Tyler. Ele acalmava brigas, liderava a equipe na montanha, e eles respeitavam as decisões que ele tomava quando Jubal não estava por perto. Falei sobre interrupções de combustível, solo mineral e vegetação. Mochilas, suprimentos, peso de voo e dez códigos. Incluí meu conhecimento limitado sobre torres de incêndio, coordenadas e clima. Depois, inseri histórias como a da melhor piloto de helicóptero com quem Tyler havia trabalhado — uma australiana ruiva chamada Holly, que recuava no Huey e o balançava no último minuto para levá-los até a lateral da montanha, para eles não terem que andar tanto — e a história da vez em que Tyler comeu uma minhoca nojenta, gorda e suculenta por duzentos dólares.

Duas horas tinham se passado sem eu perceber, e Jojo bateu na moldura da porta antes de entrar. Ela atravessou meu escritório e chegou à porta do pai. Então bateu duas vezes e deu um passo para trás.

Wick saiu, com o rosto vermelho e os olhos brilhando. Jojo parou ao lado da minha mesa, cruzando os braços.

— O que está acontecendo? — perguntei.

— Meu pai e eu estamos maravilhados com suas fotos, Ellie. Você nos mandou umas coisas incríveis. Foi pra floresta e acampou em temperaturas congelantes com aqueles bárbaros durante noites a fio. Você nasceu pra isso.

— Pra quê?

— Pra ser uma fotógrafa de campo — disse Wick.

— Uma o quê? — perguntei, me sentindo desconfortável.

— Meu pai vai contratar outra assistente.

— O quê? — insisti, entrando em pânico.

Jojo encostou no meu braço.

— Tudo bem. Seu novo emprego na revista vai pagar mais.

— Mais?

Seus olhos se arregalaram.

— Muito mais. Meu pai quer fazer uma sequência de artigos pra revista. Ele quer que você acompanhe a Equipe Alpina de Bombeiros de Elite durante toda a temporada de incêndios.

— Mas, se vocês contratarem outra pessoa, o que vai acontecer?

Jojo revirou os olhos.

— A quem queremos enganar? Meu pai não vai encontrar ninguém. Faço isso há muito tempo. Posso esperar até o fim da temporada de incêndios. Você tem que fazer isso, Ellie. Vai ser incrível.

— Eu... não sei o que dizer — falei, ao mesmo tempo insegura e confiante.

— Diz "tchau" — comentou Wick. — Quero que você volte pra lá a partir de hoje. Vamos precisar de um artigo sequencial pro próximo mês. Já liberamos com o superintendente. Faça as malas. Você vai morar no dormitório da equipe Alpina até outubro.

— Ai, graças a Deus — soltei, fechando os olhos.

Eu praticamente ouvi Jojo sorrindo. Ela não tinha ideia de que eu seria expulsa da casa dos meus pais no próximo mês. Eu mal tinha economizado o suficiente para a conta do celular, muito menos para o depósito e o aluguel do primeiro mês, mesmo em casas ou apartamentos a meia hora de distância da cidade. Acompanhar os bombeiros de elite até outubro me dava seis a sete meses para arranjar uma moradia. Mesmo que eu dormisse numa caminhonete ou numa tenda a maior parte do tempo, era preferível a me mudar para um abrigo.

— Nós sabíamos que você ia ficar feliz! Eu falei que ela ia gostar, pai.

— Estou liberado? — perguntou Wick.

Jojo suspirou.

147

— Está. Pode voltar a apoiar os pés na mesa.

Peguei o celular e mandei uma mensagem para Tyler.

> Já soube da novidade?

> Acabei de saber. Sou sua babá oficial. Animada.

> Obrigada pelas flores. São lindas. ☺

Tyler levou um tempo para responder.

> Eu não te mandei flores. Não sei se me sinto um babaca ou se quero matar quem mandou.

> Não foi você?

> Não. Não tem cartão?

> Não.

> Quero saber quem mandou.

> Eu também.

> Não pelo mesmo motivo.

> ... e qual seria?

> Estou tendo pensamentos violentos. Só posso dizer isso.

> Para.

> Tenho um temperamento ruim, de modo geral. Mandar flores pra minha namorada não é uma boa ideia.

> ... não sou sua namorada.

> Ainda. Você ainda não é minha namorada.

Coloquei o celular no silencioso e o guardei na gaveta, balançando a cabeça, com um turbilhão de emoções conflitantes girando na mente e no coração, incluindo curiosidade em relação às flores. Quem mais poderia mandá-las, além de Tyler?

— Ellie? — A voz de Jojo surgiu no alto-falante, e eu me assustei. — Ligação na linha um.

— É homem?

— É.

— O nome é Sterling?

— Não.

Apertei o botão da linha um e atendi, esperando ouvir a voz de Tyler do outro lado.

— Ellie.

— Coelhinha? — A voz profunda do meu pai ecoou pelo telefone, tão alta que tive de afastar o aparelho.

Eu o coloquei devagar no ouvido e falei baixinho:

— Pai?

— Já soube da novidade. Estou muito orgulhoso de você — disse ele, a voz falhando. — Eu sabia que você era capaz.

— O-obrigada. Pai, não posso falar agora. Estou no trabalho.

— Eu sei. Falei com o Wick hoje de manhã. Está impressionado com você. Disse que é a melhor assistente que ele já teve.

Wick não contou a ele sobre a tarefa.

— Na verdade, eu acabei de receber um aumento, então vou... humm... encontrei um lugar. Vou me mudar esta semana.

— Bobagem, coelhinha. Você já provou que é capaz. A Maricela está fazendo suas malas agora, e seu passaporte e sua passagem de avião estão em casa. Queremos que você se junte à sua irmã em Sanya. Seu avião sai amanhã de manhã.

— Nós quem?

— Como?

— Você disse "queremos que você vá para Sanya".

Ele pigarreou.

— Sua mãe...

Depois de uma disputa rápida, minha mãe estava de posse do telefone.

— Sério, Ellison, você não podia ter encontrado algo menos... desesperado?

— Como é?

— Secretária? De J.W. Chadwick? Isso é vergonhoso.

O sangue no meu rosto começou a ferver.

— Você não me deu escolha, mãe.

— Você vai agradecer pela oportunidade e vai se encontrar com a sua irmã, como o seu pai quer, e depois vai começar a trabalhar na empresa dele, sob o comando da Finley. Entendeu?

— Isso é o que a Sally quer?

Minha mãe suspirou.

— Seu pai achou que a Sally era muito... severa.

— E o contrato?

Minha mãe deu uma risadinha.

— Bom, não era um contrato jurídico, Ellison. Era mais um acordo em papel.

Respirei fundo, aliviada porque poderia deitar na proa de um iate alugado dali a trinta e duas horas, curtindo o sol, bebendo mimosas e comendo meu peso em lagostas e pato à Pequim. A questão era se Finley me queria lá.

— Vocês já contaram para a Finley?

— Ainda não. É madrugada lá.

— Vocês simplesmente decidiram, hoje de manhã, que eu não tinha morrido pra vocês?

— Sinceramente, Ellison. Não seja tão dramática. Nós forçamos você a conseguir um emprego, você conseguiu, e agora está sendo recompensada pelo seu trabalho árduo, depois vai trabalhar sob o comando da sua irmã. Ninguém morreu.

— Alguém morreu.

Minha mãe engasgou com as palavras.

— O que você... quem você... do que você está falando, Ellison? Quem morreu?

Engoli em seco.

— Por favor, agradeça ao papai pelas passagens, mas eu não vou para Sanya. Tenho um emprego que eu adoro bem aqui.

— Você adora ser secretária? — debochou minha mãe. Ouvi meu pai fazendo perguntas ao fundo.

— Na verdade, também estou tirando fotos pra eles, e sou muito boa nisso.

— Ellison, pelo amor de Deus. Você é um misto de secretária e fotógrafa? Escuta só o que você está falando.

— Vou ficar.

— Isso tudo é por causa de algum garoto, não é? Você conheceu alguém daí e não está pensando direito. Philip, coloca algum juízo na cabeça dela.

— Vou estar fora de alcance, algumas vezes. Se for uma emergência, liguem pra revista. Eles vão saber como entrar em contato comigo.

— Ellison — alertou minha mãe. — Se você desligar...

— Você vai cortar minha grana? — perguntei.

Enquanto minha mãe pensava no que dizer, eu desliguei. Tive medo de falar de novo com meu pai e mudar de ideia.

13

As luzes estavam fracas no quartel. Metade dos bombeiros de elite estava sentada ao redor da mesa da cozinha, jogando cartas, enquanto os outros tomavam banho.

O único barulho era dos canos de água que passavam pelo dormitório até chegarem aos dez chuveiros e dos meus dedos batucando no teclado. Eu tinha meio que me tornado parte do sofá desde que voltamos ao nosso lar temporário, ao mesmo tempo descansando e carregando as últimas fotos. Depois que enviei a última delas, comecei a digitar o próximo capítulo da série Fogo e Gelo da revista *Opinião das Montanhas*.

Tyler saiu do banho quente, com o cabelo recém-cortado e as bochechas vermelhas. Quando ele estava limpo, a marca de bronzeamento ao redor dos seus olhos, por usar os óculos de proteção o dia todo no sol, se destacava. Ele estava usando uma camiseta cinza mesclada da Equipe Alpina de Bombeiros de Elite, short de algodão azul-marinho e, aparentemente, nada por baixo.

— Minha vez? — perguntei, quando ele se jogou no sofá ao meu lado.

Tyler franziu a testa.

— As cabines dos chuveiros ficam uma do lado da outra.

— E daí? Sou só um dos caras, certo?

Tyler não respondeu, mas percebi que a ideia de eu tomar banho perto dos membros da sua equipe o incomodava. Inicialmente, todos eles se ofereciam para me deixar tomar banho primeiro, mas, depois de quase duas semanas na montanha, eu não ia fazer todos os vinte esperarem.

Dei uma risadinha.

— Estou brincando. Pudim! — gritei. — Sua vez! Vai lavar esse fedor!

— Sim, senhora — disse Pudim, saindo num pulo da cadeira dobrável acolchoada.

Tyler soltou uma risada, e eu o cutuquei com o cotovelo.

— Qual é a graça?

— De algum jeito, você virou a chefe por aqui. Eles recebem ordens de você como se fossem do superintendente ou do Jubal.

— Talvez eles só precisem de uma irmã mais velha.

Tyler observou Pudim atravessar a sala em direção aos chuveiros, com a bolsa de banho pendurada no ombro. Pudim se abaixou ao passar pela porta, os braços musculosos enormes se destacando do resto do corpo. Ele era o mais forte membro da equipe, seguido de Gato e Docinho. Apesar de terem chegado como levantadores de peso, a caminhada e o trabalho árduo de doze a dezesseis horas por dia os deixavam mais magros. Tyler dissera que, no fim da temporada de incêndios, todos eles estariam mais parecidos com corredores de cross-country. Pudim já tinha perdido uns vinte quilos.

— Você acha que ele precisa de uma irmã mais velha? — perguntou Tyler.

Pudim colocou a cabeça virando a esquina.

— Ellie? Você acha que pode fazer outro queijo quente daqueles? São os melhores que eu já comi.

— Eu faço pra você — disse Peixe da mesa.

A expressão tímida de Pudim o fez parecer um garotinho.

— Não. Tudo bem, Peixe.

Sorri. Eu não era a melhor cozinheira, mas fazia um queijo quente maneiro. Pudim não quis dizer que o meu queijo quente era *o melhor*, só que era muito parecido com o que a mãe dele fazia quando ele era pequeno.

— Três? — perguntei.

— Se não for dar muito trabalho — respondeu Pudim. Sua voz era tão profunda que parecia que ele falava através de um megafone abafado, como possivelmente deveria ser a voz de um gigante.

— Posso fazer depois do meu banho? — perguntei.

— Mendigos não têm escolha.

Ele desapareceu, e eu estiquei o pescoço na direção de Tyler, olhando para ele com um sorriso convencido.

— É, acho que todos eles precisam de uma irmã mais velha.

— Ou de uma mãe — comentou Tyler. — Eles não vão deixar você ir embora.

— Se eu não achar um lugar pra morar até outubro, pode ser que eu tenha que ficar. — Eu estava brincando, mas Tyler me olhou durante muito tempo.

— Você precisa de um lugar para morar? — perguntou ele. — Estou procurando alguém para dividir a casa.

— Achei que você e o Taylor morassem juntos.

— Mais ou menos. Ele viaja depois da temporada de incêndios.

— Preciso de um lugar permanente.

— Talvez pudéssemos procurar um apartamento de três quartos. Essa é a última temporada do Esperto. Ele e a esposa têm um apartamento de três quartos que vão vender.

Pensei por meio segundo.

— Não tenho grana pra comprar.

— Eu tenho. De qualquer maneira, eu já estava pensando nisso.

Balancei a cabeça.

— Não podemos dividir um apartamento.

— Por que não?

— Você sabe por quê.

Ele assentiu algumas vezes, fingindo ver tevê. De tempos em tempos, ele sorria e começava a dizer alguma coisa, mas mudava de ideia.

Pudim apareceu usando roupas limpas e confortáveis, e o resto da equipe coberta de fuligem olhou para mim.

— Sério? — perguntei.

Eles continuaram me encarando.

Suspirei.

— Vai, Gato.

Gato deu um pulo, sorrindo.

— Sou o preferido dela.

— Mentira — disse Tyler, apontando para ele.

Todo mundo na mesa riu, e Gato passou acelerado, fazendo biquinho de beijo para mim.

— Também te amo, Ellie — cantarolou ele, piscando.

— Vou dar um soco no seu pau — ameaçou Tyler, dando um tapa nele.

Sálvia saiu, e eu mandei Judeu entrar. Bucky saiu, e eu chamei Sancho. Em pouco tempo, todos tinham terminado, e era minha vez. Revirei os olhos para Tyler — ele insistiu de novo em ficar na porta. Não era a primeira vez que eu tomava banho no quartel, e os caras nunca espiariam, mas eles adoravam provocá-lo.

Parei diante da longa fileira de pias e espelhos, aninhada em meu roupão — a única coisa que trouxera que me lembrava os luxos de casa. Sequei o cabelo com a toalha, me sentindo um pouco mais humana. Às vezes, tínhamos acesso a um trailer cheio de cabines com chuveiros, mas, quando estávamos muito enfronhados na floresta para as caminhonetes terem acesso, era viver suja ou tomar banho numa lagoa, num rio ou numa cachoeira. No alojamento de incêndio, eu era uma pessoa diferente, ignorando a sujeira e o suor no corpo e a oleosidade nos cabelos. Certa vez, Tyler me levara até uma cachoeira para eu me lavar, mas a água estava congelante. Para mim, pelo menos, ficar suja por mais uns dias era preferível às ferroadas na neve recém-derretida que não esquentava, mesmo no auge do verão.

Tyler bateu na moldura da porta.

— Estou vestida — falei.

Ele se apoiou ali, cruzando os braços.

— Você está se subestimando demais.

— O quê? — perguntei, passando hidratante no rosto. Depois de tanto tempo no ar seco da montanha, minha pele parecia uma lixa. Além do mais, eu havia esquecido de passar filtro solar naquele dia, e meu nariz estava começando a descascar.

— Nada — disse ele. — Eu estava falando sobre o que eu disse mais cedo. Se você precisa de um lugar pra morar, a gente pode dar um jeito nisso.

— Não podemos morar juntos, Tyler. Já temos esse lance esquisito de amizade colorida...

— Ultimamente, não — disse Tyler, quase fazendo biquinho.

— Isso deixaria as coisas muito complicadas. Olha pra você. Parado na porta do banheiro pros outros caras não passarem em frente.

— Estou protegendo sua virtude — provocou ele.

— Você está com ciúme. Eles gostam de te provocar quando o assunto sou eu. Todo mundo sabe...

— Todo mundo sabe o quê? — perguntou ele.

Pigarreei.

— Você sabe.

— Não sei, não. Me fala.

— Que tem alguma coisa acontecendo entre nós. — Ele sorriu, e a covinha afundou mais na sua bochecha. Estreitei os olhos. — Para de sorrir.

— Não — disse ele.

Molhei a escova de dentes, coloquei um pouco de pasta nela e a molhei de novo.

— Eu faço isso — disse Tyler.

— O quê? — perguntei, a boca cheia de espuma.

— Eu também molho a escova de dentes duas vezes.

Revirei os olhos.

— Acho que somos almas gêmeas.

— Ainda bem que você concorda.

Eu me inclinei e cuspi na pia, e Tyler me agarrou, grudando os lábios nos meus. Quando o empurrei, ele estava com um círculo de pasta de dentes ao redor da boca.

— O que você está fazendo, Tyler? Que nojento!

Ele limpou a pasta de dentes da boca e lambeu o dedo, piscando para mim.

— Eu meio que sinto sua falta.

Fiquei parada ao lado da pia, a água correndo, observando Tyler virar a esquina, quase saltitando. Balancei a cabeça, me perguntando que diabos tinha dado nele. Desde que eu estava no quartel, ele vinha sendo profissional. Nada de me espiar à noite, nada de agarrar minha bunda, nem mesmo um beijo roubado — até aquele momento.

Olhei no espelho para o meu rosto afundado e para a felicidade que iluminava os meus olhos. Uma sensação de tontura girou no meu estômago, diferente do formigamento que eu costumava sentir quando Tyler estava por perto. O verão estava voando. Ele estava falando em dividir um apartamento, mas a realidade era diferente no meio do nada, quando se estava cercado de árvores e vendo as mesmas vinte pessoas todos os dias. Eu não sabia se Tyler continuaria se sentindo assim quando a temporada de incêndios terminasse.

Vesti uma calça de pijama de flanela, um suéter e meias fofinhas e fui para a sala de televisão. Dezenove bombeiros de elite estavam parados atrás do sofá, escutando Tyler falar com um desconhecido de terno escuro e gravata. O homem estava sentado numa das poltronas reclináveis, com um bloco e uma caneta.

Eu me aproximei do grupo, para escutar a conversa.

— Então você não falou com o seu irmão sobre o incêndio? — perguntou o homem.

— Quer dizer, sim — respondeu Tyler. — Sou ex-aluno da Eastern. Ele é aluno. Somos da mesma fraternidade, e perdemos irmãos nesse incêndio.

— Mas você tem certeza que ele não estava lá — disse o homem. — Gostaria de te lembrar que sou agente federal, e é importante que seja sincero comigo.

— Ele já respondeu, agente Trexler — interrompeu Taylor, com a voz firme.

Engoli em seco. Tyler tinha recebido a ligação sobre o incêndio em março. Eu me perguntava por que só agora o estavam interrogando.

O agente encarou Taylor.

— Ele falou com você sobre isso?

— Não — respondeu Taylor. — Ouvi a história do Tyler.

Trexler apontou com a caneta para o irmão gêmeo no sofá.

— E você é o Tyler.

— Correto — afirmou Tyler.

Trexler olhou para o bloco de anotações.

— É interessante você ser...

— Bombeiro de elite interagências — completou Peixe. — E bom pra caramba.

Trexler disfarçou um sorriso.

— Seu pai acha que você é corretor de seguros. Você era? Corretor de seguros?

— Não — respondeu Tyler.

— Por que seu pai acha que você é?

Taylor alternou o peso do corpo de um pé para o outro, apertando os braços com mais força. Dava para ver seus bíceps se contraindo.

— Nossa mãe morreu quando éramos crianças — respondeu Tyler. — Nosso pai ia ficar chateado se soubesse o que fazemos.

— Então — continuou o agente —, é correto afirmar que ele poderia não saber que o Travis estava num ringue de luta clandestina com o objetivo de receber apostas no campus da faculdade?

— O Travis não estava no incêndio — disse Tyler, com a expressão vazia.

— Isso é tudo, agente? Esses garotos acabaram de voltar de quase duas semanas na montanha. Eles precisam descansar — explicou Sálvia, coçando a barba ruiva enquanto falava.

O agente Trexler analisou o rosto de cada membro da equipe de bombeiros de elite, depois fez que sim com a cabeça.

— Claro. Entrarei em contato com seu superintendente para avisar que vou precisar de uma comunicação oficial. Esta investigação está em aberto, e seu irmão está envolvido. Sua cooperação é a melhor coisa que você pode fazer por Travis neste momento.

— Como quiser — disse Tyler, se levantando. — Boa noite, agente Trexler.

Assim que a caminhonete de Trexler deixou o quartel, a equipe de Taylor e Tyler deu tapinhas nas costas deles, em um apoio silencioso.

Fiquei de longe, observando os gêmeos se envolverem numa conversa intensa no canto. Taylor se afastou com as mãos nos quadris, depois voltou para o irmão, balançando a cabeça. O resto da equipe se reuniu ao redor da mesa, voltando ao jogo de cartas. Eles também eram da família de Taylor e Tyler, mas sabiam que os gêmeos precisavam pensar na própria família em casa.

Taylor voltou para o alojamento, e Tyler olhou para mim antes de baixar o olhar. Eu já tinha visto aquele olhar muitas vezes, a maioria no espelho. Ele estava com vergonha.

Atravessei a sala, parando a poucos passos dele.

— O que eu posso fazer?

Ele franziu a testa, tentando se concentrar no chão.

— Tudo bem — falei. — Você não precisa me contar. Eu posso... você sabe... só ficar por perto.

Ele assentiu, mantendo os olhos no carpete. Eu recuei, me ajeitando no canto do sofá mais próximo da parede. Joguei uma manta de tricô no colo e fiquei quieta. Tyler atravessou o cômodo, sentando sobre os joelhos aos meus pés.

Passei a mão em seu cabelo, parando na nuca.

— Eu menti pra você — sussurrou ele. — Mas, se eu contar a verdade, você vai ser arrastada para essa confusão.

Balancei a cabeça.

— Você não precisa me contar.

Ele olhou para mim com raiva.

— Você não me escutou? Eu menti pra você.

— Não, você estava protegendo seu irmão.

Tyler me encarou.

— E agora estou protegendo você.

14

Todos tinham ido embora quando eu acordei, exceto Taylor e Tyler. Depois de catorze dias na montanha, a equipe tinha se espalhado para passar o período de descanso e recuperação. Durante dois dias, eles viajariam para a casa de amigos e familiares que morassem por perto, e se divertiriam num bar, numa loja ou num café conhecido para comer comida de verdade.

Esfreguei os olhos e fitei Tyler, que estava sentado na minha cama, com os cotovelos apoiados nos joelhos. Ele estava usando um short de basquete vermelho, uma camiseta branca e um boné de beisebol azul-marinho. Pela roupa e pelos pés descalços, era óbvio que não planejava ir a lugar nenhum, mas sua mente estava a quilômetros de distância. Seu irmão gêmeo estava usando botas, calça cargo e uma camiseta da equipe Alpina, com uma bolsa de viagem aos pés.

— O que aconteceu? — perguntei.

Taylor estava apoiado no grande quadrado de madeira onde eu guardava as poucas coisas que havia levado para o dormitório. Ele estava franzindo a testa, com os braços cruzados.

— O Taylor está indo embora — respondeu Tyler.

Sentei.

— O quê? Por quê?

— Depois do período de descanso e recuperação, ele vai pra Colorado Springs, pra se juntar a uma equipe e cuidar de um incêndio que está tendo lá.

— Você não vai?

Tyler balançou a cabeça.

— Estou esperando os australianos chegarem, depois vamos descer dirigindo. É melhor o Taylor ir primeiro, de qualquer maneira.

— Por quê?

Ele me olhou antes de olhar para baixo.

— O Taylor mente melhor do que eu.

— O agente federal vai estar lá embaixo — falei. Não era uma pergunta; e eu sabia a resposta.

Taylor fez que sim com a cabeça.

— Vou responder a todas as malditas perguntas dele de novo e espero que ele deixe o Tyler em paz.

— Porque foi o Tyler que falou com o Travis.

Tyler se agitou.

— Na verdade, foi o Trent.

Franzi a testa. Sem tê-los conhecido, era difícil entender a família.

— Qual é ele, mesmo?

Por algum motivo, isso provocou um sorriso no rosto de Tyler.

— O segundo mais novo.

— Ah, sim — comentei. — O tatuador. Faz sentido vocês dois serem todos cobertos.

— Todos nós somos — disse Taylor. — Menos o Thomas. Tenho que pegar a estrada. Vou tentar chegar lá primeiro. Talvez acabar com o interrogatório do Trexler antes de voltarmos ao trabalho.

— Alguma coisa parecia... estranha nele — falei. — Toma cuidado.

Taylor piscou para mim.

— Pode deixar, Ellie. Não se preocupe comigo. Desde que descobri que íamos para Colorado Springs... não sei. Estou com uma sensação boa.

— Você simplesmente adora aquele maldito bar de caubóis que tem lá — disse Tyler.

Taylor arqueou uma sobrancelha.

— Colorado Springs está repleto de mulheres bonitas, e a maioria delas frequenta aquele bar.

Tyler revirou os olhos.

— Elas estão procurando aviadores. Esqueceu que a base da Força Aérea fica lá?

— É, mas estamos falando de mim — disse Taylor, se afastando do meu armário. Ele se abaixou para pegar a bolsa de viagem e colocou a alça no ombro. — Tô indo, babaca.

Tyler levantou e abraçou o irmão. Não foi um abraço lateral ou um aperto de mãos acompanhado de uma ombrada. Taylor e Tyler se abraçaram para valer, com força. O tapa violento nas costas de sempre veio em seguida, mas era uma visão fofa.

As chaves de Taylor sacudiram na sua mão enquanto ele virava a esquina. A porta da frente abriu e bateu, e Tyler suspirou.

— Você vai sentir saudade dele.

Ele sentou de novo na minha cama, se inclinando e entrelaçando os dedos.

— É uma coisa meio mulherzinha falar isso, mas o Taylor e eu não ficamos afastados por muito tempo. É estranho.

— Dá pra entender. Coisa de gêmeos.

— Estou feliz porque ele não vai para a Austrália com o Judeu.

— Pra *Austrália?*

— É, nós trocamos. Alguns dos caras vão pra lá durante uma temporada para aprender o jeito deles de fazer as coisas, e nós recebemos alguns, para que vejam como nós fazemos.

— São esses australianos que estamos esperando? Não vai bagunçar seu esquema receber dois caras novos?

— Os australianos são máquinas. Eles sempre vêm aqui pra trabalhar. A gente arrasta o corpo pro quartel, e eles ficam impacientes, desejando a próxima chamada. O quê?

— Não sei... estou me sentindo irracionalmente traída.

Tyler franziu o nariz.

— Está se sentindo o quê?

— Você devia ter me contado. Num minuto eu sou a irmã mais velha que faz queijo quente, no outro sou deixada de fora do esquema.

Tyler pensou no comentário.

— Uau, desculpa. Você se encaixa tão bem que eu esqueço que você ainda não sabe essas coisas.

— Acho que posso te perdoar. — Sentei, passando a mão no rosto.
— Ai, meu Deus.

— Que foi?

— Minha boca. Está com gosto de lata de lixo.

Eu me levantei e abri o armário para pegar a escova de dentes e um tubo de pasta antes de correr para o banheiro. Depois de cuspir a espuma na pia, enxaguei a boca e peguei uma toalha. Meu nariz parecia congestionado, e eu peguei um lenço de papel.

— Ai, meu Deus! — repeti.

Tyler disparou pelo alojamento, parando na porta.

— O que aconteceu?

— Estou morrendo — falei, assoando o nariz de novo. — Minhas entranhas estão apodrecendo.

— Preto no lenço? — perguntou Tyler.

Fiz que sim com a cabeça.

Ele deu uma risadinha.

— Isso é normal. Quando a temporada de incêndios acabar, você vai fazer isso durante semanas. É da fumaça e das cinzas.

— Isso não é... sei lá... ruim pra saúde?

Tyler fez uma careta.

— Você fuma, Ellie.

— Você também — soltei.

— Mas não estou reclamando dos perigos de inalar fumaça de madeira. Ingerimos coisa muito pior toda vez que acendemos um cigarro.

— Mas não solto carvão pelo nariz depois de fumar.

Tyler deu de ombros.

— Então usa uma máscara de filtro na próxima vez.

— Talvez eu faça isso.

— Que bom. A gente vai pra cidade ou o quê?

Balancei a cabeça e me mexi, colocando um pé no chão frio.

— Não posso, agora. Tenho que mandar as anotações pra Jojo por e-mail.

— Não sei por que você não escreve. Ela usou a maior parte do que você escreveu pra revista. Ela nem deu crédito a si mesma.

Sorri, enchendo a mão com água e lavando a pia.

— Isso foi muito legal. Achei que estava uma porcaria, mas ela deu uma geral e disse que estava bom.

— O Chefe falou que recebeu muitas ligações por causa do artigo. O metal gostou da impressão positiva pra equipe.

— Não foi escolhido pela Associated Press, como o Wick esperava.

— Ainda — disse Tyler quando fechei a torneira. — Quer dizer que você vai trabalhar?

— É... pode ir.

— Não, eu espero. É legal ficar sozinho com você.

Peguei meu notebook e sentei com Tyler na sala de televisão. Ele levantou o controle remoto e a ligou, deixando o volume baixo enquanto eu digitava. O processo foi um pouco mais fácil dessa vez, combinando as fotos numeradas aos acontecimentos correspondentes.

Mais ou menos uma hora depois que sentamos, Tyler estendeu a mão para baixo e levantou minhas pernas, colocando-as sobre o próprio colo. Ele se recostou nas almofadas do sofá, parecendo sonolento e confuso.

— Fome? — perguntei, clicando em ENVIAR.

— Terminou? — indagou Tyler, me vendo fechar o notebook.

— Ãhã. Tudo pronto. Vamos comer.

Dirigimos até a cidade na caminhonete de Tyler, a qual contava com um escapamento ridiculamente aberto e barulhento, anunciando a todos num raio de cinco quilômetros que tínhamos chegado. Paramos num pequeno café ao qual eu nunca tinha ido, mas ele parecia conhecer bem.

A garçonete pareceu, ao mesmo tempo, surpresa e excessivamente entusiasmada em vê-lo, mas Tyler não deu a impressão de ter percebido.

— Hum, só água, por enquanto. Quer suco de laranja, Ellie? — perguntou Tyler, ainda lendo o cardápio.

— Sim, por favor — respondi.

— Dois — disse Tyler, levantando o dedo indicador e o dedo médio. Quando a garçonete saiu, ele baixou o dedo indicador, me mostrando um gesto adorável durante alguns segundos antes de baixá-lo.

— Pra você também — resmunguei. Fingi estar chateada, mas era difícil ficar com raiva dele, com aquela covinha fazendo mágica.

— Suco de laranja. Dois — disse a garçonete, colocando dois copos sobre a mesa. — Quem é ela, Tyler?

Ela estava sorrindo quando fez a pergunta, mas havia um brilho familiar no seu olhar. Ela analisou minhas roupas, meu cabelo, até mesmo minhas unhas irregulares e o esmalte lascado, perguntando-se o que Tyler Maddox via em mim para pagar meu café da manhã.

— A Ellison — respondeu Tyler, e o sorrisinho no seu rosto se abriu num largo sorriso.

— Ellison? — perguntou a garçonete. — Edson?

Eu me encolhi, me perguntando que história ela ouvira e como ela ficaria satisfeita ao perceber que eu não era concorrente, no fim das contas.

— Sim? — falei, tentando imitar seu olhar condescendente. A vida era um livro, e eu não podia deixá-la me julgar por alguns capítulos.

— Você conhece minha prima, Paige. Ela fala muito de você.

— Ah. Sim. Fala que eu mandei um "oi" — comentei, surpresa por estar tão aliviada.

— Um "oi"? Só isso? — perguntou a garçonete, com um toque de desdém.

— Emily, por favor. Podemos fazer o pedido? — indagou Tyler, impaciente.

Emily pegou o bloco e a caneta, com os lábios cerrados.

— Waffles — disse Tyler.

— Manteiga de amendoim e chantilly com xarope de bordo quente? — perguntou ela.

— Isso — respondeu Tyler.

Emily olhou para mim.

— Ah, hum... quero dois ovos bem passados e bacon. Queimado.

— Queimado? — perguntou Emily.

— Bem torradinho.

Ela balançou a cabeça.

— Eu aviso o cozinheiro. Mais alguma coisa?

— Só isso — respondi. Emily se afastou, e eu me inclinei sobre a mesa. — Ela vai cuspir na minha comida.

— Você a conhece? — indagou Tyler.

— Não. Não sei se ela me odeia porque acha que eu fiz alguma coisa com a Paige ou porque estou com você.

— Talvez as duas coisas. As garotas são esquisitas assim mesmo.

— Ah, vai se foder, Tyler. Para de ser machista!

— Estou errado?

— Sobre o quê? Eu nem sei o que você quis dizer.

— Mas sabia para se sentir ofendida.

— Eu te odeio, hoje.

— Dá pra perceber — disse ele. — Eu diria que você precisa de um drinque, mas...

— Não. Com a minha sorte, seríamos chamados para um incêndio político, e eu estaria vomitando minha alma.

Tyler sorriu ao ouvir o jargão. Um incêndio político era algo grande o suficiente para aparecer na CNN, algo para onde todos eram enviados, e o único motivo para eu saber isso era viver com a equipe de vinte homens que seriam enviados para um desses incêndios.

— Eu não sabia que você conhecia esse termo — disse Tyler.

— Eu meio que tenho que prestar atenção por causa do meu emprego.

— Você é muito boa nisso, Ellie. Estou feliz porque a Jojo te deu um aumento, mas outro dia eu vi na internet que estão pagando a fotógrafos um salário de seis dígitos por ano para fotografar as florestas nacionais.

— Sério?

— Eu também olhei na *National Geographic*. Parece mais difícil entrar lá, mas não impossível.

Arqueei uma sobrancelha.

— Está tentando se livrar de mim, bombeiro de elite?

— De jeito nenhum, porra. Nem um pouquinho.

Nós nos encaramos por um instante, numa troca silenciosa. Tínhamos uma compreensão da qual eu precisava, e Tyler estava satisfeito com o que estávamos vivendo. Parte de mim queria agradecê-lo por não forçar a barra, mas isso acabaria com o objetivo da nossa regra de evitar rótulos ou até mesmo de discutir a natureza do nosso relacionamento — se é que ele podia ser chamado assim.

Emily voltou com nossos pratos, interrompendo nosso pequeno desafio de encarar.

— Waffles. Ovos — disse ela, virando antes de Tyler conseguir pedir um refil.

— Está bem. Não sei o que você fez com a Paige, mas a prima dela está puta com isso.

— Desta vez, eu sinceramente não sei.
— Vocês duas não estavam, humm...
— Não. Na verdade, fui muito clara. Todas as vezes.
— Todas as vezes, é?
— Cala a boca.

Tyler deu uma risadinha, terminando o waffle. Ele pagou, e nós seguimos até o centro da cidade, parando em diversas lojas. Era estranho ver alguma coisa de que eu gostava e não comprar. Pela primeira vez, olhei as etiquetas de preço e, quando vi uma blusa de gola alta preta excepcionalmente macia, calculei mentalmente o saldo da minha conta bancária e das contas que estavam para vencer para ver se eu tinha dinheiro para gastar. Não tinha.

Andei pela loja, espiando Tyler através das prateleiras. Ele estava com alguns itens na mão, e eu esperei que ele pagasse; depois, entramos numa loja de doces. Passamos o dia andando sem rumo, falando sobre a equipe, discutindo de brincadeira, trocando histórias de família e tentando comparar as chocantes atividades ilegais das quais participamos.

Eu ganhei.

O dia passou e, conforme o sol se escondia atrás do topo verde das montanhas, fiquei triste pelo *Dia em que Tyler e eu não fizemos nada*. Andar sem rumo pelo centro de Estes foi um dos meus melhores dias.

Depois de um jantar leve, Tyler e eu descemos o quarteirão em direção a um beco conhecido. Ele pegou minha mão casualmente, primeiro balançando os braços, depois apertando meus dedos com delicadeza, quando percebeu que eu não me afastaria. Ele estava usando calça jeans, botas pretas e uma camiseta branca de manga curta com algo sobre uma motocicleta escrito em tinta preta. Combinava bem com as tatuagens que cobriam seus braços, e eu sorri quando pensei na reação que meus pais teriam se nos vissem.

— O que você acha? Quer dividir um Shirley Temple?
— Achei que você tinha dito que estava cansado de bar.
— Não precisamos ir. Não quero estimular velhos hábitos.

Puxei a mão.

— Não sou alcoólatra, Tyler. Posso ficar perto de álcool sem beber.

— Eu não disse que você era.

Estreitei os olhos.

— Você não acredita em mim.

— Eu também não disse isso.

Apertei a mão dele, puxando-o para a frente. Ele resistiu nos primeiros passos, depois cedeu. Uma mulher empurrou a porta, e o salto do sapato dela bateu no concreto pelo mesmo caminho que entramos. Ela torceu o tornozelo e quase caiu, mas se reequilibrou, resmungando palavrões até dobrar a esquina.

Tyler recuou quando estendi a mão livre para a porta. Tropecei para trás, me apoiando nele antes de empurrá-lo.

— Eu estava brincando, Ellie — soltou Tyler. — Acho que não devemos entrar aí. Podemos achar outra coisa para fazer.

— Às dez da noite nesta cidade? Ou entramos aqui ou voltamos para o quartel — falei, apontando para a porta. A tinta preta lascada era o prólogo perfeito para o que nos aguardava lá dentro.

Estendi a mão para a porta de novo, mas Tyler resistiu. Assim que comecei a fazer uma análise destrutiva de sua relutância, ele encostou a mão no meu rosto, me olhando com preocupação.

— Ellie.

Virei o rosto e me afastei do seu toque. Meu novo emprego e minha nova vida aconteceram graças ao meu orgulho teimoso. Nem mesmo ser renegada pelos meus pais poderia me obrigar a mudar isso. Minha sorte era melhor quando eu tomava minhas decisões sem influências externas, mas eu me vi querendo fazer coisas só para deixar Tyler feliz — o tipo de merda idiota e sem graça que Finley fazia quando gostava de um cara — coisas que definitivamente não me representavam. Mas, por outro lado, eu já não sabia mais quem eu era. Talvez a Ellie dois-ponto-zero desistisse do bar para se proteger e se esconder das tentações no quartel.

Franzi a testa.

— Vamos lá. Cerveja sem álcool, coquetel de frutas e observar pessoas. Podemos rir muito alto, como se estivéssemos bêbados, e bater muito na mesa. Ninguém vai saber.

Tyler ainda não estava convencido, mas eu o puxei porta adentro de qualquer maneira. Um pequeno grupo de mulheres quase maiores de idade estava sentado a uma mesa perto da porta. Alguns casais estavam na ponta do bar, perto dos banheiros, e poucos homens mais velhos da cidade estavam espalhados pelos bancos do bar. Tyler apontou para a mesa à qual sentamos quando estive aqui com Finley e Sterling. A lembrança de Sterling fez minha pele se encolher. Ele não tinha a intenção de trepar comigo mais do que eu tinha a intenção de ser fodida quando fui à casa dele naquele dia, mas Sterling era a personificação do fundo do poço para mim, e eu não me importava de nunca mais vê-lo.

— Ei, tudo bem? — perguntou Tyler, sentando ao meu lado. Ele deu um tapinha na minha coxa, me trazendo de volta à realidade. Eu adorava e odiava ao mesmo tempo quando ele me tocava como se fôssemos muito íntimos, como se eu lhe pertencesse. Tyler era meu novo vício, como flertar com o fogo na montanha, adorando o perigo e esperando a queimadura.

— Tudo. Por quê?

— Você parece um pouco desconfortável.

— Vou ficar bem depois de duas cervejas sem álcool.

Tyler forçou um sorriso.

— Boa sorte ao tentar conseguir coragem bebendo cerveja sem álcool. — Ele se levantou, me deixando sozinha para fazer o pedido no bar.

Cutuquei as últimas lascas de esmalte nas unhas. Finley sempre me obrigava a fazer as unhas regularmente, mesmo que ela tivesse que marcar hora estando do outro lado do país, mas, agora que eu não podia pagar, eu meio que sentia falta disso.

Meu celular zumbiu no bolso traseiro, e eu o peguei, vendo o rosto lindo e bobo da Finley. Apertei o botão vermelho pela segunda vez naquele dia e guardei o telefone.

— Você está com uma aparência totalmente desolada — disse Tyler, colocando uma garrafa sobre a mesa diante de mim. — Aqui. Bebe. A Annie me disse que o Wick já tinha avisado que, se nós dois aparecêssemos juntos, ela devia me lembrar de não ser expulso de novo.

— Que babaca. Ele estragou a nossa noite.

Tyler soltou uma risada.

— Foi exatamente o que eu disse.

— Sério? — perguntei, sem acreditar. Tyler fez que sim com a cabeça. — Estamos passando tempo demais juntos.

— Eu estava pensando que precisamos de mais dias como o de hoje.

— Tyler...

— Não fala. Eu sei.

— Ellie? — gritou uma voz aguda do outro lado do salão. — Ai, meu Deus! Ellie!

Virei e vi Paige contornando as mesas para alcançar a minha. Ela se inclinou e jogou os braços ao meu redor. Seu cabelo azul agora era fúcsia, e ela estava linda como sempre. Suas feições miúdas continuavam suaves quando ela sorriu para mim com doçura. Ela ainda estava procurando alguém, vestindo uma blusa curta e um short jeans com franja para mostrar suas tatuagens. O braço direito, uma tela em branco, agora estava marcado com uma renda preta que funcionava como fundo de folhas para uma rosa coral.

— Essa é nova — falei.

Ela sorriu e apontou para o nariz.

— Isto aqui também.

Franzi a testa, sem conseguir ignorar o fato de que Paige estava mudando demais, rápido demais. Ela já estava bêbada, os olhos injetados de sangue, e olheiras roxas escureciam a pele fina sob os cílios inferiores. Ela não tinha mais do que vinte e dois ou vinte e três anos, mas já estava cansada das merdas que a vida jogava nela. Estávamos indo em direções opostas, e eu me perguntei se eu tinha sido a gota d'água. Finley sempre dizia que eu destruía as pessoas, e eu percebia as curvas que Paige estava fazendo, todas ladeira abaixo.

— Estou tão feliz de te ver! — disse ela, com o novo piercing no nariz brilhando ao refletir as luzes multicoloridas acima. — Fui até sua casa. O José disse que você conseguiu um emprego e se mudou de lá.

— Verdade.

— Mudou pra onde? Nova York? Los Angeles?

— Na verdade, para o alojamento da Equipe Alpina de Bombeiros de Elite das Montanhas Rochosas.

Paige inclinou a cabeça como um cachorrinho confuso.

— Pra onde?

— Sou fotógrafa da revista *Opinião das Montanhas*. Estou seguindo os bombeiros de elite.

Paige deu uma risadinha e cutucou meu braço.

— Sério. Para onde você se mudou? — Seus olhos se alternavam entre mim e Tyler, e a ficha caiu e iluminou sua expressão. — Então vocês estão... morando juntos?

— Não exatamente — respondeu Tyler. — A menos que digamos que estamos morando com mais dezenove caras.

Paige contraiu o lábio inferior, mas depois tentou relaxar, forçando um sorriso.

— Você não podia ter me ligado?

— Eu não tinha seu número — respondi.

— Sério? Achei que eu tinha te dado. — Balancei a cabeça, e ela piscou. — Bom, posso te dar agora. Onde está seu celular?

— No meu bolso.

Paige olhou para Tyler, depois voltou a me olhar. Ela sentou na cadeira ao meu lado, os ombros desabando.

— Senti sua falta. Você está ótima. Parece feliz.

Sorri.

— Obrigada.

Seus olhos ficaram vidrados.

— O que você vai fazer mais tarde?

— Vim pra cidade com o Tyler — falei, me sentindo mais culpada a cada palavra que saía da boca de Paige.

— Ah. Bom... eu posso te levar. Tenho carro.

— Estou trabalhando, Paige. Sinto muito.

Dava para ver o sofrimento no rosto dela, pelo jeito como ela olhava para o chão e sua boca se contorcia.

— Você me avisou, não foi? — Ela levantou o olhar. — Estive esperando por você esse tempo todo e você me disse para não fazer isso. Que idiota — disse ela, balançando a cabeça e desviando o olhar. Então secou o rosto rapidamente.

— Paige — falei, lhe estendendo a mão.

Ela se afastou.

— Só tem uma pessoa mais galinha que Tyler Maddox nesta cidade.

— O Taylor? — perguntou Tyler. Dava para notar a diversão em sua voz, e meu rosto queimou de raiva.

— Eu — falei.

Paige deu uma risada.

— Voce nem tenta negar. Qual é a sensação?

— Uma merda — respondi. — Feliz?

O rosto de Paige desmoronou, e uma lágrima fujona lhe escorreu pela bochecha.

— Não. Há muito tempo. — Ela se levantou e saiu, e eu peguei minha cerveja inútil e bebi um longo gole.

— Ignora — disse Tyler.

— Não é engraçado — soltei. — Não tem nada de engraçado em usá-la e descartá-la como todo mundo na vida dela.

— Calma. Desculpa. Achei que eu estava do seu lado.

— Você devia voltar para o seu — alertei. — As pessoas se machucam do lado de cá.

— Você não me assusta — disse Tyler, se aproximando. — Para de ser tão teimosa, caramba. Sou bom pra você.

— E se eu for ruim pra você?

Ele inclinou a garrafa até bater na minha.

— É exatamente isso que eu procuro numa garota.

Suspirei.

— Acho que eu preciso beber alguma coisa mais forte.

— Só uma? — perguntou Tyler. Ele não estava oferecendo de verdade, e eu percebi a paciência em seus olhos enquanto ele esperava que eu tomasse minha própria decisão.

Pensei na pergunta dele, depois apoiei os cotovelos sobre a mesa, segurando a cabeça.

— Você está certo. Não devo.

— Está bem, hora de ir embora. — Tyler se levantou, me levando consigo.

Quando chegamos ao beco, ele já tinha me dado um cigarro do seu maço preto e estava procurando o isqueiro.

— Que diabos? — disse Tyler, parando no meio de um passo.

Ele estava olhando para cima, e eu me escondi embaixo do seu braço quando um estrondo alto ecoou pelo céu como um trovão. Um arco-íris de cores desceu como chuva, e eu ofeguei. Outro subiu, explodindo em faíscas douradas.

Tyler olhou para o relógio, apertando um botão que iluminou a tela para ele ver a data.

— Que inferno.

— Quatro de julho? Como foi que perdemos isso?

— Merda, tenho que ligar para o Trent. É aniversário dele.

Tyler me levou até a rua, com o braço ainda sobre os meus ombros. Vimos os fogos de artifício durante quase uma hora antes do grande final iluminar o céu.

Tyler me abraçou.

— É idiotice pensar em quantos incêndios os fogos de artifício poderiam causar? — perguntei, olhando para cima, para as incríveis explosões de luz.

Tyler virou para me olhar.

— É idiotice eu querer te beijar agora mesmo?

Eu ainda via os fogos de relance, me sentindo um pouco emotiva. Era um Dia da Independência especialmente comovente.

Fechei os olhos, e Tyler se inclinou, encostando os lábios nos meus. O que tinha começado como uma coisa doce e inocente mudou rapidamente de figura, e eu agarrei sua camiseta. Quando o puxei para mim, senti seu membro endurecendo sob a calça jeans, me fazendo gemer em sua boca.

Ele deu um passo para trás, ainda me abraçando.

— Isso foi simplesmente incrível.

— Nós definitivamente devíamos ir pra casa — falei, sem fôlego.

Ele me mostrou as chaves.

— Eu estava pensando a mesma coisa.

173

15

Um solavanco em meu corpo me acordou. Meus olhos estavam arregalados e encarando o teto enquanto eu sentia pânico por um instante, tentando lembrar onde eu estava e de quem eram os braços ao meu redor. Nos meus sonhos, eu estava com a minha irmã num iate em Sanya, sentindo o sol quente na pele cor de oliva e olhando o mundo através de um par de óculos de sol de quinhentos dólares.

Levei a mão à testa, já sentindo falta da sensação despreocupada no barco imaginário com minha doce irmã.

Meu celular zumbiu, e eu estendi a mão para pegá-lo na mesa de cabeceira de madeira que alguém tinha feito a partir de um tronco. Finley estava me mandando uma mensagem de texto. As mensagens anteriores eram dela parecendo entediada numa bela praia, besuntada de bronzeador na proa do *Andiamo*, ou linda sem esforço enquanto fazia compras na ilha Hainan. As últimas mensagens eram pedidos cada vez mais impacientes para eu fazer contato. Li a mais afiada que ela mandara desde que partira, e não consegui evitar um sorriso.

> Ellison, me manda uma mensagem. Quero uma prova de vida, senão pego o próximo avião para Denver, que Deus me ajude.

Digitei uma resposta, mas deixei o polegar parado, flutuando sobre o botão de ENVIAR. Dizer "Estou viva, estou feliz, estou com saudade" não seria suficiente.

Os lábios de Tyler tocaram minha têmpora.

— Manda. — Ele pigarreou para aliviar a rouquidão na voz. — Ela está preocupada.

— Ela vai querer me ligar.

— Isso é ruim?

— Ela vai saber que tem alguma coisa errada. Ela consegue me decifrar, mesmo estando do outro lado do mundo.

— Ellie — disse Tyler, segurando meu corpo contra o dele. — Você não pode evitar isso pra sempre. Você vai ter que falar com ela em algum momento.

Enviei a mensagem, depois desliguei o celular e sentei. Meus músculos doeram quando me espreguicei, reclamando da posição esquisita em que dormimos a noite toda, tentando caber numa cama de solteiro.

— Recebi um convite outro dia. Meu irmão vai se casar de novo.

— De novo? Ele já se divorciou?

— Não, eles fugiram pra casar, então vão formalizar a união para a família poder participar. Vai ser em St. Thomas, no meio de março do ano que vem.

Suspirei.

— Adoro St. Thomas, mas não dá tempo de economizar.

Ele tocou a minha lombar com a ponta dos dedos.

— Eu cuido disso. Quer ir? Comigo?

Olhei para Tyler por sobre meu ombro nu.

— Tipo... como sua acompanhante?

Ele pareceu não se incomodar com a pergunta e esticou o braço acima da cabeça.

— Pode chamar como quiser. Eu só quero que você esteja lá.

Olhei para a frente, puxando a coberta sobre o peito.

— Não preciso de passaporte para ir a St. Thomas. — Suspirei. — Odeio isso. Sinto como se isso — falei, fazendo um gesto entre nós dois — estivesse pagando tudo.

Ele deu uma risadinha.

— Não está. Eu já tinha planejado te chamar pra ir.

Esbocei um sorriso tímido e triste para ele.

— Não podemos fazer isso de novo.

Seu sorriso sonolento era contagiante.

— Pode continuar falando isso. Por que você simplesmente não admite?

— Admite o quê?

Ele esperou.

— Tá bom — falei. — Temos uma... coisa.

— Não foi tão difícil, foi? — comentou ele, mas o sorriso sumiu de seu rosto quando me levantei, levando a coberta comigo até o banheiro e pegando minha nécessaire e o roupão na maçaneta do armário no caminho.

— Banho? — perguntou Tyler.

— Ãhã.

— Quer companhia?

— Não.

Pendurei o roupão num gancho pregado na divisória entre os chuveiros e deixei a colcha cair no chão, estendendo a mão por trás da cortina de plástico para abrir a torneira. A água saiu do chuveiro, fumegando no mesmo instante. Entrei embaixo, deixando a água escorrer pela cabeça e pelo rosto.

O rímel queimou meus olhos, e eu peguei o sabonete, esfregando rapidamente. Tyler tinha me beijado no caminho até a cama e tirado minha roupa, e nenhum de nós saíra dali pelo resto da noite. Sua língua saboreou cada centímetro do meu corpo, me fazendo gozar várias vezes seguidas, até minhas pernas ficarem trêmulas de exaustão.

Mas, depois que acabou e eu estava deitada em seus braços, senti seu alívio. Ele praticamente irradiava como se sentia à vontade comigo, e eu só conseguia pensar que estava ficando cada vez mais difícil fingir que o que tínhamos era só sexo. Por baixo da grossa armadura, Tyler se importava comigo, e eu não tinha certeza se merecia isso — pelo menos, não até aquele momento.

Saí do chuveiro, totalmente disposta a conversar com Tyler sobre os rumos que nossa amizade colorida estava tomando na opinião dele, mas um desconhecido estava parado sob o batente da porta, surpreso, sem desviar os olhos da minha pele nua.

— Este lugar tem *sheilas* ou a equipe Alpina está permitindo visitas conjugais? — perguntou ele.

Peguei o roupão no gancho e me enrolei nele.

— Sou a fotógrafa. Quem diabos é você?

Ele riu, encantado com a minha resposta.

— Sou Liam. Esse *wog* é Jack. — Liam tinha pelo menos um metro e noventa de altura, mas Jack era ainda mais alto e muito loiro.

— O que é um *wog*? — perguntei.

— Como você está? — disse Jack. — Acabamos de chegar de Oz.

— Ótima — falei, amarrando o cinto do roupão.

Tyler apareceu, olhando furioso para os dois homens. Nunca vi sua expressão tão séria.

Liam estendeu a mão para Tyler. Seu bíceps era tão largo quanto minha cabeça, e eu me perguntei como ele carregava toda aquela massa muscular na caminhada até um incêndio.

Tyler encarou a mão de Liam até ele recuá-la, mas o australiano não pareceu se abalar.

— Tem uma mulher nua no meio de vocês, cavalheiros. Sugiro que saiam até ela se vestir.

Jack deu um tapa no ombro de Liam.

— Eles são meio sensíveis com esse lance de nudez. Não vamos irritar a equipe no nosso primeiro dia.

Liam não desviou o olhar de Tyler, mas não o estava desafiando. Ao encará-lo de um jeito implacável e com um sorriso satisfeito, Liam estava avisando a Tyler que não estava nem um pouco intimidado, o que só deixou Tyler ainda mais puto.

Os australianos saíram, e Tyler se juntou a mim na pia.

— Tudo bem?

— Ãhã — respondi, acenando para dispensá-lo. — Você não é mais o único membro da equipe Alpina que me viu nua.

Tyler trincou os dentes.

— Devíamos ter deixado esses caras irem direto para Colorado Springs.

— Mas aí não teríamos a noite passada.

Ele sorriu, pegando delicadamente alguns fios do meu cabelo.

— É um incêndio político. Eles precisam de todas as pessoas disponíveis. Talvez você devesse ficar.

Franzi a testa.

— E que diabos vou fazer aqui? Tirar fotos das flores? Do alojamento? A Jojo vai ficar puta se eu não for.

— É uma equipe diferente. Não é só o Chefe que toma decisões. Eles podem não deixar você ficar lá.

— Tenho crachá da imprensa. Posso ir a qualquer lugar que eu quiser.

Tyler soltou uma risada.

— Não é bem assim.

Passei uma escova no cabelo molhado.

— Meu Deus, como você é linda de manhã.

— Não sou mais estranhamente atraente?

— Eu nunca disse isso sobre *você*. Eu estava falando de como eu gosto do seu cheiro de incêndio selvagem.

Espremi a pasta de dentes na escova, fazendo Tyler sorrir. Apontei a escova para ele.

— Nem pense nisso. Tem outros membros da equipe aqui agora.

Tyler pareceu triste.

— Eles acabaram de chegar.

— Mesmo assim, são da equipe.

— Ou talvez você tenha ouvido o sotaque deles e, de repente, não quer mais ter algo comigo.

Franzi o nariz.

— Você não está falando sério.

Ele deu de ombros.

— Garotas fazem isso. — Ele saiu, e eu escovei os dentes como se os estivesse punindo.

Fizemos as malas, e Tyler ligou para Chefe, avisando que os australianos tinham chegado. Os caras subiram numa caminhonete da administração florestal e começaram a viagem de duzentos quilômetros para o sul, pela Highway 36, até Colorado Springs.

— Quanto tempo de viagem, parceiro? — perguntou Jack.

— Cerca de duas horas e meia — disse Tyler. — Mais ou menos.

Jack se ajeitou algumas vezes, e eu virei.

— Você deve estar cansado da viagem. Quando vocês chegaram?

— Tarde ontem à noite. Dirigimos pra cá logo cedo — respondeu Jack. Ele sorria muito, e isso o fazia parecer mais novo, apesar de ele só ter músculos.

— Já chegaram chegando? — perguntei.

— Como é que é, querida? — indagou Jack.

Eu ri, sabendo que seria uma viagem interessante. Nós falávamos o mesmo idioma, mas as gírias seriam um desafio.

— Vocês começaram a trabalhar no instante em que pousaram?

— É assim que a gente gosta — comentou Liam.

Olhei para a frente, ajeitando o cinto de segurança. Tyler estava com as duas mãos no volante, e o nó dos dedos estavam brancos.

— O que foi? — perguntei. Estávamos compartilhando a cabine da caminhonete, mas os australianos estavam conversando, e o motor ajudava a abafar qualquer coisa que não fosse direcionada a eles.

— Eu só estava pensando em hoje de manhã.

— Você não é o único que já me viu sem roupa.

— Eu sei — disse ele, fechando os olhos. — Eu sei, mas eu não estava lá pra testemunhar.

— Você vai ter que superar isso — falei. — Você tem que trabalhar com esses caras.

— Talvez eu conseguisse, se soubesse que diabos estamos fazendo.

Franzi o nariz, pega de surpresa pela sua súbita ira.

— Você não tocou nesse assunto.

— Na verdade, toquei. Eu estava tentando ser paciente.

— O que aconteceu para isso? — perguntei.

— Um homem só pode ser paciente até certo ponto.

— E o que exatamente isso significa? Perdi o prazo que eu nem sabia que tinha? Estava tudo bem, duas horas atrás. Por que você está tão puto?

Ele não respondeu, mas o maxilar estava tenso.

Liam se aproximou, dando um tapinha no ombro de Tyler

— Me desculpa pela sua namorada.

— Ela não é minha namorada — disse Tyler.

Encolhi os ombros e olhei pela janela, me esforçando muito para não parecer abalada. Os australianos ficaram instantaneamente calados, piorando ainda mais o clima de constrangimento. Eu não sabia como doía a rejeição de Tyler. Desde que nos conhecemos, eu achava que eu era o centro da atenção dele, mas, naquele instante, entendi por que eu estava me segurando: Tyler tinha deixado o pai, os amigos e os irmãos para trás. No fundo, eu sabia que ele também me deixaria.

O motor acelerou, e os pneus giraram no asfalto, provocando um ruído agudo. Eu não podia falar, então dobrei o braço, apoiando-o na janela, e fechei os olhos, fingindo dormir.

Tyler respondia quando os australianos faziam perguntas sobre a equipe Alpina e ficava em silêncio quando eles conversavam entre si no banco traseiro, discutindo o entusiasmo pelas caminhadas nas montanhas e o clima mais fresco.

Liam fez uma pausa, depois chamou Tyler.

— Qual é a história com a *sheila*?

— O nome dela é Ellison.

— Tudo bem, qual é a história com a Ellison, então?

— Ela é fotógrafa da revista da região. Está nos acompanhando durante a temporada de incêndios, documentando o que fazemos.

— Ela é bonita — comentou Liam. — Tem os olhos azuis mais claros que já vi.

Tyler ficou calado, mas eu não precisei abrir os olhos para ver sua expressão.

— Ela tem namorado? — perguntou Liam.

— Caraca — disse Jack, enojado. Ele percebia claramente o que Liam não percebia: que havia algo entre mim e Tyler, mesmo que ele não admitisse.

— Você está latindo para a árvore errada, amigo. Ela gosta de garotas — disse Tyler.

Tecnicamente, ele não estava mentindo, mas isso não me deixou menos puta. Até aquele momento, Tyler vinha sendo direto e descarado sobre seus sentimentos por mim. Agora ele estava agindo como um pré-adolescente tentando se controlar na frente dos colegas.

As duas horas e meia pareceram uma eternidade, e, quando paramos no estacionamento do hotel, meu corpo estava duro e gritando para eu me mexer.

Saí do carro, me enrolei para tirar a câmera da bolsa e pendurei a alça no pescoço, fotografando a bola rosa de fogo atrás da grossa camada de fumaça no céu.

— Isso não é nada, queridinha — disse Liam. — Você devia ir até Oz comigo.

Tyler pegou sua bolsa de viagem e bateu a porta do motorista com força, andando rapidamente até o saguão. Liam e Jack o seguiram, e eu fui atrás de todos, esperando enquanto Tyler e os australianos faziam o check-in.

O saguão era sombrio, decorado em bege e com plantas artificiais, e cheio de bombeiros, alguns preparando equipamentos para sair, outros apenas com uma cerveja na mão. Um quadro negro perto do bar dizia: "Bem-vindos, bombeiros! Cervejas e aperitivos pela metade do preço!"

Tyler começou a argumentar com a recepcionista, depois pegou o celular.

Franzi a testa quando ele apanhou a carteira, jogando o cartão de crédito sobre o balcão. A recepcionista passou o cartão e o devolveu com dois pequenos envelopes. Ele olhou ao redor, me procurando, e atravessou o saguão até onde eu estava.

— Aqui — disse ele, me passando um dos envelopes.

— O que é isso? — perguntei.

— Consegui um quarto pra você.

— Eu poderia ter feito isso — falei. — Tenho o cartão da revista.

Ele suspirou.

— Eu não sabia. De qualquer maneira, já cuidei de tudo. — Comecei a contorná-lo em direção à recepção, mas ele me segurou pelo braço. — O que você vai fazer?

— Vou devolver meu cartão, pra você não ter que pagar pelo meu quarto.

— Eu disse que já cuidei de tudo.

Eu me afastei com uma sacudida, olhando ao redor, para os diferentes rostos no ambiente. A maioria dos bombeiros não notou nossa conversa, mas os australianos sim.

— Qual é a sua? — sibilei.

— Só estou tentando conseguir uma porra de quarto pra você, Ellie.

— Não, por que você está com tanta raiva? Você está... eu nem conheço essa pessoa.

Tyler suspirou, olhando para tudo no saguão, menos para mim.

— Sou eu.

— Seu lado babaca ciumento?

Ele deu uma risada, inquieto.

— De quem diabos eu estaria com ciúme?

— O Liam me viu sem roupa. E daí? Teria acabado ali se você não tivesse dito a ele que sou solteira, mas também dando indícios da fantasia de todos os homens.

— Hein?

— Você disse pra ele que eu gosto de garotas — soltei.

— É verdade.

— Bom, não fique surpreso se o Liam me chamar pra um *ménage à trois* qualquer dia desses.

Tyler resmungou.

— Bem a sua cara.

— Não acredito que você está tão intimidado por ele.

Tyler deu um passo em minha direção.

— Vamos esclarecer uma coisa, querida. Ninguém me intimida.

— Você está bravinho desde que o Liam chegou.

— Eu vi você — ele se irritou.

— Viu o quê?

— Quando ele te pegou sem roupa. Você simplesmente ficou parada. Levou três segundos para se cobrir.

— Ah, é? Quer dizer que eu tenho que correr pra proteger minhas partes íntimas porque um babaca grosseirão me pegou de surpresa? Você anda com a bunda de fora o tempo todo no alojamento.

— É diferente.

— Por quê? Porque eu tenho peitos? Quando foi que você me viu ser toda recatada?

— Exatamente.

— Vai se foder.

Segui batendo os pés até o elevador, esmagando o botão várias vezes até a porta se abrir. A família que estava lá dentro passou por mim e seguiu para o corredor, a filha usando maiô e segurando uma boia de flamingo na cintura.

Desci no terceiro andar, atravessei o corredor e fiz a curva para chegar até o meu quarto. Meus dedos estavam tão trêmulos que tive dificuldade para tirar o cartão-chave do envelope. Levei o cartão até o sensor, mas uma mão grande cobriu a minha, empurrando-a para baixo.

— Que maldição, Ellie — disse Tyler. — Você está certa. Estou com ciúme pra caralho. Você está me dando esses sinais confusos, e um cara te encontra de surpresa, te vê pelada, depois fica perguntando de você... Tem um milhão de sentimentos se revirando dentro de mim. Não sei que diabos estou fazendo. Nunca me senti assim.

Levantei o cartão de novo, e a tranca zumbiu. Empurrei a maçaneta para baixo e encarei Tyler.

— Vê se cresce — falei, batendo a porta depois de entrar.

16

Tirei da mochila quatro camisetas, cinco pares de meia, três pares de calça cargo, duas camisolas enormes, uma escova de dentes, um tubo de pasta, uma escova de cabelo, rímel e gloss labial. A equipe Alpina poderia ser chamada a qualquer momento, e eu queria estar pronta. Não me passou despercebido que eu estava brigando com o único bombeiro de elite destinado a me manter em segurança, nem que Tyler precisava se concentrar no incêndio que aumentava, e não no nosso drama ridículo.

Tyler e eu não tínhamos algo que se poderia chamar de *nosso*. Não éramos um *nós*, o que significava nada de ciúme, nada de expectativas e nada de discussões aprofundadas sobre a situação do nosso relacionamento ou para onde ele se encaminhava. Eu era uma alcoólotra em recuperação, e ele, galinha em recuperação. Qualquer um dos terapeutas que consultei ao longo dos últimos cinco anos diria o mesmo que eu estava pensando: não tínhamos futuro.

Peguei o controle remoto e liguei a tevê. O canal de notícias já estava relatando o incêndio, com as últimas atualizações rolando na parte inferior da tela. Só escutei durante alguns minutos antes de desligá-la.

Meu celular zumbiu, deitado no mesmo lugar da cama onde eu o jogara mais cedo. Mesmo a três metros de distância, dava para ver que era minha irmã. Ele tocou algumas vezes antes de apagar, depois a tela acendeu de novo.

Dei alguns passos e peguei o aparelho, sem saber, até levá-lo ao ouvido, se ia jogá-lo do outro lado do quarto ou atendê-lo.

— Alô.

— Ellison?
— Oi, Finley.
Ela suspirou.
— Achei que você tivesse morrido. A mamãe e o papai também.
— Acho que, para eles, eu meio que morri mesmo.
Pude ouvir sua ira aumentando e me encolhi quando ela gritou no meu ouvido.
— Não pra mim! Não fiz merda nenhuma pra você, Ellie, e você está me ignorando e me evitando há meses! Você acha que eu estava na praia simplesmente esperando que você estivesse bem?
— Não, mas eu tinha esperança...
— Foda-se! Não espere nada de bom de mim neste momento. Estou com raiva de você! Eu não mereço isso!
Congelei, me perguntando se ela estava falando de outra coisa além de ser ignorada.
— Diz alguma coisa! — A voz de Finley falhou, e ela começou a fungar.
Franzi o nariz.
— Você está chorando? Não chora, Fin, desculpa.
— Por que você não fala comigo? — ela gritou. — O que foi que eu fiz?
— Nada. Você não fez nada. Eu só não queria estragar as suas férias. Não queria que você se sentisse culpada ou que se preocupasse.
— E falhou em todos os sentidos!
— Desculpa.
— Não quero que você se desculpe! — ela soltou. — Quero que atenda a merda do telefone quando eu ligar!
— Tudo bem — falei. — Vou fazer isso.
— Promete? — Ela agora estava mais calma, respirando fundo.
— Prometo. Vou atender quando você ligar... se eu não estiver trabalhando.
— O que você está fazendo, afinal? A mamãe disse que você é secretária, ou fotógrafa, ou alguma coisa da revista daí.
— Isso.
— Você está usando a câmera que eu te dei?

Dava para ouvi-la sorrindo. Ela já tinha me perdoado. Ela não sabia do Sterling e, quando descobrisse, ela se lembraria dessa conversa e se sentiria ainda mais traída. Tudo que eu queria era desligar o telefone, mas isso só a deixaria mais desconfiada.

— Estou. É uma câmera muito boa, Fin, obrigada.

Finley não falou durante alguns segundos.

— Parece que eu estou falando com uma desconhecida.

— Sou eu — falei.

— Não, não é você. Você mudou.

— Estou sóbria.

Ela soltou uma risada.

— Como está sendo isso?

— Bem, na verdade. Bom... fiz só uma merda. Como está Sanya?

— Não sei. Passei as últimas três semanas em Bali.

— Como está Bali?

— Linda. Vou voltar para os Estados Unidos pra te ver.

Entrei em pânico.

— Sinto sua falta, Fin, mas estou viajando muito com esse emprego. Estou acompanhando os bombeiros de elite, e vamos viajar pra todo lado até o início de outubro.

— Os bombeiros de elite? Tipo, na equipe do Tyler?

— Isso.

— Você está trepando com ele, né?

— De vez em quando.

— Eu sabia! — Ela deu uma risadinha.

Eu ia sentir falta dessa Finley, da que nunca se chocava e sempre deixava minhas faltas de lado. Finley sempre inventava desculpas por mim; ela me conduzia pela vida de mãos dadas comigo e me dava ordens sem pensar porque era isso que irmãs mais velhas faziam.

Não importa o quanto eu quisesse evitar, chegaria um momento em que seríamos irmãs, mas não seríamos mais amigas. Mesmo que Finley me perdoasse, ela sempre sentiria a dor da minha traição e nunca saberia se poderia voltar a confiar em mim.

Peguei uma das duas garrafas de água mineral do quarto, desejando que fosse algo mais forte, e andei de um lado para o outro antes de decidir descer. Meu reflexo no espelho ao lado da porta chamou minha atenção, e encarei os olhos azul-claros redondos que me espreitavam de um jeito vazio. Meu reflexo não era simpático. Fios escuros de cabelo ondulado escapavam do coque bagunçado. Eu estava sóbria e trabalhando, fazendo tudo que as pessoas normais faziam, mas eu estava feliz?

Parte de mim odiava Tyler por eu ter que fazer essa pergunta a mim mesma. Se eu não conseguisse ser feliz fazendo algo que adorava, dormindo ao lado de um homem paciente que tentava cuidar de mim do único jeito que ele sabia, será que eu merecia estar feliz? Eu era independente, ganhava meu próprio dinheiro e tomava minhas próprias decisões, mas, ao encarar a Ellie dois-ponto-zero no espelho, a tristeza em seus olhos era difícil de ignorar. Era enfurecedor.

A porta pesada bateu atrás de mim quando atravessei o corredor. O elevador me levou ao saguão, e eu me surpreendi ao encontrá-lo quase vazio.

— Oi — cumprimentei a recepcionista.

Ela sorriu, afastando o desenho que estava fazendo.

— Isso é muito bom — falei, olhando de novo.

— Obrigada — disse ela. — Como posso ajudá-la?

Coloquei meu cartão de crédito sobre a mesa.

— Posso trocar o cartão do meu quarto?

— Claro — respondeu ela, pegando o retângulo prateado da mesa. Ela usou o mouse, clicou algumas vezes e passou o cartão no scanner.

— Para despesas extras também?

— Sim. Tudo.

— Entendi — disse ela, me devolvendo o cartão. — É só assinar aqui.

— Obrigada... — Olhei seu crachá. — Darby.

— De nada, *Opinião das Montanhas*.

Fui até o bar e sentei no banco, sozinha, exceto pelo homem atrás do balcão que lavava pratos. Ele tinha a pele macia e morena e era jovem demais para a cabeça cheia de cabelos e costeletas grisalhos.

— Boa tarde — cumprimentou. Em seguida enfiou o punho coberto com um pano num copo de vidro, girando rapidamente antes de pegar outro copo na pia. Seus olhos escuros davam a impressão de que ele me encarava com muito mais intensidade do que pretendia.

— Oi. Só... humm... uma Sprite, por enquanto.

— Com gelo? — provocou ele. Seu sorriso desapareceu, e ele voltou ao trabalho, percebendo que eu não estava no clima para piadas.

Ele encheu um copo alto, deslizando-o até a minha frente. Seus olhos brilharam quando alguém sentou no banco à minha direita. Não foi difícil adivinhar quem era quando a pessoa falou.

— Me dá uma cerveja, parceiro! — disse Liam.

— Vai beber no primeiro dia de trabalho? — perguntei. — Você não tem uma reunião daqui a quinze minutos?

— Sem problemas. Vou beber o que ela está bebendo.

— Mais uma Sprite — disse o bartender, decepcionado.

Rasguei as bordas do meu guardanapo, com um milhão de coisas quicando na mente.

— E aí, como foi que você veio parar nesse emprego? — perguntou Liam.

— Comecei atendendo ligações na revista e acabei tirando umas fotos que impressionaram o dono. Ele me mandou trabalhar com o Tyler, e minhas fotos se destacaram na região. Então, aqui estou eu, fotografando para uma série de artigos.

— Trabalhou até chegar onde está. Gostei disso — disse Liam, bebendo o refrigerante como se fosse uma caneca de cerveja. Ele até inclinou o copo de plástico para cumprimentar outros bombeiros que estavam passando.

— Eu era nova na revista quando me mandaram para a primeira tarefa.

— Mais impressionante ainda — observou Liam.

— Não muito. — Balancei a cabeça e olhei para baixo.

— O que você fazia antes?

— Nada. Fiz faculdade, mal me formei e viajei por um tempo. Meus pais têm uma casa em Estes Park, e foi assim que eu fui parar lá.

— Ah. Como é que vocês chamam isso? Filhinha de papai?

— Acho que era isso que eu era.

— Não é mais?

— Não, fui deserdada, na verdade.

— Quanto mais eu converso com você, mais você fica interessante. Normalmente é o contrário.

Olhei para Liam, analisando suas feições. Ele era o estereótipo do australiano, com queixo firme, ombros largos e estrutura gigantesca. Seu maxilar estava coberto com uma leve barba castanha por fazer, e as íris esmeralda eram lindas, apesar de mal serem notadas por causa dos olhos estreitos. Meu primeiro instinto foi convidá-lo para ir até o meu quarto e esquecer a briga com Tyler durante uma ou duas horas, mas, se os últimos cinco meses tinham me ensinado alguma coisa, era que eu não podia trepar, beber nem fumar para afastar os problemas. Eles ainda estariam lá de manhã, ainda piores do que antes.

Liam tomou mais um gole do refrigerante, terminando a bebida. Eu mal tinha tocado o meu.

— Começar do zero pode ser meio deprimente — disse ele. — Isso ninguém fala. Além de você ter que se esforçar para se sentir bem, ainda tem que dar um jeito de não forçar a barra.

— Não me diz que você também é filhinho de papai — duvidei.

— Não. O trabalho clareia a minha mente, mas nem isso estava me ajudando mais. Eu precisava me afastar um pouco.

Ele olhou ao redor, por sobre cada um dos ombros, como se o que deixara para trás pudesse tê-lo seguido.

— Mas em algum momento a gente se sente melhor, não sente? — perguntei.

— Eu aviso quando acontecer — prometeu Liam, se levantando.

Tyler dobrou o corredor, mas parou quando nos reconheceu, sentados juntos no bar.

— Melhor eu ir para a reunião — disse Liam.

— Boa reunião — falei, erguendo o copo.

Liam bateu seu copo vazio no meu, depois partiu para a sala de conferências.

Tyler parou durante alguns segundos antes de vir até o meu lado.

— O que você está bebendo?

— Sprite. Pede uma pra você.

Ele balançou a cabeça, examinando o saguão.

— Sou do tipo Cherry Coke.

— Onde está o Taylor? — perguntei.

— Não está aqui. Pelo menos por enquanto. Ele me ligou mais cedo. Conheceu uma garota.

— Aqui? Uma moradora?

Ele deu de ombros.

— Ele não teve muito tempo pra falar. Acho que ela é garçonete ou alguma coisa assim.

— Interessante. Ai, merda. Tyler — falei, vendo o agente Trexler parar na recepção. Ele flertou de leve com Darby, a recepcionista, antes de seguir em direção às portas automáticas, notando a presença de Tyler quando as atravessou. Ele não parou, e eu soltei um suspiro de alívio.

— O Taylor já cuidou de tudo — disse Tyler.

— Como?

— Simplesmente cuidou. Tenho que ir.

Para minha surpresa, Tyler se inclinou para beijar meu rosto antes de seguir Liam até a sala de conferências. Quando ele abriu a porta, vi várias pessoas que pareciam oficiais na ponta da mesa, segurando papéis recém-desenrolados que lutavam para voltar à posição anterior. A sala estava agitada, com ligações telefônicas, digitação em iPads e notebooks. Os bombeiros de elite estavam em pé ao redor, esperando as ordens enquanto a equipe TAC colhia informações. Antes de as portas se fecharem, vi alguns dos garotos por meio segundo, com braços cruzados e aparência de durões, até Pudim me avistar de relance e acenar como uma criança que via os pais do palco, em um recital da escola.

— Tudo certo aí, Stavros? — perguntou Darby, apoiando-se no balcão. Sua blusa social branca perfeitamente passada, os lábios vermelhos mate muito bem delineados, a calça preta impecável e o rabo de cavalo cor de mel preso com firmeza, sem um único fio fora do lugar. Com suas curvas e um enorme e brilhante sorriso, eu me perguntei se Darby já havia participado de um concurso de beleza. Cada movimento que ela fazia era elegante, cada sorriso, planejado.

Eu a olhei de relance, imediatamente desconfiada. Trexler estivera flertando com ela mais cedo. Talvez ela também fosse uma agente.

— Os bombeiros não dão gorjeta — resmungou Stavros. — E, até agora, todos são héteros.

— Tem sido assim há uma semana — comentou Darby, apoiando o queixo na mão.

Senti o corpo enrijecer, preocupada de dizer ou fazer alguma coisa que pudesse ajudar Trexler em sua investigação da família de Tyler.

— Tudo bem com você? — perguntou Darby.

— Quem era aquele cara que saiu agora há pouco? O que ele te falou antes de sair?

— O Trex? — perguntou ela, os olhos brilhando instantaneamente com o som do nome dele nos lábios.

— É — respondi.

— Ele é bombeiro, vai ficar aqui até o incêndio acabar. Ele é, tipo... de uma equipe especial. Não é bombeiro de elite nem da equipe de solo. Ele não fala muito sobre o assunto.

— Tipo serviço secreto dos bombeiros? — perguntei em tom de brincadeira.

Ela deu uma risadinha, mas o som pareceu estranho, como se ela não estivesse acostumada a rir.

— Acho que sim. Ele é meio serião assim mesmo.

— Quer dizer que você não o conhece? — perguntei, pensando no motivo para ele ter mentido para ela.

— Um pouco.

— Só um pouco? — comentou Stavros com um sorrisinho.

— E você? — perguntou Darby, penteando o cabelo com os dedos. Seus olhos castanhos me lembraram os olhos de Tyler: quentes com tons dourados e muito sofrimento por trás. — Pelo cartão, suponho que você seja repórter.

— Fotógrafa. Estou acompanhando a equipe Alpina.

— Ah. Já conheci Taylor Maddox e Zeke Lund. São uns amores. Eles andaram conversando com o Trex.

— É mesmo? — perguntei, confusa.

— É. Foram até o quarto dele quase todas as noites desde que chegaram.

— Há quanto tempo o Trex está aqui?

Darby deu de ombros, olhando para trás para confirmar se não tinha ninguém na mesa.

— Duas semanas. Ele chegou aqui antes de o incêndio começar.
Minhas sobrancelhas se uniram.
— Isso é meio esquisito.
Ela sorriu.
— Talvez não seja do serviço secreto dos bombeiros. Talvez seja médium secreto dos bombeiros.

Uma família de quatro pessoas passou pelas portas automáticas, aproximando-se da mesa. Darby deu um pulo e voltou ao seu posto, cumprimentando-os com seu sorriso delineado de vermelho.

A porta da sala de conferências se abriu, liberando bombeiros de elite e oficiais da equipe TAC. Vi mais do que apenas a minha equipe lá dentro e me perguntei quantos tinham sido chamados para o incêndio de Colorado Springs.

Tyler e Anão pararam ao meu lado, parecendo pai e filho, em vez de colegas de equipe. Anão era duas cabeças mais baixo que Tyler, mas tão forte quanto ele. Assim como os outros caras, Anão emagrecera ao longo da temporada de incêndios, mas, apesar de ser o mais novo e menor, normalmente era o último na caminhonete, no fim do dia.

— Qual é o veredicto? — perguntei.

Tyler cruzou os braços, analisando a multidão que se formava no saguão.

— É profundo. Vamos seguir de caminhonete até onde der, depois pegamos um helicóptero para o local do incêndio. A equipe Alpina ficou com a parte leste.

— Devo pegar meus equipamentos? — perguntei.

Tyler se encolheu.

— Não.

— O que você quer dizer com *não*? Quando vamos partir?

— Não vamos.

Balancei a cabeça.

— Não entendi.

— Você não está autorizada a ir. É um incêndio de movimentação rápida. Por pouco não aconteceu uma tragédia. Os ventos mudam toda hora, e não é seguro, Ellie.

— Nunca é *seguro* — sibilei.
— A única zona segura é a negra.
— Então eu tiro fotos da zona negra.
— Não vou estar na zona negra. Eles precisam de mim na linha de fogo.

Virei de costas para ele, fumegando. A decisão não era dele, mas saber disso não ajudava.

— Você pelo menos tentou me defender?
— Ele te defendeu, Ellie — respondeu Anão. — Todos fizemos isso.
— Eu provavelmente poderia receber meu cartão vermelho agora. Isso é uma palhaçada sexista — rosnei.

Tyler suspirou.

— Tem meia dúzia de mulheres lá agora. Não é sexismo; é questão de segurança. Nenhum civil nas montanhas. Eles vão reconsiderar quando o fogo estiver mais perto de ser controlado.

Virei para ele.

— Você está brincando comigo, porra? Está dizendo que, se eu tivesse um pau, eles não me deixariam subir lá com o meu crachá da imprensa? Um incêndio nunca é controlado. Nunca é seguro. Nunca se sabe o que vai acontecer. A gente simplesmente acha que ele vai na nossa direção lá em cima. E agora eu vou ficar tirando fotos do horizonte e das equipes de solo fazendo a limpeza quando tudo acabar.

— Eu falei pra você não vir — disse Tyler, impaciente com meu ataque. — Temos que ir. Te vejo quando voltar.

— Me leva junto — gritei atrás dele. — Maddox!

A multidão do saguão ficou em silêncio e observou Tyler se afastando de mim em direção aos elevadores. Virei para encarar Stavros, tentando controlar lágrimas de raiva.

— Você disse "pau" — comentou Stavros. — Já gostei de você.
— Me serve uma vodca com tônica.

Stavros sorriu.

— Sério?
— Sério.

17

Meus dedos estavam estendidos no colo, todos os dez manchados de tinta e cobertos de terra. Eu os entrelacei, levando o nó dos polegares até a testa e fechando os olhos, mas não rezando para ninguém. Ecos de movimentos cruzaram o corredor até a minha cela, e meu joelho começou a tremer de novo. Era a primeira vez que eu era presa sem saber que meu pai me soltaria uma hora depois.

Lágrimas arderam no arranhão em meu rosto, apenas um dos diversos ferimentos que a floresta deixara em meu corpo enquanto eu tentava me arrastar pelas árvores densas e pelos galhos secos e afiados feito lâmina. Minha cabeça ainda estava girando por causa das inúmeras vodcas com tônica que me ajudaram a decidir entrar na zona negra.

As barras rolaram para a direita, e o subdelegado segurou o portão antes que ele batesse na parede.

— Você tem amigos no alto escalão, Edson — disse ele.

Eu me levantei, mantendo a mão na frente do rosto para bloquear a luz forte.

— Quem? — perguntei.

— Você vai descobrir em breve.

Saí, pedindo a Deus que a pessoa do outro lado da parede não fosse meu pai.

O subdelegado me conduziu pelo braço até uma pequena sala, onde Trex estava sentado em uma cadeira dobrável. Ele se levantou e estendeu a mão para me livrar do homem.

— Não fala — sussurrou Trex.

— Estamos soltando a srta. Edson sob sua custódia, agente Trexler. Supomos que você vai garantir que ela não vá a uma área restrita novamente.

— Ela vai para o norte. Para longe do incêndio — disse Trex.

Caminhamos por um longo corredor até a frente da delegacia. Tyler estava sentado numa das dezenas de cadeiras enfileiradas na parede branca, com a cabeça apoiada nas mãos. Quando a porta se fechou assim que saímos, ele levantou o olhar.

— Ah, graças a Deus — ele soltou, se levantando e me puxando para o peito. Ele beijou meu cabelo, inalou meu cheiro e depois me segurou à distância de um braço.

Eu me encolhi, sabendo o que ele ia dizer.

— Que porra você estava pensando, Ellison? Quer dizer... que *porra* foi essa?

— Aqui não — comentou Trex, segurando a porta da frente para sairmos.

Tyler pegou minha mão e me puxou, seguindo Trex pela calçada até um Audi muito parecido com o do meu pai. Trex abriu a porta de trás para mim, e eu sentei, deslizando pela lateral quando Tyler veio sentar ao meu lado. Depois que a porta se fechou, os gritos recomeçaram.

— Você tem ideia de como eu fiquei apavorado quando recebi a ligação? — reclamou ele, furioso. — Você tem ideia da confusão da porra em que poderia se meter... da confusão em que *todos nós* poderíamos nos meter... se o Taylor não tivesse envolvido o Trex? Você sabe o que aconteceria comigo se alguma coisa acontecesse com você?

— Sinto muito — falei. — Eu não estava tentando fazer você ser demitido.

Tyler agarrou meus ombros.

— *Demitido?* — Ele balançou a cabeça, me soltando antes de se recostar de novo no banco. — Que inferno, Ellie, eu achei que você tivesse morrido.

A culpa me tomou, e a ficha das últimas seis horas de caminhada na zona negra, levemente bêbada, e de ser fichada no sistema depois da prisão finalmente caiu.

— Sinto muito, *muito* mesmo. Foi burrice. Eu não estava pensando direito.

— Isso costuma acontecer quando você está bêbada — comentou Tyler.

— Eu só bebi dois drinques — falei, me sentindo imediatamente culpada por mentir. Não precisei de muito tempo para retomar antigos hábitos.

Tyler ergueu uma sobrancelha, desconfiado.

— Você vai mesmo mentir pra mim? Depois de eu ter mexido mil pauzinhos pra te tirar da prisão?

— Não estou... — Fiz uma pausa, me encolhendo com o olhar de Tyler. — Mentindo.

— Uau. Está bom, então — disse ele, olhando para a frente.

— Tecnicamente, fui eu que mexi todos os pauzinhos — explicou Trex.

Franzi a testa para Tyler.

— Como foi que você conseguiu que ele fizesse isso?

Tyler olhou para baixo, frustrado.

— Não pergunta como, Ellie. Só agradece.

— A quem? Ao FBI? Eu quero saber. O que você vai ganhar com isso, agente Trexler? — Temi o pior: que Taylor ou Tyler tivesse concordado em compartilhar informações sobre o irmão em troca da ajuda de Trex.

— Não sou mais agente — disse Trex. Eu não sabia se ele parecia desanimado ou aliviado.

— O quê? — perguntei.

Tyler assentiu.

— Ele está falando sério. Ele não trabalha mais para o FBI. Aparentemente, o chefe dele é um belo babaca.

Trex soltou uma risada, de algum jeito encontrando humor na situação.

— Como foi que ele mexeu os pauzinhos, então? — perguntei.

Tyler suspirou.

— Ele simplesmente mexeu, Ellie.

— *Por quê?* — insisti. — O que você fez em troca, Tyler?

— A questão é o que você *não* vai fazer — respondeu Trex.

— Todos nós — complementou Tyler.

Cruzei os braços e estreitei os olhos.

— Do que vocês estão falando? O que isso significa?

— Darby — disse Trex.

— Darby? — Franzi o nariz. — Ela pensa que você é bombeiro de elite — falei, com um tom acusatório.

— Estou sabendo. Você falou que eu não era? — perguntou Trex.

— Não — respondi.

— Ótimo. Precisamos manter as coisas assim — disse Tyler. — Esse é o trato.

— Que a gente deixe o Trex mentir para a Darby? — perguntei. — Quem é ela?

— Só uma garota — disse Trex. — Mas, se você queimar meu disfarce com ela, vai voltar pra cela.

Eu me recostei no assento, descontente com as condições.

— Você não vai machucá-la, vai?

Ele fez uma careta, e as sobrancelhas grossas se uniram.

— Essa é a questão, Ellison. Você concorda ou não?

Olhei para Tyler.

— Você confia nele?

— Ele te tirou da prisão, não foi?

Comprimi os lábios, formando uma linha fina, e balancei a cabeça.

— Você não está investigando a garota? — perguntei.

— Não — respondeu Trex simplesmente.

— Tudo bem — soltei. — Você é um bombeiro de elite.

Vi Trex sorrindo pelo espelho retrovisor.

— Obrigado — disse ele.

Quando chegamos ao hotel, passei por Darby. Ela acenou para mim, e eu sorri, na esperança de que Trex estivesse dizendo a verdade. Eu tinha falado com ela de novo durante meu quarto drinque e, pelo que eu me lembrava, ela estava em Colorado Springs para recomeçar a vida, fugindo de alguém ou de algo. Darby não precisava de mais encrencas. Ela já fora magoada o suficiente.

Tyler me levou até meu quarto, parando do lado de fora da porta. Ele parecia estar sofrendo pelo que estava prestes a dizer.

— Sei que você teve um dia longo, mas preciso que entre e faça suas malas.

— O quê? Por quê?

— Porque o Trex pode ter te tirado da cadeia, mas o Chefe está mais do que puto. Ele quer que você volte para Estes Park. Ele já ligou para a Jojo.

Cobri o rosto.

— Merda. *Merda*... Por causa de um erro?

— Entrar em uma área restrita e ser presa é um grande erro. — Ele olhou para o nada no corredor, com dificuldade para encarar os meus olhos.

— Estou fora pra sempre?

— Não sei. Me dá um tempo pra falar com ele. Vou deixar ele se acalmar primeiro.

Expirei, desejando poder voltar o dia e recomeçar.

— E você? Ainda está com raiva?

O maxilar de Tyler travou, e ele me abraçou. Fechei os olhos, pressionando o rosto no peito dele. Não havia nenhum lugar mais seguro para mim do que Tyler.

— Simplesmente estou feliz por você estar bem — disse ele.

— Fica comigo — sussurrei.

Ele beijou meu cabelo.

— Um carro vai estar te esperando lá fora daqui a quinze minutos. O Chefe quer você na estrada em direção ao norte. Só estou aqui pra garantir que você faça as malas, pague sua conta e ponha o pé na estrada. Depois tenho que voltar pro alojamento do incêndio.

— Você não vai comigo?

Suas sobrancelhas se uniram.

— Tenho trabalho a fazer, Ellie. Você tem que ir pra casa.

Meus olhos se encheram de lágrimas.

— Não tenho pra onde ir.

Ele enfiou a mão no bolso e pegou uma única chave, e a luz refletiu no prateado.

— Lone Tree Village, em Estes. 111F. Nunca estamos lá, então é praticamente um depósito. Não sei nem se tem lençóis na minha cama. Não é uma cobertura de luxo, mas é um lugar pra ficar. Meu quarto fica na última porta à esquerda.

Peguei a chave, fungando.

— Tyler...

— Só... aceita — disse ele. — Vou estar em casa daqui a algumas semanas. E aí a gente decide o que fazer. — Ele deu um passo para trás, acenando para mim antes de virar em direção ao elevador.

— Você não tinha que me colocar no carro? — perguntei.

Ele parou, mas não virou para trás.

— Desculpa. Acho que não consigo te ver partir.

Meu lábio inferior tremeu, e eu levei a chave até o sensor, ouvindo a tranca clicar antes de virar a maçaneta e entrar. Minhas roupas ainda estavam expostas, mas eu teria sorte se fosse chamada novamente.

A parede estava gelada nas minhas costas quando deslizei pela tinta branca desgastada até o carpete velho, laranja e marrom. Meu celular zumbiu, e eu o levei ao ouvido.

— Ellie? — disse Jojo.

Cobri o rosto com a mão.

— Eu fiz merda, Jojo — falei, pressionando os lábios para abafar um soluço.

— É verdade. Fez mesmo. Agora você precisa se controlar e voltar a ficar sóbria. Está me ouvindo?

— Ainda tenho um emprego?

— Você sabe que sim. Não estou dizendo que o que você fez foi bom, mas é uma batalha difícil. Você perdeu essa. Vem pra casa, e vamos começar a nos preparar pra próxima.

Meu rosto desmoronou, e eu respirei fundo.

— Não mereço isso, mas obrigada — sussurrei.

— Desliga, faz a mala e desce. O carro vai chegar aí daqui a pouco. Quando chegar em casa, vai direto pra cama, e eu te pego pra ir pro trabalho bem cedo amanhã de manhã. Entendeu?

— Entendi.

— Levanta. A tela em branco começa agora.

Respirei fundo, me levantando e, ao mesmo tempo, apertando a tecla FIM. Não levei muito tempo para colocar na mala as poucas coisas que eu havia trazido e logo saí porta afora, descendo de escada em vez de pegar o elevador.

Darby soltou a caneta marcador que estava usando para sua nova obra de arte desenhada e se levantou.

— Ellie? Você está bem?

Parei na mesa da recepção, colocando o cartão-chave na frente dela.

— Ãhã. Tenho que ir embora.

— Tem que ir? Por quê?

— Fiz merda. Me mandaram pra casa.

Darby balançou a cabeça, sem acreditar, mesmo tendo ouvido da minha própria boca.

— Fez merda como? Só porque você bebeu?

— É uma longa história — falei. — O Trex pode te explicar.

— Se um dia você voltar... passa aqui pra dar um "oi".

Sorri.

— Pode deixar.

Um homem mais velho que meu pai, vestido como um pregador da Igreja Batista e com cheiro de loção pós-barba vagabunda, me deu um sorriso forçado antes de pegar minha mochila. O tufo no alto do cabelo branco estava rebelde, apesar do pote de gel que ele parecia ter passado ali.

Esperei que ele abrisse a porta, mas ele abriu o porta-malas e jogou minha mochila lá dentro. Abri a porta sozinha, pensando que o carpete melado e o lixo enfiado nos fundos do banco do passageiro eram a carona perfeita para uma mulher que tinha acabado de sair da cadeia municipal.

As duas horas e meia até Estes Park pareceram especialmente longas, uma vez que fui obrigada a inspirar o cheiro de naftalina e um ou dois peidos. Quando chegamos à fronteira da cidade, o motorista virou a cabeça ao mesmo tempo em que mantinha os olhos na estrada.

— Você tem um endereço?

— Lone Tree Village. Prédio F.

Ele suspirou.

— Você tem um endereço?

— Espera — falei, pesquisando no celular. — Manford Avenue, 1310

O motorista digitou no GPS e se recostou, voltando à missão de me ignorar.

Passamos por uma parte da cidade que eu não conhecia, depois entramos numa rua lateral, dirigindo por mais uns dois minutos. O cartaz da Lone Tree Village me deixou empolgada por um segundo, mas depois lembrei que a maioria das coisas que eu levara da casa dos meus pais ainda estava no alojamento da equipe Alpina, e tudo que eu tinha estava dentro da minha mochila.

O motorista dirigiu direto até os fundos, onde ficava o prédio de Tyler. Contornou o prédio e parou na primeira vaga que encontrou.

Saí para o asfalto, e ele me entregou a mochila e voltou para sua porta.

— Com licença? — falei, seguindo-o.

Ele se virou, irritado.

— Já está tudo certo.

— Ah — falei, observando-o abrir a porta e sentar atrás do volante. Dei um passo para trás quando ele deu ré, vendo-o se afastar e depois olhando para o prédio F.

O número 111 era em outro andar. Subi o primeiro lance de escada, virei no patamar e subi mais um. Algumas lâminas cor de argila do piso de vinil estavam faltando, mas era um bairro agradável, e o gramado lá fora era bem cuidado — não que eu estivesse em posição de ser exigente.

Peguei a chave de Tyler no bolso e a girei na fechadura. O mecanismo fez um clique, e meu coração disparou. Parar diante do apartamento de Tyler, me preparando para entrar em seu espaço pessoal pela primeira vez sem ele, parecia errado.

A maçaneta era fria e inóspita em minha mão, mas eu a girei mesmo assim, empurrando a porta bege e entrando numa sala cheia de móveis e caixas. Tyler tinha me alertado de que o apartamento parecia um depósito, mas havia várias pilhas, deixando um caminho até a cozinha à esquerda e o corredor em frente.

Segui o caminho até o corredor, apalpando a parede em busca de um interruptor de luz. Quando meus dedos encostaram no botão, eu o virei, iluminando um corredor com seis metros de comprimento e paredes e carpete beges — duas portas à direita e uma à esquerda. Empurrei a mais próxima e encontrei um banheiro. Soltei a mochila e abri rapidamente a calça jeans, abaixando-a até os joelhos, sentando no vaso gelado e gemendo enquanto me aliviava pela primeira vez em quase doze horas.

A torneira demorou um pouco para me oferecer água quente. Olhei ao redor antes de secar as mãos no jeans. Segurei na borda da pia enquanto tentava superar o enjoo e a tontura que me inundavam. Inspirei e me senti instantaneamente reconfortada — o apartamento tinha o cheiro do Tyler.

Com a mochila na mão, parei no fim do corredor entre duas portas. Empurrei a da direita e vi um quarto com mais pilhas de caixas, uma cama sem lençol e uma mesa de cabeceira. A porta que Tyler disse que era a dele estava fechada, então virei a maçaneta e entrei, mas a porta atingiu uma pilha de caixas e derrubou todas, menos duas.

— Merda — sibilei, soltando a mochila para arrumá-las.

Sequei a sobrancelha, depois atravessei o quarto para abrir uma janela. Uma brisa fresca soprou em meu rosto, e eu fechei os olhos, respirando fundo. Eu tinha sido banida do único lugar no qual me sentia em casa, afastada das únicas pessoas que me pareciam uma família. Eu estava sozinha dentro do depósito empoeirado de um homem com cujo pau eu era mais familiarizada do que com suas esperanças e sonhos.

Apoiei o cotovelo no peitoril, sem conseguir lutar contra o tremor em meus olhos. Daquele ponto, dava para ver as montanhas que se uniam ao redor do alojamento. Meus olhos se encheram de lágrimas, e elas escaparam e desceram pelo rosto, implacáveis, até meu corpo todo começar a tremer. Eu queria tanto estar naquele prédio frágil com chuveiros de água gelada e camas desconfortáveis que chegava a doer. Funguei algumas vezes e limpei o nariz com o pulso, lambendo os lábios, desejando mais umas cinco ou seis rodadas de vodca com tônica — que inferno, eu ficaria feliz com um pacote de doze cervejas baratas, qualquer coisa que afastasse a minha dor.

Apoiei-me na parede, tentando manter a paisagem à vista, mas a única coisa a fazer era desejar o que eu não podia ter e fechar os olhos.

18

Jojo travou o cinto de segurança e se afastou do meio-fio, praticamente em silêncio enquanto me levava até o prédio da revista. Um quarteirão adiante, ela finalmente suspirou e começou a falar, mas pensou melhor. O silêncio era bem-vindo. Eu sabia o que ela ia dizer, e ela sabia disso. As pessoas falavam demais e não diziam nada, e essa seria a única conversa que Jojo e eu teríamos se ela não tivesse fechado a boca.

Ela estacionou e fez sinal para eu segui-la até lá dentro.

— A mesa ainda está aqui. Você lembra como deve fazer?

— Não vi a caminhonete do Wick — comentei.

— Ele vai chegar mais tarde. Teve uma reunião com fornecedores.

— Do Turk? — perguntei, engolindo em seco. Minha garganta implorava pela queimação do uísque ou qualquer coisa que silenciasse a ânsia que eu sentia desde que abrira os olhos naquela manhã.

— É. Você não foi direto pra cama, foi?

— Eu tentei.

— Você fez merda. Acredita em mim, não estou aliviando o que você fez. Mas meu pai tem recebido muitas ligações sobre isso. Aposto que o Serviço Florestal também. — Jojo abriu a porta, e eu a segui até dentro do prédio, parando enquanto ela acendia todas as luzes.

— O Chefe estava certo quando me mandou pra casa. Eu não era útil lá, e acabei queimando o filme dele. Eu não o culparia se ele me proibisse para sempre de acompanhar o pessoal.

Entrei na minha sala, e Jojo me seguiu, apoiando os cachos platinados no batente.

— Nem eu. Mas também não ficaria surpresa se ele não fizesse isso. Quando eles voltam?

— Trata-se de um incêndio político. Muitas redes de notícias estão cobrindo o evento. Eles vão ficar fora os catorze dias.

Ela se ajeitou.

— Se tem muitas redes cobrindo o evento, talvez eu devesse ir até lá.

Raiva e ciúme incendiaram todas as veias do meu corpo. Jojo tinha família... Ela precisava ficar longe da minha, porra.

— Eles não me deixariam ir até lá, Jojo, e eu estou acostumada. Conheço os procedimentos e sei um pouco sobre comportamento em incêndios. Sem querer ofender, mas eles não vão te deixar ir até a montanha.

Ela piscou para mim.

— Quando foi que eu aceitei um "não" como resposta?

Forcei um sorriso, encarando o espaço onde ela estava antes que se desviasse e seguisse para a própria mesa. Poucos minutos depois, eu a ouvi ao telefone, acertando os detalhes de sua cobertura da equipe Alpina.

Meus olhos arderam, mas afastei as lágrimas, me recusando a chorar na frente dela. Digitei minha senha e tive a sensação de que a trocara havia séculos, tão cheia de esperança de que eu era capaz de mudar.

O telefone de Jojo bateu com força, e ela espiou de novo pela porta.

— Você consegue segurar as pontas deste quartel esta semana? Vou para o sul.

— Eles vão te deixar cobrir a equipe Alpina?

Ela me deu um sorriso falso.

— Eles ainda não sabem, mas vão, sim. Hotel Colorado Springs, certo?

Assenti, mantendo um rosto corajoso até Jojo acenar e a porta dos fundos se fechar. Meu rosto desabou, e eu o cobri com as mãos, respirando fundo algumas vezes.

Não era tão surpreendente que eu tivesse feito merda, e sim que eu tivesse estragado algo que amava. Esse pensamento me levou até Tyler, e eu sabia que também estava acabando com isso. Havia uma parte sombria em mim que simplesmente não permitia que eu fosse feliz e sabotava as coisas boas antes que eu as perdesse.

O telefone tocou, e eu me empertiguei, pigarreei e peguei o aparelho.

— *Opinião das Montanhas* — falei, com a voz um pouco falha.

— Como está seu primeiro dia de volta? — perguntou Tyler. Sua voz profunda e suave fez todo o resto desaparecer.

Sequei o rosto molhado, pigarreando de novo.

— Ótimo. Lar, doce lar.

— Como é o apartamento?

— Ótimo. Obrigada.

— Você foi lá? — indagou ele. Quase dava para ver sua expressão de incredulidade.

— Ãhã. Fui, sim. Tem lençóis na sua cama, e estão limpos.

Ele suspirou.

— Ellie...

— Eu sei.

— Não, você não sabe. Sinto sua falta como um louco. Estar nas montanhas, fedendo a fumaça, exausto e coberto de fuligem, é meu lugar preferido, mas não é a mesma coisa sem você. Alguma coisa está faltando, agora.

— O delegado? — provoquei.

Ele soltou uma risada.

— Estou falando sério. Escrevi uma carta pra você. Os caras todos estão me infernizando.

— Principalmente o Taylor, tenho certeza.

— O fogo está tão perto que decidimos nos alternar em turnos e dormir no hotel.

— Vocês não estão dormindo no acampamento?

— Não. O Taylor tem dormido em algum lugar da cidade. Acho que tem uma garota.

— Sempre tem uma garota.

— Não uma intrigante o suficiente para ficar por perto durante as poucas horas que temos longe de um incêndio.

— Provavelmente você ainda não sabe, mas logo vai saber. A Jojo está a caminho para cobrir a equipe Alpina.

— A Jojo? — Tyler pronunciou o nome dela com desdém. — Por quê?

— Falei pra ela sobre todas redes de notícias que estão cobrindo o incêndio, e ela achou que a revista deveria mandar alguém pra lá.

Ele suspirou.

— Que merda, Ellie, sinto muito. Sei que isso deve doer.

Meu peito pareceu pesado, e meus olhos começaram a arder de novo.

— Fui eu que fiz isso comigo mesma.

— Mas não dói menos por isso.

— Você tem razão.

Ele ficou calado por um instante.

— Eu queria estar aí.

— Eu também.

— Doze dias, Ellison. Vou estar com você daqui a doze dias.

— Tyler?

— Sim.

— Tenho pensado em beber. Muito. — Como ele não respondeu, continuei: — Acho que isso não vai ser tão fácil quanto eu pensei que seria.

— Quem é aquela mulher que te expulsou da sua casa?

— Minha mãe?

— Não, a outra.

Meu rosto ficou vermelho só de pensar nela.

— Sally.

— É. Essa mesma. Você devia ligar pra ela. Você tem o número, não tem?

Esfreguei a têmpora com o dedo indicador e o dedo do meio.

— Ela não trabalha mais para os meus pais.

— Melhor ainda.

— Não vou pedir ajuda a Sally, Tyler. Eu odeio essa mulher e me recuso a dar essa satisfação para ela.

— Você está dizendo que é errado Sally se sentir satisfeita por te ajudar? Acho que essa é a natureza do trabalho dela.

— Satisfeita do jeito que uma babaca calculista, convencida e cara de rato ficaria, e não uma coach de vida.

— Bom... talvez você possa simplesmente tentar se manter ocupada. Não pensar mais nisso tudo até eu voltar.

Pensei na sugestão dele, e no mesmo instante uma ideia surgiu em minha mente.

— Seu apartamento precisa de uns cuidados.

— Não ouse.

— Estou falando sério. Vou levar pelo menos uns doze dias. Posso abrir suas caixas?

— Não.

— Por favor. Vai parecer um apartamento de verdade quando você voltar.

— De jeito nenhum.

— Por que não? Está com medo do que eu vou encontrar naquelas caixas? O quê? Tem tipo... fantasias, crânios ou alguma coisa assim? Não me fala que você está com vergonha da sua pornografia.

Ele deu uma risadinha.

— Não, só acho que não é certo deixar você fazer isso.

— Você está me deixando ficar no seu apartamento. Eu diria que é uma troca justa.

A linha ficou muda durante alguns segundos, e Tyler suspirou.

— Você não precisa fazer isso, mas, se quiser e se isso for afastar sua cabeça de outras coisas, fique à vontade.

Meu sorriso desapareceu.

— Tyler?

— Sim?

— Não trepa com a Jojo.

— Que porra é essa, Ellie? Não trepei com a Jojo quando tive oportunidade, um ano atrás, e definitivamente não vou fazer isso agora.

— Você nunca saiu com a Jojo? Achei que...

— É, ela ainda se sente ofendida... mas não. Nunca.

Suspirei, surpreendentemente aliviada.

— O que você está tentando dizer? — ele perguntou.

— Nada. Só não quero que você deixe as coisas complicadas com o meu chefe.

— Certo — disse ele, satisfeito. — Vou contar para os caras que somos exclusivos. Vou contar primeiro ao Liam.

— Não somos.

— Você acabou de me dizer pra não dormir com uma pessoa.

— Não quer dizer que somos exclusivos só porque eu não quero que você trepe com a minha chefe.

— Então não tem problema pra você se eu trepar com outra pessoa?

Trinquei os dentes.

— Não estou gostando desse jogo.

— Responde.

— Não me importa com quem você trepa — soltei.

Tyler ficou calado. Só me senti vitoriosa durante alguns segundos, depois a sensação sumiu. Meu orgulho e minha culpa pareciam nascer do mesmo vazio, mas eles não enchiam nada. Eu não sabia de onde vinha a necessidade de manter Tyler ao alcance. Parte de mim queria acreditar que era para me concentrar na sobriedade que estava fracassando vergonhosamente, e outra, que nós dois éramos errados demais para dar certo. Eu o mantive perto apenas o suficiente para ele se sentir amado, depois o descartei como uma roupa suja. Para alguém que, na maior parte do tempo, tinha medo de ele ir embora, eu estava tentando afastá-lo completamente.

No entanto, eu estava acertando em uma coisa: em não ser merecedora. A vergonha me levou a outro estágio de culpa, desejo e sentimentos de inutilidade. Eu não estava melhorando; eu estava piorando.

— É tão difícil assim você admitir, Ellie? Nós não podemos simplesmente ser feliz, porra?

Engoli em seco.

— Não existe *nós*. Eu te falei isso desde o início.

— Então o que estamos fazendo?

— Estamos trepando e brigando, Tyler. É isso que estamos fazendo.

— Trepando e brigando. — Claramente chocado e frustrado, Tyler tropeçou nas palavras. Finalmente, soltou uma risada desiludida. — Só isso?

— Só isso.

— A gente conversa quando eu voltar pra casa.

Desliguei, sentindo um enjoo imediato. Eu não podia me manter ocupada para ficar sóbria, lidar com tudo que estava acontecendo na minha vida *e* me envolver num relacionamento sério, não importava o quanto eu quisesse isso.

O telefone tocou, e eu atendi, marcando reuniões e cuidando de detalhes relacionados ao projeto de propaganda da revista. Wick saiu uma vez e voltou, colocando o punho na minha mesa enquanto lia meu relatório por sobre meu ombro.

Depois se ajeitou de pé, suspirou e girou nos calcanhares, batendo a porta ao entrar em seu escritório. As molduras nas paredes tremeram, e meus ombros subiram até as orelhas. Eu trabalhava na revista havia pouco mais de cinco meses e ainda não tinha vivenciado a ira de Wick. Talvez a hora tivesse chegado.

A porta se abriu com um solavanco, e eu ouvi Wick sentar em sua poltrona de couro.

— Ellie! — gritou ele.

Eu me levantei, parando sob o batente, esperando um pequeno ataque verbal.

— Você é uma boa garota. Nós pegamos pesado demais com você — disse ele, encarando a estante de livros atrás de mim.

— C-como é? — Era quase ainda mais perturbador o fato de ele não estar gritando comigo.

— Não quero te perder. Não quero facilitar suas... questões. Não sei o que fazer. Não sou do tipo que ignora esse tipo de comportamento, Ellie. Você poderia ter se machucado seriamente ou coisa pior. Esse corte...?

Levei a mão ao rosto. Eu tinha me esquecido do tapa que a natureza me dera na cara — não que eu tenha sentido até o sangue quente pingar na minha pele fria.

— Sim.

Wick se ajeitou na poltrona, depois olhou para o relógio.

— Você já comeu? Está quase na hora do almoço.

— Humm... não.

— Vou pedir pizza. Pensa no que eu falei.

— Está bem — respondi, erguendo o polegar para ele. — Boa conversa.

Ele piscou para mim, e eu fechei a porta, balançando a cabeça. Se esse era um exemplo da capacidade paternal de Wick, fazia sentido Jojo ser uma boneca Barbie cor de laranja que guardava rancor contra todos os homens que lhe diziam "não".

O telefone tocou no instante em que sentei, e eu levei o aparelho ao ouvido. Assim que abri a boca para atender, Jojo falou:

— Sou eu. Cheguei.

— Ah. Você já viu meus garotos?

Ela deu uma risada.

— *Seus* garotos? Não, ainda não. Consegui um quarto... e não foi fácil, por sinal. Literalmente, todos os quartos estavam reservados, exceto o de um cara que sofreu umas queimaduras hoje. Ele vai ficar fora por um tempo e vão mandá-lo de volta pra casa. Vou ficar no saguão pra ver se consigo falar com a equipe Alpina quando chegarem.

— Eles podem ficar fora a noite toda. Não sei qual vai ser o cronograma. Eles nunca ficaram num hotel... pelo menos, não nesta temporada.

— Vou descobrir. As malditas redes de notícias estão por toda parte. Mas teríamos uma entrada, se você não...

— Se eu não tivesse feito merda. Eu sei.

— Desculpa — disse ela.

— Tome cuidado, Jojo. Faça exatamente o que mandarem e quando mandarem, e vista uma roupa quente. É frio lá em cima à noite.

— Obrigada, Ellie.

Desliguei, desejando que houvesse um jeito educado de pedir para ela não trepar com o meu não-namorado-de-verdade.

Terminei meu relatório e mandei por e-mail para Jojo. Fiquei surpresa ao ver algumas fotos que ela tirara dos bombeiros fazendo hora no saguão do hotel. Ela tinha talento, sem dúvida.

Quando o sol se pôs atrás dos picos, Wick vasculhou suas gavetas, e seu casaco deslizou pelas mangas do suéter.

— Só duas pausas para fumar e nenhuma notícia da Jojo. O dia de hoje foi entediante pra caralho — gritou Wick do escritório.

— Fale por você — respondi.

Ele saiu, ajeitando o cachecol e calçando as luvas.

— Nem todos somos ativos o suficiente para acompanhar bombeiros de elite montanha acima para ganhar a vida. Você voltou para a casa dos seus pais?

Pigarreei.

— Não. Estou ficando no apartamento do Tyler. Ainda não encontrei um lugar pra morar.

Wick franziu a testa.

— Fiz um artigo sobre apartamentos baratos pra revista. Você pode encontrar alguma coisa na primavera, se calcular direito.

— É — concordei, me sentindo ainda mais desesperada do que dez segundos atrás.

— Não liga pro seu cara. Eu te levo.

— Sério? — falei, mais surpresa ao pensar que ele achava que eu ainda estava usando José do que pela oferta.

Wick me deixou fumar em sua caminhonete enquanto ele fumava o próprio cigarro e expirava pela fresta da janela.

— Você e o Tyler, é? — comentou Wick.

— Mais ou menos... não de verdade.

— Ele também é um bom garoto. Achei que vocês dois iam acabar se apaixonando. Dava pra ver nos olhos dele.

— Sério? — perguntei, achando engraçado.

— Nunca vi o Tyler olhar pra ninguém do jeito que ele olha pra você. Mas sei que você tem outras questões para resolver. Talvez seja coisa demais.

— Foi ideia dele eu ficar aqui. E é só por um tempo.

— Ãhã.

— Não estou usando o Tyler. Ele insistiu, e eu não tinha escolha.

— Ai. Espero que você não tenha falado isso pra ele.

— Não — comentei, olhando para baixo. — Não falei.

— Você sabe que tem um apartamento em cima da revista, certo?

— Não sabia, não.

— Está vazio e é novo. Construí na mesma época do prédio, para o caso de a Linda me expulsar de casa. Sou um velho egoísta, sabia? Perdi a boa aparência. Ela continua linda como sempre. A Jojo seria igual a ela sem aquela maquiagem de palhaça no rosto.

Abafei uma risada, tossindo a fumaça e acenando na frente do rosto.

Wick entrou na Lone Tree Village, estacionou, e eu saí do carro.

— Obrigada pela carona, Wick. Vou arrumar um transporte confiável assim que puder.

Ele acenou para me dispensar.

— Eu te pego de manhã. Não como as vans que andam por aí. Apenas se mantenha ocupada hoje à noite, e eu te vejo de manhã.

— A Jojo disse a mesma coisa... pra eu me manter ocupada.

— Ela te falou, não é? Eu já passei por isso. Talvez seja só por esse motivo que eu não demito essa sua bunda idiota por entrar numa área de incêndio ativa. Por isso e por você ser uma fotógrafa de ação maravilhosa. Até melhor que a Jojo.

— Obrigada de novo pela carona.

Wick acenou para mim e deu ré, freando apenas para me ver entrar em segurança no apartamento.

Tranquei a porta depois de entrar e acendi a luz, suspirando ao perceber o tamanho da tarefa que eu tinha pela frente. O apartamento não estava sujo, mas eu precisava desempacotar uma quantidade enorme de pertences dos dois irmãos. Depois de vestir uma roupa mais confortável, voltei à sala de estar e abri a primeira caixa. Usei todos os gabinetes, prateleiras, cômodas e armários para guardar roupas, álbuns de fotos, lembranças esportivas, livros, revistas, pratos e utensílios de cozinha no local adequado.

Depois que tirei a última caixa da sala de estar, um par de luvas amarelas sob a pia me inspirou a limpar a cozinha. Wick tinha falado para eu me manter ocupada, e ainda faltavam duas horas para eu dormir. Limpei os balcões, esfreguei as pias e coloquei uma carga de louça na lava-louças.

Abri a geladeira, mentalmente preparada para ver grandes focos de mofo que deixariam qualquer laboratório de antibióticos com inveja, mas tudo que havia nas prateleiras impecáveis era um pacote de seis cervejas artesanais locais.

Fechei a porta e sentei no chão de costas para a geladeira, olhando para cima. Eu tinha trabalhado muito e me sentia sozinha; não havia desculpa melhor do que essa para uma cerveja gelada.

— Vá para a cama, Ellie — falei em voz alta. Mas eu não estava cansada.

Abri a geladeira e a fechei de novo, meus dedos criando aquele som de estouro e efervescência que eu tanto amava. A sala de estar parecia um apartamento de verdade, com decoração de verdade e abajures nas mesas laterais em cada ponta do sofá e um ao lado da poltrona reclinável. A lava-louças ainda estava funcionando, com a última metade dos pratos e talheres, e havia uma tábua de facas e um conjunto completo de saleiro e pimenteiro sobre o balcão.

Inclinei a cabeça para trás, depois lambi a espuma do lábio superior, sorrindo pela pequena vitória enquanto tentava ignorar meu absoluto fracasso.

19

Eu estava sentada no sofá com os pés apoiados na mesa de centro, balançando os dedos envolvidos nas meias felpudas até os joelhos e usando uma camiseta de Tyler grande o suficiente para servir de camisola. Inspirei o cheiro das velas de abóbora com caramelo que tinha acabado de acender, e me senti reconfortada pelas linhas do aspirador de pó no carpete e pelo brilho do polidor de madeira nas mesas laterais.

Levei quase duas semanas para desempacotar todas as caixas e encontrar lugar para tudo o que os gêmeos tinham. Tyler esteve ocupado, e passou em casa apenas por tempo suficiente para ver suas coisas desempacotadas e tomar um banho quente antes de voltar para o alojamento. Depois que os pertences dos dois foram guardados, limpei cada centímetro do apartamento, depois usei uma parte das minhas economias para comprar alguns enfeites para as mesas menores, como as velas e alguns livros antigos de combate a incêndio que encontrei na Legião da Boa Vontade, os quais empilhei ao lado dos abajures que os meninos já tinham. Sobre uma das mesas laterais havia antigas conexões de mangueiras de incêndio de um posto do corpo de bombeiros de Nova York que haviam sido soldadas na vertical e vendidas no eBay por um preço camarada, além de um velho extintor de incêndio de cobre e latão que coloquei ao lado da porta.

Um álbum de fotos da infância de Taylor e Tyler estava no meu colo, aberto na minha foto preferida de Tyler com a mãe. Ela estava agachada ao lado dele, os dois cercados pelo seu time de beisebol, os Crushers. Ela era a treinadora e exibia um amplo sorriso, o braço direito envolvendo a cintura de Tyler, e o esquerdo, a de Taylor. Eles pareciam mais felizes do que minha família jamais fora. Não consegui imaginar o que a morte dela provocara neles.

Tirei a foto do álbum e cruzei a sala até o porta-retratos vazio que repousava na prateleira abaixo da tevê pendurada na parede. Inseri a foto, com cuidado para só encostar nas pontas, e a coloquei perto de uma das pequenas luminárias com base de chifre que encontrei numa caixa no quarto de Taylor. As manchas de metal da moldura destacaram a foto, e eu esperava que ela os fizesse sorrir como fazia comigo.

Sentei outra vez no sofá com uma xícara de rum e suco de maçã quente, me recostei e deixei os músculos relaxarem. A ausência de Tyler o ajudara a se concentrar em sentir a minha falta, e não em nossa última discussão, e nossos telefonemas noturnos tornavam difícil para mim negar que sentia saudade dele.

As folhas amareladas dos aspens ao redor de Estes Park estavam começando a dar sinais precoces de que o outono estava chegando. A temporada de incêndios estava a poucas semanas de terminar.

Meu celular estava conectado à caixa de som bluetooth de Taylor no canto, com o álbum de Halsey na repetição, e eu esperava a ligação de Tyler. Ele ficara em Colorado Springs durante o primeiro período de descanso e recuperação porque o incêndio ainda não tinha sido contido. Na noite anterior, ele dissera que eles estavam perto de chamar as equipes de solo, e eu esperava que ele pudesse vir para casa nesse período de descanso e recuperação.

A fechadura rangeu, e a porta se abriu. Levei um susto, depois virei e vi Tyler parado na porta, em choque.

— Querida, che... Caralho. — Ele recuou, olhando para o número na porta. — Será que estou no lugar certo?

Eu me levantei, estendi as mãos e as deixei cair ao lado do corpo.

— Bem-vindo à sua casa.

Tyler me olhou demoradamente, e uma dezena de emoções passaram pelo seu rosto.

— O que foi? — Dei uma risadinha nervosa, colocando a caneca num porta-copos.

Ele soltou a bolsa de viagem e deu longos três passos antes de me abraçar e me dar um profundo beijo na boca. Em seguida segurou meu rosto, e os beijos diminuíram de intensidade, ficando menos apaixonados e mais cuidadosos. Então me deu mais alguns beijinhos antes de se afastar.

Sugou o lábio inferior, sentiu o gosto de suco de maçã e olhou para a caneca.

— O que é isso? Rum?

Sorri.

— Só um pouquinho, com suco de maçã. Foi um dia longo.

— Foi um mês longo. Muito, muito longo. — Ele se alternou olhando para os meus olhos, um de cada vez, as íris castanhas indo e vindo enquanto ele pensava em algo adequado para dizer. Depois analisou o meu rosto, passando o polegar pelo meu lábio inferior.

Ele balançou a cabeça.

— Que cheiro maravilhoso é esse?

— As velas.

— Velas? — Ele soltou uma risada. — No meu apartamento? O Taylor vai surtar.

— Posso me livrar delas. Só achei...

— São ótimas. Não precisava fazer tudo isso.

— Precisava, sim.

Ele parecia pensativo, depois suas sobrancelhas se uniram.

— Quando estava nas montanhas, eu ficava pensando que precisava me concentrar no trabalho e parar de pensar em você. É o lugar errado para ficar preocupado. Durante vinte e oito dias, fiquei acordado à noite pensando nos seus lábios, nas suas mãos e no modo como suas sobrancelhas se erguem quando seu detector de mentiras desliga e você apela para mim. Senti sua falta como um louco, Ellie. E voltar pra casa e te encontrar...

Dei um sorrisinho, sem saber o que dizer.

— Quer ver o resto? — perguntei.

Ele deu uma risada e olhou para baixo, sem se preocupar em ficar frustrado com a minha resposta. Quando ergueu o olhar, a covinha se aprofundou em seu rosto.

— Quero. Me mostra.

Peguei sua mão e o puxei até a cozinha, mostrando onde os pratos estavam guardados e em qual gaveta estavam os talheres, depois seguimos pelo corredor, e eu curti suas reações diante de cada cômodo.

Quando chegamos ao seu quarto, Tyler entrelaçou os dedos no alto da cabeça e suspirou, encantado. Ele não tinha cabeceira na cama, e eu usei como cabeceira uma treliça que estava na caçamba de lixo. Eu a limpei e pintei com sobras de tinta da construção do prédio onde funcionava a revista.

— Que loucura! Onde você conseguiu isso?

— Eu fiz. — Dei de ombros. — O Wick me ajudou.

Ele balançou a cabeça.

— Você não precisava fazer tudo isso, Ellie. Nem parece o mesmo apartamento... Parece...

— Um lar. — Olhei ao redor para o meu trabalho árduo e sorri.

Tyler me beijou de novo, tirou meu suéter largo e me conduziu em direção à cama. Sua língua dançava com a minha e, quando sentei, o mantive longe com a perna direita, apontando o pé com meia felpuda para o peito dele. Tyler colocou as duas mãos nas minhas coxas, depois recuou, tirando as meias e jogando-as com perfeição no cesto no canto.

Pegou meu pé e o beijou, subindo até o tornozelo, rastreando a parte de dentro da minha perna com beijinhos, cada qual deixando para trás um segundo de calor antes de esfriar.

Colocou meu pé de volta ao colchão e esticou a mão para trás, puxando a própria camiseta para cima. A barra inferior revelou sua barriga, depois o peito, antes de ele tirá-la e jogá-la enquanto mantinha o olhar fixo em mim. Ele tinha emagrecido durante a temporada de incêndios, fazendo todos os seis músculos do abdome se destacarem, e o pequeno V sobressair, deixando o caminho que levava ao volume por trás da calça cargo ainda mais visível.

Tirou as botas com um chute, depois baixou a calça, subindo em mim apenas com a cueca boxer. O cabelo estava mais comprido, o rosto um pouco mais afundado, o maxilar mais proeminente, mas a pele ainda era áspera na minha, a língua ainda macia e quente, do jeito que eu me lembrava.

O peso dele entre minhas coxas me fez enterrar os dedos em suas costas, puxando-o para perto, implorando para ele me penetrar e gozar antes que meu coração pudesse sentir alguma coisa a mais. Em vez disso, seus beijos ficaram mais lentos, e ele flutuou sobre mim enquanto se equilibrava com um cotovelo, me ajudando a tirar as únicas duas peças de tecido entre nós.

Estendi uma mão sobre a cabeça para apontar, segurando-o com a outra.

— Camisinhas na mesa de cabeceira.

Ele roçou a ponta do nariz no meu maxilar e me cheirou, decidindo sobre algo quando chegou à minha orelha.

— Você esteve com alguém além de mim depois do Sterling? — ele perguntou.

Neguei com a cabeça.

— O DIU ainda está aí?

Fiz que sim.

— Quero te sentir — disse ele. Como não protestei, ele prendeu a respiração, deslizando a pele nua para dentro de mim. Depois fechou os olhos, expirando enquanto gemia.

Uma intensa euforia me tomou, se esgueirando sob minha pele, da cabeça aos pés. Ele se encaixava com perfeição, como se tivesse sido moldado para mim. Sua pele na minha era mais poderosa do que qualquer barato que eu já sentira, seja pelo uso de drogas ou pela adrenalina de estar nas montanhas. Tyler Maddox era o extremo da embriaguez.

Apertei o cinto do roupão e me recostei no batente da porta entre o corredor e a sala de estar. Tyler estava do outro lado do pequeno balcão da cozinha, parado diante de uma frigideira que chiava no fogão.

— Ele cozinha — falei.

Tyler jogou uma panqueca no ar, pegou-a de volta, depois a colocou de lado para pegar as pinças e virar o bacon. Ele virou para me olhar por sobre o ombro, mostrando a covinha pela qual eu estava me apaixonando, e fez um sinal para eu me juntar a ele.

218

Fui com calma até onde ele estava, apoiei as costas no balcão ao seu lado e cruzei os braços. Ele se inclinou para beijar o meu rosto e voltou a preparar o café da manhã, como se fosse a coisa mais normal do mundo. Analisei meus sentimentos, me perguntando por que eu não estava com vontade de sair correndo porta afora.

— Você ronca — disse Tyler, me imitando.

— Não ronco nada — falei, revirando os olhos.

— Não, mas você é a coisa mais linda que eu já vi de manhã.

Olhei para baixo, deixando o cabelo cobrir meu rosto.

Os pratos fizeram barulho enquanto ele os enchia de comida gordurosa, depois ele os levou até a pequena mesa de bistrô encostada na parede. Nossos dois pratos mal cabiam nela, mas ele os colocou ali, me orientando a sentar enquanto servia dois copos de suco de laranja.

Ele sentou, tomou um gole demorado e colocou o copo vazio sobre o balcão atrás de si.

— Não quero que você procure outro lugar pra morar. Quero que você fique aqui.

— São só dois quartos, e o Taylor vai acabar querendo a cama dele.

— Não, eu quero que você more aqui comigo.

— Com você — falei, observando-o esperar, nervoso, pela minha reação. Sentir tanto poder sobre um homem normalmente seria estimulante para mim, mas um homem do tamanho do Tyler se contorcendo era desconfortável de observar.

— Sinto muito, Ellie — ele soltou de repente. — Não consegui evitar.

— Não conseguiu evitar o quê?

— Acordei hoje com você nos meus braços. — Ele deu uma risadinha. — Seu maldito cabelo estava por toda parte. Tive um trabalho dos infernos para tirá-lo do seu rosto. E aí todos os fios estavam espalhados, te emoldurando dos ombros pra cima. Você parecia tão tranquila. Simplesmente aconteceu.

Franzi a testa.

— Do que você está falando?

Seu rosto desabou, com desespero nos olhos.

— Eu me apaixonei por você. Isso está acontecendo há algum tempo. Tentei não me apaixonar.

— Você está apaixonado por mim — falei.

— Estou apaixonado por você — ele repetiu, mais em tom de confissão do que de declaração. Nós dois tínhamos concordado como seria nosso relacionamento, e ele estava estragando tudo.

— Tyler...

— Não quero que você procure outro lugar pra morar. Quero que você fique. Não consigo pensar em algo melhor do que voltar para casa e te encontrar, porra. — Ele fez uma pausa. — Por que você está me olhando desse jeito?

Meu queixo estava apoiado no punho, que cobria parcialmente minha boca. Só consegui balançar a cabeça.

— Você não me ama — disse Tyler, arrasado. Ele soltou o garfo e desabou na cadeira.

— Não sei — falei, meus olhos ficando vidrados. — Como é que você sabe?

— Porque estou morrendo de medo de te perder e nunca mais me sentir assim em relação a alguém.

Engoli em seco, sabendo o que aconteceria em seguida. Era o motivo pelo qual eu trabalhara tanto no apartamento. Eu queria deixar alguma coisa boa para trás.

— Eu já sei disso. Quando eu te perder, sei que nunca mais vou me sentir assim em relação a ninguém.

Um dos cantos de sua boca se curvou para cima, mas, quando ele percebeu o que estava acontecendo, o sorriso desapareceu. Ele assentiu e comprimiu os lábios, olhando para todos os pontos do chão antes de se levantar e ir para o quarto. A porta bateu com força, e meus ombros ficaram tensos, meus olhos bem fechados.

Segui pelo corredor e bati suavemente à porta.

— Tyler? Eu só... se eu pudesse pegar as minhas coisas...

Ele não respondeu, e eu empurrei a porta. Tyler estava sentado no chão com os joelhos para cima, as costas no pé da cama.

— Só vou pegar minhas coisas e vou.

— Para onde você vai, Ellie? Fica.

— Não é justo com você.

Ele olhou para mim com os mesmos olhos cansados e destruídos que eu vira tantas vezes.

— Você é a única mulher do mundo que eu conheço que poderia dizer na minha cara que me ama ao mesmo tempo em que destrói o meu coração.

— Estou te fazendo um favor. Você só não sabe disso ainda.

— Mentira. Para de fugir, porra.

Apontei para a porta.

— Você já viu seus armários? Sua geladeira? Uísque, rum, vodca, vinho barato e cerveja. Eu durmo em qualquer lugar onde desmaiar.

— Não na noite passada — ele disse.

— Coloco licor no café e levo para o trabalho. Sou alcoólatra, Tyler.

Ele deu de ombros.

— Então vamos ligar para algum lugar. Colocar você em um programa de reabilitação. Isso não significa que não posso te amar.

— Tínhamos um acordo.

Ele balançou a cabeça, olhando para o chão. Fechou um dos olhos, porque a conversa toda era muito mais dolorosa do que ele imaginara.

— E se o fato de se apaixonar não partir seu coração, Ellie? Somos felizes quando não estamos brigando sobre sermos felizes.

— Isso não é verdade — soltei.

— É verdade, sim. Todas as vezes em que você acha que estamos emotivos demais ou felizes demais, você pisa no freio.

— Só estou tentando parar antes de começarmos.

Ele se levantou.

— Antes de começarmos? Eu acabei de dizer que estou apaixonado por você!

— Você não sabe disso — falei, pegando minha bolsa e enchendo-a com as poucas coisas que eu tinha.

Tyler se aproximou e agarrou meu pulso.

— Sabe como eu sei? Só o amor pode doer desse jeito.

Eu me afastei dele, pensando no garotinho da fotografia que coloquei sobre o aparador.

— Eu fui sincera com você desde o início. Eu falei que não ia conseguir. Você disse que aceitava.

— Bom, agora eu não aceito. — Ele estendeu as mãos, apontando para o quarto. — Por que você fez tudo isso? Você fez um quarto pra nós só pra me deixar sozinho nele?

— Eu queria que você lembrasse que eu não sou totalmente horrível.

— Por que você se importa, porra? — ele se agitou.

Lágrimas escorreram pelo meu rosto.

— Não mereço nada do que você tem a oferecer, Tyler. Adorei estar com você enquanto você permitiu, mas qualquer coisa além disso...

Ele deu uma risada, incrédulo.

— Você acha que não me merece. Ellie... — Ele segurou meus ombros. — Eu sou um babaca. Confia em mim, sou eu que não mereço você. Mas estou me esforçando. Falei pra mim mesmo algumas semanas atrás, quando eu... que eu ia continuar tentando até te merecer.

Olhei para ele com os olhos semicerrados.

— Quando você o quê?

Ele trincou os dentes.

— Depois que você me disse que estávamos só trepando e brigando, eu fui num bar pra encontrar o meu irmão.

— E daí?

— E daí — ele suspirou. — Apareceu uma garota. Eu não sabia que ela conhecia o Taylor.

— Entendi, não precisa me contar.

— Não levei a garota pra casa nem nada; só a beijei. Mas tive a intenção. Ela foi legal comigo. Eu não precisava me esforçar pra caralho pra me sentir rejeitado.

Engoli em seco, com raiva da mágoa que estava sentindo.

— Tudo bem. Ela parece ótima.

— Não era você — disse ele.

Sequei o rosto.

— Aposto que ela não era fodida.

— Todos nós somos um pouco. Mas nem todo mundo usa isso pra afastar as pessoas.

Ergui o queixo.

— E você decidiu que me amava depois de tentar levar alguém pra casa. Isso é um belo sinal da nossa confusão, não acha?

— Ellie...

Fechei os olhos.

— Nunca tive a intenção de chegarmos tão longe. Nunca tive a intenção de que isso significasse algo mais. Me deixa ir embora. Um de nós tem que fazer isso.

Ele tirou as mãos dos meus ombros e soltou o ar que tinha sido arrancado dele.

— Pra onde?

— Pra casa da Jojo.

Ele apontou com a cabeça para a porta.

— Vai.

Eu me abaixei para pegar a última camiseta, depois corri até a lavanderia no fim do corredor e peguei mais umas roupas dobradas. Minha mochila estava lotada, e eu comecei a encher um pequeno cesto de lavanderia de plástico.

Estendi a mão para a porta, mas a mão dele estava sobre a minha. Soltei um grito sussurrado, sabendo que, se ele dissesse mais uma palavra, eu ficaria.

Ele encostou o rosto no meu, depois beijou a minha têmpora.

— Deixa eu te levar de carro.

Neguei com a cabeça.

Ele soltou a maçaneta, esperando que o encarasse. Quando fiz isso, sua expressão me destruiu.

— Você ainda é minha amiga. Deixa eu te levar.

Eu assenti, observando-o pegar as chaves. Ele me levou até a caminhonete, e eu o guiei até a revista. Não conversamos. Tyler apertava o volante com tanta força que o nó dos dedos estava branco.

Quando apontei para o estacionamento dos fundos, ele franziu a testa.

— Por que você me pediu pra vir até aqui, Ellie? A Jojo não mora aqui.

— Tem um apartamento em cima. E eu tenho a chave — falei, tirando a chave de Tyler do chaveiro.

Ele a pegou, olhando furioso para o metal na mão, depois fechou os olhos.

— Ellie, ainda quero que você vá comigo para Illinois no próximo mês.

Dei uma risada.

— Não posso conhecer sua família, Tyler. Você está louco?

— Já falei para o meu pai que você ia.

Franzi a testa.

— Por favor?

— Não podemos ser só amigos agora. Não depois de jogarmos tantos *eu te amo* pelo ar. Não podemos recuar. Você estragou tudo.

— Você me estragou.

— Era sua vez.

Ele conseguiu dar uma risadinha, olhando para baixo.

— Sai da porra do meu carro, Edson.

— Claro — falei com um sorriso. — Te vejo por aí.

Peguei a chave embaixo da pequena pedra falsa perto da porta dos fundos, depois acenei para Tyler quando ele deu ré na caminhonete e se afastou. Assim que entrei, arrastei a mochila e o cesto de lavanderia escada acima. O apartamento estava perfeitamente limpo. Nenhuma decoração, nenhuma vela, nenhuma foto de alguém que eu amava.

Sentei no chão e solucei, emocionalmente exausta, magoada e aliviada.

20

O único inconveniente de morar num apartamento novíssimo em cima do escritório onde funcionava a revista pagando quase nada era que, depois do fim da temporada de incêndios, Tyler estava trabalhando do outro lado da rua a cada três dias. A vantagem por trás disso era que Jojo gostava de ficar na minha casa depois do trabalho, e às vezes ela me levava ao Turk — e a filha do dono tinha um bom desconto.

Sentamos a uma mesa num canto, bebericando drinques à meia-luz. A decoração de Natal já estava pendurada no teto, e uma guirlanda vermelha e verde descia em espiral ao redor das vigas de madeira em cada canto do bar.

— Ainda bem que esses drinques são enormes — disse Jojo, enrolando as palavras. — Só bebi até aqui — disse ela, mostrando a metade do copo — e já estou chapada.

— Quanto mais rápido, melhor — falei, irritada por não estar nem tonta.

A porta se abriu de repente, e uma fileira de rostos conhecidos entrou, conversando e sorrindo.

Afundei no assento.

— Merda.

— Que foi? — perguntou Jojo, virando para ver o motivo da minha reação.

— Liam! — disse ela com um amplo sorriso.

Liam ouviu seu nome e virou para a nossa mesa. Jojo acenou como uma idiota, e ele mudou de direção, vindo direto até nós.

— Jojo! Que inferno! — sibilei.

Jack, Peixe, Jubal, Sálvia, Zeke, Bucky, Docinho, Gato, Taco, Watts, Smitty, Anão e Cachorrinho o seguiram, enchendo nossa mesa e pegando mais cadeiras quando acabaram os assentos. Fui espremida entre Jojo e Liam, e ela pareceu não gostar quando ele foi para a esquerda em vez de sentar ao lado dela.

— Não conseguiu trazer a equipe toda? — falei, dando uma cotovelada em Liam.

Ele riu e esfregou as costelas.

— O resto já vem. Exceto os gêmeos. O Taylor ficou em Colorado Springs, e o Tyler foi pra casa.

— Qual é o evento? — perguntou Jojo.

— Acabou a temporada de incêndios. A maioria dos caras vai pegar um avião amanhã de manhã — respondeu Jubal, dando um tapinha no ombro de Cachorrinho.

Todos pareciam exaustos, magros e felizes.

— O Tyler não quis sair na última noite do pessoal? — perguntei.

Watts pegou o celular.

— Ele vai vir, se eu disser que você está aqui.

Todos riram, menos eu.

— Por favor, não.

— Tarde demais — disse Watts, guardando o celular no bolso.

Meus ombros afundaram.

Liam se aproximou do meu ouvido.

— Quer dizer que você deu um pé na bunda dele? Que maldade.

— Não dei um pé na bunda dele. Não estávamos juntos.

Sálvia comentou:

— Ele anda totalmente desanimado ultimamente. Acho que nunca vi o cara tão arrasado.

Jojo me observou com olhos sonolentos e vidrados e fez biquinho com o lábio inferior.

— Para — avisei.

— O Chefe falou que vai deixar você voltar na próxima temporada — disse Liam.

— Sério? — perguntou Jojo, as sobrancelhas se erguendo tanto que quase chegaram até o cabelo.

— É — disse Liam. — O pobre sujeito ouviu isso todos os dias de vinte membros da equipe.

— Você e o Jack vão pro aeroporto amanhã? — perguntei.

— Não. Vamos fazer uns passeios turísticos. Você devia ir com a gente. — Ele olhou para Jojo. — Sua fotógrafa devia fazer um artigo sobre a Grande Viagem de Carro Americana. Ela poderia cobrir sua seção de viagens.

— Não somos esse tipo de revista — explicou Jojo, irritada com Liam, agora que ele não estava flertando com ela.

Ele virou de novo para mim.

— Você devia ir.

— Não posso.

— Por quê? — ele perguntou.

— Porque tenho um emprego e contas pra pagar e não posso simplesmente ir embora. Já conheço os Estados Unidos. A maioria, pelo menos... e o resto do mundo também.

— Ah. Turista internacional, é? — comentou Liam. Ele era lindo — mesmo com nove quilos a menos, ossos do rosto mais pronunciados e olhos um pouco afundados —, mas a parte de mim que queria agir com base numa atração tinha sido roubada por Tyler, e ele não ia devolvê-la tão cedo.

— É.

— O pai dela é dono da Edson Technologies, gênio — disse Jojo.

Todos os homens da mesa cobriram a boca e disseram *Ah!* em uníssono. Eu não sabia por quê. A resposta a isso não foi tão maravilhosa.

— Seu pai é Philip Edson? — perguntou Liam, chocado.

— Já ouviu falar dele? — comentei, girando o canudo no copo alto.

Jack riu.

— A Paris Hilton nos seguiu pelas florestas esse tempo todo?

Franzi o nariz.

— Retira o que disse, pela-saco. Agora mesmo.

Todos na mesa, exceto Jack e Liam, pareciam confusos. Eles já tinham ouvido muito o termo na Austrália; era meu insulto australiano preferido.

— Me... me desculpa — disse Jack.

Liam caiu na gargalhada.

— Seu fracote! Você vai simplesmente aceitar isso dela?

Jack fez biquinho.

— O Maddox aceita muito mais do que eu.

Afundei na cadeira, atingida por culpa, vergonha e humilhação.

— Mas que porra, Jack! — reprovou Gato.

— Não, ele está certo — falei. — Não sei por quê.

— Eu sei — disse Jubal com um sorriso inteligente. — Mas pode ter certeza que ele não faria isso por mais ninguém.

Depois de um longo minuto de silêncio constrangedor, a equipe se voltou para suas cervejas e uísques, conversando sobre as histórias preferidas da temporada que estava acabando. De vez em quando, eles riam a ponto de se sacudirem, sempre à custa de alguém. Analisei o rosto dos garotos que aprendi a amar, desejando que meu preferido estivesse entre eles, mas, ao mesmo tempo, aliviada por ele não estar.

Liam se aproximou, dando um tapinha no meu copo vazio.

— Precisa de mais um, amorzinho?

— Sim, por favor — respondi sem hesitar. Alguém se oferecer para me pagar um drinque não era novidade — ter que esperar isso acontecer para beber foi algo que tive que aprender.

Liam levantou o dedo indicador no ar, chamando a garçonete, depois levantou meu copo vazio quando ela olhou na direção dele. Ela lhe sorriu, já enamorada pelo sotaque e pela marca de bronzeado dos bombeiros de elite ao redor dos olhos cor de esmeralda.

Ele se aproximou, e seus lábios roçaram na minha orelha quando ele falou. Explicou para onde ele e Jack estavam planejando ir primeiro, fingindo precisar de dicas de viagem e rindo do meu sarcasmo. Eu tinha acabado o drinque que ele me comprara e estava começando a me sentir um pouco mais leve quando seu olhar foi até os meus lábios.

— Eu estava esperando pacientemente, sabe — disse ele. — Já passou uma hora. Seu garoto ainda não veio te resgatar.

Olhei para baixo.

— Provavelmente porque não sou dele, pra ele resgatar.

— É, mas ele é seu. Dá pra ver na cara do pobre coitado.

Percebi o tom rosado nos lábios de Liam em contraste com a pele bronzeada. Um eco fraco dentro de mim sugeriu que eu pegasse o rosto dele e fingisse não me importar que Tyler não tivesse aparecido, como Watts dissera que ele faria. O gosto do drinque de Liam na minha língua não seria uma distração ruim. Quanto mais eu imaginava suas mãos fortes na minha pele, mais infeliz eu me sentia. Sterling deveria ter sido a minha ruína, mas Tyler tinha desistido de mim, assim como eu fizera com ele, e não havia um sentimento mais baixo que esse.

Só por uma noite, desejei poder voltar a ser a babaca patologicamente egoísta que eu era. Nem mesmo beber drinques de virada conseguia apagar a Ellie dois-ponto-zero. Jojo estava feliz, bêbada e tonta, mas a culpa e a dor por Tyler me consumiam. Expirei, e minhas costas atingiram a madeira dura da cadeira enquanto eu me perguntava se uma companhia mais experiente poderia ter me ajudado a me perder. Eu precisava de alguém extremamente manipulador, sem coração e cruel; alguém como eu.

— Você é péssimo no flerte — falei, vazia.

Liam pareceu surpreso com meu recuo, depois fechou um olho e franziu o nariz, quase como se estivesse com dor.

— Eu realmente estraguei essa porra, não foi? Esquece que eu disse isso. Me deixa ajudar. Vou comprar outro drinque pra você.

— Eu aceito.

A porta se abriu, e Tyler entrou sozinho, enfiando as mãos nos bolsos e olhando ao redor. Quando seu olhar recaiu sobre mim, ele se deteve. Minha respiração ficou presa, e meu coração martelou nas costelas. Era tudo que eu podia fazer para não sair da cadeira, correr pelo salão e agarrá-lo.

Tyler seguiu casualmente até o bar para cumprimentar Annie e pegar uma cerveja antes de passar pelas mesas e parar ao lado do nosso reservado no canto. Cada passo que ele dava parecia uma eternidade, mas ele finalmente estava ali, parado a poucos centímetros de distância.

Ele olhou para Liam antes de sorrir para mim.

— Oi.

— Oi — respondi, nervosa e envergonhada, sabendo que parecíamos ridículos diante da equipe.

Tyler pegou uma cadeira e sentou ao lado de Jubal, que lhe deu alguns tapinhas encorajadores nas costas.

— Estou feliz por ter resolvido se juntar a nós, Maddox.

Watts deu um sorriso forçado.

— Estou triste por saber que não fomos bons o suficiente para uma despedida, mas foi só incluir a Ellie no grupo...

— Cala a boca, Watts — rosnou Gato.

Tyler tomou um gole da garrafa e se recostou, parecendo não se alterar até Liam levantar o braço e apoiá-lo nas costas da minha cadeira. Os olhos de Tyler dispararam para o braço estendido de Liam, depois para Liam, com uma expressão assassina.

— Estávamos falando de você, Maddox — disse Liam.

Soltei uma risadinha involuntária e desajeitada.

— Não... não estávamos, não.

Tyler ficou na defensiva, sem saber a intenção de Liam, mas não se deixou intimidar. Tomou mais um gole de cerveja, depois se inclinou para a frente, com os cotovelos sobre a mesa.

— É mesmo?

— Não é, não — insisti, tentando ignorar o drinque para estar presente o bastante para evitar a humilhação.

Tyler sorriu para mim, e eu me derreti.

— Não tem problema. Eu estava pensando em você.

— E aí está — disse Liam. — Eu te falei, amorzinho.

O olhar de Tyler me abandonou e seguiu para Liam, e uma ruga se formou entre suas sobrancelhas.

— Não sei o que você está tentando fazer, Liam, mas, se quiser sair daqui com os dois braços, pode parar.

Liam riu, se divertindo de verdade.

— Liam — alertei.

— Só estou te provocando, cara. É fácil demais fazer isso.

A cadeira de Jack gemeu no chão quando ele se inclinou para a frente.

— Liam. Chega.

Liam ergueu os braços.

— Desculpa. Eu só estava tentando convencê-la a viajar comigo. Acho que não é de Colorado que ela vai sentir saudade.

Três rugas na testa de Tyler se aprofundaram quando suas sobrancelhas se ergueram. A equipe se remexeu nos assentos, testemunhando, desconfortável, a conversa.

— Mais uma rodada! — disse Jubal, erguendo o copo pela metade. O resto da equipe ergueu os copos e gritou em uníssono, concordando com a ideia.

Tyler se inclinou para a frente, abaixando o queixo enquanto encarava Liam.

— O que você está fazendo, cara? — O tom era o mesmo que ele usou com Taylor quando ficou decepcionado com seu comportamento.

Liam deu seu sorriso mais charmoso.

— Eu tentei, cara. Ela não me quer. Sou um excelente braço direito. Pergunta pro Jack.

Todos os dentes de Jack reluziram quando ele sorriu.

— É verdade.

Um canto da boca de Tyler se curvou, e ele olhou para mim. Assim que ele abriu a boca para falar, um homem do qual eu me lembrava vagamente chegou tropeçando até a mesa.

— Maddox! — disse ele com a voz enrolada, dando um tapa no ombro de Tyler.

Seus dedos se curvaram na parte de cima da camisa de flanela de Tyler e apertaram.

— Olha! — disse ele, com cuspe voando boca afora quando falava. — É a garota que me deu um chute no saco!

— Todd Mercer — falei, já que sua dica me ajudou a lembrar. — Eu adoraria fazer isso de novo por você.

Um olhar amargo surgiu no rosto dele.

— Ellie, não é?

Tyler se afastou da mão de Todd e suspirou.

— Estou ocupado, Mercer. Te dou uma surra mais tarde.

— Por quê? — perguntou Docinho, irritado. — Você leva uma surra todas as vezes, Mercer. Todas. As. Vezes.

Os olhos de Liam brilharam, se divertindo.

— Você deu um chute no saco dele, Ellie?

— Eu estava tentando impedi-lo de ser assassinado pelo Tyler.
— Assassinado — Todd bufou.
Liam não ficou impressionado.
— Quem convidou esse drongo?
Todd franziu o nariz.
— O que isso significa? Fala nossa língua!
Liam parou de sorrir, trocando um olhar com Jack.
— Sai fora, Mercer. Seu saco vai me agradecer — alertei.
A equipe deu uma risadinha, e Todd se empertigou, estufando o peito e subitamente lúcido.
— Caralho, você é bem tagarela para uma piranha que implora por uma bebida para os moradores daqui.
Depois de um silêncio repleto de perplexidade, cadeiras foram arrastadas no chão enquanto os bombeiros de elite da equipe Alpina se levantavam. Todd analisou a equipe, dando um passo para trás.
O rosto dos membros da equipe estava sério, mas nenhum era mais ameaçador que o de Tyler.
— Maddox! — gritou Annie acima da música.
— Tudo bem — falei, me levantando. Eu me inclinei por sobre a mesa e puxei a camisa de Tyler.
— Porra nenhuma — disse Tyler, olhando furioso para Todd.
— Não precisa ser grosso, cara — disse Liam.
— Maddox — disse Jubal, balançando a cabeça. — Estamos nos divertindo, e esse idiota bêbado não vai estragar a noite de todo mundo. — E apontou para Todd. — Sai fora, porra. Último aviso.
Tyler olhou de relance para Liam.
— Mantenha as garotas aí.
Liam fez que sim com a cabeça.
Todd abriu a boca, mas, antes que conseguisse formar uma palavra, Tyler disparou para cima dele. De repente, o bar todo era um enxame de comoção violenta, com gritos e braços balançando e grupos inteiros de homens se mexendo de um lado para o outro enquanto se agrediam.
Liam puxou Jojo mais para perto e estendeu o braço sobre o meu peito, inclinando o corpo na nossa frente para nos proteger. Claramente se divertindo.

— Não! — Jojo gritou quando uma mesa foi quebrada e jogada no chão. — Ai, meu pai vai ficar muito puto.

Jack estava em pé numa cadeira, orientando quem estava na parte inferior da pilha. Gato, Docinho e Pudim estavam jogando todos que não eram bombeiros de elite para fora da montanha de corpos surrados, feito crianças que procuram ansiosamente uma caixa de brinquedos.

— Parem. *Parem!* — gritei, empurrando o braço de Liam.

A cabeça de Tyler surgiu naquele caos por um breve instante. Fugi da segurança do muro bem a tempo de agarrar sua camisa com os dois punhos. Assim que Tyler deu um soco arrasador no maxilar de Todd, ele percebeu que eu estava segurando sua camisa e envolveu o braço nos meus ombros, se abaixando e desviando dos grupos de briga até estarmos em segurança no beco.

Balancei a cabeça.

— Aquilo foi... desnecessário.

— Você está tremendo — disse ele, estendendo a mão para mim.

Eu o empurrei.

— O Mercer mal conseguia ficar de pé, e você atacou o cara.

— Ellie... ninguém ia deixar o cara falar aquilo e sair ileso. Eu estava tentando nocauteá-lo antes que alguém o pegasse.

— Ah, então você estava fazendo um favor pra ele — comentei sem emoção.

Ele deu de ombros.

— Pelo menos ele não levou um chute no saco.

Parei e olhei para baixo, sem conseguir parar de sorrir. O resto da equipe saiu porta afora, rindo e puxando os amigos que ainda desferiam socos.

Liam e Jojo estavam de mãos dadas, já que a briga lhes dera uma desculpa para quebrar a barreira do limite pessoal. Depois de alguns drinques, um toque era suficiente para a maioria, e Jojo não poderia estar mais feliz.

Jubal expirou.

— Acho que serviu para liberar a tensão.

Peixe franziu a testa.

— O Wick não vai nos deixar voltar até a próxima temporada. Alguns de nós moram aqui.

— Vou conversar com ele — falei. — A Jojo também.

Todos eles sorriram, dando tapinhas e me abraçando enquanto passavam.

— Obrigado, Ellie — cada um deles disse. — Te vejo na próxima temporada.

Liam beijou meu rosto, piscando para Tyler.

— Se cuidem, vocês dois. Parem de fazer merda, está bem?

Jojo balançou as chaves.

— Precisa de carona?

— Eu levo ela — disse Tyler.

Olhei para ele, agradecida. Ele não tinha desistido de mim. Não importa o que eu dissesse ou fizesse, ele estava bem ali, esperando para cuidar de mim.

Jack deu um tapinha no ombro de Tyler, e a equipe foi até os carros estacionados na rua, conversando animadamente sobre a briga.

Tyler acenou para eles e virou para mim, dando início a um minuto completo de silêncio no beco na frente do Turk. Cruzei os braços, sentindo o suor da pele esfriar com o ar de outono.

— Está com frio? — perguntou Tyler. — Meu casaco está na caminhonete.

— Estou bem.

— Então... estou confuso — ele começou. — O Liam e a Jojo?

Dei uma risada alta, deixando as mãos caírem na lateral do corpo.

— Acho que sim. Estou tão surpresa quanto você.

— O Watts disse que o Liam te chamou pra fazer uma viagem de carro com ele.

Fiz que sim com a cabeça.

— O que você respondeu?

— Uma viagem de carro custa um dinheiro que eu não tenho.

— Esse é o único motivo?

— Tyler...

Seus ombros afundaram.

— Não importa o que eu faça, não é? Simplesmente não consigo...
— E apontou para o espaço entre nós. — Ultrapassar o que está no caminho.

Pressionei os lábios e os prendi com os dentes. Eu estava tão bem ficando longe dele. Seria cruel admitir a verdade.

— Que foi? — ele perguntou com um meio sorriso. — Fala.

Balancei a cabeça.

— Deixa de ser covarde, Ellison. Fala — ele repetiu.

— Eu não devia.

— Devia, sim.

— Sinto saudade de você — soltei de uma vez.

Ele analisou o meu rosto, com uma nova luz no olhar.

Fechei os olhos.

— Penso em você o tempo todo... me pergunto principalmente por que aguenta tanto as minhas merdas.

— Nós dois aguentamos.

Desviei o olhar, tentando encontrar algo que prendesse minha atenção para Tyler não ver o sofrimento nos meus olhos.

— Mas, quando estou perto de você, Ellie... não importa por quê. Não importa o que você fez pra me emputecer ou me afastar. Não consigo explicar. Não consigo me livrar disso. Tem dias que eu gostaria de conseguir. Venho de uma família de homens orgulhosos, mas não sou o primeiro a vacilar quando se trata da única mulher da qual não conseguimos nos afastar.

— Você devia... se afastar de mim.

Ele deu uma risadinha.

— Você acha que eu não sei? Você é minha versão feminina.

Olhei para ele, feliz com essa confissão.

— Quando você apareceu hoje à noite, fiquei mais feliz do que me sinto há muito tempo.

Ele não hesitou e pegou meu rosto. Em seguida se aproximou, mas eu me afastei.

Ele franziu a sobrancelha.

— E aí? O que eu tenho que fazer?

Meus olhos arderam quando agarrei a camisa dele com força.

— Já te falei. Já falei umas cem vezes. Sou toda errada. Estou bebendo de novo. Estou levando café batizado pro trabalho.

Ele deu de ombros.

— Nós começamos tudo de novo.

Lá estava aquela palavra outra vez. *Nós*. Não parecia mais tão estranha, e isso me assustava mortalmente.

— Não é tão simples. Não estou em condições de tentar administrar um relacionamento.

Tyler olhou nos meus olhos, depois soltou a camisa dos meus punhos e se afastou com as mãos na cabeça, respirando com dificuldade.

— Sei que sou babaca — falei. — Você não merece isso. Mas eu te avisei.

— Me avisou sobre o quê? — gritou ele, estendendo as mãos para a frente. — Que é maravilhoso estar com você? Que é incrível ver você desistir de tudo e lutar pra caralho na esperança de que sua irmã perceba isso do outro lado do mundo? Ou talvez você tenha me avisado que ia me fazer rir como um idiota?

Usei a manga para secar uma lágrima que havia escapado.

— Você poderia encontrar isso com qualquer garota normal e legal.

— Não quero uma garota normal, Ellie. Eu quero você — soltou ele.

Uma risada escapou dos meus lábios, mas o sorriso desapareceu rapidamente.

— Eu avisei que ia te fazer se sentir uma merda. Avisei que você era legal demais pra se envolver com alguém como eu.

— Alguém como *você*? — disse ele, ao mesmo tempo frustrado e desesperado. — Você devia ter me avisado que eu ia sorrir todas as vezes que pensasse em você... o tempo todo, porra! Você devia ter me avisado sobre isso também. Devia ter me avisado que você é linda de manhã, de noite, saindo do chuveiro ou com dez dias de sujeira no rosto.

— Isso não é engraçado.

— Não! Não é! Que maldição, Ellie, estou parado aqui dizendo que quero ficar com você, e você também quer isso. Eu sei que quer. Seus motivos nem fazem sentido.

— Não precisam fazer sentido pra você.

Ele soltou uma risada.

— Esse tempo todo eu achei que você era masoquista. Você é uma sádica do caralho.

— Eu te avisei! — gritei.

— Você não me avisou que eu ia me apaixonar por você, porra! — As veias de Tyler incharam no pescoço, e ele colocou as mãos nos quadris, recuperando o fôlego.

— O quê? — sufoquei.

— Você me ouviu — rosnou ele. A raiva se esgotou imediatamente dos seus olhos, substituída pelo remorso.

— Tenho tentado ficar longe de você, Tyler. De verdade. Não quero te arrastar pro fundo do poço comigo.

— Tarde demais! — ele gritou, esfregando a testa. — Não vim aqui pra brigar — falou, desesperado. — Estou cansado demais de tentar te odiar.

Suas palavras me feriram profundamente, e a dor se instalou em meus ossos. Eu mal conseguia formar as palavras.

— Então por que veio?

— Pra te ver — disse ele, esfregando a nuca. — Eu tinha que te ver.

Estendi a mão para ele de novo, desta vez mais devagar, testando seu humor. Tyler manteve as mãos nos quadris, seu olhar disparando para todos os lados, menos para mim. Eu o puxei para perto, deslizando as mãos sob seus braços, abraçando sua cintura, e apoiando o rosto em seu peito. O calor de seu corpo irradiava como febre, com uma leve camada de suor umedecendo a pele. Inspirei seu cheiro, sabendo que, se eu cedesse, poderíamos ficar um pouco menos magoados, um pouco menos destruídos, mas eu estava presa entre ser egoísta demais para deixá-lo ir e arrependida demais para deixar a situação ir muito longe.

À porta do Turk, as pessoas passavam por nós, caladas e curiosas. Até aquele instante, eu não tinha percebido que tínhamos conquistado um pequeno público. Tyler agia como se fôssemos as duas únicas pessoas ali.

— Estou feliz por você ter vindo — sussurrei.

Ele estava congelado desde que o abracei, com os braços tensos na lateral. Depois de alguns segundos, ele me abraçou também.

— Tem certeza?

— Estou com saudade do meu amigo.

Ele respirou profunda e lentamente, soltando o que estava prendendo.

— Seu amigo.

— Eu sei. Sei que é egoísta pra caralho — falei, fechando os olhos.

— Acho que vou aceitar o que posso ter. — Não dava para ver seu rosto, mas ele parecia arrasado.

— Promete?

Ele tocou na parte de trás do meu cabelo, depois beijou o topo da minha cabeça.

— Não. Não prometo. Foda-se tudo, Ellie. Não quero ser só seu amigo.

Dei um passo para trás, inquieta.

— É. Eu entendo. Quer dizer... claro. Quem faria isso, depois...? Foi uma idiotice falar isso.

— Eu disse a mim mesmo que não ia forçar a barra e forcei. Sei que você é fodida. Eu também sou. Não tenho a menor ideia de como resolver isso, e você... droga, você torna tudo mil vezes mais difícil do que tem que ser. Mas não vou a lugar nenhum. Não posso. Não quero mais ninguém.

— Não fala isso.

— Que pena. Podemos descobrir como fazer depois, quando você estiver pronta. Vou recuar, mas não somos só amigos, Ellie. Nunca fomos.

— E se eu nunca estiver pronta?

Ele enfiou as mãos nos bolsos da calça jeans, com esperança cintilando nos olhos.

— Já vi do que você é capaz quando quer alguma coisa. Acho que uma hora você vai estar pronta.

— Por que você está fazendo isso? — perguntei, sem acreditar. — Sou uma causa perdida!

— Eu também sou.

Cobri os olhos, tentando não chorar.

— É como falar com uma maldita parede! Você não está me escutando, e eu não sou uma pessoa tão boa a ponto de fingir que não quero você na minha vida. Estou tentando te fazer um favor, Tyler. Você tem que ir embora. Você tem que ser a pessoa que vai fazer isso. Eu já tentei e não consigo.

— Eu já te falei — disse ele. — Estou apaixonado por você. Isso não vai sumir. — Ele pigarreou. — Você vai na casa do Wick no Dia de Ação de Graças?

Pisquei, abalada pela mudança súbita na conversa.

— O quê? Não.

— Nem pra casa? Pra algum lugar com a sua família?

— A Finley me chamou. Mas não estou... pronta.

— Por que você não vai pra casa comigo, em Eakins?

— Pra casa com você.

Ele soltou uma risada, frustrado.

— Vai ser difícil. Provavelmente vai ser esquisito. Mas não importa o quanto vai ser difícil, vai ser mais fácil do que você ficar sozinha... e mais fácil pra mim do que me preocupar de você estar sozinha no Dia de Ação de Graças.

Pensei na oferta.

— Parece que estou numa encruzilhada.

Ele sorriu e estendeu a mão.

— Escolha o caminho comigo.

21

— *Qual é o problema?* — *perguntou Tyler, cutucando meu joelho com o dele.*

Balancei a cabeça, encarando a nuca do motorista. A janela de Travis estava um pouco aberta enquanto ele fumava e conversava com a esposa, nenhum dos dois pensando em ajustar o aquecedor conforme o ar gelado inundava o carro.

Travis era grande demais para o minúsculo Toyota Camry prateado que estava dirigindo, sorrindo com frequência demais para a esposa. Os dois estavam de mãos dadas, conversando sobre o intervalo nas aulas do segundo ano na faculdade, e como este Dia de Ação de Graças seria melhor que o do ano passado.

Ela levantou as mãos e as bateu no console, fingindo estar ofendida.

— Sério? Você tinha que tocar nesse assunto.

Ele sorriu, convencido.

— Se eu conseguir alguns pontos de compaixão, baby, pode ter certeza que vou falar.

Ela fez uma cena, ajeitando-se no banco e fracassando miseravelmente em fingir que estava com raiva.

— Nenhum ponto pra você. Seja legal, ou não nos casaremos de novo.

Ele levantou a mão dela e beijou seus dedos, encarando-a como se ela fosse a estrela mais linda do universo.

— Vai, sim.

Os dois estavam mergulhados no próprio mundo e mal nos perceberam, apesar de Travis quase ter nos derrubado no terminal. Ele e a esposa,

Abby, tinham nos pegado no aeroporto de Chicago, e eu estava congelando no banco traseiro, desviando das cinzas de cigarro ocasionais. As mãos dadas e a felicidade incessante estavam me deixando levemente enjoada, e eu estava começando a me arrepender de ter vindo.

— Ei — disse Tyler, dando um tapinha delicado em meu joelho. — Vai ser ótimo.

Travis fechou a janela, *depois* ligou o aquecedor.

Fantasiei sobre dar um peteleco na orelha dele e culpar Tyler.

— Está nervosa? — perguntou Abby, virando para me encarar. Ela me olhou diretamente nos olhos, linda e confiante. Seu cabelo cor de caramelo era longo e naturalmente maravilhoso, os olhos cinza tão intensos que qualquer um teria se encolhido com seu olhar. Eu me perguntei se era porque o marido dela era a pessoa mais ameaçadora que eu já conhecera ou se ela tinha uma agressividade própria.

— Não. Deveria estar? — perguntei.

— Eu fiquei um pouco nervosa no meu primeiro Dia de Ação de Graças com os Maddox.

Tyler deu um soco no encosto do banco dela.

— Isso é porque você estava fingindo ainda estar com o Travis.

— Ei! — disse Travis, estendendo a mão para trás para bater no irmão.

— Chega! Parem! Agora! — ordenou Abby. Ela me lembrou a mim mesma no alojamento, com vinte caras bagunceiros.

— Ah, vocês não estavam juntos no ano passado? — perguntei. — Achei que vocês tinham se casado agora, em março.

— Foi isso mesmo — disse Travis, com um sorriso ridículo no rosto.

Abby forçou um sorriso, me pedindo para julgá-los.

— Tivemos uma briga enorme... várias brigas enormes, na verdade... Terminamos e depois fugimos para casar em Vegas. Vamos renovar nossos votos em St. Thomas, em março, no nosso aniversário de casamento.

— A Ellie também vai a esse evento — disse Tyler. — Ela é minha acompanhante.

— Já falamos sobre isso — emendei rapidamente. — Acho que ainda não respondi ao convite.

— Isso é uma câmera? — perguntou Abby, olhando para a bolsa no meu colo.

241

— É.

— Você é fotógrafa profissional ou isso é só pra capturar as bobagens de Ação de Graças da família Maddox?

— Ela é fotógrafa da revista de Estes Park. E acompanha os bombeiros de elite da região... fez um artigo enorme.

— Eu gostaria de ver o seu trabalho — disse Abby. — Precisamos de um fotógrafo para o casamento. Quanto você cobra?

— Não cobro — respondi.

— Você não cobra? — perguntou Travis. — Está contratada!

— Ela é muito boa — elogiou Tyler.

— Agora você tem que ir — disse Abby.

Tyler me deu uma cotovelada, satisfeito.

Abby estreitou os olhos para o cunhado.

— Como foi que vocês dois se conheceram?

— Numa festa — respondeu Tyler, pigarreando.

— Que tipo de festa?

— Na minha festa — falei.

— Quer dizer que você mora em Estes Park? — indagou ela.

— Isso.

— Você se formou lá?

— Abby, que porra é essa. Qual é a da faculdade? — perguntou Tyler.

— Só estou conversando — disse Abby com um sorriso relaxado. Ela era muito boa em alguma coisa. Eu só não sabia em quê.

Ergui o queixo.

— Meus pais têm uma casa lá. Morei nela até pouco tempo. Agora eu trabalho na revista e tenho um apartamento em Estes Park.

— Como você foi parar numa festa na casa dos pais dela, Tyler? São seus clientes? — perguntou Abby.

— Não — respondeu Tyler, olhando pela janela.

Abby olhou para Travis.

— Ele está mentindo.

Tyler lançou um olhar para ela.

— Tudo bem, Beija-Flor — disse Travis, se divertindo. — Chega de bancar a detetive por hoje.

— É isso que você faz? — perguntei. — Você é policial?

Todos riram, menos eu.

— Não — respondeu Abby. — Sou universitária. Dou aulas particulares de matemática algumas noites por semana.

Arqueei uma sobrancelha.

— Talvez você devesse tentar esse outro caminho.

Abby pareceu gostar da ideia.

— Ouviu, Trav? Eu devia ser policial.

Ele beijou a mão dela de novo.

— Acho que você não ia dar conta disso.

— Nem eu — complementou Tyler, se aproximando e sussurrando em meu ouvido. — Ele fica meio maluco quando se trata dela.

— Conheço uma pessoa assim — falei.

Tyler processou minhas palavras, depois sorriu, claramente aceitando a afirmação como um elogio.

Paramos na entrada de carros de uma casinha com garagem separada. Havia um Dodge Intrepid vermelho horroroso parado na frente. Um senhor mais velho e gorducho saiu com outro irmão musculoso, com o mesmo corte militar e os braços tatuados como os de Travis e os dos gêmeos.

— Trent? — perguntei.

Tyler assentiu.

Quando Travis estacionou, Tyler saltou e bateu no porta-malas até Travis abri-lo. Ele pegou nossas mochilas e as pendurou no ombro.

— Você trouxe menos coisas do que eu — disse Abby. — Estou impressionada.

Sorri, ainda sem saber se ela planejava ser amiga ou inimiga.

—- Entrem, entrem — gritou o sr. Maddox para nós.

Tyler deu um abraço de urso no pai e um soco no braço de Trent antes de abraçá-lo também.

— Trent — disse ele, apertando minha mão.

— Ellie — respondi. — Prazer em conhecê-lo.

— Estamos muito felizes por ter vindo — disse o sr. Maddox.

— Muito obrigada por me receber, sr. Maddox.

Ele deu um risinho, colocando a palma da mão sobre a barriga, como uma grávida alisando o ventre inchado.

— É só Jim, menina. Entrem, entrem! Vamos sair desse frio! Tivemos uma frente fria malvada esta semana.

Trent segurou a porta de tela para passarmos, e eu entrei na casinha minúscula. O carpete era surrado, e os móveis, uma ode à casa de *Uma história de Natal*. Eu meio que esperei que Ralphie estivesse sentado no alto da escada, usando uma fantasia de coelho cor-de-rosa, e sorri quando me lembrei de ver esse filme em inúmeras noites de Ação de Graças no colo do meu pai, balançando enquanto ele gargalhava durante mais de uma hora.

Inspirei o cheiro da fumaça e do carpete velho, e me senti estranhamente à vontade. Paramos na cozinha, observando uma garota que lavava pratos na pia secar as mãos e estender os braços tatuados para Tyler. Ele a abraçou, depois ela apertou minha mão. Seus dedos estavam enrugados da água com sabão, mas ainda dava para ler a palavra *baby doll* nos nós dos seus dedos. Um piercing de diamante reluzia em seu nariz e, por baixo do espesso delineador, ela era impressionantemente linda. Tudo nela, desde o cabelo curto até o sorriso tímido, me lembrava de Paige.

— Essa é a Cami — disse Trent.

— Ou Camille — disse ela. — O que preferir. Prazer em te conhecer.

— A Cami pertence ao Trent — disse Abby, apontando para o irmão correto.

— Na verdade... *eu* pertenço a ela — disse Trent.

Camille ergueu o ombro, se equilibrando sobre a lateral do pé.

— Acho que vou ficar com ele.

— Acho bom — disse Trent, piscando para ela.

Tyler pigarreou.

— Onde vamos dormir?

— Eu levo vocês — disse Abby.

Ela beijou o marido no rosto, depois nos conduziu para o andar de cima, até um quarto com um beliche e uma cômoda. Retratos empoeirados de garotos sujos e fotos escolares de Taylor e Tyler dentuços e com os cabelos desgrenhados estavam pendurados nas paredes forradas de lambris. Troféus de beisebol e futebol americano lotavam uma estante.

— Aqui está — disse Abby, ajeitando o cabelo atrás da orelha. Ela apoiou as mãos nos quadris, dando uma última olhada ao redor do quarto para confirmar se estava adequado antes de nos instalarmos. — Lençóis limpos nas camas. O banheiro é no fim do corredor, Ellie.

— Obrigada.

— Vejo vocês lá embaixo — disse Abby. — A Cami e eu estamos preparando uma comida, se vocês quiserem descer. Pôquer mais tarde.

— Não joga com ela — alertou Tyler, apontando para Abby.

— Por quê? Ela rouba? — perguntei.

— Não, ela é uma vigarista maldita. Vai levar todo o seu dinheiro.

— Não todo — disse Abby, olhando furiosa para ele. — Eu devolvo uma parte.

Tyler resmungou alguma coisa bem baixinho, e Abby nos deixou sozinhos, fechando a porta ao sair. O quarto de repente pareceu minúsculo, e eu tirei o casaco.

— Ellie.

— Sim?

— Você parece muito nervosa.

— Preciso de uma cerveja e um cigarro.

Ele estendeu o maço e o isqueiro, dando alguns passos para abrir a janela. Acendi o cigarro e inspirei fundo, mantendo os pulmões cheios de fumaça até me ajoelhar ao lado da janela e expirar.

Tyler acendeu o dele, estendendo a mão para trás até a cômoda e pegando uma pequena tigela vermelha com recortes na borda.

— Cinzeiro secreto? — provoquei.

— É. Ele nunca descobriu. Tínhamos muito orgulho disso.

— Rebeldes.

Tyler deu um trago e soprou pela janela, olhando para o antigo bairro lá embaixo.

— Dei uma surra no Paul Fitzgerald naquela esquina. E no Levi... droga... não consigo me lembrar do sobrenome dele. Que estranho... Achei que ia me lembrar desses garotos pra sempre. Você ainda lembra de todos os seus amigos de infância?

— A maioria ainda está por perto. Alguns morreram de overdose. Outros cometeram suicídio. O resto está por perto. Eu os vejo em bailes beneficentes de vez em quando. Bom... costumava ver... quando ainda ia nesses bailes.

— O que é um baile beneficente, exatamente? — perguntou Tyler.

Nós dois rimos, e eu balancei a cabeça, dando o último trago antes de esmagar a guimba no cinzeiro secreto de Tyler.

— Um ímã de babacas.

— Bom, é por uma boa causa, certo?

Bufei e depois me levantei, colocando a mochila na cama de baixo e abrindo o zíper.

— Peguei primeiro — falei, colocando minhas coisas sobre a cama. Como Tyler não respondeu, virei e o peguei me encarando. — Que foi?

Ele deu de ombros.

— É legal... você aqui.

— Obrigada por me convidar. Desculpa por ser uma vaca mal-humorada. — Engoli em seco, e minha garganta pareceu seca e fechada. Jim parecia ser um cara que gostava de cerveja, e eu esperava que ele tivesse um pacote ou dois na geladeira lá embaixo. Era tudo que eu podia fazer para não correr escada abaixo e abrir a porta para descobrir.

Passei os dedos nas lombadas de alguns livros que estavam ao lado dos troféus.

— *James e o pêssego gigante?* — perguntei.

— Ei. Esse livro é muito bom, caramba.

— Chamar você de pesseguinho parece adequado, agora.

— Cala a boca — disse Tyler, segurando o cinzeiro fora da janela e virando-o de cabeça para baixo para esvaziar o conteúdo. Então empurrou o peitoril para baixo, trancando a janela.

— E aí... qual é a da Abby, a policial?

Sentei na cama, e Tyler sentou ao meu lado, pegando minha mão e deslizando os dedos entre os meus.

— Nunca trazemos ninguém pra casa, então ela é hipersensível em relação a isso. Ela é nossa irmã... superprotetora.

— Tudo bem. Eu gostei dela.

Ele encarou o carpete, soltando uma risada.

— Eu também. Ela realmente salvou esta família... salvou o Travis... de várias maneiras.

— Eles se amam de verdade. É meio nojento.

Ele deu uma risadinha.

— É. Eles costumavam brigar o tempo todo. Partiram o coração um do outro. Quando eles terminaram, achei que o Trav ia enlouquecer. Agora olha só pros dois. Estão loucamente felizes.

— Eles fazem isso parecer fácil... como se qualquer pessoa conseguisse fazer funcionar.

— É fácil, Ellie.

— Não sou a Abby.

— Ela também teve muitos problemas. Se você ouvisse a história dela, talvez se sentisse um pouco diferente em relação às coisas.

— Duvido. Achei que não íamos conversar sobre isso.

— Conversar sobre o quê?

Olhei furiosa para ele, e ele sorriu para mim, com a covinha aparecendo, tornando impossível para mim continuar com raiva.

— Quero ser nojento com você — disse ele.

— Bom... quando você fala desse jeito...

Ele se aproximou e roçou os lábios nos meus. Meu corpo reagiu instantaneamente, e o desejei mais do que tudo. Coloquei a mão sob sua camiseta, passando os dedos em suas costas.

— Não — sussurrou ele. — Não estou falando disso. — Então se afastou, tirando minhas mãos de sua camiseta. Suspirou. — Amanhã à noite vai fazer um ano que vi meu irmão mais novo sofrendo como nunca na vida.

— Mas parece que deu tudo certo.

— É isso que eu fico me dizendo. Olho pra eles e lembro o que foi preciso pra chegar até aqui, como a Abby era confusa e teimosa e como o Trav nunca desistiu.

— Tyler...

— Não fala. Temos um fim de semana inteiro pela frente.

Ele beijou o canto da minha boca e se levantou, me puxando junto. Descemos a escada, de mãos dadas. Abby nos observou até Tyler me soltar para se juntar aos irmãos na sala ao lado.

247

— Ainda são só amigos? — perguntou Abby.
— Você vai direto ao ponto, né?
Ela deu de ombros.
— Não faz sentido dar voltas. Esses garotos passaram por muita coisa. Por algum motivo, eles também são gulosos por uma punição.
— Acho que você sabe bem — falei, me apoiando no balcão para sentar e pegando uma maçã na fruteira. Esfreguei a fruta na calça jeans e dei uma mordida. — Quem interrogou você pro Travis?
Abby arqueou uma sobrancelha.
— *Touché*.
— Calma, meninas. Estamos todas do mesmo lado — disse Camille enquanto eu mastigava.
Abby deu um sorriso forçado.
— Estamos?
— O Tyler é meu amigo — falei.
Camille e Abby trocaram olhares entendidos, depois Abby se inclinou sobre o balcão ao meu lado.
— É isso que todas nós dizemos. Então... você vai levar aquela câmera pro meu casamento?
Olhei para as duas, que me encaravam com expectativa. Finalmente, fiz que sim com a cabeça duas vezes, devagar e enfaticamente.
— Seria uma honra.
— A America vai surtar — alertou Camille.
— Quem é America? — perguntei.
Abby pareceu se divertir.
— Minha melhor amiga. Ela está planejando a coisa toda. E não gosta quando eu interfiro.
— No seu casamento? — perguntei.
— O Travis e eu fugimos pra casar, então eu meio que devo uma pra ela. Não quero planejar nada, de qualquer maneira, mas, agora que temos uma fotógrafa na família...
— Eles são só amigos — provocou Camille.
— Ah, sim — disse Abby, piscando. — Esqueci.
— Baby! — gritou Travis.

Abby pediu licença e foi para a sala ao lado, onde os garotos Maddox estavam sentados ao redor de uma mesa, encarando cartas nas mãos. Abby se inclinou por sobre o ombro do marido para analisar a mão de cartas e sussurrou no ouvido dele.

— Seus babacas ladrões do caralho! — gritou Trent.

— Maldição! — soltou Jim. — Olha essa boca!

— Eles estão roubando! — disse Trent, apontando todos os quatro dedos para Travis e Abby.

— Nós paramos de jogar com a sua esposa, Trav — disse Tyler. — Se você não parar com isso, também não vamos mais deixar você jogar.

— Fodam-se vocês todos. Vocês só estão com ciúme — desdenhou Travis, beijando o rosto de Abby.

Tyler me olhou por meio segundo antes de voltar sua atenção para as cartas.

Meu estômago afundou. Travis e Abby, nojentos, felizes e desavergonhados na demonstração pública de afeto, eram como Tyler achava que seria comigo. Era por isso que ele se recusava a acreditar em mim ou até mesmo me escutar. Ele sabia que Travis e Abby tinham sobrevivido ao que quer que tivessem enfrentado e achava que poderíamos fazer a mesma coisa.

Saltei do balcão e puxei a maçaneta da geladeira, vendo garrafas de Sam Adams enfileiradas na prateleira da porta. Peguei uma e tirei a tampa, tomando um gole. Meu corpo relaxou instantaneamente, e eu deixei minhas preocupações e minha culpa irem embora.

— Vocês vão voltar pro Natal? — perguntou Camille.

Balancei a cabeça, começando a falar das minhas dúvidas, mas Tyler me interrompeu.

— Ãhã. Mas vamos voltar pro Colorado pro meu aniversário. O Taylor decidiu que quer dar uma festa.

— Estou convidada? — provoquei.

A boca de Abby se contraiu para um lado.

— Odeio o fato de vocês morarem tão longe. Vocês podiam vender seguros aqui, sabia?

Tyler se remexeu, e eu vi o reconhecimento cintilar nos olhos de Abby. Ela era um detector de mentiras ambulante e sabia que eles não estavam falando a verdade.

— É, mas o que fazemos dá um bom dinheiro, Abby. E nós gostamos do Colorado.

— Vocês estão se saindo bem. Continuem fazendo o que for, se é isso que vocês amam — disse Jim, trocando olhares com Abby.

Que merda. O Jim também sabia.

— Alguém conhece o cavalheiro que estacionou um Lexus alugado lá na frente na última meia hora? — perguntou Jim.

Abby correu até a janela para ver, e a expressão dos garotos ficou imediatamente séria. As cadeiras arranharam o piso desbotado e lascado da sala de jantar enquanto eles se levantavam para atravessar a casa, entre o sofá e a televisão, para olhar pelas janelas. Discutiram por um instante quem deveria ser aquele motorista. Nenhum deles o reconheceu, mas todos pareciam ter certeza de que o pai estava certo de achar que ele observava a casa.

Eu me perguntei se era Trex, e Tyler fingiu não saber, mas ele não era tão bom em mentir, e Abby não pareceu perceber.

Parei atrás de Tyler, espiando por sobre seu ombro, e me encolhi imediatamente.

— Caralho.

— Que foi? — disse Tyler, virando para me encarar. — Você sabe quem é?

A família Maddox virou sua atenção para mim, e eu me encolhi, enjoada de vergonha.

— É o Marco.

— Quem é Marco? — perguntou Abby.

Olhei para Tyler, humilhada até de dizer as palavras.

— A babá da minha irmã. Ela deve ter mandado ele ficar de olho em mim.

Tyler apontou para a janela.

— Eu já vi esse cara antes.

— É, ele levou a Finley e eu pra casa depois do bar, uma vez.

— Não, eu já vi esse cara do lado de fora da revista... em frente ao meu apartamento. Ele está te observando há muito tempo.

Minha expressão mudou de confusão para espanto e raiva numa questão de segundos. Empurrei Tyler e passei por ele, saindo porta afora e pisando duro até chegar ao Lexus. Deu para ver o pânico nos olhos de Marco enquanto eu atravessava a rua e abria a porta dele com violência.

— Que *porra* você está fazendo aqui?

Marco jogou o jornal para o lado.

— Ellie! Que surpresa!

Balancei a cabeça, tirando o celular do bolso traseiro da calça jeans. Levei o celular ao ouvido, ficando com mais raiva a cada toque.

— Não acredito que você não vem para o Dia de Ação de Graças — atendeu Finley. — Não acredito que você está desistindo da nossa família! Eles só estão tentando te ajudar!

— Manda o Marco pra casa. Agora. Senão eu chamo a polícia.

— Do que você está falando?

— Estou parada bem ao lado dele... em Eakins, Illinois! Qual é o seu problema? — gritei.

Ouvi passos rápidos se aproximando e virei para ver Abby correndo pela rua, antes de jogar o casaco de Tyler sobre meus ombros. Ela cruzou os braços na cintura, olhando furiosa para Marco. Sua respiração saía como uma nuvem branca, como um touro pronto para atacar. Pela primeira vez desde que saí do alojamento Alpino, senti que havia um exército atrás de mim.

— Ellison — começou Finley —, você não liga pra gente. Não paramos de nos perguntar se alguém teve notícias de você... Às vezes nos perguntamos até se você está viva. E, como você nunca atende nem retorna minhas ligações, sou obrigada a fazer isso! Não vou pedir desculpas por te amar!

Suspirei, levando a mão ao rosto.

— Você está certa. Não tenho ligado. Mesmo assim, você não tem o direito de mandar seu capanga pra me vigiar. Você tem ideia de como isso é humilhante? A família toda do Tyler está testemunhando isso!

Abby encostou no meu ombro.

— Essa não é a pior coisa que eu já vi. Não sinta vergonha.

Finley fungou.

— Droga, Fin, não chora.

— Sinto saudade. Você é minha melhor amiga. Parece que eu nem te conheço mais.

— Ela está chorando? — perguntou Marco, com pavor nos olhos.

— Manda o Marco pra casa. Vou te ligar uma vez por semana, pelo menos, eu prometo. Eu só... não estou cem por cento ainda. Tive uma recaída.

— Ellie... podemos te ajudar com isso. Queremos te ajudar. Existem lugares maravilhosos pra onde você pode ir. É só falar...

— Posso fazer isso sozinha.

— Talvez... mas por quê, se você não precisa?

Pensei na sugestão dela, desejando-a tanto por mim quanto pelas pessoas que me amavam. Olhei para a casa dos Maddox.

— Vou pensar.

— Feliz Dia de Ação de Graças, irmãzinha. Sentimos sua falta. Queríamos que você estivesse aqui... até a mamãe.

Abafei uma risada.

— Manda seu escravo pra casa.

Marco levantou as mãos.

— Ela me paga muito bem, srta. Edson, e eu adoro o que faço.

Revirei os olhos.

— Manda ele pra casa. Tenho certeza que ele está com saudade de você.

— Está bem — disse ela. — Eu te amo.

Desliguei o celular, bati a porta de Marco e fiquei esperando o celular dele tocar antes de guardar o meu no bolso traseiro. Abby engachou o braço no meu enquanto atravessávamos a rua.

— Edson, é? Tipo Edson Tech?

— É — falei, me encolhendo e semicerrando os olhos no sol da tarde.

— Recaída?

Suspirei. Não fazia sentido continuar negando.

— Sou alcoólatra, Abby. Meus pais invocaram o último recurso do amor difícil. Eu estava meio fora de controle.

— Minha mãe também é alcoólatra. Eu me lembro de quando ela tentava muito não ser.

— Ela não conseguiu resolver?

— Sozinha não, e ela é orgulhosa demais pra pedir ajuda.

Olhei para o chão, chutando a calçada irregular com as botas.

— Eu não mereço a ajuda da Fin. Não mereço a ajuda de ninguém.

— O Tyler te contou sobre mim e o Travis?

— Não muito.

Ela ajeitou o cabelo atrás da orelha, olhando para a casa.

— Eu tinha certeza que ele era errado pra mim. Minha família era pior do que imperfeita. Meu pai quase me matou. Afastei o Travis, achando que ele era ruim pra mim, depois o afastei de novo, achando que eu era ruim pra ele. No fim, quando o deixei entrar, todas as baboseiras e mentiras caíram, e nós simplesmente conseguimos ser bons juntos.

— Sei desde sempre que eu era ruim pro Tyler. Ele não me escuta.

— Quando um garoto Maddox se apaixona, é pra sempre... — refletiu Abby.

— O quê?

— Se ele estiver apaixonado por você, e o simples fato de você estar aqui me diz que está, ele não vai desistir. Dá pra ver que você se importa com ele.

Eu assenti.

— Ele é um bom amigo.

Ela estreitou os olhos. Seu radar estava a mil.

— Certo.

— É verdade — soltei. — Eu me importo com ele. Posso até... Eu me sinto culpada por não conseguir deixá-lo entrar nem deixá-lo ir embora. As duas coisas parecem erradas.

— Sei exatamente como você se sente — disse Abby sem hesitar. — Mas sua irmã está certa. Você não se ama, neste momento. É por isso que não consegue acertar as coisas com o Tyler. É por isso que não quer acertar.

Soltei uma risada frustrada.

— Preciso de um drinque.

— Faço um pra você. Mas, se eu fosse você, aceitaria toda ajuda que conseguisse, se isso significasse que a felicidade estaria do outro lado. E, acredite em mim... esses garotos... quando eles ficam felizes? Parece que estamos num conto de fadas. Eles não sabem fazer nada pela metade, e amar alguém não é exceção.

Os irmãos saíram para a varanda com Camille, assim que Marco se afastou do meio-fio. Tyler desceu os degraus e atravessou o jardim, pousando o braço em meu ombro.

— Você está bem?

Fiz que sim com a cabeça.

— Finley? — ele perguntou.

— Está tudo bem. Eu não tenho telefonado. Eles estavam preocupados comigo.

Ele beijou minha têmpora.

— Vem. Você está congelando.

Tyler me conduziu para dentro, com Abby logo atrás de mim. Travis a abraçou no mesmo instante e esfregou a parte superior dos braços dela. Depois, pegou suas mãos e as assoprou. Os dois se olharam como se estivessem guardando um segredo. De repente, ser nojento não pareceu tão ruim.

22

Tyler me ajudou com o casaco, depois nos instalamos para ver documentários na Netflix — aparentemente, o passatempo preferido de Jim.

Tyler e eu sentamos no sofá, ao lado de Travis e Abby. Trent e Camille fizeram uma cama no chão e sussurravam enquanto ele desenhava na palma da mão dela com uma canetinha. Jim estava sentado em sua poltrona reclinável, os olhos mais pesados a cada minuto.

Eu me aproximei do ouvido de Tyler.

— Onde está o Taylor?

— A caminho. Ele teve que cuidar de umas coisas antes.

Eu assenti.

— E o mais velho? Thomas?

— É, ele foi convidado para ir à casa do chefe. Não pôde recusar.

Assenti mais uma vez. Tyler se recostou na almofada gasta do sofá, apoiando a mão no meu joelho. Ninguém nos incomodou em relação à nossa amizade ambígua, como achei que fariam. Todos ficamos sentados ali, passando tempo juntos no que parecia ser um momento Maddox atipicamente calmo.

Assim que os créditos do segundo documentário da noite começaram a aparecer, a porta da frente se abriu, e Taylor soltou sua bolsa de viagem.

— Acordem, babacas! Cheguei!

Trent e Travis se levantaram num pulo e imediatamente caíram em cima do irmão, todos os três saindo para a varanda com um barulho seco. Depois de alguns segundos de luta, Tyler suspirou.

— Já volto.

Ele correu para ajudar o irmão gêmeo, e eu me encolhi algumas vezes quando vi a briga se agravar.

Com certo esforço, Jim saiu da poltrona e foi até a porta.

— Está bem, está bem! Já chega! — Ele usou o pé para cutucar a montanha retorcida de Maddox, e Travis finalmente saiu do monte e começou a separar os outros.

Abby balançou a cabeça, inabalável. Camille observou do chão, nada preocupada.

Os garotos entraram, respirando com dificuldade e rindo, com manchas vermelhas no rosto e nos braços. Trent usou as costas da mão para secar o lábio inferior que sangrava, e Travis apontou para ele e riu.

— Não pega no meu saco na próxima, palhaço — disse Tyler.

Camille foi até a geladeira e voltou, dando uma risadinha enquanto levava uma bolsa de gelo coberta com pano de prato até o lábio de Trent.

— Deus todo-poderoso — disse Jim, voltando para a poltrona.

Travis não parecia ter nem um arranhão, mas Tyler mancou até chegar ao sofá.

— Uau — sussurrei.

Abby deu um tapinha no meu joelho.

— É melhor você se acostumar. É comum.

— Você está bem? — perguntei.

Tyler pousou a mão na minha virilha.

— Aquele pela-saco tentou arrancar o meu saco.

Trent inclinou a cabeça.

— Legal. Gostei dessa gíria.

— É australiana — comentou Tyler.

— Maneiro — disse Trent, fazendo que sim com a cabeça.

— Significa Trenton — acrescentou Tyler.

Trenton franziu a testa enquanto todo mundo ria, até mesmo Camille e Jim. Taylor correu até o pai, se abaixou para beijar o topo da cabeça dele e depois subiu a escada.

— Vocês vão me fazer ter um ataque cardíaco — disse Jim.

— Não, comer um quilo de bacon todo dia de manhã é que vai te fazer ter um ataque cardíaco — disse Trent.

— Ele é um Maddox — comentou Travis. — Nunca perde.

Alguém bateu à porta, e ela se abriu, revelando um casal mais jovem e um outro mais velho. O senhor se parecia muito com Jim.

Todos, menos Tyler e Jim, se levantaram de novo, incluindo Abby. Ela jogou os braços ao redor de uma loira maravilhosa de pernas compridas, e as duas conversaram sem parar durante dois minutos.

Tyler apontou.

— Aquela é a America. A melhor amiga da Abby e namorada do Shepley. Ele é nosso primo. O pai dele, Jack, é irmão do meu, e a mãe dele, Deana, é irmã da minha mãe.

Virei para encará-lo.

— Não consegui acompanhar.

Ele sorriu, esperando minha reação.

— O Shepley é nosso primo em dobro. Os dois casais de pais são irmãos. Meu pai e o Jack. Minha mãe e a Deana.

— Então, o Jack e o Jim... a Deana e...?

— A Diane — disse Tyler com reverência.

Olhei para Deana, me perguntando se ela se parecia com Diane e se isso era difícil para Jim e para os garotos. Ele parecia feliz por eles estarem ali.

— Qual é o lance dos nomes? — perguntei.

— Não sei — respondeu Tyler. — Acho que é uma coisa do meio-oeste. Meus pais tinham nomes com a mesma inicial dos irmãos, por isso minha mãe fez isso com a gente também.

Taylor desceu a escada fazendo barulho e desabou entre mim e Tyler. Tyler deu uma cotovelada forte no irmão gêmeo, e Taylor uivou.

— Puta merda! — gritou Taylor.

— Maldição! Olha a boca! — disse Jim.

Jack ajudou Deana com o casaco, e ela o beijou no rosto antes de ele se afastar para pendurá-lo no armário. Com a ajuda de Shepley, Trenton pegou cadeiras da sala de jantar.

No instante em que Shepley sentou, os primos começaram a interrogá-lo.

— Nada de aliança no dedo da Mare ainda, Shep? Você não a ama mais? — perguntou Taylor.

— Cala a boca, babaca. Cadê sua acompanhante? — devolveu Shepley.

— Bem aqui — disse Taylor, envolvendo o braço ao meu redor. Ele beijou meu rosto, fazendo Tyler jogá-lo no chão.

Jim balançou a cabeça.

— A America só pode planejar um casamento de cada vez — provocou Deana, piscando para Abby.

Taylor esfregou o cotovelo.

— Você já conheceu a Ellie? O pai dela é Philip Edson. Da Edson Tech.

— Uau — disse America. — Quer dizer que você é tipo... bilionária? — Ela agarrou o braço de Shepley. — Ela é herdeira! Acho que já te vi na revista *People!*

— Essa é minha irmã, Finley. Meu pai é o bilionário. Mas eu sou bem falida, posso te garantir — falei.

— Ah — disse America, parecendo envergonhada.

— A Ellie é fotógrafa da revista *Opinião das Montanhas* — disse Tyler.

Taylor se meteu na conversa.

— Ela tira fotos de ação. As coisas dela apareceram em cinco exemplares da revista durante o verão.

— Impressionante — disse Deana com um sorriso simpático. — Parece que você está se saindo muito bem sozinha. Vou ter que procurar essa revista pra ver seu trabalho.

De repente, Taylor e Tyler ficaram nervosos.

— Não está online. Vou tentar te mandar umas cópias — falei.

Deana assentiu, satisfeita. É claro que eu não mandaria nada para ela, não com o rosto sujo de Taylor e Tyler estampado no artigo, cavando e provocando incêndios controlados com um maçarico.

Os irmãos gêmeos pareceram relaxar, escutando a família botar o assunto em dia. Os pais de Shepley iam comemorar com a família de Deana este ano e iam sentir falta das tortas de Abby. No meio da visita, Thomas ligou, e o telefone passou de mão em mão enquanto insultos, em vez de apelidos carinhosos, eram usados como cumprimentos.

Jim e Jack bocejaram ao mesmo tempo, e Deana se levantou.

— Está bem, temos que acordar cedo e dirigir durante muito tempo. Vamos pra casa, meu amor.

Jack se levantou.

— Como posso argumentar com isso? — Ele beijou a esposa, e Shepley e America também se levantaram. Eles abraçaram a mim e a todos, acenando enquanto saíam para a varanda e seguiam para o carro de Jack.

Travis e Abby ficaram na janela abraçados, vendo-os partir.

Jim se levantou.

— Está bem. Vejo vocês de manhã, crianças.

Os garotos se levantaram e abraçaram o pai. Trenton foi até a cozinha e voltou com um copo de água gelada antes de Jim conseguir chegar ao corredor.

— Obrigado, filho — disse ele, tomando um gole no caminho até o banheiro.

— Puxa-saco — sibilou Taylor.

— Eu simplesmente sei do que ele gosta, já que... você sabe... estou aqui pra cuidar dele.

Todos rosnaram.

— Verdade, Trent — disse Tyler. — Vamos deixar essa merda pra outro feriado.

Trenton levantou o dedo do meio, pegando as coisas dele e de Camille.

— Vejo vocês amanhã, seus babacas.

— Boa noite, Trent — disse Abby.

Tyler se levantou e estendeu a mão.

— Acho que vou subir. Você vem?

Fiz que sim com a cabeça, me levantando e espreguiçando. Olhei para a geladeira, e Abby fez um sinal com a cabeça, suficiente apenas para eu notar.

— Acho que quero uma cerveja — disse ela. — Quer uma?

— Sim, vou tomar uma antes de subir — falei.

Abby atravessou a sala e abriu a porta da geladeira, pegando duas garrafas e abrindo a tampa com a ajuda do balcão. Peguei uma quando passei, e ela piscou. Tyler piscou também.

Nenhum dos dois estava tentando me incentivar, e sim me fazer passar pela visita sem deixar o vício. Algo que só os filhos de um alcoólatra poderiam entender.

Tyler me conduziu escada acima pela mão, depois pelo corredor até seu quarto.

— Onde o Taylor vai dormir? — perguntei.

— No sofá — ele respondeu.

Inclinei a garrafa na mão.

— A Abby não deixa passar nada, né?

— Não. Ela definitivamente é a matriarca da família, e, quando alguém entra, ela também cuida da pessoa.

— Ela está guardando seu segredo também.

Tyler estendeu a mão para trás e puxou a camiseta por sobre a cabeça. Meus olhos analisaram os altos e baixos de cada músculo do seu tronco. Ele já estava recuperando os quilos que perdera andando inúmeros quilômetros nas montanhas durante o verão, parecendo-se como de costume, com o corpo voltando à antiga forma.

— O que você quer dizer? — perguntou ele, me jogando a camiseta.

— Ela sabe que você não trabalha com seguros. Você basicamente se entregou quando contou a ela sobre o meu trabalho.

— Que nada — comentou ele, desabotoando a calça jeans.

Deixei a cerveja de lado e tirei a roupa, vestindo rapidamente a camiseta dele. Quando Tyler estava só de cueca boxer, olhou para mim com um meio sorriso.

— Eu estava esperando que você fizesse isso.

— Bom, eu sabia que você não ia me dar a camiseta pra eu lavar.

Ele deu uma risada, mas o sorriso desapareceu rapidamente.

— Sobre o que você e a Abby conversaram lá fora?

Dei de ombros, mexendo na barra da camiseta de Tyler.

— Ela sabe. — Peguei a cerveja e tomei um grande gole. — Foi por isso que ela garantiu que eu tivesse isto. Ela me disse pra aceitar a oferta da Finley.

— Qual é? — perguntou ele.

— Ajuda. Tipo... — Deixei as palavras sumirem, sentindo o rosto ficar muito vermelho. — Sou uma alcoólatra, e minha família quer me mandar pra uma clínica de reabilitação.

— O que você acha disso? — perguntou ele, sem o menor julgamento no olhar.

— Acho que eu quero ser feliz. Acho que tem um monte de coisas que eu quero, mas tenho medo de falar em voz alta e fazer merda.

Suas sobrancelhas se aproximaram, com esperança e desespero pesando em sua expressão.

— Fala mesmo assim.

Engoli em seco, nervosa.

— Quero ser nojenta com você.

Ele soltou uma risada, deu um passo e me puxou delicadamente para si. Não falou nada durante um tempo, mas me abraçou, encostando o rosto em meu cabelo.

— Você não pode simplesmente dizer? Só uma vez?

Olhei para ele, pensando em como as palavras ficariam na minha boca, e o que aconteceria comigo se eu as dissesse. Eu não era corajosa o suficiente para fazer duas confissões no mesmo dia. Eu me ergui na ponta dos pés, encostando meus lábios nos dele.

Tyler ficou parado, me deixando beijá-lo, mas nada mais. Estendi a mão e levei as dele para baixo da minha camiseta, até suas palmas quentes segurarem meus peitos. Seu polegar acariciou meu mamilo, e eu fechei os olhos, soltando um leve suspiro.

— Eu sei o que você está fazendo — sussurrou ele.

— E daí? — falei, beijando seu pescoço.

Ele se abaixou, passando a língua desde a pele macia atrás da minha orelha até o colarinho da blusa, dando beijinhos no caminho de subida. Suas mãos deslizaram para as minhas costas, e ele me puxou para perto, levantando a camiseta até que ficássemos colados um no outro.

Então ele correu a ponta dos dedos pela minha coluna, desceu até a minha bunda e me puxou para si com um aperto delicado.

— Fala, Ellie. Eu sei que você sente.

Eu me ajoelhei diante dele, e ele soltou uma respiração confusa, apoiando as mãos nos quadris. Seu membro ficou instantaneamente duro, escapando do confinamento da cueca boxer. Segurei o elástico da cintura e o puxei, molhei a palma da mão com a língua e estendi a mão até ele. Tyler gemeu quando comecei de baixo e lambi até a base de seu pau.

Involuntariamente ele arqueou as costas e inclinou a pélvis para a frente. Minha língua deslizou, suave porém firme, até a ponta, e eu o engoli, gemendo quando senti a ponta atingir o fundo da minha garganta.

Segurei a base com a mão direita e, quando recuei, segui o movimento com os dedos.

— *Porra* — disse Tyler, cuspindo a palavra.

Sorri, me aproximando de novo, engolindo ele todo, engasgando um pouco quando a mão de Tyler segurou a parte de trás da minha cabeça para entrar mais fundo. Arranhei levemente sua pele com os dentes ao sair, saboreando os sons graves e guturais que ele emitia involuntariamente.

Antes de eu realmente começar, ele se afastou, sentando na cama. E balançou a cabeça.

— Você sabe muito bem como mudar de assunto. Mas não vou deixar você fazer isso desta vez.

Dei alguns passos e parei diante dele, enfiando o polegar sob a cintura da minha lingerie, empurrando-a para baixo e sorrindo quando ela caiu delicadamente no chão.

Tyler não se mexeu, e eu estendi a mão para ele, deslizando seus dedos entre a minha pele. Conforme eu movia seus dedos em círculos, inclinei a cabeça para trás e gemi. Seus dedos deslizavam com mais facilidade quanto mais molhada eu ficava, e eu percebi que sua determinação estava fraquejando.

Inseri dois dedos dele e dois meus em mim, gemendo alto. Ele segurou a minha bunda e, em um movimento, nos virou e caiu em cima de mim na cama que era sua desde a infância.

— Fala — disse ele, com a ponta de seu pau roçando na minha pele tenra.

Desviei de seu olhar intenso e fechei os olhos, meu corpo implorando para tê-lo dentro de mim.

— Me fode — falei, voltando a olhar para ele. Coloquei as mãos em suas costas e o empurrei na minha direção, mas ele resistiu.

— Você se importa pelo menos um pouco comigo? — perguntou ele. — Você me odeia? São sentimentos mornos ou somos realmente só amigos? O que quer que seja, Ellie, fala de uma vez, porra.

— Por que não podemos simplesmente fazer isso? — indaguei, erguendo os quadris.

Tyler reagiu e se afastou, roçando os lábios no meu maxilar.

— Te faço gozar a noite toda — ele sussurrou no meu ouvido. — Só preciso de um pouco de sinceridade.

— Eu te amo — murmurei. Antes que eu conseguisse terminar a frase, ele deslizou dentro de mim e gemeu ao mesmo tempo. Mordi seu ombro, tentando abafar o grito enquanto ele se mexia dentro de mim.

Seu ritmo ficou mais lento quando ele se inclinou para me beijar.

— Fala de novo.

— Eu te amo — falei sem hesitar.

Tyler ergueu meu joelho até ficar apoiado em meu peito, me penetrando ainda mais fundo. Então lambeu dois dedos e colocou a mão entre as minhas pernas, circulando minha pele macia enquanto acelerava as estocadas. Alguma coisa começou a crescer dentro de mim, familiar, mas diferente de algum jeito. Quando minhas entranhas se contorceram, Tyler colocou a mão na minha boca para abafar meus gritos, ao mesmo tempo me dominando e rosnando em meu pescoço.

Ele estremeceu, com a respiração tão pesada quanto a minha. Meu pescoço estava arqueado para trás enquanto meu peito oscilava, tentando inspirar o máximo de ar possível. Tyler mudou de posição, incendiando minhas entranhas sensíveis e me fazendo gemer.

Ele beijou o canto da minha boca e caiu ao meu lado.

— Você prometeu a noite toda — sussurrei.

— Pode deixar. Você vai ter todas as noites.

Em seguida enterrou o rosto em meus cabelos, e eu encarei o estrado de madeira da cama de cima, esperando que Abby tivesse razão. Eu não queria enlouquecer de amor.

23

— Sinto como se a gente morasse aqui — falei. Então coloquei as pernas no colo de Tyler e me ajeitei no desconfortável apoio de braço, que espetava minhas costas.

Ficamos sentados no terminal com malas cheias, além das nossas mochilas, presentes de Natal de Travis e Abby. Foi um presente brilhante, porque nem Tyler nem eu tínhamos pensado em precisar de mais espaço para os presentes que inevitavelmente receberíamos dos irmãos dele.

— Você ligou para a Fin? — perguntou Tyler. Ele falou de um jeito natural, me lembrando pelo menos uma vez por semana, desde o Dia de Ação de Graças, de ligar para a minha irmã.

— Antes de sairmos de casa.

— Eles ainda estão bravos por você não ir para o leste passar o Natal?

— Eu fui para o leste passar o Natal.

— Ellie. Quando você vai vê-los?

— Não começa — falei.

— Você não pode evitá-los para sempre.

— Não estou preparada. Farei isso quando estiver pronta.

— É a décima vez que ouço isso nas últimas três semanas — resmungou ele.

— Sério? Eu já te falei. Eu gosto do meu apartamento.

Ele assentiu, colocando um fone de ouvido na orelha mais distante de mim. Sorri, ciente de que ele queria manter a outra livre para o caso de eu ter mais alguma coisa a dizer. Ele mexeu no celular com o polegar, escolheu uma música e se recostou, segurando minhas pernas no colo com a mão livre.

A atendente no balcão chamou as pessoas que precisavam de mais tempo para embarcar, depois a primeira classe. Isso foi estranhamente divertido para mim, lembrando os dias em que eu já estaria em pé na fila com a minha família, esperando para ocupar um dos primeiros assentos — e isso foi antes do nosso jatinho particular.

Quando ela chamou nosso grupo, Tyler se levantou e pegou nossas mochilas e sua mala de rodinhas. Ergui a alavanca da minha e a puxei atrás de mim, rindo de como Tyler parecia sobrecarregado.

— Tudo bem aí? — perguntei.

— Ãhã.

— Tem certeza?

— Tudo bem, sim, baby.

Parei e o observei dar mais alguns passos, antes que ele percebesse o que tinha dito e virar para trás.

— O que foi?

— Você... não diz isso desde aquele dia na lanchonete com o Sterling.

— Quando eu beijei o seu rosto? — Ele deu uma risadinha, perdido nas lembranças.

— É, quando eu falei pra garçonete que você tinha clamídia?

Ele franziu a testa.

— Ela ainda pensa isso.

— Que bom — falei, passando por ele com uma ombrada.

Fizemos o check-in da bagagem no portão e seguimos a fila pela ponte de embarque até o avião. Fomos arrebanhados como gado até as poltronas 20C e 20D, e Tyler teve dificuldade para encontrar espaços vazios para nossas mochilas. Ele acabou colocando a minha no compartimento de bagagens do outro lado, uma fileira para trás, depois colocou a dele embaixo da poltrona, à sua frente. Em seguida caiu no assento e suspirou.

— Algum problema? — perguntei.

— Estou cansado. Você me deixou acordado a noite toda.

Pressionei o nariz delicadamente em sua bochecha, dando uma risadinha.

— Você não fez objeção.

Ele ergueu uma sobrancelha.

— Por que eu faria uma coisa idiota dessas?
— Não é o voo. Você está tenso a manhã toda.

Ele pensou no que queria dizer e suspirou.

— Só uma coisa na minha cabeça.
— Sobre mim? — perguntei, me ajeitando.
— Mais ou menos. Bom, é, mas é uma coisa que quero falar depois.
— Bom, agora você tem que me contar — falei.

Os passageiros ainda estavam entrando, lutando para encontrar espaço para suas malas de mão. Um homem algumas fileiras atrás xingava a comissária de bordo.

Tyler olhou para trás, analisando a situação.

— É um saco passar um fim de semana prolongado com você e depois ir sozinho pro meu apartamento.
— Você tem companhia em casa.

Ele franziu a testa.

— Ele nunca está em casa. Está sempre na casa da Falyn. Além do mais, não é ele que eu quero ver quando chego em casa.

Pisquei, percebendo instantaneamente aonde essa conversa chegaria.

— Ela ainda vai pra festa?
— Acho que sim — murmurou ele, acostumado com as minhas mudanças de assunto.
— Que foi? — falei, cutucando-o. — Você não gosta dela?
— Eles brigam muito.
— Hum, conheço um casal assim.
— Nós não brigamos. Não mais — disse ele. — Não há alguns dias, pelo menos.
— O que isso significa?
— Quero que você se mude para a minha casa — ele soltou.
— De onde veio isso? Começamos há um mês. Um passo de cada vez, Maddox.

Ele olhou ao redor, tentando falar baixo.

— Talvez eu precise de um compromisso mais firme.

Eu não estava mais me divertindo.

— Que porra é essa, Tyler? Você está se tornando uma namorada grudenta. Se enxerga!

— O quê? A gente não acabou de se conhecer. Toda vez que vou pra casa, só vejo você. A cabeceira que você fez, a decoração... é tudo você.

— E daí?

Ele abriu os joelhos e se largou no assento, feito uma criança emburrada.

— Você está agindo de um jeito tão estranho que eu nem sei como reagir.

Os músculos de seu maxilar se retesaram.

— Não estou ansioso pra essa festa.

— E...?

— Estou preocupado de as coisas ficarem esquisitas. Estamos num momento frágil.

— Num momento *frágil*? É você mesmo que está falando isso? E por que as coisas ficariam esquisitas?

A aeromoça começou a dar instruções quanto aos procedimentos de segurança, pedindo aos passageiros para colocar os dispositivos eletrônicos em modo avião. A mente de Tyler estava girando, mas não tinha nada a ver com o voo.

— A garota que eu beijei em Colorado Springs...

— Sim? — perguntei, me preparando para o que ele poderia dizer.

— Era a Falyn — disse ele finalmente. — Eu beijei a Falyn. — Ele virou para mim, desesperado. — Do mesmo jeito que aconteceu com você e o Taylor. Ela achou que eu era ele, eu achei que ela estava flertando comigo...

— Você beijou a Falyn, por isso está me pedindo pra mudar para a sua casa?

— Isso.

Balancei a cabeça.

— Você beijou a namorada do Taylor?

— Ela não era namorada dele ainda.

— Estou muito confusa. O que isso tem a vem com eu morar com você?

— Não sei, Ellie, estou surtando, porra. Eu nunca... — Ele segurou minha mão e a beijou. — Estou apaixonado por você. Você não fala aquilo desde o Dia de Ação de Graças. Você empaca toda vez que eu falo em morarmos juntos. Tudo bem, posso estar um pouco desesperado, mas não sei o que eu faria se você me desse um fora.

— Entendi.

Tyler ficou na expectativa, me aguardando continuar.

— Você está me pedindo pra morar com você porque, quando eu descobrisse sobre a Falyn na festa, seria mais fácil me impedir de te deixar? — soltei. — Você está brincando comigo, porra?

Ele se encolheu.

— Isso é tão... tão... romântico — rosnei.

Seus ombros despencaram.

— Você me odeia?

— Sim, mas não porque você beijou a Falyn.

Ele olhou para baixo, meio perdido.

— O último mês foi maravilhoso, Ellie. Exatamente como eu pensei que seria. Estou desesperado por causa da noite de Ano-Novo desde que descobri que ela estaria lá.

— Então você deveria ter me contado a verdade toda desde o início. Se você se lembrar, eu não me importei naquele momento também.

— Se importou, sim.

— Tudo bem, me importei, mas não foi um empecilho.

— Você está certa — disse ele, com raiva de si mesmo. — Você está certa. Não vai acontecer de novo.

— Beijar a Falyn, mentir ou me pedir pra morar com você?

Ele virou para mim, as sobrancelhas se unindo e formando uma ruga profunda entre elas.

— Uau — falei. — Acho que é a primeira vez que você realmente sente raiva de mim.

— Não é um bom sentimento — disse ele, com a testa ainda franzida.

O avião taxiou até a pista de decolagem e, cinco minutos depois, os motores nos empurraram para a frente, disparando pelo asfalto e depois para o ar.

Tyler deslizou a mão sobre a minha, apoiando a cabeça no assento.

— Eu não sabia como isso era apavorante — sussurrou ele.

— Eu te avisei — falei.

Seus olhos se abriram de repente, e ele virou para mim. Mesmo com as olheiras e a barba por fazer, ele era ridiculamente lindo.

— E eu disse que valeria a pena. — Ele apertou a minha mão. — E está valendo.

Sorri.

— Só porque eu não falo, não quer dizer que eu não sinta.

— Que você me ama? Por que é tão difícil pra você?

Dei de ombros.

— Sua família fala muito isso. A minha não. Só não me parece natural. Mas é verdade. Eu te amo. — Eu tinha que forçar as palavras, mas não o sentimento.

Ele beijou minha testa, e eu me aproximei, me aninhando no seu braço e o abraçando. Ele apoiou o rosto na minha cabeça, a respiração voltando ao normal, e dormiu até a comissária de bordo começar o último anúncio.

— Senhoras e senhores, estamos iniciando o procedimento de pouso. Por favor, retornem suas poltronas e mesinhas para a posição vertical. Verifiquem se os cintos de segurança estão bem presos e se todas as bagagens de mão estão armazenadas embaixo do assento à sua frente ou nos compartimentos superiores. Obrigada.

Tyler se mexeu, esfregando os olhos.

— Uau. Quanto tempo eu apaguei?

— Bom, estamos pousando, então... pouco mais de duas horas.

— Caralho. Acho que eu estava mais cansado do que eu pensava.

Estiquei o pescoço e me aproximei para beijar seu rosto, depois me ajeitei de novo quando começamos a descer. O aeroporto de Denver estava agitado e caótico como sempre, mas passamos com nossas novas malas de rodinha pelo terminal, até o trem e, finalmente, até o quinto andar, em direção à saída.

Tyler diminuiu o ritmo quando passamos pela esteira de bagagem, reconhecendo, antes de mim, o casal que acenava para nós.

— Não é...?

— Ah, porra — falei conforme meu estômago afundava.

Finley tirou os novos óculos escuros do rosto e veio rapidamente na minha direção em seus saltos Louboutin de quinze centímetros, com os braços estendidos.

Ela me abraçou, e eu olhei para Tyler, em pânico.

— Finley — disse ele, abrindo os braços para ela. — Bom te ver.

— Você também, mas estou abraçando minha irmã pela primeira vez em quase um ano — disse ela, continuando a me espremer. — Você pode esperar.

— Fin — falei, tentando manter o desprezo longe da voz. — Que surpresa!

— Eu sei — disse ela, finalmente me soltando e secando o rosto. — Eu não te avisei porque eu sabia que você ia dizer pra eu não vir. Faz dez meses, Ellie. Eu não podia te dar nem mais um dia. Você é minha irmã.

— Tenho ligado, como você pediu.

— Eu sei — disse ela, olhando para Marco. — Mas não é suficiente. Você é minha melhor amiga. — Seus olhos dançaram entre mim e Tyler. — O que foi? O que vocês estão me escondendo?

Tyler olhou para mim, e minha mente disparou em busca de uma mentira verossímil.

— Nós... humm... vamos morar juntos — falei.

Finley e Tyler me lançaram expressões idênticas.

— Vamos tentar levar minhas coisas antes do Ano-Novo. É uma péssima hora pra nossa primeira visita.

— Ah — fez Finley. Ela pareceu um pouco perdida, mas depois um sorriso se espalhou pelo seu rosto. — Bom, parabéns pra vocês dois! — E nos abraçou, sufocando Tyler com o ombro. — Isso é tão empolgante! Nossos pais estão loucos pra te conhecer — disse ela, apontando para ele com os óculos. — Eles adorariam ver sua casa nova. *Eu* também! — Ela entrelaçou as mãos. — Em Estes?

Tyler olhou para mim, boquiaberto, sem saber o que responder.

— Sim, em Estes Park — respondi. — Ele tem um apartamento do outro lado da cidade.

— Podemos ir agora? — perguntou Finley.

— Fin...

— Vim pro Colorado pra te ver. Literalmente não tenho mais nada pra fazer.

— ... ótimo. Isso é ótimo — falei, com os olhos arregalados e um sorriso forçado. Olhei para Tyler. — Hum... hum... *querido*, acho que eles podem nos acompanhar até o meu apartamento, né? Você pode me deixar lá. Sei que você tem muitas coisas pra fazer.

Ele falou *querido* sem som com uma expressão de repulsa no rosto, atrás de Finley. Lancei a ele um sorriso esperançoso que certamente me fez parecer uma lunática.

— Claro... querida — disse ele. — Você conhece essa região? — perguntou a Marco.

— Tenho GPS — Marco respondeu com um sorriso orgulhoso.

— Encontramos vocês no Peña Boulevard, na locadora de carros Avis, e vocês podem nos seguir a partir de lá.

— Vocês estão com fome? — perguntou Finley. — Devem estar.

— Não — respondi, balançando a cabeça rapidamente. — Na verdade, não.

— Ah. Está bem, então... encontramos vocês na Avis daqui a dez minutos.

— Perfeito — falei, sorrindo para os dois até eles saírem porta afora.

Tyler e eu não falamos até chegarmos à caminhonete e ele sentar no banco do motorista e fechar a porta.

— Isso é horrível! — gritei.

— Isso é maravilhoso, porra! — ele respondeu com um largo sorriso. Olhei furiosa para ele.

— Eles vão pro meu apartamento. Vou ficar com a Fin a noite inteira. Ela vai descobrir sobre o Sterling até a hora do jantar. Estou *fodida*.

Tyler franziu o nariz.

— Não entendo sua estratégia, Ellie. Você não vê sua irmã há quase um ano para evitar que ela descubra algo que pode ou não fazê-la não ter mais vontade de te ver.

— Exatamente.

— Se você nunca mais vir sua irmã, que importância isso faz?

— Pelo menos ela não vai me odiar.

Tyler nos levou até a Avis, e eu acenei para Finley por trás da janela do passageiro da caminhonete. Os dois nos seguiram em direção ao norte, pela estrada com pedágio que levava a Estes Park.

Suspirei pela quarta vez em dez minutos.

— Ellie... — começou Tyler.

— Tenho menos de uma hora e meia pra descobrir o que fazer. O que você está fazendo? — soltei um grito agudo.

— O quê? — ele gritou de volta.

— Você está acelerando! Preciso de tempo pra pensar num jeito de mantê-la longe do meu apartamento!

Tyler diminuiu o peso do pé no acelerador, parecendo irritado.

— E se você falar que o apartamento está sendo dedetizado?

— Ela vai para o seu.

— E daí?

— Ela vai esperar que eu vá também.

— Está bem, então você fica enjoada de andar de carro no caminho até Estes.

— Gostei da ideia, mas é uma solução temporária para um problema permanente.

Tyler suspirou.

— Talvez... talvez você devesse simplesmente contar a ela.

— Você está louco? Quer que a Finley me odeie?

— Se fosse eu... — Ele hesitou. — Eu ficaria com mais raiva de você esconder a situação de mim. Ela vai superar, se você for sincera com ela.

— Não — falei, balançando a cabeça. — Você não conhece a Fin como eu. Ela guarda mágoa, e o Sterling...

— É um babaquinha idiota e chorão.

Fechei os olhos.

— Não fala isso pra ela.

Quando entramos no estacionamento da revista, meu coração começou a martelar, e minhas mãos ficaram molhadas de suor.

— Tem certeza que não quer que eu entre?

— Só o suficiente pra me seguir até o banheiro e...

Marco bateu na janela de Tyler. Ele olhou para mim, depois apertou o botão, esperando até que ela abrisse totalmente.

— Oi, a Ellie não está se sentindo bem. Acho que ela ficou enjoada da viagem de carro.

— Minha irmã não fica enjoada no carro — disse Finley, atrás de Marco. — Por que estamos no trabalho dela? Achei que íamos para o apartamento dela.

— O apartamento é aqui — explicou Tyler. — Em cima do escritório.

Finley sorriu.

— Fantástico. Então vamos.

Marco puxou uma enorme mala de rodinhas com várias bolsas de viagem empilhadas em cima pela calçada.

Saí tropeçando da caminhonete.

— O que está fazendo?

— Ah — disse Finley. — Você precisa de ajuda com a bagagem?

— Não. É um apartamento de quarto e sala. Por que você não fica na casa dos nossos pais?

Finley pareceu irritada.

— Porque os nossos pais estão lá, e eles não sabem que eu estou aqui. Se soubessem, estariam na sua porta, porque também estão desesperados pra te ver.

Finley girou nos calcanhares, me esperando com Marco na porta.

Mastiguei a unha do polegar e olhei para Tyler, ainda no banco do motorista.

— Em momentos como este, me arrependo de não ser religiosa.

— Quer que eu vá com você? — ele perguntou. — Pelo menos, me deixa ajudar com as malas.

Balancei a cabeça, derrotada.

— Não quero que veja isso.

Preocupado, Tyler acenou para mim, esperando até eu chegar à porta antes de ir embora.

Levei Finley e Marco até o andar superior, conduzindo Marco para o sofá e Finley ao meu quarto.

— Que incrível! Eu estava preocupada com o que você poderia pagar com o seu salário, mas isto é sensacional! Parabéns, irmãzinha!

— Bom — falei, vendo-a desfazer as malas como se estivessem em chamas —, meu chefe me fez uma ótima proposta.

— Como é o apartamento do Tyler? É legal como o seu?

— Não — respondi, balançando a cabeça. — Mas é decente.

— Por que ele não se muda pra cá, então? E por que você ainda não começou a encaixotar as coisas?

— Acabamos de decidir isso no Natal.

— Graças a Deus estou aqui — disse Finley. — O Marco pode te ajudar a empacotar.

— Eu realmente... estou bem. O Tyler vem pra cá mais tarde. Nós meio que vamos fazer isso juntos.

— Não seja boba... — começou Finley, finalmente olhando para mim por tempo suficiente para ver o que eu sabia que ela veria. — O que você está escondendo de mim? Ah, que inferno, Ellie! Você está grávida? — ela gritou.

— O quê? Não! Mal consigo cuidar de mim. — Eu a deixei e fui até a cozinha, abrindo a geladeira e tirando a tampa da minha cerveja barata preferida.

— Eca, que porra é essa? — perguntou Finley.

— Cerveja — respondi, mostrando a garrafa. — Quer? — perguntei, com um resto da bebida ainda na boca.

— Não. Você desenvolveu uns hábitos abomináveis, que a mamãe definitivamente não vai gostar.

— Bom, não planejo me encontrar com ela, então tudo bem.

— Ellie — começou Finley.

— Eu falei pra eles. Os dois morreram pra mim.

— Que grosseria. Eles só estavam tentando te ajudar.

Terminei a garrafa e abri outra.

As narinas de Finley se expandiram.

— Estou vendo que funcionou.

Segurei o topo da porta aberta da geladeira com uma das mãos e, com a outra, me agarrei à cerveja como se minha vida dependesse dela.

— Fin. Eu te amo, mas você não pode ficar aqui. Encontra um hotel, vai pra casa dos nossos pais, mas preciso que você vá embora.

Finley me encarou, surpresa no início, depois magoada.

— Como foi que isso aconteceu? Como foi que nos afastamos tanto? Sinto que estou parada na frente de uma estranha.

— Podemos conversar amanhã, mas preciso fazer isso em pequenas doses. Pelo menos no começo. Tenho que empacotar minhas coisas. Tenho muito a fazer, e não é justo você cair na minha vida neste momento.

Ela fez que sim com a cabeça e fez um sinal para Marco. Ele guardou as coisas dele e foi até o meu quarto para fazer o mesmo com os poucos itens que ela havia desempacotado sozinha.

As rodinhas bateram ao descer cada degrau enquanto Marco levava a mala até o carro. Abracei minha irmã, e ela me segurou por um segundo a mais antes de virar em direção à porta.

Quando pegou a maçaneta, olhou para mim por sobre o ombro.

— Tem mais alguma coisa. Você está tentando me proteger de alguma coisa. Não pensa que eu não percebi.

Fechei os olhos.

— Por favor, vai embora, Fin.

Ela mordeu o lábio, depois desapareceu porta afora.

24

A festa já estava bem animada quando entrei no apartamento de Taylor e Tyler. Reconheci alguns rostos — Jubal e alguém que imaginei ser sua esposa. Watts, Smitty, Taco e Docinho da estação do corpo de bombeiros também estavam lá.

Tyler correu na minha direção, oferecendo um abraço e um beijo demorado.

— Uau. Você está linda. Sensacional.

— Obrigada — falei, olhando para a jardineira listrada com lantejoulas e para os sapatos de salto que Finley tinha me emprestado. — Desculpa por chegar tarde. Eu estava arrumando tudo isto — falei, apontando para o cabelo e a maquiagem —, depois a Finley me ligou. Ela quer conversar hoje à noite.

— Oh-oh — disse Tyler.

— Ela parecia feliz, na verdade.

— Ah. Isso é bom, né?

— Acho que sim — falei, segurando seu braço quando um dos saltos balançou.

O apartamento estava pouco iluminado, sem nenhum tipo de decoração, exceto por uma única luminária num canto, que lançava um arco-íris de pequenos círculos nas paredes e no teto. Os alto-falantes bombavam com músicas que reconheci da playlist de Tyler, e me perguntei se os vizinhos chamariam a polícia ou deixariam as pancadas do baixo passarem por ser noite de Ano-Novo.

— Não é um jeito ruim de comemorar seu aniversário todo ano — gritei no ouvido de Tyler.

— É como se o mundo inteiro estivesse comemorando com a gente! — disse ele, me puxando pela mão através da multidão, até onde estavam Taylor e Falyn.

Ela era linda; o brilho em seu vestido marfim refletia a luz do ambiente, e o cabelo louro volumoso e as sardas proporcionavam o perfeito equilíbrio entre garota da casa ao lado e gatinha sexy. Tentei não encarar seus lábios e me lembrar que Tyler já os tinha saboreado, apesar de haver uma época, não muito distante, em que eu não me importaria de tê-los saboreado também.

Assim que Tyler se movimentou para nos apresentar, a multidão se abriu, e Paige apareceu, com um jeito nervoso, mas esperançoso. Seu cabelo agora estava prateado, num penteado pompadour recém-aparado. Estava com mais tatuagens e piercings do que eu me lembrava, e a doce inocência tinha desaparecido há muito tempo de seus olhos. Ela me deu uma cerveja num copo Solo vermelho, batendo a dela na minha.

— Há quanto tempo — disse ela.

— Como você está? — perguntei.

— Na merda. E você?

— Ainda sou alcoólatra — falei, tomando um longo gole. — Mas a internet diz que sou uma alcoólatra funcional, então tenho isso a meu favor.

Ela balançou a cabeça e sorriu.

— Sempre tão engraçada.

Tyler beijou meu rosto.

— Não quero ser grosseiro, baby, mas o Taylor...

— Baby? — disse Paige, encolhendo o queixo. — O que vocês são? Um casal, agora?

Inclinei a cabeça, surpresa com a prepotência vinda de um pacote tão pequeno.

— Na verdade, somos — respondi.

Paige abafou uma gargalhada, depois continuou a dar risinhos, cobrindo a boca e acenando na frente do rosto.

Tyler e eu trocamos olhares, depois ele se inclinou para sussurrar em meu ouvido.

— Não a convidei. Parece que agora ela está morando no prédio.

— Ah — falei, fazendo que sim com a cabeça e arregalando os olhos.

— Que ótimo. — Tomei a bebida toda, e Paige pegou o copo, estendendo a mão para trás e pegando mais uma.

— Baby — alertou Tyler. — Existe uma linha tênue entre ser funcional e ser apenas alcoólatra.

— É noite de ano-novo — disse Paige. — Qual é o problema?

A porta se abriu, e Finley entrou, encarando com olhos arregalados, fascinada com todos os corpos no espaço minúsculo. Tomei mais uma bebida, engolindo metade do copo antes de ver Sterling entrar também.

Engasguei, e Tyler deu um tapinha nas minhas costas enquanto eu engolia o conteúdo ainda na boca e tossia.

— Jesus, Maria e Joseph Stalin, porra — falei, balançando a cabeça, sem acreditar.

Finley acenou enfaticamente e puxou Sterling pela multidão. Ele parecia tão enjoado com o desastre iminente quanto eu.

— O que eu faço? O que eu faço? — perguntei, entrando em pânico.

— Me impede de matar o Sterling? — respondeu Tyler. — Isso deve deixar sua mente longe da Finley.

Olhei para ele, vendo-o olhar furioso para o acompanhante de Finley. Engoli o resto da cerveja que Paige tinha me dado e entreguei o copo para Tyler. Nenhuma quantidade de álcool me ajudaria a enfrentar os próximos minutos.

— Ellie! — disse Finley, jogando os braços ao meu redor.

— Fin... você bebeu — falei, fazendo um esforço enorme para não ter contato visual com Sterling.

— Um pouco de champanhe pra comemorar — disse ela, estendendo a mão esquerda. Um diamante enorme brilhava no dedo anular.

Segurei seus dedos e os puxei para perto, depois semicerrei os olhos para Sterling. Ele balançou a cabeça, implorando para eu não fazer um barraco.

— Vamos nos casar! — gritou Finley.

— Não entendo — falei. — Vocês nem estavam namorando. Desde a faculdade, pelo menos.

O sorriso de Finley desapareceu, e ela puxou a mão da minha, assumindo uma postura reservada.

— O Sterling e eu nos conhecemos há muito tempo, Ellison. O papai e a mamãe estão muito felizes. Achei que você também ia ficar.

— Talvez, se isso fizesse algum sentido — falei, ainda olhando furiosa para Sterling.

— Você não fala comigo há muito tempo, Ellie. O Sterling e eu nos tornamos muito próximos e...

— Oi! — disse Paige, me trazendo um copo novo. Bebi tudo de uma vez e lhe devolvi o copo.

— Baby — alertou Tyler.

— Obrigada, Paige — falei, secando a boca.

Toquei o braço da minha irmã.

— Finley, tem uma coisa que você precisa saber, antes.

— Fin, é melhor a gente ir. A Ellison não está num bom momento — disse Sterling.

— O que importa? — recriminou Tyler. — Não fez diferença antes. Você não tem nenhuma pílula pra isso?

Sterling pigarreou.

— Vamos, querida.

— Essa é a Finley? — disse Paige, acariciando o vestido caro de minha irmã. — Ah, sim! Eu lembro de você! Do bar! Tentando trepar com o Tyler!

O súbito interesse de Paige na situação me deixou nervosa.

— Claro que eu não estava fazendo isso — disse Finley, alisando o cabelo. — Você deve ter me confundido com outra pessoa.

— Não, não, era você. Você e seu amante latino nos deram uma carona naquela no... Ai, meu Deus! — Ela segurou a mão de Finley e analisou seu dedo. — O que é isso? Você está noiva?

— Estamos — respondeu Finley, puxando a mão de volta.

— Desse cara? — Paige apontou para ele, sem se impressionar. — Não era dele que você estava tentando se livrar no bar?

— Não — disse Finley, piscando. Ela não estava acostumada a se ver numa situação tão desconfortável.

— Paige — falei.

— Não... não — ela enrolou as palavras, dando um tapinha no meu peito esquerdo —, agora eu entendo. Achei que era só eu. — E pressionou a palma da mão no próprio peito. — Mas são vocês. — Girou o dedo indicador, apontando para Finley, Sterling, Tyler e depois para mim. — Vocês são tipo... pervertidos sexuais fodidos sem nenhuma consideração pelos sentimentos dos outros. Como vocês dois. — Ela apontou para Tyler e para mim. — Que porra vocês estão fazendo juntos? Eu fui legal com você, Ellie. Ele simplesmente te largou, e nós dividimos uma cama... eu fiz biscoitos pra você — cantarolou ela. Depois fez uma careta para Sterling. — E aí você trepou com ele, e agora sua irmã está noiva dele depois de tentar trepar com o Tyler e fracassar. Vocês todos são muito errados e deviam procurar apoio psicológico. Imediatamente.

— O que ela está falando? — disse Finley, encolhendo o queixo.

Fechei os olhos.

— Fin...

— Ela acabou de dizer que você trepou com o Sterling?

— Na verdade — disse Paige. — Ele fodeu a sua irmã. — Ela pressionou os lábios e fez que sim com a cabeça, claramente uma dedo-duro arrependida.

Meus olhos arderam, e eu estendi a mão para minha irmã.

— Finley...

Finley se afastou, depois virou para Sterling.

— Você fodeu a minha irmã?

Sterling estendeu as mãos.

— Não. Quer dizer, sim, mas, querida... foi um erro. Ela estava chateada, e nós tomamos algo que não devíamos... eu nem sei direito o que aconteceu. Não me lembro de nada, nem ela.

Finley olhou para mim, chocada.

— Ele está dizendo a verdade?

Hesitei, depois assenti, meus olhos se enchendo de lágrimas.

— Eu ia te contar.

— Você... — Finley olhou ao redor. — Você ia me contar? Isso serve pra corrigir as coisas?

— Não — falei, balançando a cabeça. — Nem um pouco.

— Foi por isso que você ficou tanto tempo sem falar comigo? Era isso que você estava escondendo de mim?

Não consegui falar nada, só fiz que sim com a cabeça.

Tyler apontou para Sterling.

— Vocês precisam ir embora.

Sterling estendeu a mão para Finley, com lágrimas lhe escorrendo pelo rosto.

— Fin. Por favor. Sei que você está com raiva, e tem todo o direito de estar, mas foi há muito tempo.

— Há quanto tempo? — perguntou Finley.

— Pouco depois de você ir para Sanya — soltou Sterling.

Finley pegou o celular e digitou furiosamente uma mensagem.

— Quem é? — perguntou Sterling.

— Marco — respondeu Finley. — Pedi pra ele vir me buscar.

— Querida, não. Temos que discutir isso. — Ele tocou o braço dela, mas ela ergueu os punhos.

— Não! — gritou ela, com as mãos trêmulas.

Todo mundo ao nosso redor virou para olhar.

Ela tirou o anel e enfiou no bolso do smoking de Sterling, dando um tapinha no peito dele.

— Seu filho da puta. Você ia deixar eu me casar com você sem me contar.

O lábio inferior de Sterling tremeu.

— Finley, pelo amor de Deus...

— E você — disse ela, apontando para mim. Uma lágrima escapou e escorreu pelo seu rosto. — Pode esperar. Vou trepar com o Tyler, e aí você vai ver como é.

— Eu queria te contar — gritei. — Mas eu não podia voltar atrás e não queria que você me odiasse.

— Não posso te odiar — disse ela. — Você é minha irmã. Mas você... — ela continuou, olhando furiosa para Sterling — você eu posso odiar. — O celular de Finley se acendeu, e ela sorriu e acenou. — Feliz Ano Novo, seus putos — disse ela, fechando a porta ao sair.

281

Sterling foi correndo atrás dela, e Tyler envolveu o braço ao meu redor, beijando meu cabelo.

— Sinto muito, baby.

Fechei os olhos, sentindo as camadas de rímel secando em meu rosto.

— É seu aniversário, baby. — Peguei o copo de alguém e engoli o conteúdo. — Vamos festejar.

Quando meus olhos se abriram, só consegui ver uma pilha de edredons estranhos. Pisquei algumas vezes para focar e vi um porta-retratos de Taylor e Falyn na mesinha de cabeceira.

Sentei, tentando engolir, mas sentindo que havia agulhas na minha garganta. Eu estava deitada no meio da cama do Taylor, sozinha. Andei pelo corredor até o banheiro, parando quando ouvi o chuveiro, depois continuei até a sala de estar, sem reconhecer as pessoas que ainda estavam desmaiadas e largadas nos móveis.

— Tyler? — chamei, olhando ao redor. Cambaleei até a cozinha para pegar um copo d'água. No instante em que o líquido gelado encostou na minha garganta, senti um segundo de alívio antes de vomitar violentamente na pia. Quando achei que tinha terminado, meu estômago se contraiu de novo e de novo, esguichando uma mistura de cerveja, vinho e tequila, em cima de todos os pratos que tinham sido deixados na cuba de aço inoxidável.

Abri a torneira para limpar a minha bagunça. Liguei a lava-louças e me arrastei pelo corredor em direção ao quarto.

— Tyler? — falei, empurrando a porta.

Tyler levantou a cabeça, esfregando os olhos.

— Oi, Ellie. — Ele piscou algumas vezes, tentando se concentrar na minha expressão. — Algum problema?

— Bom dia — disse Finley ao lado dele.

Tyler saiu da cama quase num pulo e depois procurou lençóis para cobrir o corpo. Finley estava casualmente em pé em sua forma perfeita e entrou no vestido, fechando o zíper e pegando os sapatos.

— Que porra é essa? — gritou Tyler, parecendo envergonhado e confuso.

— Eu mereço isso — falei, com a voz falhando.

Tyler balançou a cabeça, levando a palma da mão até a testa, tentando se lembrar do que acontecera.

— Não. Você... você estava bêbada e foi para o quarto errado. Deixamos você lá pra você poder dormir, Ellie. Não trepei com a sua irmã. Onde está a Falyn?

Dei de ombros.

— Por que eu deveria saber onde está a Falyn?

— Juro por Deus, Ellie — implorou ele, apontando para Finley. — Não aconteceu nada! Não tenho a menor ideia de por que ela estava nua nessa cama.

Finley piscou para Tyler e parou ao meu lado na porta.

— Como você se sente?

Soltei uma respiração trêmula, sentindo os olhos queimarem com as lágrimas.

— Morta.

— Então estamos quites. O Marco está nos esperando lá fora. Ele vai te dar uma carona pra casa.

Ela passou por mim e me deu uma ombrada, e eu olhei para Tyler. Ele soltou o lençol, procurando, furioso, suas roupas.

— Não vá embora. Ellie — alertou ele. — Não saia daqui com ela, porra. Precisamos conversar.

— Eu merecia isso — falei, com o rosto desabando. — Mas você não. Sinto muito por você ter sido envolvido nessa... nesse meu mundo fodido. Eu realmente achei... — Soltei uma respiração lenta, tentando não soluçar. — Não importa.

Tyler encontrou a cueca boxer e a vestiu.

— Ellie, espera.

Girei nos calcanhares, disparando pelo corredor e empurrando a porta. Conforme prometido, Marco estava me esperando num Lexus alugado, com minha irmã recém-comida no banco do passageiro. Deslizei para o banco traseiro, e Marco saiu com o carro assim que Tyler apareceu correndo porta afora com apenas uma toalha enrolada na cintura.

— Não para — falei, ouvindo Tyler gritar meu nome até virarmos a esquina um quarteirão depois.

— Acho bom você desligar seu celular até poder trocar de número — disse Finley. — Foi isso que eu tive que fazer com o Sterling. Você vai pro seu apartamento ou pro castelo?

— Pro meu apartamento — soltei, olhando pela janela.

Meu celular zumbiu, e eu me atrapalhei para desligá-lo.

— Te falei — disse Finley. Ela cheirou o próprio cabelo e fez um ruído de nojo. — *Eca*, ainda estou com o cheiro dele.

— Cala a porra da boca, Fin. Cala a boca.

Marco me levou até o prédio da revista. Depois que subi, vesti uma camiseta, uma calça de moletom, lavei o rosto e escovei os dentes. A caminhonete de Tyler parou numa vaga do estacionamento, e eu o ouvi socando a porta dos fundos.

Olhei para ele lá embaixo pela janela. Ele estava usando apenas uma camiseta e calça jeans, com as botas ainda desamarradas. Dava para ver sua respiração saindo em nuvens brancas, e ele esfregando as mãos entre uma batida e outra.

— Ellie! — gritou ele. — Não vou embora, porra. Abre essa porta!

Destranquei a janela e a empurrei sem esforço, me apoiando no peitoril enquanto olhava para Tyler lá embaixo.

— Não estou com raiva.

Ele olhou para mim.

— Então me deixa subir.

— Vai pra casa, Tyler.

Ele estendeu as mãos.

— Está frio pra caralho aqui fora.

— Então entra na sua caminhonete e vai pra casa.

— Não trepei com a sua irmã! Eu estava no chuveiro hoje de manhã. Você cambaleou até o quarto do Taylor, e eu dormi lá com você. Te abracei a noite toda, porra. O Taylor deve ter dormido no meu quarto, e sua irmã psicótica deve ter se esgueirado pra cama com ele, achando que era eu. Você pegou a Finley com o Taylor!

Franzi a testa, sabendo que eu conseguia distinguir os dois, agora, mas eu tinha acabado de acordar e estava irritada. Talvez...

— Me deixa subir. Por favor? Vou começar a perder os dedos daqui a pouco.

— Você vai deixar o Taylor assumir a culpa por você? Isso é mais do que enganar os professores na escola, não acha?

— Juro por Deus. Deixa eu subir pra explicar. Podemos ligar pro Taylor, se você quiser.

— Ele mentiria por você.

— Ellie, por favor? É meu aniversário. — Sua covinha apareceu, mas eu continuei forte.

— Então vai encontrar seu irmão pra comemorar.

Ele balançou a cabeça, sorrindo.

— Quero passar o dia com você. Mesmo que isso signifique passar o dia tentando descobrir que diabos aconteceu ontem à noite.

— Está fazendo menos dezesseis graus, Tyler.

— Então me deixa entrar — disse ele, o sorriso desaparecendo. — Não posso ir embora. Isso vai estragar o meu dia.

— Acho que *você* estragou o seu dia quando *dormiu* com a minha irmã!

— Eu não dormi com a sua irmã! Que inferno! — gritou ele, chutando a porta.

— Para! O Wick vai me expulsar daqui!

Tyler apoiou as mãos nos quadris, respirando com dificuldade. Balançou a cabeça, depois olhou para cima.

— Abre essa porta, Ellie, ou eu vou derrubá-la, juro por Deus.

— Você é um canalha — falei.

Ele estendeu a mão.

— E sua irmã é uma vaca.

Fechei a janela e desci a escada, pisando duro. Girei a fechadura e abri a porta. Tyler passou por mim, correndo até o apartamento. Quando voltei para a sala de estar, ele estava tremendo no sofá, enrolado no edredom da minha cama.

Revirei os olhos e liguei a Keurig.

— Quase peguei uma hipotermia por causa disso — disse ele.

— Você devia ter colocado uma roupa mais quente — soltei.

— Eu não tive tempo, já que o meu irmão entrou desesperado no banheiro pra contar uma versão meia-boca da história, e eu tive que correr atrás de você um quarteirão inteiro, usando só uma toalha, e depois voltar. Peguei a primeira roupa que eu vi, e saí porta afora. A única mulher em quem encostei na noite passada foi você. Você tem que acreditar em mim.

— Vou te fazer uma xícara de café, depois você vai embora.

Tyler se levantou.

— Espera aí! Você sabe que isso não está certo. Pensa bem!

Deixei as mãos caírem na lateral do corpo.

— E daí? A minha irmã voltou e deduziu que era o seu quarto por causa das nossas fotos na parede, tirou a roupa e subiu na cama com um Taylor nu e apagado?

— Talvez! Não tenho ideia, mas isso é mais provável do que eu achar que ela era você.

Eu me empertiguei.

— A Finley não faria isso.

— Ah, mas ela treparia com seu namorado por vingança?

Meu rosto se contorceu de desgosto.

A cafeteira apitou, e eu coloquei uma caneca embaixo do bico e uma cápsula no suporte, apertando o botão de coar. Abri a geladeira e peguei uma cerveja e o creme de avelã preferido de Tyler.

Dei a xícara a ele e abri minha cerveja.

— Não mexi — soltei.

— Inferno — disse ele, ofendido. — Achei que você tinha dito que não estava com raiva.

Olhei furiosa para ele enquanto ele bebia o café com um sorrisinho no rosto.

— Não tem nada de engraçado nisso!

Ele deu uma risada, incrédulo.

— Eu nunca faria isso com você. Graças a Deus a sua irmã não consegue nos distinguir, mas estou meio preocupado, porque você também não consegue.

Cruzei os braços.

— Eu tinha acabado de acordar e peguei você com a minha irmã. Talvez eu não estivesse enxergando bem.

— Então você acredita em mim.

— Para de falar.

— Você tem que saber isso. Eu te carreguei pra cama. Você estava supermal. Eu nunca te deixaria. A única coisa que não consigo saber é onde estava a Falyn.

O celular dele tocou, e ele atendeu.

— Você a encontrou? — Ele fez que sim com a cabeça, olhando para mim. — Vou te colocar no viva-voz.

— Ellie? — disse Taylor enquanto Tyler segurava o celular. — A Falyn foi até o mercado comprar umas coisas para o café da manhã de aniversário. Ela deixou a Finley entrar. Ela não sabe de nada, e eu gostaria que você não contasse pra ela. Eu não dormi com a sua irmã, e seria bem complicado tentar explicar isso.

Cobri os olhos com a mão.

— Não vou falar nada. Sinto muito, Taylor.

Tyler desligou o telefone e o guardou no bolso traseiro.

— Vem cá — disse ele, estendendo as mãos.

Mantive o rosto coberto.

— Sinto muito mesmo.

— Não é culpa sua — disse Tyler. Ele veio em minha direção e nos cobriu com o cobertor.

Encostei a testa no peito dele, inspirando o cheiro de cigarro antigo e sua colônia.

Eu o deixei e fui sentar no sofá, acendendo um cigarro. Ele sentou ao meu lado e deixou a cabeça pender para trás até encostar na parede.

— Não sei qual de vocês duas devia odiar mais a outra.

— Você ouviu o que ela disse. Somos irmãs. Não podemos nos odiar.

— Eu posso odiá-la — resmungou ele. — Tenho que saber como ela subiu na cama do Taylor sem ele saber. Ele deve ter achado que era a Falyn que tinha voltado pra cama.

Dei um trago e passei o cigarro para Tyler. Ele deu um trago e o devolveu.

— Minha família fodida oficialmente envenenou a sua.

Tyler pegou a cerveja da minha mão.

— Você estava desmaiada de bêbada ontem à noite e está bebendo de novo. Achei que você ia parar. Preciso parar com você?

— Acabei de perder a minha irmã. Não é o melhor momento para parar de beber.

— Nunca vai existir um bom momento, se você tiver que beber todas as vezes que estiver chateada. As merdas acontecem. Você tem que aprender a lidar com elas sem álcool. Eu te amo de qualquer jeito, mas você precisa acordar, Ellie.

Minhas sobrancelhas se juntaram conforme eu encarava a parede.

— Não posso acordar. Isso não é um sonho.

25

Luzes brancas incandescentes pendiam do no teto, presas ao longo da musselina enrolada nas vigas. Velas votivas largas eram cercadas por elaborados centros de mesa florais verdes e brancos.

Abby e Travis dançavam uma música lenta no centro do salão, sussurrando e sorrindo, delirantemente felizes. Eu estava deitada no chão, tirando fotos e procurando novos ângulos. Eu já tinha tirado fotos da festa de casamento, das famílias, dos casais e da primeira dança. A seguir seria o corte do bolo, mas Travis e Abby não pareciam estar com pressa.

Eu me levantei, sentindo alguém dar um tapinha no meu ombro. Tyler estava parado atrás de mim, barbeado e maravilhoso usando um smoking, com o botão de cima da camisa aberto e a gravata-borboleta pendurada desleixadamente.

— Quer dançar? — perguntou ele.

— Acho melhor me concentrar. Eu odiaria perder alguma coisa.

Ele colocou as mãos nos bolsos da calça e fez que sim com a cabeça.

— Ah, vai lá! — disse Camille, puxando minha câmera até a alça deslizar pela minha cabeça. — Eu tiro foto de vocês.

— Prefiro estar do outro lado da câmera — falei.

— Por favor — pediu Tyler, me conduzindo em direção à pista de dança.

Eu o segui, mas Camille clicando minha câmera como um paparazzo era enlouquecedor. Tyler e eu sorrimos para algumas fotos, depois Camille decidiu experimentar suas habilidades como fótografa nos pais de Shepley e em Trenton.

Tyler encarou nossas mãos enquanto se balançava comigo a poucos passos dos não-tão-recém-casados. Ele encostou o rosto macio no meu, me cheirando e saboreando o momento.

— Essa música é boa — disse ele. — Já ouvi umas cem vezes e nunca pensei que ia dançá-la com você em St. Thomas.

— É lindo aqui. Eu tinha me esquecido. Se eu ainda não falei... obrigada.

— Se eu não tivesse pago, os pais da America teriam feito isso pra voce.

— Talvez eles tivessem reservado um quarto só pra mim — falei com um sorriso cínico.

— Duvido. Ninguém acredita que somos só amigos, apesar da sua insistência.

Olhei para o copo de "água gelada" que eu tinha deixado na nossa mesa. Antes do casamento, esvaziei uma garrafa de água e desci para enchê-la com vodca. Cada gole que tomei durante o dia me fez sentir fisicamente melhor e emocionalmente pior.

— No instante em que eles jogarem o bolo na cara um do outro, vou parar. Catorze horas são suficientes para um dia. Isso é mais estressante do que estar nas montanhas diante de um incêndio.

A boca de Tyler se curvou para formar um meio sorriso, e ele beijou minha têmpora. Não me afastei, mal pensando duas vezes. Mais cedo, a família dele tinha falado que eu cederia ao Tyler em algum momento. Eu nem sabia mais o que éramos. Tínhamos dado início a uma série de dois passos para a frente e quatro passos para trás desde o começo, e não conseguíamos parar com isso.

Gotas de suor se formavam entre minha pele e meu vestido, umedecendo minha nuca. Não estava tão quente, mas estava úmido. O ar estava denso e pesado, caindo sobre a minha pele como um cobertor elétrico.

A música acabou, e Travis conduziu Abby pela mão até a mesa do bolo. Deixei Tyler na pista de dança para procurar Camille e minha câmera, tentando não ficar irritada demais por ela ter tirado mais de cem fotos nos cinco minutos que ficou com ela.

Ajeitei o foco da lente enquanto Travis e Abby empurraram a faca para cortar a primeira fatia. Todo mundo riu enquanto Abby o ameaçava e ele levava o bolo bem devagar até a boca da esposa. Um instante depois, tudo acabou, selado com um beijo. Todos bateram palmas, e a música começou a tocar de novo. Tirei mais algumas fotos e fui para nossa mesa, pegando minha bebida e terminando-a antes de chegar ao pequeno bar no canto.

— Rum? — perguntou o bartender, com o suor escorrendo pela têmpora.

— Vodca com amora. Dupla, por favor... mais vodca. — Eu o observei de perto enquanto ele servia, fazendo um sinal de satisfação com a cabeça quando serviu três quartos de vodca e o resto de suco de amora. Percebi que vodca era uma bebida barata, deixava pouco cheiro, e era fácil de misturar à maioria das coisas, o que facilitava para levar para o trabalho. — É melhor se adiantar e fazer mais um — falei, olhando por sobre o ombro. Terminei o drinque antes de sair e virei com um sorriso no rosto, esperando que, se alguém estivesse olhando, eu parecesse ter saído com apenas um drinque.

Esconder, disfarçar e criar estratégias para parecer normal. Eu não sabia até quando a parte funcional do meu alcoolismo continuaria sendo verdade.

— Calma — disse Tyler. — Tudo certo?

— Só relaxando — falei, observando Travis beijar a esposa e depois levantá-la nos braços, se despedindo de todos. Peguei minha câmera e capturei esse momento, feliz por eles e por mim, por eu finalmente poder guardar a câmera de vez.

Não demorou muito para Camille e Trenton, Taylor e Falyn, e Tyler e eu sermos os últimos convidados restantes do casamento. Os pais tinham se recolhido cedo, e Thomas e Liis pareciam estar brigando.

Sentei à mesa, colocando gelo no pescoço com uma das mãos e segurando um novo drinque com a outra. Trenton e Taylor estavam girando ao som da música com suas acompanhantes, brincando e dando risadas. A cobertura da parte externa do restaurante, que tinha sido estendida para proteger da chuva, sacudia com a brisa. Levantei a cabeça, deixando o ar rolar pela minha pele úmida e o álcool penetrar.

Tyler tirou alguns fios de cabelo da minha testa.

— Tudo bem?

— Estou bem, sim — sussurrei, mantendo os olhos fechados. Eu não podia ficar bêbada com tanta frequência. — Quero nadar no mar.

Ele acendeu um cigarro, mas, antes que ele pudesse soprar, segurei seu rosto e inspirei, enchendo meus pulmões com a fumaça. Eu me recostei, expirando no ar denso.

Ele apoiou o cotovelo na mesa e segurou o queixo, balançando a cabeça.

— Você torna tão difícil fazer a coisa certa, porra.

— Me leva pra nadar — falei, mordendo o lábio.

— Que tal amanhã? — perguntou ele. — Foi um dia longo. Não sei se nadar à noite no meio de uma tempestade é uma boa ideia, já que estamos bêbados e cansados.

— Tanto faz — falei, me recostando e fechando os olhos de novo. O ar refrescado pela chuva acariciou minha pele, e o peso da vodca era reconfortante. Estendi a mão para ele, encontrando cegamente seu braço.

— O que você está fazendo? — perguntou ele, achando engraçado.

— Só estou me certificando de que você ainda está aqui.

— Estou aqui. Pelo tempo que você me permitir.

Minhas pálpebras se abriram, e eu deixei minha cabeça cair para a frente, olhando para ele com os olhos secos e sonolentos.

— Quero fazer uma cama no nosso chão e deitar nua com você.

— Parece uma brincadeira obscena — disse ele, sorrindo.

Levantei a mão para o garçom, pedindo outro drinque. Ele olhou para Tyler, que eu percebi, pelo canto do olho, que balançou a cabeça.

— Ei — falei num momento de clareza.

— Ellie... você está bêbada. Você já bebeu tipo uns dez drinques... sem falar na merda que você bebeu o dia todo. Você vai se machucar.

— Melhor eu me machucar do que machucar alguém.

Ele franziu a testa.

— Uau. Estamos na fase de pena da noite? Ou você só está sendo uma bêbada amarga?

Camille estava mostrando o anel de noivado para Falyn pela décima vez na noite, e eu revirei os olhos.

— É uma porra de diamante, e é pequeno. Para de se mostrar.
— Ellie, já chega — disse Tyler.

Meu rosto se contorceu.

— Ela não me ouviu.
— Você está falando mais alto do que pensa. Vem. Vamos pro quarto.
— Estou me divertindo.
— Não, você está sentada num canto enchendo a cara.

Suspirei.

— Eu vou. Você fica aqui com a sua família. Não quero que você perca isso.
— Pra você acabar no mar? Não. Vem.

Eu me levantei relutante, afastando-me quando Tyler tentou pegar minha mão. Ele acenou para os irmãos e suas namoradas e só encostou em mim quando tropecei na calçada.

Subimos uma quantidade excessiva de degraus até nosso quarto, e eu me apoiei na parede enquanto Tyler abria a porta. A fechadura clicou, a porta se abriu e, se Tyler não tivesse me segurado, eu teria caído lá dentro.

Ele me pegou nos braços, me carregou até a cama e me colocou delicadamente no colchão.

— Vem cá — falei, estendendo a mão para ele.

Tyler tirou meus sapatos e depois me virou de lado por tempo suficiente para abrir o zíper nas costas do meu vestido. Ele deslizou o tecido para baixo, depois vestiu uma camiseta em mim.

— Bem melhor — falei. — Agora vem cá. — Estendi a mão para ele outra vez, mas ele apagou a luz e fechou a porta do banheiro. Os canos gemeram quando ele ligou o chuveiro. Pensei em me juntar a ele, mas eu estava tão confortável, e tonta, e talvez um pouco enjoada. Depois de alguns minutos, o calor ficou maior, e o conforto desapareceu. O enjoo tomou conta de mim, e eu rolei para fora da cama, engatinhando até o banheiro e estendendo a mão para a maçaneta.

Mal consegui chegar ao vaso sanitário antes de meu estômago rejeitar um dia inteiro de vodca. A cortina se abriu, e a voz profunda de Tyler ocupou o ambiente.

— Meu Deus, Ellie. Você está bem?

— Ãhã. Pronta pra segunda rodada daqui a pouco.

A cortina se fechou bem a tempo de eu vomitar novamente. Tyler desligou o chuveiro, e eu o ouvi jogando uma toalha sobre o corpo antes de começar a encher a banheira. Ele segurou meu cabelo até eu terminar de vomitar, depois tirou minha roupa, me levantou do chão e me colocou na banheira.

Usou um pano para lavar meu rosto, depois suspirou.

— Isso deixou de ser empolgante, né? — perguntei, sentindo o rímel espetar meus olhos.

— É — ele respondeu, parecendo triste. — Acho que está na hora.

Fiz que sim com a cabeça, tirando a tinta preta do rosto.

— Tudo bem, Tyler. Eu sabia que isso ia acontecer.

— Você sabia que ia acontecer o quê?

— O adeus.

Ele balançou a cabeça.

— Já te falei... não vou a lugar nenhum. Talvez não seja perfeito, mas vou adorar passar pelo inferno com você do mesmo jeito. Só não quero te ver piorando. Está na hora de começarmos a ir na outra direção.

— Acho que nós dois sabemos que eu já passei da fase do grupo de apoio e dos doze passos.

Ele limpou minha testa com o pano.

— Talvez. O que quer que seja, estou com você.

Meu lábio inferior tremeu, e eu fiz que sim com a cabeça.

Cutuquei as unhas, me sentindo esquisita por ter suado na umidade das Ilhas Virgens de manhã e estar com o aquecedor da caminhonete de Tyler soprando no meu rosto para combater o frio do ar do Colorado doze horas depois. Os limpadores de para-brisa crepitavam no vidro, tirando os flocos de neve que caíam silenciosos do céu noturno.

— Não estou tentando ser difícil. Acho que só preciso de um tempo pra dar um jeito nas minhas merdas.

Ele suspirou, frustrado.

— E por que não podemos fazer isso juntos?

— Porque tudo que eu tentei até este fim de semana não funcionou. Já faz um ano. Acho que é hora de algo novo.
— Ou alguém novo? — ele perguntou.
Pisquei, me sentindo ofendida.
— Não acredito que você disse isso.
— Eu só quero ajudar com a sua bagagem. Nada de mais.
— Quando você chegar lá em cima, vou querer que você fique.
— Isso é tão ruim assim? — Como não respondi, ele apertou o volante com tanta força que os nós dos dedos ficaram brancos. — Você quer beber e não quer que eu veja.
— Alguma coisa assim.
— Então essa é a coisa nova que você vai tentar? Preferir ficar bêbada a ficar comigo?
— Não.
— É isso que está parecendo.
— Você não vai entrar — soltei.
— Por quê?
— Você sabe por quê!
Ele bateu a palma da mão no painel.
— Que maldição, Ellie! Estou exausto, porra!
— Então vai pra casa!
— Não quero ir pra casa! Quero ficar com você!
— Que pena, porra!
Ele trincou os dentes, olhando direto para a frente. Os faróis da caminhonete destacavam o prédio da revista e os flocos de neve que aumentavam o tapete branco que já estava no chão.
Ele colocou marcha à ré.
— Não consigo fazer isso.
Peguei minha mochila e coloquei a mão na maçaneta.
— Já era hora de você admitir.
— Você só estava esperando isso, né? Eu desisto, e aí não é culpa sua. Ou talvez você possa subir e fingir que está bebendo porque está com pena de si mesma. Que brilhante, caralho!
Abri a porta, peguei minha mala de rodinhas e a puxei até o chão. Bati a porta traseira com violência, depois a do passageiro.

Tyler abriu a janela.

— Eu aguentei muita merda pra fazer isso dar certo, e você não dá a mínima, porra.

— Eu te avisei!

— Isso é palhaçada, Ellie! Só porque eu aviso a um banco que vou roubá-lo, não significa que o banco estava preparado pra isso!

— Conta isso pra todo mundo no bar, quando você estiver chorando com uma cerveja — eu me irritei.

— Não preciso ir para o bar toda vez que alguma coisa na minha vida dá errado. Isso se chama ser adulto. E tenho certeza que não vou chorar por sua causa — disse ele, fechando a janela. Em seguida pisou fundo no acelerador, cantando pneu em marcha à ré e fazendo um semicírculo. Depois saiu do estacionamento e foi para a rua, saindo a toda velocidade em direção à rodovia.

Fiquei parada sozinha por um tempo, surpresa. Ao longo do ano que eu o conhecia, Tyler nunca tinha falado comigo daquele jeito. O amor fazia as pessoas odiarem de um jeito que nunca teriam odiado.

A neve deixava o mundo silencioso, mas até o silêncio produzia um som. Puxei minha bagagem pela neve, subindo o meio-fio em direção à porta dos fundos. Minha chave estava gelada, queimando meus dedos enquanto minha mão tremia. Num ritmo constante, as rodinhas bateram em cada degrau, e eu deixei tudo cair para a frente quando cheguei ao topo.

Dei alguns passos até a geladeira e peguei a última lata de cerveja, percebendo que a única coisa que restava era queijo mofado e um pote de mostarda. A cerveja sibilou para mim quando abri a tampa, e o líquido amargo pareceu gelado e reconfortante na minha garganta. Havia meio litro de vodca no armário, mas faltava uma semana para o dia do pagamento.

Meu celular zumbiu no bolso de trás, e eu me atrapalhei para atender.

— Alô?

— É a Jojo. Já voltou?

— Já — respondi, tirando a neve do cabelo.

— Entediada?

— O que você tem em mente?
— Drinques baratos num bar vagabundo? — disse ela. — Eu te pego.
— Perfeito.

26

Jon Bon Jovi estava tocando na jukebox no canto, e o brilho amarelo, verde e azul dela era uma das únicas fontes de luz no Turk, além das lâmpadas fluorescentes do bar.

Um pequeno grupo de praticantes de snowboard estava bebendo tequila no canto, e, apesar dos meus ocasionais olhares de flerte na direção deles, os caras não queriam dividir.

Annie estava ocupada atrás do balcão, aproveitando as últimas gorjetas da temporada de esqui. Eu estava sentada num banco em frente à sua mangueira de água com gás, observando-a misturar drinques que eu não podia comprar. Jojo já havia me comprado dois, e eu não ia pedir mais um. Infelizmente, ninguém estava tentando paquerar uma garota animada, de ressaca, com jetlag e pobre demais para festejar.

Olhei ao redor, me sentindo mais desesperada conforme os minutos passavam, ouvindo Jojo falar sem parar sobre Liam e seu convite para encontrá-lo na Carolina do Norte.

Uma dose foi colocada na minha frente, e eu virei para agradecer. Meu sorriso desapareceu quando avistei um penteado pompadour platinado e um sorriso doce.

— Parece que você já teve dias melhores, Ellie — disse Paige, ajeitando um de seus enormes brincos dourados de folha.

Olhei para a frente.

— Vai embora, Paige.

— Isso não é muito simpático. Acabei de te pagar um drinque.

Inclinei o pescoço para ela.

— Minha irmã não fala comigo por sua causa.

Jojo se inclinou para a frente.

— Não acredito que você fez isso, Paige. Que porra você estava pensando?

— Eu não estava pensando — disse ela sem pedir desculpas. — Eu estava bêbada e, talvez, muito doida.

Jojo franziu o nariz.

— O que aconteceu com você? Você era tão doce. Agora está cheia de buracos e coberta de arte barata.

— Vai dar para um canguru, Jojo.

— Você é uma babaca, Paige. Esse seu sorriso falso e inocente não convence ninguém — acusou Jojo, virando para olhar para a televisão no alto.

Paige pareceu não se abalar, apoiando o queixo na palma da mão.

— Eu não estava tentando ser má. Eu não sabia que era segredo.

— Se você vai tentar algo tão hediondo, pelo menos admite. Eu te respeitaria mais — falei, pegando a dose e lançando-a na garganta.

— Quer mais uma? — perguntou ela, arqueando uma sobrancelha. Ela tinha planos para mim, e eu não me importava quais eram. Eu só queria ficar bêbada e não me importar por uma noite.

— Depende. O que você colocou nessa dose?

— Nada divertido, a menos que você peça.

— Aceito só mais um drinque.

Paige fez um sinal para Annie, que assenti.

— Onde está seu namorado? — perguntou Paige, levantando a perna para sentar no banco à minha direita. Ela estava usando uma calça jeans justa e camiseta por baixo de uma blusa de flanela, mostrando as curvas e o decote ao mesmo tempo em que se mantinha aquecida.

— Não está aqui — respondi, engolindo a outra dose que Annie colocou na minha frente.

— Ei — disse Paige com uma risadinha. — Espera por mim. — Ela ergueu o queixo, e o líquido escuro escorreu garganta abaixo. Em seguida colocou o copo de cabeça para baixo e o deslizou na direção de Annie, pedindo dois duplos.

Eu os bebia com a mesma rapidez que Annie os preparava. Por fim, Paige me interrompeu:

— Você vai beber todo o meu salário. Cheguei com uma nota de cinquenta, e já gastei tudo.

— Obrigada — falei, levantando o copo vazio.

— Vai com calma — disse Jojo. — Quando meu pai exagera, é mais fácil ele se recuperar quando não está de ressaca.

— Já estou de ressaca — falei. — Ou estava... seis drinques atrás.

— Você está contando? — perguntou Paige. — Isso é impressionante.

Jojo bufou.

— Contar até seis só seria impressionante pra você, Miley Cyrus.

— Por que você a trouxe pra um bar, se ela está limpa, Jojo? — perguntou Paige, inclinando-se para a frente.

— Por que você levou cerveja para a casa dela? E por que está pagando doses pra ela agora? Eu só queria beber uns drinques e conversar, não deixar a coitada bêbada pra convencê-la a fazer sacanagem.

— Tem certeza? — perguntou Paige com um sorriso doce.

— Vai se foder, Paige.

— Meninas — falei, sorrindo quando senti o calor se instalando nos músculos. — Não precisam brigar pra saber quem me apoia mais.

— Isso não é engraçado — disse Annie, olhando furiosa para nós com os olhos redondos cor de chocolate enquanto secava furiosamente um copo. — Vocês são duas babacas, se ela estava tentando ficar sóbria. — E olhou para mim. — Você está proibida, Ellie. Saia daqui.

Minha boca se abriu.

— O que foi que eu fiz?

— Você me deixou servir drinques para uma alcoólatra. É melhor eu não te ver aqui de novo, senão eu chamo o Wick. Jojo... que vergonha.

Jojo fez uma careta.

— Ah, por favor. Como se meu pai não viesse aqui ficar bêbado quando briga com a minha mãe.

— Ele não vem aqui há muito tempo — disse Annie, e seus cachos castanhos na altura dos ombros balançaram enquanto ela repreendia e trabalhava ao mesmo tempo. — Leva ela pra casa.

— Tudo bem, tudo bem, já estamos indo — falei, levantando para pegar minhas coisas.

— Eu te levo — disse Paige.

— Não. — Balancei a cabeça. — Você ainda não pediu desculpas pela noite de Ano-Novo.

Paige deu um passo em minha direção, ficando muito perto de mim.

— O que você acha que estou tentando fazer?

Ela se aproximou, inclinou a cabeça e pressionou os lábios nos meus. Os caras do snowboard no canto gritaram, como se seu time preferido de hóquei tivesse marcado um gol.

— Paga um drinque pra essas garotas! — gritou um deles, apontando para nós.

Olhei para Annie, mas ela apontou para a porta.

Paige me levou para fora pela mão, mas, assim que chegamos ao beco, ela encostou na parede e me puxou para si. O piercing que ela tinha na língua bateu nos meus dentes, e suas mãos seguraram meu rosto firmemente.

Ouvi alguém dar uma risadinha à esquerda, virei e vi uma mulher na mesma posição de Paige, puxando o rosto de Sterling para si. O joelho dela estava enganchado no quadril dele.

Os olhos de Sterling estavam vermelhos e se desviaram. Quando ele me reconheceu, percebi que estava tão bêbado quanto eu, se não mais. Observamos um ao outro durante muito tempo, depois a amiga de Sterling o puxou para encará-la de novo, exigindo sua atenção.

Paige tentou fazer a mesma coisa, mas eu recuei.

— Ellie? — disse Paige, confusa.

Fui em direção à rua, passando por Sterling e sua nova amiga e virando em direção ao centro da cidade. Parei na esquina, olhando para baixo quando um carro da polícia passou por mim. O sinal mudou de cor, e eu atravessei a rua correndo, até a única loja de conveniência vinte e quatro horas da cidade.

— Banheiro? — perguntei.

O atendente apontou para os fundos, e eu corri.

— Ei. Ei! Nada de vomitar lá dentro!

Passei voando pela porta e me apoiei nela, deslizando até o chão. Pedaços de papel higiênico e toalhas de papel estavam largados ao meu redor, e eu senti a bunda da minha calça jeans ficar molhada por causa das inúmeras poças que haviam no chão. Peguei o celular no bolso traseiro, com o polegar flutuando sobre a tela.

Antes que eu pudesse mudar de ideia, apertei o último nome que achei que discaria — um número que Finley tinha programado no meu celular três meses antes.

O telefone tocou duas vezes antes de ela atender.

— Ellison? Meu Deus, que bom saber de você!

— Sally — comecei. — Estou no banheiro de uma loja de conveniência. Acho que é a única aberta na cidade.

— Onde?

— Estes Park. Preciso de um carro pra ir até a clínica de reabilitação mais próximo. Tentei parar de beber... Eu... — Respirei fundo. — Não consigo fazer isso sozinha. Estou bêbada neste momento.

— Alguém vai te pegar aí em quinze minutos. Aguente firme, Ellison. Vamos te curar.

Coloquei o alarme para despertar no celular e esperei no chão sujo. Antes de o som desligar, o atendente bateu à porta.

— Ei, moça! Tudo bem aí dentro?

— Estou bem — respondi, fungando. Engatinhei até a parede mais distante e peguei um pedaço de papel higiênico no rolo, secando os olhos entre um soluço e outro.

— Tem um cara aqui fora. Disse que veio te pegar.

Cambaleei até levantar, surpresa com meu reflexo no espelho. Duas faixas de rímel, muito pretas e grossas, manchavam meu rosto, dos olhos até o maxilar. Meu cabelo estava emaranhado, meus olhos, entorpecidos e vidrados. Abri a porta e, ao lado do atendente, vi Tyler parecendo enorme em comparação com o garoto baixinho e magrelo.

Ele suspirou, aliviado.

— Ellison... eu te procurei em toda parte.

Sequei as mãos na calça jeans e tentei andar sem tropeçar. Tyler me seguiu até lá fora, pronto para me pegar se eu caísse. Ele colocou seu casaco sobre meus ombros e ficou agitado.

— Sinto muito, porra — soltou ele. — Eu não queria falar aquilo. Não queria falar nada daquilo.

— Eu sei.

— Não — disse ele, estendendo a mão para mim. — Não, você não sabe. Você não tem a menor ideia de como eu te amo, porra. Só estou... sem ideias. As coisas estavam tão boas antes do meu aniversário. Eu só quero voltar àquela época de algum jeito.

Oscilei para trás, mas ele me puxou para si.

— Quanto você bebeu? — perguntou ele.

— Muito — respondi, o lábio inferior tremendo. — Vi o Sterling.

A expressão de Tyler passou de preocupação para raiva.

— Onde? Ele te falou alguma coisa? Como foi que você chegou aqui? Com ele?

Balancei a cabeça e cruzei os braços.

— Vim andando.

— Meu Deus, Ellie, está congelando lá fora.

— Não quero ser como ele.

— Como o Sterling? — Tyler pareceu pego de surpresa. — Você não é. Você não é nem um pouco como ele.

— Sou exatamente como ele. Uma babaca bêbada e egoísta, que não se importa com ninguém. — Virei para Tyler. — Não posso te amar. Não consigo amar nem a mim mesma...

Tyler agiu como se o ar tivesse sido retirado de seus pulmões. Em seguida deu de ombros.

— O que eu posso dizer? Você vive me tratando mal e eu continuo voltando, achando que uma hora você vai parar com isso. Eu te amo. E sei que você também me ama, mas... eu não sou um saco de pancadas. Não sei quanto tempo mais vou aguentar.

— Não cabe a você me salvar. Tenho que fazer isso sozinha. Em outro lugar.

Ele ficou pálido.

— Do que você está falando?

Um carro preto parou, e o motorista desceu.

— Srta. Edson?

Fiz que sim com a cabeça.
Tyler franziu a testa.
— Quem é esse aí, porra?
— Minha carona.
— Posso te levar. Pra onde você vai?
Dei de ombros.
— Não sei.
— Quem é esse cara? Ele trabalha para os seus pais?
— Não exatamente — respondi. Sally sabia tão bem quanto eu que meus pais pagariam por uma carona que me levasse à reabilitação.
Tirei a jaqueta dele, mas Tyler estendeu a mão.
— Fica com ela. Me devolve quando voltar pra casa.
Estendi a mão para o rosto dele, ficando na ponta dos pés para beijá-lo, e ele jogou os braços ao meu redor, fechando os olhos com força e me abraçando como se fosse a última vez.
— Volta — disse ele nos meus lábios, ainda de olhos fechados.
— E se eu voltar diferente? E se demorar muito?
Ele balançou a cabeça.
— Amei todas as suas versões e vou amar a que voltar.
Meu rosto se retraiu, e eu fiz que sim com a cabeça, acenando um adeus.
O motorista estava parado ao lado do carro e abriu a porta quando viu que eu caminhava em sua direção. Ele a fechou quando sentei no banco traseiro. O cheiro de couro e de carro novo me fez lembrar da minha outra vida, da antiga Ellison que não teria percebido que estava tão suja enquanto o carro estava tão limpo. Eu não pertencia àquele carro nem àquela vida, mas ali estava eu disposta a me submeter àquilo tudo para poder me curar completamente.
— Coloque o cinto, srta. Edson — pediu o motorista. — Temos uma longa viagem.
Fiz que sim com a cabeça, estendi a mão para a alça atrás do ombro e a puxei. Eu não sabia para onde o motorista estava me levando, mas chorei o caminho todo.

27

O *peitoril de pedra fria* dava uma sensação boa em minhas mãos enquanto eu me equilibrava na varanda do meu quarto particular. O mar estava calmo naquele dia, depois de uma semana de tempestades. As ondas me acalmavam à noite, e o sal no ar me dava segurança, mas eu estava indo embora. Eu ainda tinha que encarar minha irmã, Tyler e os garotos. Eu tinha pedidos de desculpas a fazer, e muito mais trabalho pela frente.

Uma batida suave me fez atravessar o piso de mármore. Apertei o cinto do meu roupão de seda bege e estendi a mão para a maçaneta de metal. Minha estadia no Passages foi como férias luxuosas. Quando cheguei, achei que era mais uma tentativa da minha família de comprar minha sobriedade, mas aprendi muito e mudei ainda mais. Meu coração estava curado, e minha alma estava tranquila — pelo menos no confinamento dos muros da clínica de reabilitação mais luxuosa do mundo.

Sally entrou com minha conselheira, Barb, segurando um cupcake e um certificado. Sally piscou para mim, sabendo que o certificado era uma bobagem, mas significava que eu ia para casa. Ela me abraçou, e seu orgulho genuíno ficou evidente no abraço. Passamos muitas noites até tarde em conversas particulares durante minha estadia de sessenta dias, e, de alguma forma, ela havia convencido meus pais a respeitarem meus limites enquanto apoiavam minha reabilitação com boa vontade e dinheiro, apesar de seus pedidos para me verem terem sido repetidamente negados.

Barb já tinha preenchido os documentos de liberação e me deu uma caneta. Li as letras grandes e as pequenas e assinei. Sally deu um tapinha em minha mão direita enquanto eu escrevia com a esquerda, e eu me despedi de Barb

Quando minha conselheira saiu do quarto, Sally me lançou seu sorriso característico com os lábios comprimidos, o orgulho praticamente irradiando de seus olhos velados. Sally não era, de jeito nenhum, a cobra que eu achava que era. Agora que eu estava sóbria, era mais fácil ver as pessoas como realmente eram. Uma cabeça limpa ajudava a distinguir quem queria o melhor para mim e brigaria comigo para chegar a esse objetivo, e aqueles que tinham boas intenções, mas seriam os primeiros a me dar liberdade — como os meus pais. Eu ainda não estava forte o suficiente para vê-los e, apesar de ser difícil aceitar alguma coisa deles sabendo dos danos que eu causara à nossa família, eu estava comprometida com a sobriedade, e o apoio deles seria a diferença entre o sucesso e uma recaída. Eu tinha que engolir meu orgulho e aceitar qualquer apoio útil que as pessoas que me amavam me dessem.

Sally me levou até o aeroporto, depois me abraçou na despedida, com a promessa de ligar sempre. Lutei contra meu ressentimento de andar na primeira classe, vestindo roupas novas e o perfume caro que Finley havia me mandado. Eu estava muito longe da bêbada desleixada que eu era apenas dois meses atrás e da fotógrafa de aventuras coberta de fuligem. E agora, sóbria, tudo isso parecia diferente. Eu mesma parecia diferente.

Assim que o avião rumo à para a pista de decolagem, meu celular acendeu, e o rosto de Finley me mandando um beijo brilhou na tela.

Ela havia ido ao Passages apenas uma vez, por tempo suficiente para termos uma sessão de terapia de três horas e jantarmos. Minha irmã admitiu, em meio a lágrimas, que passou por Falyn e entrou no apartamento, viu uma foto minha na mesinha de cabeceira e achou que estava deitando na cama com Tyler. Ela se lembra de ele ter dito Falyn quando ela se deitou, mas ela estava com tanto ciúme e tão magoada que só conseguia pensar na retaliação. Ficou morrendo de vergonha de falar comigo depois disso, até o dia em que se sentou numa linda sala cheia de flores, piso de mármore e quadros caros, o clima perfeito para promover a calma e o conforto enquanto nossos pecados mais terríveis eram revelados.

— Alô — falei, levando o celular ao ouvido. — Estou me preparando pra decolagem, Fin.

— Você devia ligar para o Tyler. Ele está um pouco ansioso.

— Somos dois.

— Ele quer te ver.

— Também quero vê-lo. Só não sei se deveria ser hoje à noite.

— Ele quer te pegar no aeroporto. O José pode fazer isso. A decisão é sua.

— Sou uma alcoólatra em recuperação, Fin, não uma criança.

— Desculpa. Vou falar para o José te encontrar na esteira de bagagens às sete e meia.

— Tudo bem. A viagem a partir de Denver vai gerar uma boa conversa.

— Com o Tyler? — perguntou ela.

— É. Tenho que ir, Fin. Eu te amo.

— Também te amo, Elliebi.

Desliguei o celular e o coloquei no console, entre mim e o senhor de terno Prada e óculos. Ele me lembrava um pouco de Stavros, o bartender do hotel em Colorado Springs, por causa do cabelo grisalho e do estilo. Quando o avião decolou, pensei nos meus últimos momentos com Tyler, nas escolhas que passei sessenta dias tentando deixar de lado, e no modo como Tyler tinha olhado para mim. Eu me perguntei se ele me veria daquele jeito, como a garotinha fraca e perdida que ele tinha que pajear. A Ellie três-ponto-zero não era fraca nem perdida, mas carregava muita culpa e pouco perdão.

Quando as rodas encostaram no chão de Denver, minha cabeça caiu para a frente e meu queixo deslizou do punho. Bati os lábios, tomando um gole de água enquanto a comissária de bordo começava o discurso sobre os procedimentos de desembarque. Quando o avião parou completamente e um apito soou pelo sistema de alto-falantes, os cintos de segurança estalaram numa sucessão rápida, parecendo os cliques de um teclado, e o barulho de todos se levantando ao mesmo tempo reverberou na fuselagem. Eu tinha verificado todos os meus pertences, então me espremi passando pelo empresário de cabelo grisalho e parei no corredor, esperando a porta se abrir.

A caminhada pela ponte de embarque pareceu mais longa que o normal, assim como a viagem de trem até o terminal de bagagens. Tudo parecia diferente — eu parecia diferente. Quando cheguei à escada rolante e subi até a esteira de bagagens, vi Tyler parado na base, sendo empurrado e acotovelado pelas pessoas que saíam da escada e passavam por ele. Tyler olhou para mim, sem desviar o olhar até eu estar parada diante dele.

— Oi — disse ele, nervoso.

— Obrigada por vir até aqui me pegar.

— Estive em toda parte e liguei pra todas as pessoas pra descobrir pra onde você tinha ido. Eu queria estar aqui quando você voltasse pra casa.

Alguém me empurrou por trás, me obrigando a dar um passo para a frente.

— Ei — disse Tyler, empurrando o cara. Ele me guiou para longe da escada rolante, e o calor dos seus dedos na minha pele me deixou mais emotiva do que eu previra. — Eu não sabia que dois meses pareciam tanto tempo.

— Provavelmente porque você estava sem casaco — falei, devolvendo sua jaqueta.

Ele olhou para o tecido nas minhas mãos.

— Eu tinha me esquecido do casaco. Mas não consegui me esquecer de você.

— Eu só precisava de um tempo pra dar um jeito nas minhas merdas — falei.

Tyler sorriu, parecendo aliviado com minha escolha de palavras. Eu estava usando o vestido bege e as botas de camurça altas e com saltos altos que Finley me mandara. Meu cabelo caía em ondas suaves até o meio das costas, limpo e sem cheirar a cigarro. Eu estava muito diferente da última vez que ele me vira, mas ele parecia mais calmo pelo fato de que pelo menos eu estava falado do mesmo jeito que antes.

A esteira rolante zumbiu, alertando os passageiros do voo pouco antes de começar a se mexer. Eles se acumularam ao redor do carrossel de bagagens.

— Aqui — disse Tyler, me pegando pela mão e me levando para mais perto da esteira. As malas já estavam cambaleando pelo oval comprido que cercava a calha. Minha mala era a terceira, porque o puxador estava com uma etiqueta vermelha de prioridade.

Tyler levantou a mala grande sem esforço, depois estendeu o puxador.

— É uma caminhada — disse ele, na defensiva.

— Já fizemos caminhadas juntos.

— É verdade — disse ele com um sorriso. Ele ainda estava nervoso, calado, enquanto seguíamos até a garagem do estacionamento. O Aeroporto Internacional de Denver não era o mais fácil de se transitar, mas Tyler estava concentrado e me levou rapidamente até sua caminhonete.

Depois que colocou minha mala no banco traseiro, ele abriu minha porta e me ajudou a entrar. As botas de salto alto dificultavam, mas, com um braço, Tyler me levantou até o assento.

Ele contornou o carro, saltou até seu banco e virou a chave na ignição. Mexeu no ar-condicionado e olhou para mim em busca de aprovação.

— Sim, tudo bem... estou bem.

Tyler deu ré e navegou pelo labirinto do estacionamento até vermos a luz do dia.

— Então, hum — começou ele. — Adivinha quem vai ser papai?

Inclinei a cabeça para ele, me preparando.

— Não! Ai, porra, não, não sou eu. O Taylor — disse ele, rindo de nervoso. — O Taylor vai ser papai. Vou ser titio.

Expirei.

— Ótimo! Isso é ótimo. Que demais! O Jim deve estar animado.

— É, ele está bem eufórico.

Fiz que sim com a cabeça, virando para a janela e fechando os olhos, expirando devagar. Eu estava ansiosa para vê-lo havia tanto tempo e, sem saber o que esperar, eu já estava emotiva e me sentindo esgotada. Tentei fazer os exercícios respiratórios que aprendi quando estava longe.

Os pneus cantaram na rua, o tom parecendo um pouco mais agudo quando chegamos à rodovia e Tyler acelerou. Esperar que ele tivesse a conversa inevitável sobre minha súbita partida era pressão demais, e eu decidi começar:

— Tyler...

— Espera — disse ele, apertando o volante. — Me deixa explicar.

Engoli em seco, preocupada que fosse muito pior do que eu tinha imaginado nas últimas oito semanas. Tyler tinha me deixado de lado, me abandonado, partido meu coração e gritado comigo de mil maneiras diferentes nos meus sonhos. Agora, tudo que ele precisava fazer era me mostrar qual seria a nossa realidade.

— Eu estava puto. Admito — começou ele. — Mas eu não sabia que você tinha entrado num maldito avião. Sou um completo babaca, Ellie. Não percebi que você estava tão mal. Não sei o que vamos fazer, mas, se for amizade colorida, não posso nem me considerar um bom amigo. Eu devia ter percebido. Eu devia saber.

— Como? — falei. — Nem eu sabia.

Ele se remexeu várias vezes, tirou o boné de beisebol e o enterrou na cabeça em seguida, depois o levantou novamente para poder enxergar o suficiente para dirigir. Esfregou a nuca, se mexeu no assento e ajustou o rádio.

— Tyler — continuei. — Simplesmente fala. Se for demais pra você, eu entendo. Não é culpa sua. Eu te fiz passar por muita coisa.

Ele virou, lançou um olhar furioso na minha direção, depois parou a caminhonete no acostamento, colocando o carro na marcha de estacionar.

— Você foi parar no chão imundo do banheiro de um posto de gasolina. Se despediu com um beijo, depois desapareceu, porra. Fiquei preso nas montanhas e quase morri de preocupação, Ellison. Eu não tinha como chegar até você, não tinha como ligar pra descobrir se você pelo menos estava viva, e não dormi porque todas as ligações que eu fazia não me levavam a lugar nenhum.

Fechei os olhos.

— Desculpa. Fui muito egoísta e te devo mais do que um pedido de desculpas.

— Não — disse ele, balançando a cabeça. — Eu não devia ter te deixado no apartamento. Eu vi você lutando. Você estava lutando há algum tempo. Eu te levei pra um bar, porra, pedi alguns favores pra te tirar da cadeia porque você estava bêbada e entrou numa área proibida, te levei a festas, sabendo que você estava batizando seu café no trabalho... Sou seu amigo em primeiro lugar, Ellie, e fracassei em todos os sentidos.

Barb tinha me explicado que eu ia enfrentar um furacão depois que saísse do Passages. Eu não teria que lidar só com a minha culpa, mas também com a culpa de todos que me amavam.

— Tyler, para. Nós dois sabemos que você não poderia ter me impedido. A decisão tinha que partir de mim, e você me amou até eu fazer isso.

Seus olhos castanhos acolhedores estavam vidrados, cheios de desespero.

— Nós dois estávamos mal na noite em que nos conhecemos, mas, quanto mais tempo eu passava com você, mais eu me sentia normal.

Soltei uma risada.

— Eu também.

Ele ficou pálido e estendeu a mão até o porta-luvas. Abriu o compartimento e pegou uma caixinha vermelho-escura.

— Abre.

A caixa se abriu, e eu expirei, procurando palavras que nunca vieram.

— Você sabe como é nas montanhas. Mesmo quando estou cavando trincheiras, tenho muito tempo pra pensar. Quando a Jojo me disse que você estava voltando pra casa... fui direto à joalheria. Não consigo imaginar nada além de estar com você e voltar pra casa e te encontrar e... Ellie, quer...

— Isso é muita coisa pro meu primeiro dia de volta.

Ele fez que sim com a cabeça algumas vezes e pegou a caixa da minha mão. Em seguida olhou para a frente, socando o volante.

— Maldição! Eu não ia dizer isso. Falei mil vezes pra mim mesmo no caminho até aqui pra não te contar. Você não precisa disso agora. Você acabou de voltar pra casa, e eu estou jogando essa merda pesada em cima de você.

Meu peito se apertou.

— Eu te fiz passar pelo inferno — falei, afundando tanto na culpa que não sabia se conseguiria sair.

Ele olhou para mim.

— Se você for o fogo, Ellie... quero me queimar.

Uma lágrima escorreu pelo meu rosto, e eu percebi que ele estava esperando que eu decidisse o que ela significava. Estendi a mão para ele,

311

e ele me puxou por cima do painel até seu colo, me abraçou e deu beijinhos no meu pescoço e na minha bochecha até chegar à minha boca.

Suas mãos envolveram as laterais do meu rosto, e ele me beijou profunda e lentamente, dizendo que me amava sem precisar falar uma só palavra.

Depois se afastou, encostou a testa na minha, os olhos fechados, o peito arfando a cada respiração acelerada. Então olhou para mim, as sobrancelhas se aproximando, mas, antes de conseguir falar qualquer coisa, soltei a resposta:

— Sim.

— Sério? — ele perguntou, com um sorriso pequeno e esperançoso.

— Mas... — comecei. Seu rosto desabou, e a esperança em seus olhos sumiu. — Tenho muitas coisas pra trabalhar. Vou precisar de muito tempo e muita paciência.

Ele balançou a cabeça e se empertigou, pronto para lutar por mim. Em seguida abriu a caixa e pegou o pequeno anel com um diamante redondo e solitário.

— Sei que não é tão grande quanto o da Finley...

— Não me importo com isso. Só me importo com o que significa.

Ele deslizou o anel pelo meu dedo e abafou uma risada.

— Caralho.

Pensei nas palavras dele, deixando-as ecoarem na minha mente, com tudo que eu tinha aprendido nos últimos dois meses. Voltar para velhos relacionamentos ou começar um novo era a receita para uma recaída, e Tyler e eu nos encaixávamos nas duas coisas. Sabendo disso, eu não conhecia ninguém melhor do que ele que pudesse me ensinar a me amar.

— Podemos...? — comecei.

— O que você quiser, baby — disse ele, levando minha mão aos lábios.

Voltei para o meu assento, e a mão de Tyler envolveu a minha pelo resto do caminho de volta até Estes Park. Não me senti estressada, nem preocupada, nem ansiosa — pelo contrário. Tudo parecia ter se encaixado no mesmo dia. A nova Ellie estava em casa, apaixonada, noiva e feliz. Não consegui imaginar algo mais emocionalmente saudável do que isso. Não que eu esperasse que tudo fosse fácil, mas, quando eu olhava para Tyler, só sentia uma imensa alegria.

28

Jojo colocou apenas a cabeça na sala, parecendo ter dormido numa cama de bronzeamento artificial. Sua longa trança loira caía da nuca, balançando um pouco na frente do ombro.

— Tem um minuto?

— Claro — respondi. — Me deixa só terminar essa... — Digitei mais umas palavras, salvei o documento e me recostei na cadeira.

— Como é estar de volta? — perguntou ela, caindo na poltrona em frente à minha mesa.

— Hum... bom — falei, fazendo que sim com a cabeça.

— E o que está achando da sua nova casa? — perguntou ela.

Assenti outra vez.

— Não parece minha, nem nada que está lá dentro.

— Sei que é difícil. Seria mais difícil sem a ajuda deles. Neste momento, o foco deve ser em ficar bem.

— Eu sei. O Tyler diz a mesma coisa. Ele nem está forçando a barra pra eu morar com ele, o que é... estranho.

— Mas inteligente. Falando nisso, parabéns. — As sinapses na cabeça de Jojo estavam claramente disparando, e eu esperei enquanto ela retorcia os fios platinados pendurados no elástico transparente que prendia a trança. — O Chefe ligou hoje. Perguntou como você estava.

— O superintendente da equipe Alpina?

— É, esse Chefe. Ele fez algumas perguntas sobre a sua recuperação.

— Estranho.

— Ele quer te dar mais uma chance.

— Quer? — perguntei.
— A equipe Alpina está no período de descanso e recuperação.
— Eu sei.
— Eles partem pra Colorado Springs daqui a dois dias.
— Também sei disso.
— Quando eles voltarem, o Chefe me perguntou se você estaria pronta.
— Por que ele quer que eu volte? — perguntei, desconfiada.
— Ele viu seu último artigo sobre o serviço florestal. Está tendo uma ótima aceitação, e eles querem ver o artigo fechar com um tom positivo.
— Acho que a escolha da Associated Press o ajudou a tomar essa decisão, não?

Jojo sorriu.

— Tenho certeza que o meu pai te adotaria se pudesse. Você colocou esta revista no mapa. Os espaços de propaganda estão reservados pelos próximos seis meses. O número de assinantes bate um novo recorde a cada dia. Isso tudo graças a você, Ellie. Não posso nem levar o crédito pelo último artigo. Usei quase todas as palavras que você escreveu.

— Percebi que seu nome não estava lá.

— Por um bom motivo — disse ela, se inclinando para a frente. — Fazer você ficar bem é a nossa prioridade. Se você achar que é demais, que é muito cedo, a gente empurra pra temporada de incêndios do próximo ano. Meu pai queria que você soubesse disso.

Virei, vendo que a porta de Wick estava fechada. Estava assim desde que voltei para o emprego de tempo integral no escritório.

— Não, eu consigo — falei, o coração martelando no peito, tentando não deixar minha empolgação evidente demais.

O rosto de Jojo se iluminou.

— Sério?

— É. Para de falar *bem*. Isso me deixa enjoada.

Ela se levantou, balançando a cabeça.

— Claro. Não vou mais tocar nesse assunto. — Nem dois segundos depois de ela fazer a curva, seu rosto laranja reapareceu, com o batom pink contornando o sorriso animado. — Isso não é verdade. Vou falar se for necessário.

— Entendi.

Jojo me deixou sozinha, e eu me recostei, respirando fundo. A superfície da minha mesa ainda estava tão vazia quanto no meu primeiro dia, exceto pelas três fotografias que eu emoldurei. Peguei o porta-retratos, olhando para a péssima foto da Finley pendurada na parede do castelo. Era irônico que aquela foto tivesse conseguido meu emprego de fotógrafa e, apenas dezoito meses depois, parecesse tão amadora que eu tinha que escondê-la várias vezes por dia.

O sino da porta da frente tocou, e Jojo cumprimentou a pessoa que se aproximou da recepção. Pela familiaridade e condescendência na voz dela, percebi que era Tyler.

— Ellie? — a voz de Jojo saiu pelo intercomunicador.

Apertei um botão.

— Sim?

Tyler estava falando ao fundo, reclamando que Jojo devia simplesmente deixá-lo entrar no meu escritório.

— Tyler Maddox está aqui pra te ver. Devo deixá-lo entrar ou você quer que eu o mande voltar pro mar de doenças venéreas de onde veio?

Cuspi uma risada.

— Manda entrar.

Ela suspirou bem alto.

— Está bem.

Tyler apareceu, segurando dois copos de refrigerante.

— Sprite pra você — disse ele, colocando-o na minha mesa. — Cherry Coke pra mim.

— Obrigada — falei, colocando os lábios ao redor do canudo. — O Chefe ligou hoje.

— É mesmo? — perguntou Tyler, fingindo surpresa. Em seguida sentou na poltrona, no mesmo lugar em que Jojo tinha estado, quicando algumas vezes.

— Como foi que você o convenceu?

— Como diabos eu conseguiria convencer o Chefe a te trazer de volta depois do que você aprontou em Colorado Springs?

— Não mente.

— Você está certa. Nós o convencemos.

— Nós quem?

— Os caras. Eles estão com saudade de você. O Pudim lamenta pelo seu queijo quente pelo menos duas vezes por dia.

— Eu disse sim.

Suas sobrancelhas dispararam para cima.

— Disse?

Fiz que sim com a cabeça, e ele saltou da poltrona, se inclinando por cima da minha mesa e segurando meu rosto para me dar um beijo na boca.

— Uau, eu devia dizer "sim" com mais frequência.

— Concordo. Lembra do que aconteceu na última noite em que você disse "sim"?

— Lembro.

Ele deu um sorriso cínico.

— Você disse muito "sim" naquela noite.

— Cala a boca. O que você vai fazer hoje à noite?

— Além de você? — perguntou ele.

— Hilário. Algum plano?

Ele deu uma risadinha, coçando a lateral do nariz.

— Não, baby. Você é o único plano que eu tenho.

— Ótimo, porque fomos convidados pra jantar no castelo.

— Onde?

— Na casa de férias dos meus pais.

Ele ficou pálido.

— Como é?

— Meus pais querem te conhecer.

Ele piscou, o corpo todo congelado na posição em que estava quando dei a notícia.

— Ah.

— *Ah?*

— Só achei que... você sabe... não íamos a nenhuma festa.

— Não é uma festa. É um jantar. E eles vão servir água com gás. A Finley vai estar lá.

— Então, o que você está dizendo é que... este será o jantar mais constrangedor do mundo.

— Mais ou menos isso.

— Estou dentro — disse ele, se levantando.

Sorri e ergui o queixo para encontrar seu olhar.

— É?

— Claro. Tenho que conhecer os meus sogros. Estou ansioso por todos os olhares de julgamento e perguntas sobre meu salário de fome.

— Fico feliz porque você sabe o que esperar.

Ele se inclinou e beijou meu rosto, acenando antes de fazer a curva.

— Te amo! — gritou ele pouco antes de o sino da porta soar.

— Nós não te amamos! — gritou Jojo.

A sala estava em silêncio, exceto pelos garfos arrastando nos pratos e meu pai bebendo água numa taça de vinho. Felix estava parado ao lado da porta como um militar esperando que Tyler ou eu tentássemos escapar, e minha mãe não tinha me olhado nos olhos desde a nossa chegada.

Finley estava ocupada mandando mensagens de texto no celular, tão envergonhada de estar no mesmo ambiente que Tyler quanto ele estava com ela.

Sally levantava o olhar para piscar para mim de vez em quando, para garantir que eu não ficasse estressada demais. Tyler estava cortando a coxa de cordeiro, comendo, feliz, o quarto prato de um jantar de cinco.

— Ellison — começou minha mãe na voz que alertava sobre uma desgraça iminente. — Seu pai falou com o conselho administrativo, e eles estão muito interessados em usar seus talentos na empresa. Tenho certeza que você vai achar o salário muito conveniente em comparação ao seu salário atual.

Engoli devagar, depois pigarreei.

— Eu gosto do meu emprego atual.

— Você pode fazer o mesmo trabalho na Edson Tech, querida — disse ela.

— Não posso subir montanhas e fotografar incêndios ambientais na Edson Tech.

Minha mãe comprimiu os lábios, aprofundando as rugas ao redor da boca.

— Exatamente. Seu pai e eu achamos que um salário mais alto vai ajudá-la com os custos do seu novo apartamento e...

— Hum... vocês insistiram nesse apartamento, e eu aceitei.

— Mas custa dinheiro, querida. Um dinheiro que você, como adulta, deve prover.

— Eu estava morando num excelente apartamento que eu conseguia sustentar.

— Concordamos que uma mudança ajudaria a criar a sensação de um recomeço.

— Eu poderia ter encontrado um apartamento mais barato, eu...

— Meredith — interferiu Sally. Eu tinha aprendido a amar sua voz calma e tranquilizante, uma voz que eu antes achava que era manipuladora e falsa. Agora que ela era alguém em que eu confiava para ligar quando estivesse com problemas, meu pai achou que seria uma boa ideia contratá-la novamente. — A Ellison gosta do trabalho que tem agora. Pode ser contraproducente para o caminho dela em direção ao bem-estar se a tirarmos de um lugar onde ela se sente confortável e empurrá-la para um emprego que pode pagar mais, mas não é algo que a deixe feliz.

— Ela vai gostar de lá — disse minha mãe, grosseiramente desdenhosa.

— Meredith — começou meu pai.

— Philip — retrucou minha mãe, com a voz subindo uma oitava. Ela sorriu, recuperando a compostura. — Concordamos que seria bom para a Ellison encontrar um lugar para ela na empresa e ser uma participante ativa no pagamento das próprias contas.

— A Ellison discorda — disse Sally. — E ela está se saindo muito bem. — Ela sorriu para mim. — Ela estava pagando as próprias contas antes de se mudar para o apartamento novo.

— A Ellison não tem escolha — disse minha mãe.

— Na verdade, ela tem — respondeu Sally. — Ela pode se mudar com a mesma facilidade para outro apartamento se você insistir em cobrar tanto dela. Tenho certeza que essa não era sua intenção quando você conseguiu o apartamento para ela. Eu me lembro de você estar muito preocupada com a recuperação dela e em oferecer alguma coisa para reduzir o nível de estresse de sua filha.

— Sally — disse minha mãe com um sorriso, limpando a boca com o guardanapo. — Você trabalha para mim, não para a Ellison.

Sally não se abalou.

— Fui contratada para te ajudar a guiar a Ellison para uma vida melhor. Ela está feliz. O que você está propondo é o oposto disso. Especialmente agora, no início da recuperação... Meredith. Você não pode achar que isso é o melhor para sua filha neste momento.

Minha mãe olhou furiosa para meu pai, esperando que ele interferisse.

Ele se empertigou, pigarreando e mastigando rápido.

— Sua mãe — ela olhou furiosa para ele — e eu... achamos que, agora que você saiu da faculdade... que seu lugar é na Edson Tech. Ela teve o maior cuidado para criar um departamento que inclui fotografia, e ela quer que você aceite o cargo e o respeito que merece. Tem sido muito difícil, para ela, pensar na filha como secretária ou como essa... pessoa suja, que vive nas florestas, acampando e tirando fotos de esquilos.

Tyler se inclinou para a frente.

— Com licença, senhor... o senhor já viu o trabalho da Ellie? Ela não está fotografando esquilos, ela está documentando a contenção de enormes incêndios ambientais em todo o país, e ela é muito, muito talentosa. Seu trabalho é publicado e disputado. Ela recebeu algumas ofertas, inclusive da *National Geographic*.

— Sério? Isso é ótimo, Elliebi — disse Finley, com um sorriso orgulhoso se espalhando pelo rosto.

— Obrigada — falei.

Tyler segurou minha mão por baixo da mesa, e eu me empertiguei.

— Se você quiser que eu saia do apartamento, vou ficar feliz em fazer isso. Mas não vou sair do meu emprego.

Minha mãe estreitou os olhos para Tyler.

— Suponho que isso tenha a ver com ele.

— Não, na verdade, só tem a ver com eu amar o meu trabalho. Mas eu também amo o Tyler, e aceitar um emprego na Edson Tech significaria me mudar para a Costa Leste, e eu quero ficar em Estes Park.

Minha mãe revirou os olhos.

— Estes Park é uma cidade turística, Ellison. Não é um lugar para criar raízes.

— Isso não é verdade — falei. — Minhas raízes estão bem plantadas em Estes Park.

Tyler apertou minha mão.

Minha mãe colocou o cotovelo na mesa e apertou a ponte do nariz.

— Você realmente vai se casar com um bombeiro, Ellison? Sem querer ofender, sr. Maddox, mas como planeja sustentar nossa filha?

Ele jogou o guardanapo na mesa, com os ombros relaxados.

— A Ellie não precisa que eu a sustente financeiramente, mas eu ganho seis dígitos por ano, sra. Edson. Isso não é ruim.

— Sério? — perguntou meu pai, intrigado.

Tyler deu de ombros.

— Faço muita hora extra, e o adicional de insalubridade é um mamilo.

— É um...? — começou minha mãe.

— Ele quer dizer que é lucrativo, mãe — disse Finley, me olhando de relance.

— Bom — disse meu pai, afrouxando a gravata. — Acho que eles já estão com tudo sob controle.

— Não, claro que não — interferiu minha mãe. — Esse garoto...

— Meredith — latiu meu pai. — Já chega.

Finley olhou para baixo, com a boca se curvando um milímetro para cima. Não acontecia com frequência, mas nós duas adorávamos quando meu pai finalmente puxava as rédeas da minha mãe.

— Não sei por que a Ellison não pode ficar no apartamento pelo tempo que quiser. Afinal, nós compramos um apartamento em Nova York para a Finley.

— A Finley não é uma viciada — sibilou minha mãe.

— Nem eu — falei. — Sou uma viciada em recuperação.

Maricela trouxe uma bandeja cheia de crème brûlée, passando-nos uma pequena tigela branca.

— Mãe — falei, pegando um pedaço da especialidade de Maricela antes de falar. — Talvez seja hora de você aceitar que os seus sonhos não são os meus sonhos. Cometi muitos erros e parti seu coração; por isso, me desculpe. Tenho um longo caminho pela frente e muitas coisas pra compensar, mas não vou pedir desculpas por querer manter um emprego que eu amo e por estar noiva de um homem que tem sido tudo pra mim. Podemos precisar sujar as mãos pra receber um salário, mas... eu adoro ser nojenta com ele.

A boca de Tyler se curvou num meio sorriso.

— Quero ver algumas dessas fotos, mocinha — pediu meu pai.

— Sim, senhor. — Sorri.

— O jantar foi ótimo. Obrigado — disse Tyler.

Meu pai se levantou quando nos levantamos.

— Foi um prazer conhecê-lo, Tyler. Estou ansioso para ouvir algumas das suas histórias.

Tyler contornou a mesa comprida para apertar a mão do meu pai.

— Estou ansioso para o senhor ver as fotos.

Tyler virou para mim e estendeu a mão. Eu o segui por alguns passos até minha mãe chamar meu nome.

— Ellison? Eu só quero que você seja feliz.

Sorri.

— Acredite em mim quando digo que, pela primeira vez em muito, muito tempo... eu estou feliz. Acho que é impossível ficar mais feliz.

Ela fez que sim com a cabeça, e Tyler me conduziu pelo corredor e pela porta da frente até sua caminhonete. Ele segurou a porta para mim, e eu subi, me ajeitando enquanto ele sentava atrás do volante.

— Isso foi... — comecei.

— Intenso. — Ele deu uma risadinha, depois deslizou os dedos entre os meus, levando-os à boca. — Acho que foi tudo bem.

Franzi o nariz.

— Sério?

— É. Vai dar tudo certo.

Estendi a mão para a frente, admirando meu diamante.

— Você acha que felizes-para-sempre pode acontecer com alguém como eu?

O celular de Tyler tocou, e ele o pegou, estreitando os olhos para ler a mensagem.

— Merda.
— Que foi?
— Chamado. Colorado Springs. Ah, não.
— O quê?
— O Taylor já está lá com o Zeke e o David Dalton.

Franzi a testa, sem reconhecer o segundo nome.

— O Judeu — explicou ele. — Eles não deram notícia. Estão prestes a colocá-los na lista de desaparecidos.

Cobri a boca. Tyler olhou para mim.

— Vamos — falei.
— Baby...
— Eu fico no hotel. Dirige. Dirige!
— Promete que vai ficar quieta.
— Vou ficar no hotel. — Eu me encolhi com o olhar inflexível de Tyler. — Eu juro!

Tyler engatou a marcha, disparando para a frente. Ele ligou para o Chefe no caminho, avisando que estávamos indo para o sul.

A viagem pareceu voar, provavelmente porque Tyler estava dirigindo trinta quilômetros por hora acima do limite de velocidade. Assim que entramos no saguão, Tyler se juntou às outras equipes de bombeiros de elite na sala de conferências.

— Ellie! — disse Darby com um sorriso. — Eu esperava que você viesse.

— Estou aqui. Preciso de um quarto.

Enquanto Darby fazia meu check-in, virei para acenar para Stavros.

— Me faz um favor — sussurrei para Darby.

— Claro — cantarolou ela, encarando o monitor do computador e clicando o mouse.

— Não posso chegar perto do Stavros enquanto eu estiver aqui.

A cabeça de Darby disparou para cima, e ela me encarou, confusa.

— Não bebo mais — falei.

— Ah... ah! Sim. A última vez foi... foi ruim.

Fiz que sim com a cabeça.

— E não melhorou depois daquilo.

Os olhos de Darby se arregalaram, e ela estendeu a mão por cima da mesa para segurar a minha.

— Caramba, não pode ser tão ruim! Parabéns! Tyler?

— É — respondi com um sorriso.

Ela soltou a minha mão.

— Nossa, o anel é lindo. Vou avisar o Stavros que você está limpa.

— Obrigada — falei, decidindo, naquele momento, que eu odiava esse eufemismo.

Ela me deu dois cartões e piscou, e eu olhei para o envelope para ver o número do quarto. Olhei por sobre o ombro e vi Tyler de relance, em pé, na sala de conferências, com os braços cruzados.

Levei a bolsa da minha câmera até o elevador, apertando o botão para o segundo andar. Nosso quarto era no fim do corredor, um quarto de canto, e eu olhei para baixo e vi as luzes do estacionamento iluminando os veículos da imprensa e dos bombeiros de elite ao redor da caminhonete de Tyler.

Sentei na cama e apertei o controle remoto. Não demorei muito para encontrar um canal de notícias que estivesse cobrindo o incêndio. Assim que coloquei o celular no carregador, ele apitou.

> Vou buscar o Taylor. Te amo.

> Se cuida. Tenho planos pra você. Também te amo.

29

O sol estava se pondo quando as portas do saguão principal se abriram, e Trex entrou. Ele não pareceu surpreso ao me ver, mas ficou surpreso com o anel no meu dedo.

— Parabéns — disse ele.

— Você ouviu alguma coisa sobre a equipe Alpina? — perguntei.

— A equipe de resgate foi trazida de helicóptero. Esse incêndio é um monstro.

Fiquei parada em pé atrás do sofá, olhando para a televisão grande de tela plana ao lado da mesa de Darby. Stavros me trouxe um copo cheio com algo transparente e efervescente.

— Sprite — disse ele. — Só Sprite. Está com fome?

— Não, obrigada.

Stavros voltou para o bar, e eu voltei minha atenção para a televisão. A CNN estava relatando que a nuvem de fumaça podia ser vista da estação espacial, depois entrevistaram o Chefe do Serviço Florestal dos Estados Unidos, Tom Tidwell.

— Isso é ruim — falei, cruzando os braços na cintura.

— Meu pessoal disse que está de olho na equipe de resgate — disse Trex, verificando o celular pela décima vez.

Depois de mais uma reunião na sala de conferências, os oficiais saíram em fila e se reuniram ao redor da televisão. Meu estômago roncou, mas não me mexi. Darby tinha batido o ponto às três, mas ficou comigo, sabendo que eu estava preocupada e sozinha.

— Aumenta esse volume! — gritou alguém do outro lado do salão.

Darby se atrapalhou para achar o controle remoto e apertou o botão de volume várias vezes. Uma repórter estava em pé diante de uma grama alta e de árvores em chamas com um microfone na mão. Meu coração doeu, sabendo que Tyler não podia estar muito longe.

Eu me ajeitei no assento, olhando para a equipe TAC. Eles estavam falando rápido com a voz sussurrada, e eu virei, olhando para a televisão com os dedos sobre a boca.

— A última comunicação registrada com a equipe de Estes Park foi hoje às dezoito horas, mais ou menos no horário que os dois incêndios principais se encontraram. Eles já posicionaram os abrigos contra fogo.

Meus olhos se encheram de lágrimas, e tudo começou a se mover em câmera lenta. Eu me levantei, rastreando o rosto dos homens ao redor, procurando alguém que pudesse saber onde estavam meus garotos.

Darby me deu um lenço de papel, e eu sequei o rosto rapidamente, recusando-me a pensar o pior.

— Eles estão bem — disse um dos bombeiros, dando um tapinha no meu braço.

Virei para a televisão, rezando para que, a qualquer segundo, as palavras que passavam na parte inferior da tela mudassem.

— Ellie!

Virei e vi Falyn entrando correndo no saguão vindo do estacionamento, parecendo tão em pânico quanto eu me sentia. Corri até ela e joguei os braços ao seu redor, fungando.

— Acabei de ouvir — disse ela. — Alguma notícia?

Balancei a cabeça, secando o nariz com o lenço de papel que Darby me dera.

— Nada. Chegamos pouco depois das sete. O Tyler dirigiu como um louco. Ele está lá com as equipes, procurando por eles.

Ela me abraçou.

— Eu sei que eles estão bem.

— Porque eles têm que estar — falei, segurando-a à distância de um braço com um sorriso forçado. — Ouvi falar... sobre o bebê. Primeiro neto Maddox. O Jim está empolgado. — O rosto de Falyn desabou, e meu coração afundou. — Ai, meu Deus. Ah, não. Você... não está mais grávida?

Ela me encarou, parecendo igualmente confusa e horrorizada.

— Você está certa — falei. — Este não é o momento. Vamos sentar. O Trex está recebendo atualizações do pessoal dele a cada meia hora.

— Do pessoal dele? — perguntou Falyn.

Dei de ombros.

— Não sei. Ele simplesmente falou no *pessoal dele*.

Falyn sentou comigo no sofá em frente à televisão, cercada por bombeiros e bombeiros de elite. Conforme a noite passava, a multidão diminuía, mas Falyn, Darby e eu continuávamos ali, esperando alguma notícia além das atualizações de Trex, que, na verdade, não eram atualizações. A única coisa que ele sabia é que não tinham encontrado nenhum corpo.

Falyn segurou minha mão e a apertou, seu corpo afundando mais no sofá. Darby nos trouxe café e um prato de donuts, mas ninguém tocou na comida.

Trex se aproximou, sentando na poltrona perto do sofá.

— Alguma notícia? — perguntei.

Trex balançou a cabeça, desanimado.

— E a equipe de resgate? — perguntou Falyn.

— Nada — respondeu Trex. — Sinto muito. Meu pessoal só me dá confirmação visual, e eles não viram ninguém na última hora. Os helicópteros estão lá em cima com holofotes, mas a fumaça dificulta a visão. — Ele olhou para Darby, desejando ter notícias melhores. — Vou ligar pra eles daqui a dez minutos. Aviso assim que souber de alguma coisa.

Fiz que sim com a cabeça, e as portas do saguão se abriram.

Tyler entrou, com a pele coberta de fuligem. Ele tirou o capacete, e Falyn se levantou. Dei um pulo e corri na direção dele, atingindo-o a toda velocidade.

— Ai, meu Deus — chorei baixinho no ouvido dele. — Ai, meu Deus, você está aqui. Você voltou. — Recuei, vendo as faixas limpas que marcavam seu rosto. Eu o abracei de novo, e ele me apertou com força.

— Nós não o encontramos. Não consigo encontrá-lo, Ellie — ele engasgou.

— Tivemos que arrastá-lo pra fora — disse Jubal, limpando a testa suja com as costas do pulso. Ele parecia exausto, com linhas limpas ao redor dos olhos.

— Não! — gritou Falyn.

Tyler me soltou e foi até Falyn, puxando-a para os seus braços. Sussurrou em seu ouvido enquanto ela balançava a cabeça, depois os joelhos dela cederam, e seu choro encheu o saguão.

Meus olhos piscaram e se abriram, enquanto eu escutava o meio da conversa de Tyler e Falyn. Em seguida ela achou melhor ir trabalhar, pois não conseguia mais ficar sentada, na expectativa.

— Você vai voltar pra lá? — perguntou ela.

— Não sei se vão deixar. Pode ser que eu tenha socado uma ou duas pessoas antes de me tirarem da área — disse Tyler.

— Ele é seu irmão — disse Falyn. — Eles vão entender.

Tyler ficou tenso, e eu estendi a mão e encostei no seu ombro.

— Ele vai entrar por aquela porta a qualquer momento. Eles não o encontraram. Isso é bom.

Ele fez que sim com a cabeça.

— Vem. Você precisa de um banho. — Eu me levantei, puxando Tyler comigo. Ele cambaleou até o elevador e depois pelo corredor, até chegar ao nosso quarto. Eu o conduzi para o banheiro, tirei suas roupas e as botas.

Estendi a mão para abrir o chuveiro, verificando a temperatura antes de deixá-lo entrar. Ele fechou a cortina, mas dava para ouvi-lo chorar.

Apoiei a cabeça na parede, fechando os olhos, respirando fundo e devagar para aliviar o estresse e a súbita sede que fez meu corpo todo doer. Pensei em Stavros e em como seria fácil convencê-lo a me dar uma cerveja para Tyler. Só uma. Eu estava cansada, com medo e preocupada com Tyler, mas eu precisava estar presente. Eu tinha que continuar sóbria. Eu me levantei, me recusando a ceder. Era a primeira vontade de muitas, e eu só precisava passar por uma de cada vez.

Tyler fechou a torneira, e eu lhe dei uma toalha. Ele secou o rosto e enrolou a toalha na cintura, me abraçando contra a parede. Coloquei a mão em sua nuca e beijei seu rosto.

— Ele vai voltar — sussurrei. — A gente devia voltar lá pra baixo. Você vai querer estar lá quando ele entrar por aquela porta.

Tyler fez que sim com a cabeça, depois limpou o nariz, virando para enxaguar a boca e se vestir de novo. Segurou minha mão enquanto descíamos, parando quando chegamos ao saguão. O irmão dele estava conversando com um pequeno grupo, tão sujo quanto Dalton e Zeke, parados ao lado. Eles se cumprimentavam e abraçavam o resto da equipe Alpina.

— Seu babaca idiota — disse Tyler, correndo até o irmão. Os dois se abraçaram com tanta força que ouvi seus punhos socando as costas um do outro. Tyler perdeu.

Meus olhos se encheram de lágrimas, e Trex envolveu o braço ao redor dos meus ombros enquanto observávamos o reencontro de Taylor e Tyler. Dei um momento para eles, depois fui até os dois, me enfiando no meio do abraço.

— Oi — disse Taylor, com uma lágrima pingando da ponta do nariz.

— A Falyn estava aqui — falei.

Taylor se afastou.

— O quê? Ela estava aqui? — perguntou ele, apontando para o chão.

Fiz que sim com a cabeça.

— Ela esperou a noite toda. Está superpreocupada. Você devia ligar pra ela.

Taylor tateou os bolsos, procurando as chaves. Em seguida apontou para Tyler.

— Te amo, irmão, mas tenho que ver uma garota.

— Vai lá, seu merda. Não volta até ela ser sua.

Taylor correu até sua caminhonete, cantando os pneus.

Tyler virou e jogou os braços ao meu redor.

— Porra — disse ele, soltando um suspiro de alívio.

A equipe deu tapinhas em suas costas, tão aliviada e emocionada quanto ele. Abracei Zeke e Judeu, depois os outros caras enquanto Tyler conversava com alguns oficiais.

Ele voltou para mim, me pegando no colo e me carregando até o elevador enquanto os bombeiros de elite faziam uma algazarra de uivos e assobios.

Meus olhos ficaram pesados de repente, e eu me apoiei no ombro dele. O elevador tocou, e Tyler entrou, manobrando um pouco para eu conseguir apertar o botão do segundo andar. Ele me carregou até o quarto e esperou que eu encostasse o cartão-chave na fechadura. A porta clicou, e Tyler virou a maçaneta, empurrou a porta com o pé e me colocou na cama.

Eu me aninhei no pescoço dele, me derretendo enquanto ele me envolvia com os braços.

— Eu não sabia que a Falyn e o Taylor estavam com problemas.
— É, eles estão brigados.
— Mesmo ela estando grávida? Não vejo ele deixando isso passar.
— A Falyn não está grávida.

Sentei, dando um tapa no peito dele.
— Cala a boca! Sério?

Tyler apoiou a cabeça no braço.
— Ela terminou com ele, e ele foi pra Califórnia visitar o Tommy. Lá ele saiu com uma das colegas do Tommy. Acho que ela vai ter o bebê, mas não quer ficar com o filho. Não é estranho? O Taylor vai ficar com a guarda total.

— Uau. Você acha que eles vão se entender?

Ele deu de ombros.
— Ela ficou aqui a noite toda. Ainda deve se importar com ele. Vem cá — disse ele.

Eu me abaixei e me aconcheguei a seu lado.

Tyler levou o dorso da mão à testa.
— Uau. Isso foi tenso. Não sei o que eu faria se alguma coisa acontecesse com o Taylor. Isso dá três a zero nos últimos anos.
— O que você quer dizer?
— O Taylor, o Trent e o Travis quase morreram.

Enterrei o rosto no pescoço dele.
— Não é a sua vez.
— Bom, certamente não é a vez do Tommy. Ele é executivo de propaganda.
— Tem certeza? — perguntei.

Tyler fez uma pausa.
— O que te faz dizer isso?

— Bom... a sua família acha que você e o Taylor são vendedores de seguro. E se o Thomas não for o que vocês pensam?

— O que você acha que ele é?

— Policial.

Tyler bufou.

— Sério. Ou alguma coisa assim. Ele mora em San Diego, certo? Não tem um prédio federal lá? Ele é alguma coisa. A namorada dele também. Vi o Travis ir até o quarto deles bem cedo na manhã depois do casamento.

— Você tem uma bela imaginação.

— A Abby sabe — falei.

— A Abby sabe o quê?

— Sobre você.

Ele deu uma risada.

— Não sabe, não.

— Sabe, sim. E também sabe sobre o Travis.

— Sobre o Travis? O quê?

— O que ele não está contando pra ela. Ela é esperta. Eu também sou. Sou fotógrafa, Tyler. Eu percebo as coisas. Estou sempre olhando pras pessoas. Eu sabia desde o começo que você era um cara naturalmente bom, sabia?

Ele franziu a testa, sem querer ceder.

— Acho que o seu pai sabe — falei.

— O quê? — disse ele, levantando a cabeça. — De onde está vindo tudo isso?

— Eu sei. Eu os observei no Dia de Ação de Graças. A Abby estava te fazendo todas aquelas perguntas esquisitas, e ela e o Jim trocaram um olhar.

— Um olhar — repetiu ele, sem emoção.

O celular de Tyler tocou, e ele o tirou do bolso da camiseta.

— Hum.

— Quem é?

— Meu pai. Ele me mandou uma mensagem.

— O que ele disse?

— Só está querendo saber se todo mundo está bem.

Eu me inclinei para perto do seu ouvido, beijando seu rosto.

— Te falei.

— De jeito nenhum — disse ele, digitando uma resposta e depois guardando o celular.

— Ele já foi detetive. Você acha que ele não consegue te decifrar?

— Por que ele nunca disse nada?

Dei de ombros.

— Talvez ele esteja apenas deixando você pensar que o enganou. Talvez ele saiba que existe um motivo pra você ter mentido, por isso não cobra nada.

— Já que o meu pai é médium, talvez ele possa me dizer quando é que você vai escolher uma data pro casamento — disse ele, meio que me provocando.

Deslizei a mão por baixo da sua camiseta, passando a ponta dos dedos em seu peito.

— Achei que você tinha dito que não se importava.

— Claro que eu me importo, baby. Só não vou te pressionar.

A pele de Tyler estava quente sob o meu toque, sua respiração cada vez mais acelerada. Pensei em quando nos conhecemos, em como ele estava suado e sexy, trocando socos na galeria dos meus pais. Tínhamos conquistado o céu e o inferno, o fogo e o gelo, e ele ficou comigo o tempo todo.

— Minha mãe parece que está muito preocupada se eu vou ter condições financeiras de pagar pelo apartamento.

— É, mas seu pai não.

— Se o Taylor vai ser pai... ele e a Falyn não vão precisar de uma casa só deles?

— É, uau. Eu não tinha pensado nisso.

— Talvez você devesse deixar o apartamento com eles e se mudar pro meu.

Tyler virou de lado e apoiou a cabeça na mão.

— O quê? — perguntou ele, desconfiado.

Dei de ombros.

— Você pode pagar metade do aluguel. Podemos nos casar depois da temporada de incêndios...

As sobrancelhas de Tyler dispararam para cima.

— Depois desta temporada de incêndios?

— É muito cedo?

Ele segurou meu rosto, virando o tronco até flutuar sobre mim.

— Baby — disse ele, pressionando os lábios nos meus e enfiando a língua lá dentro.

Levantei sua camisa, acariciando os músculos das suas costas.

— Tipo outubro? Novembro? — disse ele nos meus lábios.

Fiz que sim com a cabeça.

Ele encostou a testa na minha, já emocionado por causa dos acontecimentos do dia.

— Você está brincando comigo?

— Não preciso de nada exagerado, e você? — Ele balançou a cabeça. — Escolhe um sábado.

Ele procurou o celular e abriu o calendário.

— Sete de novembro. Assim é certeza que a temporada de incêndios já acabou e talvez alguns dos caras ainda estejam por aqui.

— Parece ótimo.

— Sete de novembro — repetiu ele.

— Perfeito.

— Última chance de mudar de ideia. Vou mandar uma mensagem pro meu pai — disse ele, esperando que eu detonasse seu blefe.

Esperei, me divertindo.

Ele levou o celular ao peito, fechando os olhos.

— Se você estiver mentindo pra mim, vai partir meu coração, porra.

— Tyler Maddox! — Peguei seu celular, digitei a mensagem e a enviei, virando o aparelho para ele ver. — Mandei. Está marcado. Serei sua esposa em sete de novembro.

Ele levou a mão ao meu rosto, passando o polegar no meu maxilar.

— Tem certeza que está pronta?

— Do que eu preciso ter medo? Você já viu meu lado feio e me amou do mesmo jeito.

— E se a situação fosse ao contrário?

Mordi o lábio, encarando o dele. Ele era sincero, ele era forte, era lindo e era meu.

— Você não é o único que atravessaria um incêndio por algo que ama.

Ele analisou meu rosto, soltou uma risada e balançou a cabeça, pressionando os lábios nos meus.

AGRADECIMENTOS

Escrever sobre algo do qual não sei nada sempre é um divertido desafio para mim, principalmente encontrar um especialista disposto a falar com "a autora que está escrevendo um livro de ficção sobre o assunto". Por acaso, conheço o especialista aqui, mas não tinha ideia de que tinha sido um membro da equipe de bombeiros de elite interagências até eu reclamar com meu marido sobre a dificuldade de encontrar alguém com quem conversar sobre combate a incêndios florestais. Cowboy me perguntou por que eu simplesmente não mandava uma mensagem para Tyler Vanover. Com muita empolgação (e uma pontinha de dúvida), mandei uma mensagem perguntando se ele realmente tinha sido bombeiro de elite. Tyler confirmou — apesar de ter ficado chocado com a minha descoberta, pois tudo indica que poucas pessoas sabem —, e, pouco tempo depois, eu tinha oito folhas de papel completas, frente e verso, com anotações.

Tyler, antes de agradecer pelas horas de histórias, dicas e informações que compartilhou comigo, tenho que agradecer pelo seu serviço como bombeiro de incêndios florestais. Depois de toda a pesquisa que fiz sobre o assunto, fico admirada por alguém aceitar voluntariamente fazer esse trabalho em todas as temporadas de incêndio. O árduo trabalho físico, as jornadas prolongadas e as pouquíssimas horas de sono que esses bombeiros enfrentam faz com que mereçam o título de bombeiros de elite. O nível de perigo é suficiente para eu temer por qualquer pessoa que se coloque entre as chamas e a propriedade de alguém, ou até uma cidade inteira. Obrigada, Tyler, por me ajudar com os detalhes desta história. É uma honra conhecer um herói de verdade.

Megan Davis começou como uma leitora que conheci vários anos atrás no primeiro Book Bash, em Orlando, Flórida. Tiramos uma foto juntas e, até hoje, é uma das minhas leitoras preferidas. Eu me lembro de conversar com ela depois que a foto foi tirada, e ela estava tão tranquila no papo que eu achei que talvez ela tivesse tirado uma foto comigo porque viu outras pessoas fazendo o mesmo. Hoje, Megan é meu braço direito. Ela é responsável pelo capítulo sobre a primeira semana de Ellie com os bombeiros de elite. Eu ia pular essa parte, mas Megan queria mais. Por eu ter escrito esse capítulo, *Bela chama* tomou uma nova direção, uma que eu realmente adorei, e tudo porque preenchi uma lacuna que eu nem sabia que existia. Obrigada por tudo que você faz por mim, Megan, mas, acima de tudo, obrigada por exigir mais.

Agradeço a Jennifer Danielle por ler os arquivos comigo de madrugada, e a Nina Moore por sempre concordar quando lhe peço para fazer imagens promocionais incríveis. Um grande agradecimento a Jessica Landers, por moderar um grande grupo de leitores incríveis chamado MacPack. Não sei o que eu faria sem vocês!

Agradeço a Deanna por me convencer de que este livro era tão viciante quanto todos os demais da série Irmãos Maddox deveriam ser, e por me ajudar com a temida sinopse. Obrigada sobretudo por ser minha melhor amiga e por me ouvir enlouquecer, vibrar e tudo o que pode acontecer entre essas duas sensações.

Agradeço também a Murphy Rae, Madison Seidler e Jovana Shirley, pela ajuda na produção desta obra, a Hang Le pela capa maravilhosa, e a Bec Butterfield pela ajuda com a gíria australiana. Às autoras Kristen Proby e Jen Armentrout, pelo apoio durante a caminhada, e à minha agente, Kevan Lyon, que me ajudou a enfrentar 2015 com graça e paciência.

Por fim, agradeço a L3 por ser minha bolha de positividade e ao meu esquadrão: Megan, Jessica, Chu, Liis, Deanna e Misty. Vocês são a manteiga do meu pão.